mtb

Zum Buch:

Als Kinder teilten sich Cade und Avery einen Limonadenstand. Später schien das Leben nur Zitronen für sie bereitzuhalten. Nun bekommt ihre Liebe eine zweite Chance.

»Es ist, als würden Cade und ich nach genau dem gleichen Drehbuch wie früher agieren. Einerseits erschreckt es mich ein wenig, aber andererseits löst es diesen unglaublichen Thrill in mir aus, weil ich unsere Liebesgeschichte immer mochte, bis sie zu Ende war – was ich gar nicht mochte. Es fühlt sich an wie der zweite Take. Alles auf Anfang. Nur dass wir nun älter sind. Cade ist heißer, ich verpeilter. Aber sonst fühlt es sich genau wie damals an.«

Zur Autorin:

Annie Stone, geboren 1981, ist Politikwissenschaftlerin und arbeitete als Fraktionsgeschäftsführerin in einem kommunalen Parlament in NRW, bevor sie diesen Job für ihre Leidenschaft, das Schreiben, aufgab. Mittlerweile ist sie erfolgreiche Selfpublisherin in den Genres Liebesroman und Historischer Roman.

Annie Stone

Limonadentage

Roman

mtb

MIRA® TASCHENBUCH

FSC
MIX
Papier
FSC® C014496

2. Auflage
Originalausgabe

Umschlaggestaltung: zero-media.net, München
Umschlagabbildung: FinePic / München
Lektorat: Anna Hoffmann
Satz: GGP Media GmbH, Pößneck
Printed in Germany
Dieses Buch wurde auf FSC®-zertifiziertem Papier gedruckt.
ISBN 978-3-95649-871-8

www.mira-taschenbuch.de

Kapitel Eins

Avery

Ich trete durch die Tür ins Freie. Dabei trage ich ein perfekt abgestimmtes Ensemble, von einem namhaften Designer natürlich. Keine Falte, kein Knittern, alles sitzt an seinem Platz. Die Farben sind strategisch ausgewählt, die Länge sorgfältig geplant, alles passt zusammen.

Meine Haare sind mit viel Sorgfalt frisiert, kein Härchen tanzt aus der Reihe, alles liegt so, wie es sein soll. Mein Make-up könnte nicht besser sein, wenn es ein Star-Visagist aufgetragen hätte. Alles ist in sich stimmig und sorgt dafür, dass ich den bestmöglichen Eindruck mache. Einfach alles. Von meiner Gucci-Sonnenbrille bis hin zu meinen Prada-Heels. Perfektion ist mein zweiter Vorname.

Ja, so sollte die Realität aussehen. Wirklich. Sollte sie. Aber wenn ich so an mir herunterschaue, tut sie es nicht. Meine Füße stecken in schwarzen Chucks, meine Beine in einer beigen Hose, die – wie immer, möchte ich hinzufügen – Striche von Kugelschreibern aufweist. Meine weiße Bluse ist nur noch akzeptabel, wenn ich behaupte, dass sie aus Knitterstoff besteht, und meine Augen wurden noch nie von Gucci verdunkelt.

Und reden wir lieber nicht von meinen langweilig mausbraunen Haaren. Manche Frauen haben gute und schlechte Haartage, ich habe nur letztere. Immer. Jeden Tag des Jahres.

Sie sind … ich will nicht zu harsch klingen … eine Katastrophe epischen Ausmaßes. Sie waren immer glatt, ganz glatt. Und dann mit zwanzig habe ich plötzlich Locken bekommen. Schön, oder? Nein, gar nicht. Vor allem dann nicht, wenn sie nur in den oberen Lagen sind und sich im Unterhaar nicht wiederfinden. Nein, da ist noch der Schnittlauchlook angesagt. Wie gesagt … Katastrophe. Reden wir nicht weiter drüber, das macht mich nur depressiv.

Make-up? Haha. Make-up. Ich glaube, das letzte Mal hatte ich Make-up im Gesicht als … hm, war da noch Clinton Präsident? Ach nein, die ersten George-W.-Jahre. Also lange her. Gott sei Dank. Ich creme mein Gesicht morgens ein und hoffe, dass das reicht.

Stellen wir also fest: Avery McIntyre, du siehst aus wie eine wandelnde Vogelscheuche. Wie immer, möchte ich hinzufügen.

Und so trete ich aus dem Gebäude, in dessen elftem Stock sich meine Redaktion befindet, hinaus in den sonnigen Bostoner Tag. Bis zur nächsten U-Bahn-Station ist es nicht weit. Ich eile die Treppen hinunter, haste durch die Schranken und kann mich gerade noch durch die sich schließenden Türen des Bahnwaggons quetschen. Ich will einen weiteren Schritt nach vorne machen und werde zurückgehalten. *Verdammt.* Meine Tasche ist in der Tür eingeklemmt. Ich schaue mich um, um zu sehen, ob jemand meine Peinlichkeit beobachtet hat. Und natürlich ist es so. Da schmunzelt ein Mann bei meinem Anblick. Ich lehne mich gegen die Tür, tue so, als wollte ich auch gar nicht weiter in den Waggon. Als die Bahn anfährt, falle ich beinahe um, aber die feststeckende Tasche hält mich aufrecht. Man muss auch für kleine Wunder dankbar sein.

An der nächsten Haltestelle befreie ich meine Tasche, die ihr kurzes Abenteuer zum Glück unbeschadet überstanden hat, und setze mich hin. Ich schlage die Beine übereinander und hole den Flyer raus, um mir noch einmal durchzulesen, was die Kuratorin zur Vernissage dieses neuen Künstlers geschrieben hat. Ich bin wirklich gespannt auf die Ausstellung und auch auf ihn selbst. Meine Versuche, im Internet schon mal einen Blick auf seine Bilder zu werfen, waren leider vergebens – da war kein einziges zu finden! Das hat meine Neugier nur noch mehr angefacht.

Als ich zwei Haltestellen später aussteige, habe ich die Blamage schon wieder vergessen und steige beschwingt aus der kühlen Tiefe zurück in das pulsierende Leben Bostons. Ich gehe zwei Querstraßen weiter und stehe vor der kleinen Galerie, deren Adresse auf dem Flyer angegeben ist. Von den Kollegen der anderen Magazine ist niemand zu sehen. Merkwürdig, sonst stehen doch immer mindestens drei oder vier rauchend vor der Tür … *Oh nein, bin ich etwa schon wieder zu spät?* Schwungvoll öffne ich die gläserne Eingangstür und gehe hinein.

»Ja, bitte?«, fragt eine hagere Frau mit einem schwarzen Pagenschnitt.

»Hallo, ich bin Avery von *Women's Life*. Ich bin hier für die Ausstellung von Vincent Tauber.«

»Oh … Das tut mir leid. Hat man Sie denn nicht informiert? Die Ausstellung ist bereits vor zwei Wochen abgesagt worden.« Sie schaut mich zuerst entschuldigend und dann ein wenig mitleidig an.

»Oh …« Was anderes fällt mir nicht ein. Das ist mal wieder typisch für mich. Wahrscheinlich wurde ich informiert und habe es verpeilt. »Alles klar. Dann weiß ich Bescheid.

Danke …« Bevor ich mich umdrehen kann, fällt mir noch etwas ein: »Ach so, haben Sie denn in der nächsten Zeit andere Ausstellungen?«

Sie lächelt mich an. »Selbstverständlich. Ich gebe Ihnen den Flyer für unsere nächste Vernissage mit. Wir würden uns freuen, wenn Sie es einrichten könnten.«

Ich verabschiede mich und trete wieder auf die Straße. Mit einem Seufzer schaue ich zuerst auf meine Uhr und dann in den Himmel. Na, wenigstens scheint die Sonne.

Cade

Ich sitze in meinem Lieblingscafé in Beacon Hill, wie immer, wenn mir niemand zuvorkommt, auf dem schon recht durchgesessenen roten Sofa in der Ecke. Vor mir steht irgendein fancy Kaffee mit ungefähr fünf verschiedenen Extras. Dabei hätte Filterkaffee gereicht, aber so etwas Profanes bekommt man hier natürlich nicht.

Mein Blick gleitet über den Ausdruck vor mir. Mit einem Kugelschreiber fahre ich jede einzelne Zeile entlang, um den Code zu bereinigen, den ich geschrieben habe. Manchmal neige ich dazu, Befehle nicht ganz so schlank zu schreiben, wie sie sein könnten. Aber am Bildschirm fallen mir die Fehler dann nicht auf. Nur hier, auf dem weißen Blatt Papier, kann ich sie finden. Ich habe mich schon ein paar Mal gefragt, wieso das so ist, aber eigentlich ist es egal. Hauptsache, ich finde auf diese Weise die Bugs in meiner Programmierung.

Ohne hinzusehen, hebe ich meine Tasse, trinke einen Schluck und kann gerade so eine angewiderte Grimasse unterdrücken. Das Zeug sieht vielleicht aus wie Kaffee, aber schmeckt überhaupt nicht danach. Kein bisschen. Vielleicht hätte ich doch einfach eine Limonade bestellen sollen, wie sonst auch.

Als mein Handy pingt, schaue ich drauf. Eine Nachricht von Christopher.

Mick hat schon wieder eine neue Idee.

Ich stöhne auf. Das kann doch nicht sein. Wenn es nach Michael geht, werden wir nie fertig.

Was denn für eine?

Ich mag es nicht zugeben, aber eigentlich rockt sie. Es ist eine Extrafunktion für die To-do-Liste.

Wenn ich vor zwei Jahren gewusst hätte, wie viel Arbeit es ist, eine beschissene App zu entwickeln, hätte ich es gelassen. Okay, wahrscheinlich nicht, aber ich rede mir das gerne ein. Es gibt mir das Gefühl, die Verantwortung weit von mir schieben zu können.

Zähneknirschend bewege ich meine Finger über den Touchscreen.

Er soll sich dransetzen.

Ehrlich gesagt, weiß ich nicht, ob das eine gute oder eine schlechte Idee ist. Aber wenn man mit einem Genie zusammenarbeitet, muss man manchmal Chaos in Kauf nehmen. Oder?

Ich widme mich wieder meiner eigenen Aufgabe, aber irgendwie bin ich zu aufgeregt. Jetzt will ich auch wissen, was Michael geplant hat. Mit einem leisen Fluchen packe ich meine Sachen zusammen und mache mich auf den Weg zurück ins Büro.

Die Sonne scheint, und ich genieße den kurzen Fußweg in unsere kleine Höhle. Und das ist nicht einmal eine Übertreibung. Wir haben die Vorhänge zugezogen, damit kein Licht auf die Bildschirme fallen kann. Programmierer könnten auch Vampire sein. Mich würde das nicht wundern. Wobei ich die berühmte Ausnahme darstelle – mir ist es immer zu düster, was bereits zu vielen Diskussionen mit meinen Partnern und besten Freunden geführt hat.

Avery

Als es Zeit wird für meinen nächsten Termin, stehe ich auf und packe meine Tasche.

»Bist du dir sicher, dass du dieses Mal den richtigen Zeitpunkt aufgeschrieben hast?«, scherzt meine Kollegin Sarah.

»Ich hoffe es, aber ich kann dafür keine Verantwortung übernehmen«, gebe ich zu.

Sie lacht. »Das wird schon. Vielleicht hat die Chefin ja bald ein Einsehen, und du bekommst eine Assistentin.«

»Oh, ich bete jeden Tag dafür.« Ich werfe mir die Tasche

über die Schulter, wobei ich den Stifteköcher umreiße und alle Kugelschreiber rausfallen. »Auch das noch«, murre ich vor mich hin. Sarah lacht, hilft mir dann aber beim Aufräumen.

»Stress dich nicht, Ave. Ich glaube, du erwartest immer zu viel von dir selbst.«

»Danke dir.« Ein Blick auf die Uhr bestätigt, dass ich mich mal wieder beeilen muss, um rechtzeitig zu kommen.

Ich eile die Treppe hinunter auf die Straße, wende mich nach rechts Richtung U-Bahn und schaue noch einmal auf die Uhr. Knapp wird das, ganz knapp.

Also beschleunige ich noch mal das Tempo, biege hastig um die Ecke und laufe plötzlich gegen etwas Festes, und etwas kochend Heißes läuft an meiner Vorderseite hinunter. Erschreckt schreie ich auf und versuche den Stoff meiner weißen – oder nunmehr braunen – Bluse von meiner Haut zu ziehen. Verbrennungen haben mir gerade noch gefehlt, das brauche ich nicht auch noch heute.

»Es tut mir sehr ...«, erklingt eine samtweiche Stimme. Hm, da könnte man sich hineinfallen lassen. Perfekter Märchenerzähler für Erwachsene. Ich bin versucht, die Augen zu schließen und ihr einfach noch einen Moment länger zuzuhören. Doch ...

»Avery?«, fragt die Stimme nun eindeutig verwirrt.

Die Stimme kennt meinen Namen? Ich schaue hoch, vergesse die nasse, mittlerweile abgekühlte Bluse und sehe in ein paar Karamellaugen. Oh Gott. Karamellaugen!

»Ich ... wow ... was machst du hier?«, fragt der Märchenerzähler und weiß offenbar nicht, ob er lächeln oder schreien soll, ob er angeekelt oder amüsiert sein soll, erfreut oder wütend.

»Ich muss los«, murmele ich, ziehe den Kopf ein und renne beinahe die Straße entlang. *Nein, nein, nein!* Oh, Schicksal, wie kannst du mir das antun? Es hat so lange, so unglaublich lange gedauert, ihn zu vergessen, nein, nicht zu vergessen, aber damit klarzukommen, dass er nun kein Teil meines Lebens mehr ist. Und jetzt das?

Aber er ist schneller, er war es schon immer. Von hinten greift er nach meinem Arm und bringt mich zum Stoppen.

»Avery, komm schon«, murmelt er und ist mir so nah, viel zu nah.

Ich schüttele den Kopf, halte ihn gesenkt, will nicht, dass er in meinem Gesicht lesen kann, in meinen Augen. »Ich muss gehen. Ich bin schon viel zu spät dran.« Und das stimmt ja auch, es ist nicht vollends gelogen. Die pünktliche Ankunft kann ich vergessen.

Ich spüre, dass er irritiert ist, fühle es in seinen Fingern, die sich plötzlich anders auf meinem Arm anfühlen, erahne es in der Anspannung seines Körpers, und bei einem kurzen Aufschauen sehe ich es in der Härte seines Kiefers, in der Kraft, die er aufwendet, um die Zähne aufeinanderzubeißen. Nicht zu vergessen in seinen Augen, die jetzt gar nicht mehr karamellig aussehen, sondern feurig. Den Blick kenne ich so genau.

»Wir haben uns zwölf Jahre nicht gesehen, und du willst mich nicht mal anschauen? Hast keine Minute, um einfach nur mal Hallo zu sagen?« Seine Stimme klingt auf einmal rau, gar nicht mehr so samtig wie zuvor.

Stumm schüttle ich den Kopf und wünsche mich weit weg. *Wie wäre es mit Vanuatu? Das wäre doch ideal …*

»Ich hab dich nie für feige gehalten.«

Mein Kopf schnellt hoch, meine Augen verengen sich zu

einem wissenden, herausfordernden Blick. Mein eisiges Grau trifft auf sein loderndes Feuer. »Was hast du gesagt?«

»Ich hab gesagt, dass du feige bist, Avery McIntyre.«

»Und du bist genauso ein selbstherrlicher Arsch wie früher, Cade Turner! Aber du kannst nach so vielen Jahren nicht erwarten, dass ich alles stehen und liegen lasse, nur weil du plötzlich aus dem Nichts auftauchst!«, fauche ich.

Ein träges Grinsen erscheint auf seinem Gesicht, und einen Moment sieht er so aus, als hätte er aus dem Sahnetopf genascht. Dann hebt er langsam seine Hand. Er fasst an meinen Pferdeschwanz und zieht leicht daran. Ich stocke, in mir zieht sich alles zusammen. So ein beschissener Arsch!

Natürlich war ich damals viel zu klein, um mich zu erinnern, aber so hat es mir meine Mutter immer und immer wieder erzählt. Als ich drei Jahre alt war, saß ich mit meinen Förmchen und Schäufelchen im Sandkasten. Glücklich vor mich hin glucksend backte ich Sandkuchen und bot sie meiner Mama an, die auf einer Bank am Rand saß. Als ich aufsah, kam ein kleiner Junge auf mich zu. Karamellfarbene Augen, dunkelbraune Haare. Er ließ sich neben mich plumpsen und beobachtete mich einen Moment. Dann hob er langsam die Hand und zog an meinem blonden geflochtenen Zopf. Empört schaute ich auf und blickte in belustigte Augen, die sich nach einem Moment skeptisch bewölkten.

Ich drehte mich um und sah einen anderen kleinen Jungen auf uns zukommen. Er setzte sich neben uns und griff mir ebenfalls an den Zopf, wofür er von dem ersten Jungen gehauen wurde. Während der zweite anfing zu brüllen, schaute mich der erste selbstgefällig an. Noch einmal zog er leicht, und dieses Mal … lächelte ich.

»Das ist so unfair«, zische ich Cade an.

»Ich hab nie behauptet, fair zu spielen«, gibt er zurück. »Also, was machst du hier?«

Ich schaue ihn böse an, was ihn aber nur zum Lachen bringt. Früher hat er immer gesagt, Angst vor mir zu haben, wäre in etwa so, wie vor Bambi Angst zu haben.

Die Situation ist wirklich nicht leicht. Hochgradige Herzverwirrungsgefahr. Also für mich. Unser letzter Kontakt war nicht … Ich schlucke. *Nein, nicht dran denken.*

»Ich arbeite hier.«

Er zieht die Augenbrauen hoch. »Seit wann arbeitest du in Boston?«

»Seit sechs Monaten.«

Langsam nickt er. »Was machst du?«

Ich schaue ihn zweifelnd an. »Warum interessiert dich das? Wir haben uns zwölf Jahre nicht gesehen. Und das hatte Gründe, Cade. Warum soll ich dir jetzt mitten auf der Straße mein Leben erzählen?«

Er zuckt mit den Schultern. »Hast recht. Eigentlich ist es vollkommen egal.« Er kommt einen Schritt näher. Ist er größer geworden? Breiter auf jeden Fall. Solche Schultern hatte er damals nicht. »Aber irgendwie auch nicht, Avy.« Er streicht eine Strähne meiner unbändigen Haare hinter mein Ohr. »Vielleicht …«

Er bricht ab. Ich schaue zu ihm auf, blicke in seine so wunderbaren Augen, die mich immer in ihren Bann gezogen haben.

Er schüttelt den Kopf. »Nein, lassen wir das. Du musst zu deinem Termin. Oder was auch immer gerade so wichtig ist.«

In meinem Hirn bilden sich eine Million Fragezeichen. Was ist das denn?

Er lächelt noch einmal kurz und dreht sich dann um. Schnell und brüsk ist sein Schritt, als könnte er gar nicht schnell genug von mir wegkommen. Ohne es zu wollen, starre ich ihm hinterher. Auch von hinten sieht er sehr gut aus. Seine Kleidung sitzt makellos. Unwillkürlich wandert mein Blick nach unten. Ja, auch sein Hintern sieht in den Jeans echt heiß aus.

Wehmut erfasst mich. Und irgendwie fühlt es sich an, als würde alles in mir zum zweiten Mal zerbrechen. In mir breitet sich eine tiefe Traurigkeit aus. Dieser Mann – nein, damals war er noch ein Junge – war immer die andere Hälfte meiner Seele. Zumindest dachte ich das. Aber man kann sich nicht immer aussuchen, wie sich die Dinge entwickeln, oder? Manchmal ist man nicht der Kapitän des eigenen Lebens, sondern nur ein Beifahrer, und andere lenken es. Ihre Entscheidungen mögen nicht deine sein, aber … du kannst es auch nicht ändern. Du bist wie erstarrt. Und wenn du aufwachst, ist alles anders als zuvor, und du erwachst in einer neuen Welt, deren Regeln du nicht verstehst. Die besagen, dass dein bester Freund, dein Seelenverwandter, die Liebe deines Lebens nicht mehr dir gehört. Nie mehr. Er ist aus deinem Leben verschwunden, und du kannst nur noch die Trümmer aufräumen oder dich in eine Ecke zum Sterben legen.

Ich hatte mich für Letzteres entschieden, aber man hat mich nicht gelassen.

Und der Grund dafür ist …

Mein Handy klingelt.

»Hi, Mom«, sage ich leise.

»Hallo, Süße! Geht es dir gut? Ich hatte plötzlich das Gefühl, dass irgendwas mit dir nicht stimmt.«

Ich seufze. Meine Mutter hatte schon immer einen sechsten Sinn, was mich anging. Immer, wenn es mir schlecht geht, spürt sie es.

»Ich hab gerade Cade gesehen.« Meine Stimme klingt merkwürdig monoton, wie losgelöst von mir. »Oder vielmehr, ich bin mit ihm zusammengestoßen.«

»Oh«, haucht sie.

Sie weiß alles über ihn, über mich, über uns. Und sie war es auch, die nicht zugelassen hat, dass ich mich in eine Ecke zum Sterben legte. Sie hat mich ins Licht gezerrt, mir gesagt, dass andere Mütter auch schöne Söhne haben – aber mal ehrlich: So einen schönen Sohn hat keine! – und dass ich mich nicht wie ein Baby verhalten soll. Sie war und ist die Kavallerie, die kommt, wenn der Kampf schon fast verloren ist.

»Geht es dir gut, Avy?«, fragt sie ruhig, und ich stelle mir vor, wie sie am Fenster steht und an ihren Blumen herumzupft.

Ich seufze. »Ja, Mom. Es ist beinahe ein halbes Leben her. Es ist … nun ja … wie es eben ist.«

Für einen Moment ist es still in der Leitung. »Aber es hat dich aufgewühlt, ihn zu sehen.«

Ja, klar. »Er ist einfach abgehauen, Mom. Wir haben kaum drei Sätze geredet, und dann ist er abgehauen. Was soll ich davon halten?«

»Ach, Avy …«

»Nein, Mom. Es ist seit mehr als einer Ewigkeit vorbei, es bleibt dabei. Ich war einfach nur überrascht, auf ihn zu treffen.« Meine Stimme hört sich kalt an, aber nur so kann ich mein Herz schützen. Und das hämmert immer noch viel zu schnell in meiner Brust.

Sie seufzt schicksalsergeben. »Okay, Süße, solange es dir gut geht …«

»Tut es.« Ich spiele das alles ein bisschen herunter. Meine Mom muss nicht wissen, wie sehr mich die Begegnung aus der Bahn geworfen hat. Es ist, als wäre kaum Zeit vergangen. All die Gefühle von früher kehren plötzlich zurück, die guten und die schlechten. Und sie verwirren mich. Weil ich dachte, dass ich schon damit abgeschlossen hatte. Aber vielleicht ja doch nicht … Dieser Gedanke bringt mich zurück in die Gegenwart. Und zum ersten Mal in den letzten Minuten fällt mir Dylan ein. Schuldbewusst beiße ich mir auf die Lippe, weil mein Freund erst jetzt wieder in meinem Kopf auftaucht. »Mir geht es gut mit Dylan.«

»Ja, Dylan …« Sie spricht seinen Namen komisch aus, wie immer. Sie mag ihn nicht, aber das ist ja auch ganz unerheblich, weil ich ihn mag. Oder liebe ich ihn? Ich mag ihn. Sehr. Ja, mögen ist das richtige Wort.

Ich schaue auf meine Uhr. »Ich muss jetzt auch los, Mom. Ich bin auf dem Weg zu einem Termin.«

»Kommst du zu Dads Geburtstag?«

Schon immer fand ich es komisch, dass sich meine Eltern mit Mom und Dad ansprechen. Sie haben schließlich auch Vornamen, aber sie beide mögen es so und bleiben dabei.

»Natürlich, Mom«, verspreche ich und lege nach einer kurzen Verabschiedung auf.

Ich liebe meine Eltern, wirklich, aber manchmal ist es schon nervig, wenn sie immer wie das gute Gewissen über mir schweben. In solchen Momenten wünsche ich mir eine tiefgreifende Entfremdung … Ach, nein. Auch wenn ich manchmal am liebsten vor ihnen davonlaufen würde, würde ich doch nie auf sie verzichten wollen.

Cade

Avery *fucking* McIntyre. Meine Avy. *Nein*, korrigiere ich mich sofort, *nicht meine*. Meine ist sie schon lange nicht mehr. Ich habe sie von mir gestoßen, bin gegangen. Mit den Fingern fahre ich mir durch die Haare, während ich planlos die Straße hinunterlaufe.

Sie sah gut aus. Nicht wie diese aufgebrezelten Tussis, sondern wie … Avery eben. Ihre Frisur ist anders. Sie hatte immer glatte Haare, jetzt waren sie verwuschelt, aber wunderschön und wild. *Nein! Denk nicht so über sie!* Das ist lange vorbei.

Ihre stahlgrauen Augen, die eigentlich kalt aussehen sollten, haben warm und herzlich gestrahlt. Wie damals. Sie ist so anders und gleichzeitig auch nicht. Sie ist erwachsener geworden, und irgendwie auch weicher. Weiblicher.

Sie zu verlassen war das Schlimmste, was ich in meinem Leben je getan habe, und heute, zwölf Jahre später, frage ich mich immer noch, ob das die richtige Entscheidung gewesen ist oder ob ich das Beste, was mir je passiert ist, für nichts und wieder nichts weggeworfen habe.

Ich weiß nicht, wo ich hinlaufe, aber es ist auch egal. Nur weg. Weg von *ihr*.

Das Stechen in meiner Brust kommt mir vertraut vor – sie fehlte mir die ganze Zeit, aber der Schmerz war abgestumpft, war nur noch dumpf. Nun ist er wieder entflammt, als wäre die Trennung erst gestern geschehen. Wie verrückt das Leben manchmal ist … und wenn ich ehrlich mit mir bin, wollte ich gar nicht gehen. Ich wollte sie in meine Arme ziehen, sie küssen, bis ihr schwindelig wird. Wollte hören, wie sie meinen Namen sagt. Wenn sie ihn aussprach, klang er immer besser als bei allen anderen. Aber dann haben meine Beine ein Eigenleben begonnen und mich von ihr weggeführt. Von *ihr*. Wieso, ist mir immer noch schleierhaft. Eigentlich wollte ich doch mit ihr reden und war sogar irritiert, weil sie nicht von sich erzählen wollte, und dann brach plötzlich wieder alles über mich herein. Ich erinnerte mich an ihren Gesichtsausdruck, als ich mit ihr Schluss gemacht habe. Sie war so … zerstört.

Als ich endlich wieder bewusst meine Umgebung wahrnehme, sehe ich, dass ich in einem kleinen Park angekommen bin. Ich setze mich auf eine Bank, atme tief durch. *Ganz ruhig, Mann*, sage ich mir. Es ist nur Avy. Nur. Ja, klar. Wen will ich verarschen?

All meine ersten Male habe ich mit ihr erlebt. Die großen ersten Male, den ersten Kuss, den ersten Sex, den ersten Herzschmerz, aber auch all die kleinen. Das erste Mal vom Dreimeterbrett springen. Das erste Mal Poker spielen. Das erste Mal das Gefühl haben, dass man der wichtigste Mensch für jemanden ist …

Ich stütze die Ellenbogen auf die Knie, vergrabe mein Gesicht in den Händen und atme ihren Geruch ein, der noch immer wie eine Erinnerung an ihnen haftet. Sie riecht immer noch nach Zitronen. Alle meine guten Erinnerungen sind von diesem einen Duft begleitet, dem Duft nach Zitronen.

»Nicht so schnell«, jammerte Avery, aber ich zog sie hinter mir her. An der Ecke wartete der Eiswagen. Meine Mom lief langsam hinter uns her. Ich wusste, wenn ich mich umdrehte, würde sie mich anlächeln, weil ich Avy seit mehr als einem Jahr kaum aus den Augen und von den Händen gelassen hatte.

Ungeduldig standen wir vor dem Wagen, und der nette Mann beugte sich zu uns. »Na, was wollt ihr?«

Ich schaute Avy fragend an. Ihre Augen leuchteten, als sie sagte: »Zzzitrone.« Sie lispelte. Ich grinste, nahm auch Zitrone, und Mom bezahlte für uns.

Als wir drei Schritte gegangen waren, fiel ihr Eis auf den Boden. Sie schaute mich entsetzt an, ihre Unterlippe fing an zu zittern, die schönen Augen füllten sich mit Tränen.

Ich reichte ihr mein Eis, und auf ihrem Gesicht ging die Sonne auf.

»Danke«, murmelte sie, leckte an meinem Eis, bevor sie es mir hinhielt und wir gemeinsam die Kugel verspeisten. Meine Mom lief hinter uns, und ich wusste, dass sie lächelte, weil ich alles für Avy tat. Und Avy für mich.

Kapitel Zwei

Avery

Als ich abends nach Hause komme, sitzt Mr. Spock maunzend an der Tür. Sie kann es gar nicht leiden, wenn ich den ganzen Tag unterwegs bin. Ich habe die Katze von meinen ehemaligen Nachbarn in Los Angeles, deren dreizehnjähriger Sohn sie Mr. Spock nannte, wahrscheinlich als Ausdruck der Rebellion gegen gängige Klischees und die Festlegung von geschlechtlichen Rollen und Erwartungen. Oder vielleicht einfach nur, weil er es witzig fand.

Ich nehme sie hoch und genieße, dass sie ihr Köpfchen an meinem Gesicht reibt.

»Na, meine Kleine. Hast du mich vermisst?«, murmele ich, während ich sie in die Küche trage. Sie schnurrt mich glücklich an und beginnt mit ihren Vorderpfoten auf meinem Arm rumzukneten.

Ich setze sie auf die Arbeitsplatte und öffne eine Dose Futter. Anschließend beuge ich mich runter, um ihren Napf zu füllen, und wie jeden Abend springt sie auf meinen Rücken. Sie macht es sich dort bequem und rollt sich zusammen.

»Spocky, runter von mir«, sage ich, auch wie jeden Abend. Dies ist ein gut einstudierter Sketch. Denn je mehr ich versuche, sie abzuschütteln, desto fester krallt sie sich an meiner Kleidung und – aua! – an meiner Haut fest. Am Ende richte ich mich einfach auf, sie rutscht an mir herunter und landet auf dem Boden. Und meine Bluse hat ungefähr tausend Fäden gezogen.

Beleidigt dreht sie mir den Rücken zu und macht sich über ihr Fressen her. Undankbare kleine Kröte, denke ich, während ich den Kühlschrank öffne. Ich mache mir ein Sandwich mit Marmelade und Erdnussbutter, gieße mir ein Glas Wein ein und setze mich mit einem Stapel Magazine auf die Couch.

Ich arbeite als Redakteurin für ein Lifestylemagazin, was bekanntlich der neumodische Begriff für Klatschblatt ist. Ich bin für die Rubrik *Was gibt's Neues?* zuständig. Das kann alles sein, von einem besonderen Küchenutensil und einem neuen Megabestseller, bis hin zu einem neuen Gesetz oder einer hippen Show. Ich gebe zu, das mit dem Gesetz kommt nicht so häufig vor, immerhin sind wir ein Frauenmagazin. Damit will ich nicht sagen, dass Frauen sich nicht für Politik interessieren, aber diese Frauen lesen dann wohl eher selten unser Blatt. Theoretisch jedoch darf ich über alles schreiben, was ich will.

Bis es von meiner Chefin abgesegnet wird. Oder auch nicht. Sie ist da eher, sagen wir, konservativ. Sie glaubt, in so ein Magazin wie unseres gehören Unterhaltungsthemen, und nur weil *Occupy Wall Street* wieder einmal die Schlagzeilen ziert, müssen wir nicht unbedingt auch darüber schreiben. Aber meist lässt sie mir freie Hand. Ob ich über einen neuen Supervibrator oder einen hippen Künstler aus Boston schreiben will, interessiert sie nicht.

Ich mag nicht den anspruchsvollsten Job der Welt haben, aber ich liebe ihn. Es gefällt mir, skurrile neue Dinge zu finden, unentdeckte Künstler zu unterstützen oder die neusten Eissorten des Sommers durchzuprobieren. Und dass ich nicht immer über gesellschaftlich relevante Themen schreiben darf … nun ja, man kann nicht alles haben, oder?

Ich blättere durch die Zeitschriften und knicke Eselsohren an Stellen, die ich interessant finde und später noch mal nachlesen möchte. Nach einigen Minuten hat mir Mr. Spock verziehen und kuschelt sich auf meine Beine. Aufdringlich bettelt sie um Aufmerksamkeit, die sie – natürlich – auch bekommt. Schließlich ist eines ganz klar: Ich bin nicht der Boss hier. Das verdeutlicht sie mir, als ich versuche, aufzustehen, um mir noch ein Glas Wein zu holen. Als ich ihre Krallen aus meiner Hose gezogen habe, ist diese voller Löcher. Irgendwas muss ich falsch machen, andere Menschen haben doch auch Katzen und eine tadellose Garderobe.

Nachdem ich mir noch einen Schluck Rotwein eingeschenkt habe, starre ich in die dunkle Flüssigkeit in meinem Glas. *Cade*. Die Begegnung heute war wie ein Schlag in die Magengrube.

Er war so lange ein Teil meines Lebens. Ich dachte, er wäre der Eine. In Gedanken hatte ich schon Hochzeitskleid und Babystrampler ausgesucht. Okay, ich war erst achtzehn, aber zu diesem Zeitpunkt kannte ich ihn schon fünfzehn Jahre. Er war immer mein bester Freund, derjenige, auf den ich mich zu einhundert Prozent verlassen konnte. Er war mein Erster in jeder Weise, und ich wollte, dass er auch mein Letzter ist. Und alle dazwischen. Ich … ich hatte mir niemals vorstellen können, dass wir mal so enden würden. Er und ich, nicht zusammen, sondern getrennt.

Ich trinke einen Schluck, kraule Spocky, die wieder bei mir ist, hinter den Ohren und ignoriere den nervös zuckenden Schwanz, der anzeigt, dass ihre Stimmung gleich umschlagen wird.

Vor etwa sieben Jahren habe ich mal versucht ihn zu googeln, aber Cade Turner ist ja eher ein Allerweltsname. Ein Handy hatte er früher nicht, und ich wusste, dass er nicht mehr bei seinem Vater zu Hause wohnte. Das Haus meiner Eltern liegt seinem gegenüber, und daher sehe ich Mr. Turner immer dann, wenn ich meine Eltern in Irvine, meiner beschaulichen Heimatstadt in Kalifornien, besuche. Was, ehrlich gesagt, früher wesentlich häufiger vorkam. Ich bin ganz in der Nähe auf die UCLA gegangen. Dann habe ich für zwei Magazine in Los Angeles gearbeitet, bevor ich diesen Wahnsinnsjob angeboten bekam. Hier in Boston, am anderen Ende des Landes. Seitdem war ich noch nicht wieder zurück in Irvine. Aber ich fliege bald zum Geburtstag meines Vaters. Ich kann es nicht erwarten, meine Eltern wiederzusehen. Vielleicht auch ein paar Freunde.

Und neben einer Auffrischung, wie sich ein gebrochenes Herz anfühlt, bekomme ich jetzt auch noch Heimweh. Na toll!

Wie bekämpft man ein emotionales Tief? Mit mehr Wein. Als die Flasche leer ist, bemerke ich, dass das gar keine gute Idee war, denn jetzt bin ich noch trauriger. Oder vielleicht war es doch die Lösung, denn die vielen Tränen machen müde, und ich schlafe auf der Couch ein.

»Du musst Avery sein«, sagte die Lehrerin lächelnd. Es war mein erster Schultag, aber für alle anderen hatte dieser bereits vor drei Wochen stattgefunden. Ich aber hatte Scharlach gehabt. Sechs Wochen lang musste ich das Bett hüten.

Vor Angst zitterten mir die Knie. Alle kannten sich bereits, nur ich war die Neue und kannte fast niemanden. Ich schaute durch die Klasse, sah die Jungs und Mädchen und blieb an karamellfarbenen Augen hängen, die mich belustigt anschauten. Einen kannte ich doch. Cade.

»Möchtest du dich neben Danielle setzen?«, fragte mich die Lehrerin, Ms. Hammond.

Ich schüttelte den Kopf. Obwohl es mir Angst machte, griff ich nach den Trägern meines Rucksacks, hielt mich an ihnen fest und marschierte durch die ganze Klasse, bis ich neben Cade stand. Er grinste, als ich mich neben ihn setzte.

»Ich hab dir den Platz freigehalten, Avy«, sagte er mir leise ins Ohr.

Die Klasse tuschelte, bis Ms. Hammond um Ruhe bat. Immer wieder wurden uns Blicke zugeworfen.

In der Pause gab ich ihm mein Pausenbrot, Schinken und Käse, und er gab mir seins, Erdnussbutter und Marmelade. Er wusste, wie sehr ich diese Kombination liebte, und grinste, als ich hineinbiss.

»Wieso magst du mich nicht?«, fragte ein kleines Mädchen, als ich vor der Klingel noch schnell auf die Toilette huschte.

Verwundert schaute ich sie an. »Tut mir leid«, murmelte ich. »Wie heißt du noch mal?«

»Danielle. Du wolltest nicht neben mir sitzen«, sagte sie anklagend.

»Das hatte nichts mit dir zu tun, aber Cade ist mein bester Freund«, erklärte ich.

Im Nu änderte sich ihre Haltung. »Wirklich? Er ist so süß.«

Süß? Cade? Ich zuckte mit den Schultern. Ich war sechs. Mich interessierte, dass er gut darin war, die Leiter zu meinem Baumhaus hoch- und runterzuklettern, dass er manchmal bis in die Krone des Baumes stieg, um mir die letzten Kirschen zu pflücken. Mich interessierte, dass er nicht so lange unter Wasser tauchen konnte wie ich. Mich interessierte, dass er mit mir sein Sandwich tauschte. Aber ob er süß war? War mir egal. Er war mein Freund. Mein bester Freund.

»Findest du ihn nicht süß?«, fragte sie.

»Er ist Cade.«

»Ja, Cade«, schmachtete sie, und ich fragte mich, warum sie so komisch redete. Er war doch nur ein Junge.

»Er ist okay für einen Jungen«, sagte ich.

Sie schaute mich an und schien sich einen Ruck zu geben. »Dann geht ihr nicht miteinander?«

»Gehen? Doch, wir gehen immer zusammen nach Hause.«

Sie kicherte. »Nein, das meine ich nicht. Ich meine … küsst du ihn?«

»Igitt! Echt jetzt? Bäh!« Ich konnte gar nicht angeekelt genug gucken.

Sie grinste zufrieden. Und ich wusste nicht, wieso.

Ein paar Tage später kam Danielle dann wieder zu mir und fragte: »Gibst du ihm diesen Brief?«

Ich nickte und steckte ihn in die Tasche.

Als ich neben Cade im Klassenzimmer saß, schob ich den Brief zu ihm rüber. Er schaute mich verwundert an, bevor er ihn öffnete.

Willst du mit mir gehen? Ja, Nein, Vielleicht.

»Wohin will sie mit dir gehen?«, fragte ich ihn leise.

Man sah ihm an, dass er das Lachen zurückhielt, weil ich mich mal wieder als kleines Naivchen outete. »Sie will meine Freundin sein.«

Ich schaute ihn zweifelnd an. »Aber ich bin deine Freundin.«

Er grinste. »Sie will meine Hand halten.«

Verrückte Leute … »Wieso?«

»Das machen Freunde.«

»Wir machen das nicht.«

Er grinste und zeigte dabei seine Zahnlücke, was ihm einen sehr frechen Ausdruck verlieh. »Wir sind nicht solche Freunde.«

»Woher weißt du das alles?«

Er zuckte mit den Schultern. »Hat mir Jeremy erzählt.«

Jeremy, ein Junge aus der Nachbarschaft und so was wie ein Halbgott, weil er immerhin schon neun war, musste es schließlich wissen. Ich nickte also, als wären seine Worte die pure Weisheit.

»Und willst du sie als Freundin?«

Er kreuzte Nein *an. »Ich hab doch schon dich.«*

Cade

»Hey«, sage ich, als ich am Abend in das schicke Restaurant komme, in dem meine Freundin Melinda bereits auf mich wartet.

Sie schaut mich missbilligend von oben bis unten an. »Wolltest du nicht einen Anzug anziehen?«

Ich beuge mich zu ihr, will sie auf die Lippen küssen, aber sie hält mir die Wange hin. Diese High-Society-Begrüßung hasse ich. Ich will meine Freundin nicht nach irgendwelchen Regeln küssen müssen, sondern so, wie es uns gefällt. Aber etwas Gutes hat ihre kühle Begrüßung auch. Ich muss mir wohl keine Sorgen machen, dass wir uns heute nahekommen.

Irgendwie fände ich das komisch, wenn mir noch immer eine andere Frau im Kopf herumspukt.

»Entschuldige die Verspätung«, sage ich und blicke an mir herunter auf meine Jeans und die Sneaker, »und den Aufzug. Ich hatte keine Zeit mehr zum Umziehen.«

Sie zieht eine Augenbraue hoch. »Du bist der Einzige, der mit Turnschuhen in ein Fünf-Sterne-Restaurant geht.«

»Danke.« Ich schenke ihr mein Markenzeichen-Lächeln, das mir schon so manche Tür geöffnet hat, rein beruflich, meine ich natürlich.

»Das war kein Kompliment«, antwortet sie unbeeindruckt.

Wieso bin ich mit der einzigen Frau zusammen, die mir widerstehen kann? Das ergibt irgendwie keinen Sinn. Obwohl … Herausforderungen haben mich schon immer magisch angezogen. Melinda ist wunderschön auf eine kühle Art, was mir sehr gefällt. Sie ist niemand, den man auf den ersten Blick liebt, aber sie wächst einem ans Herz, wenn man sie kennenlernt. Dann erkennt man, wie sie unter der rauen Schale wirklich ist. Leidenschaftlich, großzügig, hart arbeitend für die, die sie liebt. Sie versetzt Berge, wenn das ihrer Familie und ihren Freunden nützt. Manchmal nervt mich ihre High-Society-Art, aber ihre guten Seiten überwiegen die negativen. Bei Weitem. An jedem anderen Tag bin ich mir bewusst, dass ich eine tolle Frau an meiner Seite habe. Nur heute … heute habe ich ja die eine Frau getroffen, die als Maßstab für alle gilt.

Ich setze mich auf den Stuhl neben sie, was sie hasst, weil man das so nicht macht. Aber ich mag es, denn dadurch sind wir uns näher. Heute würde ich allerdings gerne ein wenig Abstand zwischen uns bringen, da ich befürchte, dass sie meine Gedanken lesen kann, die sich nicht um sie drehen. Allerdings kann ich mich schlecht auf die andere Seite setzen, weil sie dann wissen würde, dass etwas nicht stimmt. Ich streichele ihr über die Hand, bevor ich nach dem Menü greife, das bereits am Platz liegt.

»Wie war dein Tag?«, frage ich sie.

Melinda ist die Tochter eines Kongressabgeordneten von Massachusetts. Früher hat ihr Vater eine Bank geleitet, Geld hat also nie eine Rolle in ihrer Familie gespielt. Die meisten würden denken, dass Melinda von Beruf hauptsächlich Tochter ist. Und das stimmt auch zu einem gewissen Teil. Aber nur, weil man kein Geld für seine Arbeit bekommt, heißt es nicht, dass man nicht auch hart arbeitet. Gemeinsam mit ihrer Mutter engagiert sie sich für verschiedene Wohltätigkeitsorganisationen, ist in Clubs und Vereinen tätig und leitet das Wahlkreisbüro ihres Vaters gemeinsam mit Lewis Vaughan. Aber ihre eigentliche Sternstunde wird kommen, wenn ihr Vater sich wieder im Wahlkampf befindet.

»Sie versuchen im Kongress ein paar der Gesetze zurückzunehmen, die nach der Lehman-Pleite verabschiedet wurden. Den ganzen Tag haben Leute angerufen, die dagegen sind. Aber ich bitte dich … Das ist nun mal unser System. Kapitalismus und Demokratie. Wenn wir unsere Unternehmen daran hindern, Gewinne zu machen, schaden wir der gesamten Wirtschaft.«

Wieder einmal macht es sich Melinda sehr leicht, aber ich habe schon früh erkannt, dass es sich nicht lohnt, mit ihr – oder ihrer Familie – über Politik zu diskutieren. Zum einen wissen sie eh alles besser, und zum anderen ändern sie niemals ihre Meinung. Schon gar nicht, wenn *Daddy* sie als sakrosankt ausgibt.

»Hm«, mache ich, weil ich gerade überlege, ob ich das Steak lieber mit Kartoffelpüree oder mit Pommes möchte.

»Du könntest ein bisschen mehr Interesse heucheln«, gibt sie eisig zurück.

Ich blicke auf. »Hey, entschuldige. Ich war abgelenkt. Ich finde deinen Job interessant und wichtig.«

»Ja, natürlich.«

»Doch, wirklich. Es ist nur so, dass wir da unterschiedlicher Meinung sind.«

Sie lacht spöttisch auf. »Natürlich. Du kommst ja aus Kalifornien.« Sie stellt dies fest, als wäre das ansteckend.

»Na ja, Neuengland ist auch nicht unbedingt eine republikanische Hochburg«, gebe ich zurück.

Was wieder die falsche Antwort war. Ehrlich gesagt, weiß ich das auch, aber es ärgert mich auch nach zwei Jahren noch, dass sie so hochnäsig reagiert, wenn es um meinen Heimatstaat geht. Ja, sicher, wir sind ein bisschen mehr Hippie, ein bisschen weniger Geldadel, aber das macht mich aus.

»Ich weiß wirklich nicht, was heute mit dir los ist«, sagt sie, nachdem sie beim Kellner den Salat mit dreiundfünfzig Änderungen bestellt hat.

Was heute mit mir los ist? Avery ist mit mir los. Sie ist nach so vielen Jahren urplötzlich wieder in mein Leben geschneit, und ich weiß nicht, wie ich damit umgehen soll. Ich hatte die Erinnerungen in irgendeine hintere Ecke meines Gehirns verbannt, sie in eine Schublade gestopft, die ich mit zwanzig Schlössern verschlossen habe. Wann immer der Gedanke an sie auftauchte, habe ich mich gewehrt, weil ich nicht wollte, dass sie sich wieder einnistet, aber kaum stehe ich ihr gegenüber, ist jede meiner Verteidigungslinien überrannt, als gäbe es sie gar nicht.

»Keine Ahnung, Sweetheart. Tut mir leid. War ein harter Tag.«

Melinda lächelt, aber es fehlt die Wärme, die sie sonst für mich reserviert hat. »Das verstehe ich. Dann lass uns jetzt einfach vergessen, dass wir beide einen anstrengenden Tag hatten, und den Abend genießen.«

Sie hebt ihr Weinglas, und ich proste ihr zu. *Vergessen.* Ich wünschte, ich könnte vergessen …

Avery

Am nächsten Morgen rächt es sich, dass ich im Suff auf der Couch eingeschlafen bin. Mir tut alles weh. Meine Augen sind zugeklebt, und mein linkes Bein ist eingeschlafen, weil offensichtlich eine Katze die ganze Nacht auf selbigem geschlafen hat. Dieses kleine Monster!

Ich rappele mich auf, tapse in die Küche und mache mir einen Becher Kaffee, obwohl ich eigentlich eine Gießkanne voll brauchen würde, aber man kann ja nicht alles haben.

Ich dusche und ziehe mich an. Während ich meine Chucks zuschnüre, klingelt mein Telefon. Ich schaue aufs Display und setze ein strahlendes Lächeln auf.

»Dylan«, rufe ich erfreut ins Telefon.

»Hi, Love«, erklingt seine tiefe Stimme mit dem wunderbaren britischen Akzent. Eine Tonlage, die in mir normalerweise sofort Verlangen auslöst, aber heute keinen solchen Effekt auf mich hat.

»Wie geht es dir? Wann kommst du wieder? Ich vermisse dich!«, sprudelt es aus mir raus. Ich versuche die ausbleibende körperliche Reaktion mit umso mehr Enthusiasmus auszugleichen.

Er stutzt einen Moment. »Alles okay bei dir?«

Mist. Er kennt mich wohl schon zu gut. »Ähm, ja, klar. Alles okay. Nur wahnsinnig viel zu tun mit dem Magazin. Du weißt schon, neue Ausgabe und so.«

»Du hörst dich merkwürdig an, Avery.«

Und jetzt sagt er auch noch Avery … Das sagt er nur, wenn irgendwas im Busch ist. »Nein, alles super. Ich … nun ja … hab gestern eine Flasche Roten getrunken.« Ich schließe die Augen. Dylan hasst es, wenn ich Alkohol trinke.

»Wieso?« Er klingt irgendwie enttäuscht.

»Ich hab mit meiner Mom telefoniert und …«

»Dann ist ja alles klar«, sagt er mit abfälliger Stimme. Die Antipathie ist definitiv beidseitig.

Bei den beiden fühle ich mich immer wie zwischen zwei Stühlen, weiß nicht, was ich darauf antworten soll, wie ich mich verhalten soll. Also schweige ich.

Am anderen Ende der Leitung höre ich Papiere rascheln. »Ich weiß, es geht mich nichts an …«, beginnt er, und ich frage mich unwillkürlich, was jetzt kommt. »Du bist erwachsen, und wenn du was trinken willst, kannst du das natürlich. Nur weil ich nichts trinke, musst du nicht drauf verzichten.«

In mir breitet sich ein schlechtes Gewissen aus, das sich gewaschen hat. Ich weiß von seinem Alkoholikervater, weiß von seinen eigenen Exzessen als Teenie, die ihn mehr als einmal ins Krankenhaus gebracht haben. Seit er dreiundzwanzig ist, hat er weder getrunken noch geraucht oder irgendwelche Drogen konsumiert. Das ist zehn Jahre her, aber er hat immer noch keine Toleranz für Menschen entwickelt, die gern mal ein Glas Bier oder Wein trinken. Vielleicht kann er das durch die Schrecken seiner Vergangenheit auch nicht, aber es macht unser gesellschaftliches Leben nicht einfacher, weil er nicht gerne in Bars und Restaurants geht – oder in andere Lokalitäten, in denen Alkohol ausgeschenkt wird.

»Ich …« Was soll ich darauf sagen? »Es tut mir leid.« Nicht wirklich, aber manchmal ist es einfacher, so zu tun, oder?

»Schon gut.« Er hört sich nicht so an, als würde er mir verzeihen. »Ich bin in drei Tagen wieder da.«

»Das ist schön. Schickst du mir deine Ankunftszeit? Dann hole ich dich ab.«

»Ich komm mit dem Taxi, mach dir keine Umstände. Ich bin nach dem Flug eh kaputt und will nur schlafen.«

Ähm. »Bestrafst du mich gerade?«

Er klingt ertappt, als er sagt: »Nein, Ave… äh … Love. Schau, ich brauch nach dem langen Flug eine Dusche und ein bisschen Schlaf. Wir sehen uns am Tag darauf.«

»Okay«, sage ich, versuche die Traurigkeit aus meiner Stimme zu verjagen, schaffe es aber nicht ganz.

»Okay. Ich freu mich, dich wiederzusehen.« Er schickt mir einen Kuss durchs Telefon.

Wir sind noch nicht in der Phase, in der wir uns »Ich liebe dich« sagen. Wir haben uns vor fünf Monaten kennengelernt. Meine Mutter hatte für mich ein Profil bei einer Online-Dating-Seite angelegt, damit ich nicht so alleine in Boston bin. Diese Vorstellung hat ihr tatsächlich großen Kummer bereitet. Statt mir aber Freundinnen zu suchen, hat sie die

Gelegenheit am Schopf gepackt und mich in die aufregende Welt des organisierten Datings gestoßen. Mit Dylan. Den sie aber gar nicht leiden kann. Sie kennt ihn eigentlich nicht, doch sie findet, dass er nicht zu mir passt. Weil er nicht Cade ist. Aber niemand ist Cade.

Kapitel Drei

Avery

Ich sitze im wöchentlichen Meeting. Für jede Ausgabe von *Women's Life* gibt es vier Planermeetings. Beim ersten werden die Beiträge festgelegt, beim zweiten schauen wir, ob wir alles schaffen oder ob wir noch anderes Material brauchen, beim dritten und vierten versuchen wir die Hindernisse auszuräumen, die sich oftmals wie Gebirge vor uns auftürmen. Dazwischen gibt es jede Menge andere Meetings, mit dem Layout, dem Bildredakteur, den Fashionexperten, den Fotografen, den Redakteuren der einzelnen Themenschwerpunkte und noch viele mehr. So viele, dass ich froh bin, dass ich damit nichts zu tun habe, sondern weitestgehend in Ruhe arbeiten kann.

»Uns fehlt noch ein Artikel«, sagt Giselle, unsere allseits gefürchtete, aber ebenso geliebte Chefin. Ihr Blick richtet sich auf mich. »Avery.«

»Nein.«

Sie lächelt leicht. »Doch. Du schreibst uns einen schönen Artikel zu einem kontroversen Thema.«

Innerlich stöhne ich. »Was meinst du mit kontrovers?«

Sie tippt sich gegen die Lippen. »Zehn Gründe für Morgensex.«

Ich verdrehe die Augen. »Oh, bitte! Kann ich denn nicht über diese neue Ausstellung …?«

»Nein. Zehn Dinge, die Sie über sein bestes Stück wissen sollten.«

»Ich hätte da auch noch was zu diesem neuen Immobilien…«

»Nein. Zehn Geheimnisse Ihrer Vagina.«

»Giselle …«, jammere ich.

Sie grinst mich an. »Auf keinen Fall. Solange da nicht das Wort zehn drin vorkommt, nehme ich deine Vorschläge nicht ernst.«

»Zehn Gründe, jetzt ein Haus zu kaufen?«

Um mich herum ertönt belustigtes Gemurmel. Giselle lacht nur. »Ich finde die zehn vaginalen Geheimnisse am besten. Und ihr?«, fragt sie in die Runde. Zustimmendes Nicken. Sie schaut mich zufrieden an. »Dann begib dich mal auf … Selbsterfahrung.«

Das Gelächter um uns schwillt an, es versucht gar keiner mehr, es zu vertuschen. Na toll. Jetzt glauben meine Kolleginnen, dass ich die nächsten Tage mit Masturbieren verbringe.

Langsam gehe ich an meinen Platz zurück, mache den Mac an und schaue auf die weiße Seite mit dem Google-Logo. Ich weiß nicht mal, welches Wort ich googeln will. Oder welche Kombination. Ich tippe einfach mal den vorgesehenen Titel des Artikels ein und wundere mich, dass mehr als eine Million Ergebnisse ausgespuckt werden.

Es gibt zehn geheime Vaginafakten und neun unglaubliche Fakten zur Vagina. Nicht zu vergessen die zehn lustigen Fakten und die sieben Geheimnisse, die jede Frau kennen sollte. Ich klicke auf die Links, und es dauert nicht lange, bis ich mich festgelesen habe. Ha! Wie gut, dass dies Recherche ist.

Ich stoße auf ein Buch namens *G-spot and friends* von

Dr. Leonora Rosenbaum und rufe sie an. Schließlich ist es immer gut, sich nicht einfach was aus den Fingern zu saugen, sondern Experten zu befragen. Sie beantwortet alle meine Fragen, schickt mir ein Exemplar ihres Buches zu, erlaubt mir, sie im Artikel zu zitieren, und empfiehlt weitere Experten.

Vielleicht, ganz vielleicht ist dieser Artikel ja doch nicht so schlimm.

»Avery, könntest du mir einen Gefallen tun?«, fragt Giselle hinter mir.

Ich zucke zusammen, als ich ihre Stimme höre. »Schleich dich nicht so an!«

Sie beugt sich vor. »Ach, wirklich?«, fragt sie interessiert. »Man sollte den Tag mit einem Orgasmus starten?«

Ich drehe mich zu ihr um und blicke sie misstrauisch an. »Was kann ich für dich tun?«

Sie wirkt etwas unsicher. »Ich habe dich noch nie Kaffee holen geschickt.«

Ich nicke. »Das ist wahr.« Allerdings weiß ich nicht so ganz, worauf sie hinauswill.

»Du musstest nie Klamotten für mich von der Reinigung abholen.«

»Das stimmt.«

»Ich habe nie verlangt, dass du irgendwelche Hilfskraftarbeiten erledigst.«

»Was soll ich tun?«

»Ich habe jetzt gleich ein Meeting, daher kann ich es nicht selber machen. Ich frage dich nur ungern, aber es bleibt mir keine Wahl. Du musst es auch nicht tun, das hat keinerlei Einfluss auf deinen Job. Versprochen.«

»Du bist ja richtig aufgeregt«, stelle ich amüsiert fest.

»Ich bin keine von diesen Chefinnen, die ihre Mitarbeiter versklaven wollen.«

»Ich weiß, deswegen bist du unser aller Königin.« Ich hätte nie gedacht, dass ich jemals so mit meiner Chefin sprechen würde, aber Giselle ist anders. Vollkommen anders. Sie kann sich durchsetzen, niemand würde auf die Idee kommen, ihr auf der Nase rumzutanzen, aber sie ist eben auch eine Freundin. Die ganze Atmosphäre in der Redaktion ist herzlich. Ich hab immer gedacht, so viele Frauen auf einem Haufen, das muss zum Zickenkrieg führen, aber nichts da. Wir streiten auch mal, diskutieren, aber das ist auf rein beruflicher Ebene. Noch nie habe ich an einem solch tollen Ort gearbeitet.

»Ich hab in diesem kleinen Café in Beacon Hill Cupcakes für den Geburtstag meiner Tochter bestellt. Sie machen heute schon um drei zu. Das schaff ich nicht. Würdest du …?«

»Klar, kein Problem.«

»Du bist ein Schatz«, jubelt sie und reicht mir den Abholzettel und Geld. »Was würde ich nur ohne dich machen?«

»Dir einfach eine andere Doofe suchen«, scherze ich. Sie lacht, bedankt sich und ist dann schon zu ihrem Termin entschwunden.

Ich mache mich auf den Weg in das alte Viertel von Boston, das mir schon immer gut gefallen hat. Als ich vor dem Café ankomme, stutze ich einen Moment, als ich die schwarze Schultafel vor der Tür entdecke. Das Angebot des Tages ist hausgemachte Limonade …

»Averys Limonade schmeckt wie Pisse.« Immer und immer wieder wiederholten die drei Jungs das. »Averys Limonade schmeckt wie Pisse.« Mir traten Tränen in die Augen, meine

Unterlippe zitterte. Ich hatte gedacht, das würde Spaß machen. Ein Limonadenstand auf der Straße sollte doch lustig sein, und ich könnte mein Taschengeld aufbessern. Mein Dad hatte mir diesen wunderschönen Stand gezimmert, eine schöne rot-weiße Markise befestigt, und meine Mom hatte mir geholfen, die Limonade selbst anzurühren. Ein Glas für fünfundzwanzig Cent. Und sie schmeckte gut. Gar nicht wie Pisse. Obwohl ich gar nicht wusste, wie die schmeckte.

Jimmy, Hayden und Cooper fuhren auf ihren Fahrrädern um mich herum, verhöhnten mich und machten mein Geschäft kaputt. Ich versuchte ins Haus zu rennen, aber da stiegen sie von den Rädern und umzingelten mich. Jimmy zog an meinen Haaren, Cooper schubste mich, Hayden stand nur so da, aber das tat er ja immer.

Ich fiel hin, schlug mir ein Knie auf. Vor Schmerz und Scham begann ich zu weinen.

»Du Baby«, verhöhnten sie mich. »Wer heult denn wegen einer Schramme?«

Beschämt umfasste ich meine Knie und vergrub den Kopf, in der Hoffnung, dass der Albtraum bald von allein aufhören würde. Sie sollten einfach nur gehen …

»Hey, Avery, mein Dad sagt, dein Dad ist ein Loser.«

»Hey, Avery, meine Mom sagt, deine Mom bekommt ein Baby von einem anderen Mann.«

»Hey, Avery, mein Bruder sagt …«

Ich hörte Schritte, die rasch näher kamen. Die Jungs mussten sie auch vernommen haben, denn sie verstummten. Kurz bevor einer von ihnen mit einem Schrei zu Boden stürzte. Ich schaute ihn einen Moment ungläubig an. Aber dann lag auch ein zweiter auf dem Gras neben mir und hielt sich vor Schmerzen den Bauch. Der dritte rannte davon.

»Wagt es nicht, sie noch mal anzufassen, ihr Idioten!«, brüllte ihm mein Retter hinterher. Ich schaute zu ihm auf, aber ich wusste schon, wer es war. Cade.

»Alles okay, Avy?«, fragte er und kniete sich zu mir.

Ich nickte, und die Tränen hörten auf zu fließen.

Er grinste und reichte mir die Hand, die ich ergriff. »Dann komm, eine Limonade bitte.«

Noch immer verschüchtert wischte ich mir die Wangen ab und ging zu meinem Stand. Ich goss ihm ein Glas Limonade ein, steckte einen grün-weiß gestreiften Strohhalm hinein und reichte ihm das Glas. Er fischte einen Quarter aus der Tasche und reichte ihn mir.

Entsetzt schüttelte ich den Kopf. »Nein, das geht nicht.«

Ungerührt warf er das Geldstück in meine Kasse. »Du willst dir doch das neue Fahrrad kaufen.«

Ich lächelte ihn an. »Das stimmt, aber …«

»Kein Aber. Ich hab ja auch was davon, wenn wir gemeinsam zum Strand fahren.«

»Danke.«

Er grinste breit. »Immer, Avy. Du bist meine beste Freundin.«

Glasklar erinnere ich mich noch an diesen Satz, der mein Herz schmelzen ließ. *Du bist meine beste Freundin*. Das ist auch das Tragische an der ganzen Sache. Ich habe nicht nur meine große Liebe verloren, sondern auch meinen besten Freund. Mein Herz war doppelt gebrochen. Oder ist es das immer noch?

Eigentlich wollte ich nur die Cupcakes abholen, aber meine Erinnerungen überwältigen mich mal wieder, und ich kann nicht anders, als mir eine Limonade zu kaufen und mich ans Fenster des netten Cafés zu setzen, während ich auf Giselles Cupcakes warte.

Cade hat nach diesem ersten Tag Wache gestanden, und niemand hat sich getraut, mich auch nur schräg anzuschauen. Jeden Tag war er in der Nähe. Hat entweder neben mir auf umgedrehten Apfelkisten gesessen, ist mit dem Fahrrad die Straße hoch und runter gefahren oder hat mit einem Kumpel einen Football hin und her geworfen. Aber am liebsten hat er mir an den Zöpfen gezogen.

Ich lächele leicht bei diesem Gedanken.

»Du sitzt in meinem Lieblingscafé«, ertönt plötzlich eine allzu vertraute Stimme neben mir.

»Oh.« Überrascht schaue ich auf.

Cade.

Ohne mich zu fragen, setzt er sich zu mir, der unhöfliche Kerl. »Was machst du hier?«

Ich drehe mein Glas in den Händen. »Ich warte auf meine Bestellung.«

»Ich hab dich hier noch nie gesehen.«

Ich schaue zur Seite, traue mich nicht, ihn wirklich anzusehen. Will gar nicht wissen, was für ein Gesichtsausdruck mich erwartet. »Ich bin das erste Mal hier.«

Er deutet mit einem Nicken auf das Getränk vor mir. »Deine Limonade war besser.«

Wärme durchströmt mich bei diesen Worten. Ich spüre, wie meine Wangen heiß werden und sich sehr wahrscheinlich pink färben.

Kurz blicke ich auf und sehe ihn das erste Mal bewusst an. Seine Augen sind leicht zusammengekniffen, sein Blick ist intensiv, und um seinen Mund meine ich eine leichte Spur Wehmut zu erkennen. Aber das ist zu viel. Ich kann das nicht. Ich schaue auf meine Hände, die sich um das Glas krampfen, und betrachte die Kondenstropfen, die am Rand entlangperlen.

»Avy …«, sagt er leise. »Schau mich an.«

»Ich kann nicht«, flüstere ich heiser und schüttele den Kopf.

Ich registriere eine Bewegung. Er lässt den Kopf hängen. »Ich wünschte …« Er bricht ab und dreht sich abrupt um. Ein Stuhl scharrt über den Boden, Schritte ertönen, die sich entfernen. Und zum dritten Mal in meinem Leben lässt mich Cade einfach so zurück.

Cade

Als ich draußen stehe, fahre ich mir mit den Händen durch die Haare, wie immer, wenn ich frustriert bin. Wie kann es diese Frau nur schaffen, mich so dermaßen aus der Bahn zu werfen? Ich bin keine zwölf mehr, bin eigentlich Herr meiner Sinne und durchaus schlagfertig, aber kaum sehe ich Avery, bin ich nur noch ein Idiot ohne einen Funken von Verstand.

So lange habe ich versucht mir einzureden, dass die alten Gefühle nicht mehr vorhanden sind. Dass ich über sie hinweggekommen bin, aber wenn das stimmt, wieso weiß ich dann nie, was ich zu ihr sagen soll?

Schlimmer noch, jedes Mal, wenn ich in ihre Augen blicke, erkenne ich das Monster, das sie in mir sehen muss. Ich habe sie so verletzt, habe ihr Traumschloss zum Einsturz gebracht, habe ihr das Herz gebrochen ... Dieser Gedanke bringt mich immer noch dazu, mich selbst zu hassen, weil ich meiner Avy das angetan habe.

Nein, ich schüttele den Kopf. Nicht *meine* Avy. Auch wenn sich diese zwei Worte so richtig anfühlen, mein Hirn hat es anders abgespeichert. Nicht meine Avy.

Aber wieso kann ich dann nicht aufhören, an sie zu denken? Wenn mein Geist stärker ist als mein Körper, dann sollte ich das doch abstellen können. Aber ich weiß, dass ich mir damit nur selbst etwas einrede. Denn die Macht, sie aus meinem Kopf zu verbannen, hatte ich noch nie.

Als ich später ins Büro komme, sitzen meine beiden Freunde und Geschäftspartner an ihren Rechnern. Büro ist vielleicht ein wenig übertrieben. Es ist nur ein schlichter Raum ohne viel Einrichtung. Wir haben drei Schreibtische, Stühle und einen großen Tisch in der Mitte, auf dem immer Chaos herrscht.

Gemeinsam entwickeln wir eine App. Eine App, die uns hoffentlich Geld einbringen wird, denn sonst haben wir zwei Jahre unseres Lebens verschwendet. Es ist ein Organizer fürs Leben. Kein simpler Kalender, keine einfache To-do-Liste, keine Notizen und keine Memos. Sondern alles zusammen. Nur noch eine App für alles, was man organisieren muss. Einkaufslisten. Erledigt. Familienkalender. Erledigt. Notizen für Projekte. Erledigt. Stichpunkte für eine berufliche Präsentation. Erledigt. Fotos aufbewahren. Erledigt. Man kann sie als Einzelanwender benutzen oder mit mehreren zusammen.

Michael, Christopher und ich benutzen sie gemeinsam für dieses Projekt, das bisher noch keinen festen Namen hat.

Stattdessen nennen wir es seit zwei Jahren Benjamin. Ich bin mir nicht mehr sicher, wie wir darauf gekommen sind, aber ich denke, es war jede Menge Alkohol involviert. Ansonsten kommt man einfach nicht auf solche Dinge.

»Hey, Mann«, ruft mir Michael zu, ohne sich zu mir umzudrehen. »Ich hab eine Idee!«

»Nein!«, rufen Christopher und ich gleichzeitig, weil wir wissen, dass Michaels Ideen dazu führen, dass wir noch einmal alles umwerfen. Zum vielleicht fünftausendsten Mal.

»Aber sie ist wirklich gut!«

Und das ist sie wahrscheinlich auch. Er ist unser Genie.

»Michael, nicht schon wieder«, stöhne ich auf, während ich mich auf meinen Stuhl sinken lasse.

Er dreht sich zu mir um. »Aber wir haben alle drei gesagt, dass wir die Startseite der App zu unaufgeräumt finden. Wie wäre es, wenn wir statt all dieser Links und so weiter nur große Buttons anlegen mit den einzelnen Bereichen? Also Kalender, Notizen, was auch immer. Dann kann man sich sofort zu diesem Unterthema navigieren, ohne sich in diesem Dickicht zu verlieren.«

Christopher murmelt: »Alter … Du hattest versprochen, dass es nicht mehr dazu kommt!«

Ich streiche mir über das Kinn. »Hm. Wie lange würde die Änderung dauern?«

»Ein, zwei Tage. Maximal drei.«

Ich schaue ihn kritisch an.

Er hebt die Hände. »Okay, okay, eine Woche. Aber wirklich nicht mehr.«

Christopher wirft mir einen Blick zu. Irgendwie, auch wenn ich das nie wollte, bin ich zum Entscheidungsträger geworden. Vielleicht liegt es daran, dass ich der Einzige von uns bin, der Ordnung hält. Die beiden sind so chaotisch, dass sie sogar das Atmen vergessen würden, wenn es nicht automatisch funktionieren würde. Komischerweise sind ihre Programmierungen sehr sauber. Gott sei Dank. Wenn ich den Code auch noch bereinigen müsste, wäre das eine Sisyphos-Arbeit sondergleichen.

»Mick, wir müssen irgendwann mal zum Ende kommen. Wir können nicht immer weiter und weiter programmieren, ohne jemals fertig zu werden.«

»Das ist die letzte Änderung.«

»Das glaubst du doch selbst nicht.« Ich lache auf.

Er grinst und streicht sich seine zu langen Haare aus der Stirn. »Ich bemühe mich ja, aber ich denke, dass wir doch das bestmögliche Produkt auf den Markt bringen wollen. Und mit der Startseite waren wir noch nie glücklich. Ich rette uns doch nur.«

»Super-Michael«, spottet Christopher.

»Kriege ich ein Shirt?«

»Nein«, antworte ich.

»Ein Emblem?«

»Auch nicht.«

»Was denn dann?«

»Einen Arschtritt, wenn du nicht endlich mal zum Ende kommst«, entgegnet Christopher.

»Hey, Bro, das ist nicht sehr nett«, jammert Michael dramatisch.

»Du hast vier Tage. Wenn du es bis dahin nicht geändert hast, dann lassen wir es so wie jetzt. Also, mach eine Kopie.«

»Fein, dann halt vier Tage, du Sklaventreiber.« Mit in die Luft gestreckter Nase dreht er sich um und gibt noch ein kleines »Püh« von sich.

»Ihr seid doch durchgeknallt«, grummelt Christopher vor sich hin.

Aus irgendeinem Grund erinnert mich dieses Wort an etwas.

Ich radelte, so schnell ich konnte, den kleinen Weg zum Strand hinunter. Ich wusste, dass Avery mir nicht folgen konnte, aber ich tat es trotzdem.

Kurz bevor es sandig wurde, bremste ich abrupt ab. Vor mir lag das Meer, so ruhig, wie ich es kaum jemals gesehen habe.

»Cade!«, rief Avery nach mir. Aber ihre Stimme war noch weit entfernt, sie war noch nicht bei mir angekommen. Zum ersten Mal war ich froh, dass ich mal dreißig Sekunden zum Durchatmen hatte. Mom und Dad hatten sich gestern Abend gestritten. Es war nicht um mich gegangen, aber trotzdem fühlte ich mich verantwortlich, so als könnte ich für Fröhlichkeit sorgen, wenn ich doch nur braver wäre, besser in der Schule, klüger, erfolgreicher. Irgendwas.

Ich brauchte diesen einen Moment, um die Schrecken zu verscheuchen, die mir in den Gliedern saßen.

»Cade! Wieso bist du so schnell gefahren?«, fragte Avery, als sie ganz außer Atem neben mir ankam.

Ich schaute zu ihr, sah ihre blonden Haare, die eigentlich immer ganz glatt waren, nun aber wild um ihren Kopf standen. So mochte ich sie lieber. Wild und frei, irgendwie … echter.

»Weil ich's kann«, entgegnete ich grinsend.

»Das ist so gemein von dir«, beschwerte sie sich.

»Komm.« Ich warf mein Fahrrad in die Düne und griff nach ihrer Hand, als sie es auch tat.

Ich rannte los.

»Cade!«, schrie sie, aber dieser Schrei war kein Ausdruck von Angst oder Schrecken, sondern eine Herausforderung. Sie konnte nicht so schnell radeln, aber laufen konnte sie.

Hand in Hand sprinteten wir hinab zum Meer. Als wir den nassen Sand erreichten, streifte sie ihre Schuhe ab und stellte sich mit nackten Füßen in die Brandung. Ihre Eltern hatten ihr das erlaubt, aber sie durfte unter keinen Umständen tiefer ins Wasser, wenn wir alleine waren.

Also stand sie da, während die Sonne auf uns herabbrannte. Als ich mich neben sie stellte, grinste sie mich an. Ihr war gerade der erste Milchschneidezahn ausgefallen, was sie ziemlich lustig aussehen ließ.

»Du bist vollkommen durchgeknallt, Cade Turner«, sagte sie.

Ich blinzelte gegen die Sonne. »Du bist die Durchgeknallte, Avy McIntyre. Du bist total verrückt.«

Sie lachte, und wieder einmal dachte ich, dass es sich gut anfühlte, eine beste Freundin zu haben, die nicht so zimperlich war wie die anderen Mädchen in der Schule. Nein, Avery war mehr wie ein Junge. Sie hatte kein Interesse an Barbiepuppen, wollte nicht Lady Lockenlicht sehen, wollte nicht zum Ballett. Nein, sie spielte Fußball, hatte ein ferngesteuertes Auto und hatte ihrem Dad geholfen, das Baumhaus in ihrem Garten zu bauen. Das war Avery. Durchgeknallt.

Kapitel Vier

Avery

Am nächsten Tag laufe ich durch die Straßen von Back Bay. Neben Beacon Hill und South End ist dies einer der reichsten Stadtteile von Boston. In Beacon Hill leben viele Politiker und alteingesessene Bostonians. Außerdem sind dort trendige Bars, tolle Geschäfte und die besten Restaurants zu finden. Wenn ich mal groß bin, möchte ich auch in einer dieser Straßen wohnen, die mit Kopfsteinpflaster bedeckt sind, noch Gaslaternen haben und eine wunderbare Mischung aus alt und neu, aus wohlhabend und moderat darstellen. Aber das kommt irgendwann später in meinem Zehn-Jahres-Plan. Gleich nach »einen reichen Mann heiraten« und »eine Weltreise machen«.

Back Bay ist ebenfalls ein historischer Stadtteil und besonders bekannt für die viktorianischen Sandsteinhäuser, an denen ich gerade vorbeilaufe.

Ich bleibe vor dem Haus meiner Chefin stehen. Also, man verdient offenbar ziemlich ordentlich, wenn man ein Lifestylemagazin leitet. Giselle hat auch ein paar Kolleginnen zur Geburtstagsfeier ihrer Tochter eingeladen. Vermutlich will sie bei all den Kindern auch jemanden haben, mit dem sie sich unterhalten kann.

Als ich klingele, öffnet mir ein gut aussehender Mann die Tür. »Ja, bitte?«

»Hi, ich bin Avery. Ich arbeite für Giselle bei *Women's Life.*« Während ich diese Worte sage, lasse ich meinen Blick über ihn schweifen. Im Büro schwärmen alle von ihm, und jetzt sehe ich wieso. Groß und schlank, dunkle kurze Haare, ein verträumter Blick aus dunklen Augen, ein paar Stoppeln zieren sein Kinn. Den Tratsch in der Redaktion kann ich gut verstehen.

»Oh ja, sie hatte erwähnt, dass du vorbeikommst. Komm rein.«

Er reicht mir lächelnd die Hand, nachdem er mir die Kartons mit Cupcakes abgenommen hat, die ich vor mir her balanciert habe. Ganz ohne sie auch nur einmal fallen gelassen zu haben.

»Ich bin Sean. Schön, dich kennenzulernen. Deine Kolleginnen sind bereits im Wintergarten.«

Er zeigt mir den Weg, aber das wäre nicht nötig gewesen, denn ich höre bereits ihr Lachen. Sie sind nicht zu überhören. Niemals.

»Hey, Ladys«, sage ich, als ich den Raum betrete.

»Avery!«, kreischt Nicole, bevor sie aufspringt und mich umarmt. Auch Stephanie und Sarah begrüßen mich überschwänglich. Wirklich, ich habe noch nie bessere Kolleginnen gehabt. Sie sind klug und witzig und einfach liebenswert. Man kann sich auf sie verlassen und weiß, dass man bei ihnen sicher ist. Wenn das Arbeitsumfeld toll ist, dann kann der Job nur Spaß machen. Selbst wenn man über Vaginen schreiben muss.

»Wie geht es euch?«, frage ich, als ich sitze und wie die anderen eine dampfende Tasse Kaffee vor mir stehen habe.

»Bei diesem Augenschmaus geht es uns sehr gut.« Nicole gibt ein kleines verliebtes Kichern von sich.

Ich ziehe die Augenbrauen hoch. »Du hast noch Augen für jemand anderen als deinen Brandon?«

Sie macht eine abwehrende Handbewegung. »Oh, bitte. Ich liebe Brandon über alles und bin so froh, dass wir heiraten, es gibt keinen Besseren.« Sie bekommt wieder diesen verträumten Gesichtsausdruck, wie jedes Mal, wenn sie von ihrem Verlobten spricht. Was ungefähr ständig ist. »Aber das heißt ja nicht, dass ich nicht gucken darf.«

»Und es gibt viel zu sehen«, fügt Steph hinzu.

»Ach ja? Was denn?«, frage ich.

Sarahs Augen leuchten auf. »Hast du Sean nicht gesehen?«

Oh ja … Mir ist durchaus aufgefallen, wie sexy Giselles Mann aussieht. »Aber er ist Giselles Mann.«

Sie lachen alle drei. »Ach, das macht nichts«, erklärt Nicole. »Giselle hat nichts dagegen, dass wir Fangirls ihres Mannes sind.«

»Wirklich?«

»Wirklich.« Steph streicht sich den kurzen Pony aus der Stirn. »Sie weiß ja, dass es nur Spaß ist.«

»Ach, ist es das?«, fragt Sarah verträumt.

Nicole lacht. »Natürlich. Du hast doch gesehen, wie Sean sie ansieht. Als könnte Giselle übers Wasser gehen.«

»Wie schade«, meint Sarah. Ich weiß, sie scherzt nur, aber es enthält auch ein Fünkchen Wahrheit. Sie ist fünfundzwanzig, das Küken in unserer Runde. Und sie hat keinen Freund. Ich verstehe gar nicht wieso, weil sie wunderschön ist. Sie ist groß, hat lange braune Haare, wunderschöne blaue Augen und viele Kurven. Außerdem ist sie großartig. Lieb und nett, und sie gehört zu den Menschen, die alles für ihre Liebsten tun. So ist sie. Wunderbar von innen und außen. Ein wirklich schönes Paket

»Hi, Avery«, begrüßt mich Giselle beim Eintreten. »Danke für die Cupcakes!«

Sie umarmt mich, was mich verwundert, weil sie das noch nie getan hat, aber vielleicht gehöre ich jetzt dazu. So richtig, meine ich. Ein wenig unbeholfen erwidere ich es.

»Habt ihr alle genug Kaffee?«, fragt sie, ganz die perfekte Gastgeberin.

»Sean hat uns eine neue Kanne gebracht.« Nicole zeigt auf selbige.

»Und seid ihr dabei in Ohnmacht gefallen oder konntet ihr euch beherrschen?« Giselle lächelt amüsiert.

»Wir haben es geschafft, aber Sarah hat ein bisschen gesabbert ...« Steph zeigt auf ihre eigenen Lippen und versucht dabei todernst auszusehen.

Sarah wischt sich über den Mund. »Gar nicht wahr.«

Giselle lacht, als sie sich an mich wendet. »Diese drei sind die schlimmsten Fangirls, die es gibt.«

»Das habe ich schon gehört.«

»Und ich muss dann mit einem eingebildeten Schnösel leben.« Sie seufzt theatralisch, aber gleichzeitig liegt so viel Liebe in ihrer Stimme, dass mir warm wird ums Herz. Ich glaube an die große Liebe, auch wenn meine ... Lassen wir das. Heute ist ein guter Tag. Ein schöner. Einer ohne Erinnerungen an etwas, das lange vergangen ist.

»Wo ist denn das Geburtstagskind?«, frage ich stattdessen.

»Sie zieht sich um. Das geht schon den ganzen Tag so. Sie weiß nicht, ob sie lieber eine lila oder eine pinke Prinzessin sein soll.«

»Das ist auch eine wichtige Entscheidung«, meint Nicole ernsthaft. »Immerhin fängt das heutzutage schon immer früher an, dass man zur Fashionista wird.« Da weiß sie Bescheid, denn sie ist die Modeexpertin des Magazins. »Soll ich mal zu ihr gehen und helfen?«

»Ach, das wäre wunderbar!« Giselle schaut Nicole so dankbar an, dass selbst mir, die von Kindern kaum Ahnung hat, klar wird, dass ihre Tochter momentan in einer Phase ist, in der sie dem Urteilsvermögen ihrer Mutter nicht vertraut.

Ich denke an meine eigene Mutter, die ich über alles liebe, die mich aber manchmal mit ihrem Übermuttertum in den Wahnsinn treibt und die immer denkt, dass sie alles besser weiß. Wenn ich es recht bedenke, hört diese Phase offenbar niemals auf.

»Was ist denn der Plan für heute?«, frage ich.

»In einer halben Stunde kommen die Kinder, dann gibt es Kuchen, und danach gehen Sean und sein Bruder mit den sechs Mädels ins Kino.«

»Wo ist eigentlich Aiden?« Nicole schaut Giselle fragend an.

»Der ist bei seinen Großeltern.«

»Sie kommen nicht?«

»Morgen. Man muss das geschickt arrangieren, denn sechs kreischende Mädchen, vier fangirlende Frauen und auch noch die Großeltern würde ich nicht überleben.«

»Und deine Kids?«, frage ich Steph. »Kommen sie auch?«

»Harper ist noch zu jung, und Landon würde niemals auf einen Mädchen-Geburtstag gehen, denn Mädchen sind der Feind.« Sie grinst. »Ich hoffe, die Phase hält noch ein bisschen an. Ich hab jetzt schon Angst davor, wenn er alt genug ist, dass ich mich ständig fragen muss, ob er schon Sex hatte oder nicht.«

»Da hast du auch noch eine Menge Zeit. Aiden findet immer noch, dass Mädchen doof sind. Sehr doof.«

Dad hatte mir ein Baumhaus im Garten gebaut. Ich durfte mithelfen und schlug ganz viele Nägel ein. Ich hielt auch die Balken für Dad, brachte ihm das richtige Werkzeug und war auch für die Malerarbeiten zuständig. Von außen wurde mein Haus rot, innen strich ich die Wände himmelblau. Ich hängte weiße Gardinen an die Fenster und holte die Hälfte meiner Kissen aus dem Haus, damit ich es gemütlich hatte, wenn ich mich hierher verzog. Es war ein schönes Baumhaus. Ein superschönes. Ich war richtig stolz, vor allem, weil niemand davon wusste. Außer meinen Eltern – und Cade natürlich.

Man konnte es nur sehen, wenn man in unserem Garten stand – und von Mrs. Johnsons Garten aus auch. Aber ansonsten war es gut versteckt.

Ich las in meinem Buch, als die kleine Klingel läutete, die wir an einem Seil befestigt hatten, damit mein Besuch sich ankündigen konnte.

Schnell blickte ich aus dem kleinen Fenster und sah einen grinsenden Cade unten stehen.

»Darf ich raufkommen?«

»Natürlich!«

Geschickt kletterte er die Strickleiter hoch. Dad wollte eigentlich eine Treppe bauen, aber ich fand die Leiter besser. Dann konnte nicht jeder hochkommen.

»Wo warst du heute Morgen?«

Cade setzte sich neben mich auf die Kissen. »Ich war mit Daniel und Justin fischen.«

»Hast du was gefangen?« Ich hoffte, nicht zu traurig zu klingen, denn das war ich. Wieso nahm er mich nicht mit, wenn er mit seinen Freunden was unternahm?

»Nö. Nur einen Kleinen, den ich wieder reingeworfen habe.«

Einen Augenblick waren wir beide still. Ich bemühte mich, fröhlich zu wirken, aber Cade war dafür viel zu aufmerksam.

»Avy … Ich würde dich mitnehmen.«

»Ja, klar.«

»Wirklich. Aber …«

»Was aber?«

Er sah auf den Boden und pulte an einem Splitter, der aus dem Boden schaute. »Aber die Jungs mögen keine Mädchen.«

Ich konnte das gar nicht begreifen. Wie kann man denn einfach so sagen, man mag keine Mädchen? Sie kannten mich ja gar nicht. Vielleicht würden sie mich mögen!

»Hm.«

»Du weißt doch, dass ich dich überall mit hinnehmen würde.«

»Du tust es nicht«, gab ich zu bedenken.

Er strich sich durch die Haare, wie immer, wenn er frustriert war. »Aber nur, weil es nicht um mich geht. Ich kann das nicht alleine entscheiden.«

Und wieder waren wir einen Augenblick ruhig. Ich, weil ich nicht wie ein weinerliches Mädchen wirken wollte. Er, weil er ein schlechtes Gewissen hatte.

»Du bist meine beste Freundin.«

»Besser als Daniel und Justin?«

»Viel besser.«

Auch wenn ich es nicht begreifen konnte, dass er mich dann nicht dabeihaben wollte, fühlte es sich gut an, dies aus seinem Mund zu hören.

»Wieso mögen sie keine Mädchen?«

»Weil Mädchen doof sind! Anhänglich und weinerlich, und immer wollen sie nur doofe Sachen spielen.«

»Ich bin auch ein Mädchen.«

Er lächelte. »Nein, du bist Avy.«

Es ergab keinen Sinn, aber trotzdem machte es mich unglaublich glücklich.

»Avery!«

Jemand schüttelt mich am Arm.

»Oh … hm?«, gebe ich von mir.

»Wo warst du denn?« Giselle schaut mich an.

Ich versuche wieder klarzukommen, versuche die Spinnweben der Vergangenheit abzustreifen, die mich noch festhalten. »Ach …« Ich reibe mir über das Gesicht. »Ich war in Gedanken.«

»Das ist offensichtlich. Dein Ausdruck war ganz wehmütig.« Interessiert richten auch die anderen ihre Aufmerksamkeit auf mich.

»Reden hilft«, gibt Nicole zu bedenken.

Ich lächele leicht. »Du willst doch nur alle Gerüchte hören.«

Sie zuckt mit den Schultern. »Wieso nicht beides verbinden?«

Ich lehne mich zurück und schaue durch die Glasfront hinaus in den Garten. »Vielleicht hilft es ja wirklich … Ich … Vielleicht habt ihr das ja auch. Diesen einen Jungen, den ihr früher so geliebt habt und der euch dann irgendwie entwischt ist.«

»Natürlich, meiner hieß Daniel Bowman«, erwidert Steph. »Ihr wisst schon, von Bowmans Brewery. Oh Mann, was war ich in diesen Jungen verliebt! Von der ersten bis zur sechsten Klasse.«

»Und was ist dann passiert?« Sarah schaut sie erwartungsvoll an.

Diese zuckt mit den Schultern. »Dann hab ich mich in Nick verliebt.« Sie lacht. »Früher ging das immer schneller, oder?«

Giselle nickt. »Ich hatte in jeder Klasse einen anderen Beau. Und jetzt bin ich seit zweiundzwanzig Jahren mit Sean zusammen.«

»College Sweethearts?«, frage ich sie.

»Ja, wir haben uns als Sophomores getroffen. Ich ging an die Northeastern und er nach Harvard. Ich war in einer Studentinnenverbindung, die mit seiner Verbindung befreundet war. Und auf einer Party habe ich ihn dann kennengelernt. Und war hin und weg.«

»Dann weißt du ja, wie es uns geht.« Nicole kommt gerade rechtzeitig zurück, um den letzten Teil von Giselles Worten zu hören. Sie strahlt über das ganze Gesicht. Sie ist ein sehr fröhlicher Mensch. Ich selbst bin schon immer ein OptiGirl gewesen, aber Nicole setzt noch einen drauf. Aber sie hat ja auch allen Grund dazu. Ihr Leben ist momentan großartig. Toller Job, fabelhafter Verlobter, nette Freundinnen. Und ja, ich zähle mich direkt mal dazu.

»Wieso hast du darüber nachgedacht, Ave?« Sarah schaut mich an.

Ich lächele, und wenn sie sagen, dass ich wehmütig wirke, stimmt das wahrscheinlich. »Ich hatte auch so einen. Cade. Wir waren beste Freunde, dann zusammen, bis er mit achtzehn einfach verschwand.« Das ist die abgekürzte Version. Tatsächlich hat er sich verabschiedet, aber über diesen furchtbaren Augenblick will ich jetzt nicht nachdenken.

»Hast du ihn jemals wiedergesehen?«, fragt Steph.

Ich nicke leicht. »Vor ein paar Tagen.«

Giselle setzt sich auf den freien Stuhl neben mich. »Und?«

Hilflos zucke ich mit den Schultern, weil ich einfach nicht weiß, wie ich auf »Und?« reagieren soll. Was und? Ich weiß es nicht. Ich denke, es ist so schlecht gelaufen, wie es nur laufen kann. Vielleicht noch schlechter, aber das ändert ja nichts daran, wie ich mich fühle. Traurig.

»Er hat sich einfach umgedreht und ist verschwunden.«

»So ein Arsch!« Ich werfe Steph einen dankbaren Blick für ihre Unterstützung zu.

»Und wie geht es dir damit?« Sarah ist die Romantischste unter uns, ganz eindeutig. Ich wünschte, ich würde auch so fest an die Liebe glauben.

»Ich weiß es nicht, ehrlich gesagt. Als ich ihn gesehen habe, waren plötzlich all die Erinnerungen wieder da, die ich so erfolgreich verdrängt hatte. Plötzlich stand er da, und es war, als wäre gar keine Zeit vergangen.«

»Wie habt ihr euch damals getrennt?«

Ich schließe einen Augenblick die Augen, atme tief durch, will es nicht zu nah an mich rankommen lassen. »Er wollte an der Ostküste studieren.«

»Und eine Fernbeziehung kam nicht infrage?«

»Ich weiß es nicht. Er hat mir keine Chance gelassen. Als er mir sagte, dass er geht, war ich verletzt und traurig, und wir haben uns gestritten. Am nächsten Tag wollte ich noch einmal mit ihm sprechen, aber da war er schon abgereist.«

»So ein Arsch«, wiederholt Steph, und dieses Mal schaffe ich es zu lächeln.

Cade

Als ich abends nach Hause komme, ist Melindas Vater da, der Kongressabgeordnete John Harris. Mein zukünftiger Schwiegervater, wenn es nach Melinda geht. Ich weiß, dass sie auf einen Antrag von mir wartet, aber ich bin noch nicht so weit. Und schon gar nicht, seit meine letzten beiden Begegnungen mit Avery mich so durcheinandergebracht haben.

»Cade«, begrüßt er mich und reicht mir die Hand. Ich bin bestimmt kein Schwächling, aber sein Händedruck zerquetscht mir jedes Mal die Finger.

»Hey John! Wie geht es Ihnen?« Ich bemühe mich, nicht vor Schmerzen laut aufzuheulen, aber eigentlich hätte ich jetzt gerne ein Kühlpack.

»Gut, gut. Was macht dein kleines Projekt?« Dabei schaut er mich an wie ein Großvater, der die kleinen Launen seines Enkels belächelt. Erst ab einem Jahreseinkommen von einer Million ist man für diesen Mann kein Versager mehr.

»Es läuft sehr gut. Wir sind im Zeitplan und bereiten alles für den Launch vor.« *Wenn Michael nicht noch mehr Änderungen einbauen will.* Ich hoffe sehr, dass es nicht dazu kommt, weil wir endlich fertig werden müssen. Es gibt diesen einen bestimmten Punkt in jedem Projekt. Man hat Angst vor der Veröffentlichung, aber man kann auch nicht guten Gewissens weiter daran arbeiten, denn dann kommt man nie zum Ende. Wir stehen kurz vor diesem Punkt. Ganz kurz. Vielleicht streifen wir ihn auch bereits mit den Zehen.

»Wann seid ihr so weit?«

»Wenn alles nach Plan läuft, veröffentlichen wir in zwei Wochen.«

Er nickt, als hätte er Ahnung von dem, was ich tue. »Gut, gut. Vielleicht mögen die Leute ja euer kleines ... Spielzeug.«

»Daddy«, schnurrt Melinda, »für dich wäre das auch interessant.«

»Ach ja?« Er schaut seine Tochter an, als hätte sie die Sonne an den Himmel gehängt. Und auch wenn ich ihn ziemlich oft ziemlich nervig finde, rechne ich ihm hoch an, dass er Melinda so ein guter Vater ist. Obwohl das selbstverständlich sein sollte. Auch in diesen Kreisen.

»Ja, stell dir vor, du würdest diese App mit deinem Team verwenden. Dann wären alle Termine und alle Aufgaben immer synchronisiert, und jeder wüsste zu jedem Zeitpunkt Bescheid, was noch zu tun ist. Man kann auch die Aufgaben den einzelnen Nutzern zuweisen. Das wäre doch ganz praktisch.«

»Allerdings.«

»Da gibt es nur ein kleines Problem«, werfe ich ein. »Wahrscheinlich ist es nicht zulässig, dass die Kommunikation des Kongresses über diese App läuft.«

»Ist sie nicht sicher?« Er zieht streng die Augenbrauen hoch.

»Doch, wir halten alle Richtlinien ein. Datenschutz wird ebenfalls großgeschrieben, aber der Kongress und die Bundesbehörden haben noch mal andere Erfordernisse.«

»Dann bringt sie mir also nichts.«

Melinda wirft mir einen eisigen Seitenblick zu, den ich genau verstehe. Sie hatte ihren Dad beinahe so weit, dass er mich nicht wie einen Loser betrachtet, und ich habe mit meiner Ehrlichkeit wieder alles kaputtgemacht. Typisch für mich.

Bevor ich noch etwas zu meiner Rechtfertigung sagen kann, küsst er seine Tochter auf die Wange. »Wir sind die ganze Woche in Washington, aber nächsten Sonntag kommt ihr zum Mittagessen. Jason wird auch da sein.«

Jason ist Melindas älterer Bruder und ohne jeden Fehl und Tadel. Ganz im Gegensatz zu mir, der nur akzeptiert wird, weil Melinda mich liebt.

»Wir sind natürlich da, Daddy. Bestell Mom ganz liebe Grüße und sag ihr, dass wir auf jeden Fall zusammen einkaufen gehen müssen, wenn ihr wieder in der Stadt seid.«

»Natürlich, Prinzessin.«

Nachdem sie ihn zur Tür gebracht hat, kommt sie zu mir und schlingt ihre Arme um mich. Ich küsse sie auf die Wange und umarme sie ebenfalls. Nach einigen Sekunden löst sie sich genug von mir, um mir in die Augen sehen zu können. »Wie läuft es wirklich?«

»Michael hat mal wieder eine geniale Idee und ist dabei, alles zu ändern.«

»Schon wieder?«

»Jepp.«

»Also ganz ehrlich, Cade, du musst die Zügel fester halten. Ich weiß, ihr habt keine Hierarchie, aber einer von euch muss das Schiff lenken, und das musst du sein.«

»Und was, wenn ich das gar nicht will?«

»Das ist egal.« Sie schaut mich an. »Ihr könnt nicht erfolgreich sein, wenn sich niemand schlussendlich verantwortlich fühlt.«

»Wir fühlen uns alle verantwortlich.«

Mit ruhiger Stimme fragt sie mich: »Meinst du wirklich, dass sich das chaotische Wunderkind Michael in der gleichen Weise für alles verantwortlich fühlt wie du?«

»Nun ja …«

Sie hat nicht ganz unrecht, das muss ich zugeben.

»Aber wir sind Partner.«

»Das sollt ihr ja auch sein. Aber jeder von euch hat andere Stärken. Michael sorgt für fantastische Ideen, Chris für die optimale Programmierung. Und du, du sorgst halt dafür, dass das Produkt auch ein Megaerfolg wird.«

Ich löse mich von ihr, um an den Kühlschrank zu gehen. Ich greife nach einem Bier, öffne es und trinke einen Schluck. Als ich wieder zu ihr sehe, sage ich: »Das ist zu viel Druck.«

»Aber du kannst das, Cade. Ich weiß, dass du ein Anführer bist.«

Bin ich das? Sicher, an Selbstbewusstsein mangelt es mir nicht, aber ich bin bisher eher so der enthusiastische Mitläufer gewesen, nie der Kapitän.

»Du kannst das.« Ihre Stimme ist eindringlich, als wollte sie mir den Glauben in meine eigenen Fähigkeiten einimpfen.

»Ich weiß nicht …«

»Doch. Du musst daran glauben, dann wirst du erfolgreich sein. Wenn nicht mal du an dein Produkt glaubst, wer soll es sonst tun?«

»Ich glaube dran. Es ist großartig, und es wird zahllosen Menschen das Leben erleichtern.«

»Dann musst du es an den Mann bringen.«

Leicht wiege ich den Kopf hin und her, während ich noch einen Schluck aus der Flasche nehme. »Eigentlich möchte ich lieber, dass es ohne großes Tamtam erfolgreich wird.«

Sie lacht leise. »Klappern gehört zum Handwerk. Du musst darüber reden, du musst es bewerben. Das Produkt entwickeln ist nur der erste Schritt. Das wirklich Harte ist es, das Produkt zu vermarkten. Egal wie gut es ist. Wenn es keiner kennt, kauft es keiner.«

An ihren Worten ist was dran.

»Und sieh es mal so: Du musst ja nicht dich vermarkten, sondern dein Produkt. Niemand muss wissen, dass so ein gut aussehender, toller Mann hinter der App steht. Sie müssen nur erkennen, wie fantastisch deine Arbeit ist.«

Vielleicht kann ich das. Vielleicht schaffe ich es, unsere App zum Erfolg zu führen. Wäre nicht schlecht. Ganz und gar nicht.

Kapitel Fünf

Avery

Nach dem Wochenende sitze ich wieder an meinem Schreibtisch und betrachte meine Recherche zu den vaginalen Geheimnissen. Aber eigentlich bin ich nicht ganz bei der Sache.

Gestern Abend ist Dylan von seiner Geschäftsreise zurückgekommen. Er hat mir eine kurze Nachricht geschrieben, dass er gelandet ist. Als ich ihn angerufen habe, ist er nicht rangegangen. Ich frage mich, was da im Busch ist. Vor seiner Reise war alles okay zwischen uns. Was ist in den zehn Tagen in England passiert? Ich weiß, dass er auch seine Familie besuchen wollte. Vielleicht ist da etwas im Argen? Wir sind noch nicht so lange zusammen, dass ich alle Einzelheiten seines Lebens kenne, aber ich weiß, dass er als Einziger in seiner großen Familie England verlassen hat, um sein Glück auf der anderen Seite des Atlantiks zu versuchen.

Ich hole mein Handy raus und schreibe ihm eine kurze Nachricht. *Hey du, sehen wir uns heute? Ich vermisse dich soooooo!*

Ich bin mir nie sicher, wie man solche Textnachrichten an seinen Freund verfasst. Nutzt man Kosewörter? *Hey, Honey. Hey, Schmusebär. Hey, Kriegerkönig.* Was ist das richtige Wort, wenn man nicht zu den Paaren gehört, die sich mit solchem Schmalz vollschütten? Daher ist meine Standard-

Floskel eigentlich »Hey du«, aber jedes Mal frage ich mich, ob das nicht zu kalt ist.

Es dauert nicht lange, da kommt seine Antwort. *Sweetheart, ich komm so um sieben vorbei. Ist das okay? Hab dich auch vermisst.*

Ich lächele, als ich seine Worte lese. Vielleicht ist doch alles in Ordnung.

Um sieben warte ich aufgeregter, als ich sein sollte, in meiner Wohnung. Die Aussicht, Dylan gleich wiederzusehen, erfüllt mich mit erwartungsvollem Kribbeln. Zehn Tage sind auch einfach zu viel. So lange mag ich nicht von ihm getrennt sein.

Als es klingelt, atme ich tief durch, bevor ich noch mal durch meine Haare fahre, die ich in mühevoller Arbeit mit einem Lockenstab gestylt habe. *Ganz ruhig. Es ist nur Dylan. Du hast ihn bereits nackt gesehen. Du musst keine Angst haben*, sage ich mir vor.

»Hey«, begrüßt er mich mit einem warmen Lächeln, als ich ihm die Tür öffne.

»Hi«, antworte ich. Gar nicht merkwürdig. Nein.

Ich mache einen Schritt zur Seite, lasse ihn eintreten und schließe die Tür hinter ihm. Als ich mich wieder zu ihm umdrehe, küsst er mich auf die Wange. »Wie geht es dir?«

»Gut. Wie war deine Reise? Wie geht es deiner Familie? Und dir?«

Er lächelt erneut, als er sich auf die Couch setzt. Aber dieses Mal ist es nicht so locker wie gerade eben noch. »Es war … kompliziert.«

Ich setze mich neben ihn, greife nach seiner Hand. »Warum?«

»Du kennst sie noch nicht, aber sie sind furchtbar.«

»Deine Familie ist furchtbar? Was soll ich sagen? Du kennst doch meine Mom«, scherze ich. Obwohl er sie ja eigentlich nur von einer gründlich schiefgelaufenen Skype-Session kennt.

Er schüttelt den Kopf. »Nein, deine Mom ist nicht furchtbar. Nervig, ja, aber ganz sicher nicht furchtbar.«

»Aber deine ist es?«

»Ja.«

»Willst du mir erzählen, was passiert ist?«

Er seufzt. »Ich hab dir doch schon mal erzählt, dass ich der Einzige bin, der nicht mehr in London lebt. Meine ganze Familie ist noch da. Und wir sprechen hier von mindestens fünf Geschwistern pro Generation auf beiden Seiten der Familie. Es gibt also jede Menge Stewarts, die alle in London wohnen. Manchmal denke ich, dass die Hälfte der Stadtbevölkerung aus ihnen besteht.«

»Ich weiß.«

»Meine beiden Brüder sind Banker in London, dem europäischen Finanzzentrum … na ja, zumindest jetzt noch. Wer weiß, wie sich das mit dem Brexit entwickelt? Eine Schwester ist mit einem Lord verheiratet, und die andere ist Oberärztin in einem der besten privaten Krankenhäuser in London. Sie sind also nicht nur alle vor Ort, sondern auch alle megaerfolgreich.«

Ich ahne, worauf das hinausläuft. »Aber du bist auch erfolgreich.«

Er streicht sich mit seiner freien Hand über das Gesicht, während er die andere unwillkürlich fester um meine Finger schließt. »Nicht in ihren Augen.«

»Aber das sind doch Fakten! Du bist einer der besten Investmentbanker in Boston.«

»Ganz genau.«

Ich verstehe es nicht. Wenn sie das doch wissen …

»In Boston. Aber wenn ich wirklich erfolgreich wäre, wäre ich an der Wall Street in New York und würde milliardenschwere Hedgefonds managen.«

»Hm.«

»Ich weiß, es ist unglaublich albern, aber meine Familie denkt, ich bin ein Versager, weil ich *nur* in Boston bin. Sie glauben, ich wäre nicht gut genug. Dass ich mich aber mit voller Absicht für Boston entschieden habe, interessiert sie nicht.«

»Also waren alle Tage mit deiner Familie eine Leistungsschau?«

»Und nicht nur das. Dad glaubt ja nicht, dass er ein Alkoholproblem hat. Und er ist kein netter Betrunkener, nein, er wird zynisch.«

Dass Dylan sich mir derart öffnet, berührt mich. So tiefe Einblicke hat er mir bisher noch nicht gewährt, und es erfüllt mich mit warmer Zuneigung, dass er mir vertraut. Ich habe das Gefühl, als würden wir einen neuen Schritt in unserer Beziehung gehen.

»Das tut mir sehr leid.«

»Deswegen war ich auch so ein Arsch zu dir.« Er schaut mich entschuldigend an.

Ich mache eine abwehrende Handbewegung. »Ach was. Ich versteh dich.«

»Aber ich hätte dir trotzdem nicht so den Kopf abbeißen sollen. Ich sollte meine eigenen Probleme nicht auf dich projizieren.«

»Schon gut.«

»Nein, gar nicht. Ich bin manchmal grantig, und das hasse

ich. Vor allem dann, wenn es dich trifft, obwohl du nichts getan hast. Dabei mag ich dich doch so sehr.«

Ich lege meine Hand an seine Wange. »Ich mag dich auch.«

Sein Blick sucht meinen, hält ihn fest. »Für mich ist es mehr.«

Cade

Schweißgebadet wache ich auf. Mein Herz rast. Mein Atem geht viel zu schnell, mein Puls ist außer Kontrolle. *Alles gut*, versuche ich mir zu sagen, aber es dauert, bis mein Körper mir glaubt.

Wie auch schon letzte Nacht werde ich von demselben Gefühl aufgeschreckt. Druck.

Seit Melinda gesagt hat, dass ich für den Erfolg der App verantwortlich bin, drückt es auf meine Seele. Sie will, dass ich die Führung übernehme, ich weiß, aber bei mir bleibt nur die Angst hängen, ob wir von unserer Entwicklung leben können. Oder ob wir damit gründlich baden gehen. Und ich bin nicht nur für mich verantwortlich, sondern auch für Michael und Christopher. Und für Jessica, Michaels Frau, und für den kleinen Lucas. Und für Amanda, Christophers Frau, und für die kleine Zoë und den kleinen Liam. Ganz zu schweigen von all den Geldgebern, denen wir die Finanzierung verdanken und die das gewiss nicht aus der Güte ihres Herzens getan haben, sondern weil sie Profit sehen wollen.

Sie alle lasten schwer auf meinen Schultern, und ich weiß einfach nicht, ob ich dem gewachsen bin. Es versetzt mich in Panik. Ich kann ja kaum für mich selbst sorgen, geschweige denn für so viele Menschen, die alle von mir abhängig sind.

Wir sind gemeinsam verantwortlich. Das haben wir uns am Anfang versprochen, aber Melindas Worte verfolgen mich. Bin ich es wirklich, der für den Erfolg sorgen muss?

Ich schaue zu Melinda, die tief und fest neben mir schläft. Leise stehe ich auf, gehe in die Küche und hole mir ein Glas Wasser. Ich trinke in langen Schlucken, trete ans Fenster und schaue über die Lichter der Stadt, die um diese Zeit gedimmt sind, aber nie wirklich verschwinden. Nicht nur New York ist die Stadt, die niemals schläft. Für Boston gilt das mindestens ebenso.

Ich lehne die Stirn an die kühle Scheibe. Wann ist das Leben nur so kompliziert geworden? Früher war es doch so einfach. Ich wusste, Avy und ich waren Freunde, wir gehörten zusammen. Das war mein ganzes Universum, und mehr brauchte ich auch nicht.

Zum bestimmt viertausendsten Mal in den letzten Tagen denke ich an sie. Sie hat so gut ausgesehen. So sehr wie sie eben. Sie war nicht perfekt gestylt, sie sah leicht chaotisch aus und ein wenig derangiert, aber sie hat so viel Leben ausgestrahlt. Sie mag nicht perfekt sein – obwohl das ja im Auge des Betrachters liegt –, aber sie sah genauso aus, wie ich sie immer am schönsten fand. Wild und frei.

Nicht zum ersten Mal frage ich mich, wie mein Leben heute wäre, wenn ich damals nicht gegangen wäre. Würde ich auch mit Panikattacken neben meiner Freundin aufwachen?

Meine Gedanken sind nicht immer fair, das weiß ich. Melinda kann nichts dafür, dass sie nicht meine erste Liebe ist.

Bisher war es mir auch egal, aber seit ich Avery wiedergesehen habe, vergleiche ich beide miteinander. Und jedes einzelne Mal zieht Melinda den Kürzeren.

Avery

Lange kann ich nicht einschlafen. Neben mir liegt Dylan, der friedlich vor sich hin schnarcht. Es ist kein lautes Schnarchen, mehr ein lautes Atmen, ein sehr lautes. Aber es stört mich nicht – im Gegenteil. Ich mag es. Es gibt mir ein Gefühl von Geborgenheit. Und normalerweise kann ich dabei gut schlafen. Aber heute liege ich wach.

Er hat mir nicht nur von seinen Familienproblemen erzählt, sondern auch gesagt, dass das zwischen uns für ihn mehr ist als *nur mögen*. Ist mehr als mögen sofort lieben? Oder gibt es da noch eine Stufe dazwischen? Liebhaben? Verliebtsein? Vorverliebtsein?

Ich spüre kleine Schmetterlinge in meinem Bauch, die immer wieder leicht mit den Flügeln schlagen. Ich wusste schon, dass ich gerne Zeit mit ihm verbringe, aber so richtig euphorisch bin ich bisher nicht gewesen. Ich weiß gar nicht, was mich zurückgehalten hat. Um ehrlich zu sein, bin ich keine Expertin, was erwachsene Beziehungen angeht. Die einzig wichtige begann, als wir Kinder waren. Vielleicht dachte ich einfach, dass sich das alles langsamer entwickelt, wenn man erwachsen ist. Dass die großen Gefühle Zeit brauchen, um sich zu entfalten. Dass man nicht mehr Hals über

Kopf für einen Jungen brennt. Aber heute … das heute scheint ein monumentaler Schritt zu sein. Für Dylan, für mich, für uns.

Vor ihm hatte ich zwei Freunde, aber die Beziehungen hielten nicht lang. Es war immer nett mit ihnen, aber wie Giselle mal zu mir gesagt hat: »Nett bekommt keinen Sex.«

Ich würde es vielleicht abändern: *Nett bekommt keine Chance*. Denn Sex hatten wir schon, aber die beiden haben mich nicht aus den Socken gehauen, kein Stück. Und ich richtete mich mit der Erkenntnis ein, dass ich nie wieder jemanden so lieben würde wie den Ersten.

Cade runzelte angestrengt die Stirn. »D?«

Seine Mom schüttelte den Kopf. »Nein. Hör genau hin. Dienstag.«

»Ich kann das nicht.«

»Doch, natürlich, mein Schatz. Du musst nur genau zuhören. Versuch es noch mal. Dienstag. D-I-E-N-S und dann? Tag. Wie wird das geschrieben?«

»T?«

»Ja, genau. T! Und weiter?«

»Mom, ich kann nicht mehr. Mein Kopf tut schon weh.«

Sie lächelte ihn liebevoll an. »Wir machen auch nur noch zwei Wörter. Eins für dich und eins für Avery.« Sie lächelte mich an.

»Okay. A.«

»Ganz genau. Jetzt nur noch der letzte Buchstabe. Dienstag.« Sie sprach das Wort ganz besonders langsam aus, betonte den letzten Buchstaben überdeutlich, damit er verstand.

»G?«

»Richtig! Und jetzt noch einmal.«

Cade wirkte nun ein klein wenig stolz, weil er ein Wort aus dem Buchstabierwettbewerb der dritten Klasse geschafft hatte, obwohl wir erst in der zweiten waren. Aber seine Mom Sharon war der Meinung, dass man sich auch ein bisschen fordern musste. »D-I-E-N-S-T-A-G.«

»Ganz genau! Großartig!« Sie schaute mich an. »So, jetzt du, Avery. Dein letztes Wort ist ›wichtig‹.« Sie sah mich auffordernd an.

»W-I-C-H-T-I-G.«

Cade warf mir einen zweifelnden Blick zu. »Wieso kannst du das, Avy?«

Ich zuckte mit den Schultern. »Woher weißt du, wie viel sieben mal sechzig ist?«

Er grinste. »Das ist doch einfach.«

»Und ich finde Buchstabieren leicht.«

»Hm.«

»Cade, noch ein letztes Wort.«

Er schüttelte den Kopf. »Noch eins für Avy. Und nimm ein ganz schwieriges.«

Sharon lächelte mich an. »Ein ganz schwieriges für die Königin des Buchstabierens.«

Ich atmete aufgeregt ein. Bei so etwas war ich ehrgeizig, weil es mir Spaß machte. Ich liebte Wörter und wollte alles über sie wissen.

»Frühstück.«

»F-R-Ü-H«, begann ich.

»Sehr gut.«

»Weißt du nicht mehr weiter?«, stichelte Cade, aber an seinem Blick sah ich, dass er sich nicht wünschte, dass ich versagte. Ganz im Gegenteil. Er freute sich immer über meine Erfolge.

»S?«, sagte ich ein wenig unsicher. Sharon nickte. »T?« Ein erneutes Nicken.

Vor Erleichterung ließ ich meine angespannten Schultern sinken. Bei diesen beiden Buchstaben war ich mir nicht sicher gewesen, der Rest war einfach. »Ü-C-K.«

»Ja! Du hast es geschafft!«, rief Cade fröhlich, nachdem seine Mutter es bestätigt hatte.

Damals wusste ich es noch nicht, aber einen Mann zu haben, der sich über die Erfolge seiner Partnerin freut und sich dadurch nicht in irgendeiner absurden Weise bedroht fühlt, ist unbezahlbar.

Ich drehe mich auf die Seite, weil der Gedanke an Cade mich mit Schwermut erfüllt. Nicht auszudenken, wenn Dylan ausgerechnet jetzt aufwachen würde. Wie sollte ich ihm erklären, warum ich kurz davor bin, in Tränen auszubrechen?

Als die Traurigkeit sich auch nach mehreren Minuten nicht auflöst, stehe ich auf, gehe leise aus dem Schlafzimmer, ziehe die Tür hinter mir zu und kuschele mich auf der Couch im Wohnzimmer in eine Decke. Mr. Spock kommt leise maunzend ins Zimmer. Ich klopfe mit der Hand auf den Stoff, und sie springt aufs Sofa, reibt ihren kleinen Kopf an meiner Schulter und macht es sich dann auf meinem Schoß bequem. Nach einem auffordernden Schnurren beginne ich sanft, ihr seidiges Fell zu streicheln.

Ich schaue auf mein Handy. Drei Uhr morgens. Um diese Zeit kann ich nicht wirklich meine Mom anrufen, oder? Sie schläft bestimmt tief und fest. Ich hätte es mit sechzehn nie für möglich gehalten, aber auch mit dreißig gibt es noch Momente, in denen man seine Mom unbedingt braucht.

Manchmal will man sich einfach nur in ihre Arme werfen und hören, dass alles wieder gut wird.

Plötzlich vibriert mein Handy, und ich lasse es vor Schreck fallen. Ich versuche noch, danach zu greifen, aber das wird nichts. Stattdessen faucht mich Spocky an, weil ich ihre Liegefläche zum Beben bringe.

»Entschuldige«, wispere ich und versuche an das Handy auf dem Boden zu gelangen, ohne Ihre Majestät weiter zu stören.

Sie krallt sich mit allen vieren in der Decke fest, statt einfach zu gehen, dabei maunzt sie und faucht und spuckt so viel Galle, wie es eine einzelne Katze mit Persönlichkeitsstörung nur kann.

Als ich endlich an das Handy gelange, hat es aufgehört zu klingeln. Aber schon bevor ich ihren Namen auf dem Display lese, weiß ich, dass es nur meine Mom gewesen sein kann.

Ich drücke auf ihre Nummer.

»Hey, Honey«, begrüßt sie mich, als wäre es das Normalste der Welt, dass man sich um drei Uhr morgens anruft.

»Hey, Mom. Wieso hast du angerufen?«

»Ist alles okay mit dir? Ich bin plötzlich aufgewacht und hatte das dringende Gefühl, dass du mich brauchst. Was ist los, mein Liebling?«

»Ich hatte tatsächlich überlegt, ob ich dich anrufen kann.«

»Du kannst mich immer anrufen. Auch um drei Uhr morgens.«

»Es ist Cade.«

»Natürlich ist es Cade.«

»Es lief alles so gut, Mom. Ich hatte alles im Griff. Ich hab nicht mehr jeden Tag an ihn denken müssen. Ich liebe

Boston. Ich hab neue Freunde gefunden, mein Job ist einfach großartig. Ich liebe es hier. Und ich hatte Dylan. Habe Dylan.«

»Na ja …«, gibt sie zurück. Und ich habe ihren abschätzigen Gesichtsausdruck genau vor Augen.

»Ich weiß, du magst ihn nicht, aber ich … Ich mag ihn. Sehr. Und heute Abend dachte ich, dass wir einen neuen Schritt gegangen wären. Dass wir einander nähergekommen sind. Ich hab sogar Schmetterlinge gespürt.«

»Schmetterlinge sind eine Erfindung der Pharmaindustrie.«

Mein Mund verzieht sich zu einem winzigen Lächeln, weil sie das immer sagt. Valentinstag ist eine Erfindung von Hallmark. Der Weihnachtsmann ist eine Erfindung von Coca-Cola. Und Schmetterlinge sind eine Erfindung der Pharmaindustrie, damit man Pillen gegen nervöses Zucken kauft.

»Und dann lag ich wach im Bett und musste an Cade denken. An ihn und uns und wie schön alles war. Wie ich mich mit ihm gefühlt habe. Wie er mich hat fühlen lassen. Und dann musste ich daran denken, dass das, was ich mit Dylan habe, nicht das ist, was ich mit Cade hatte. Und ich …« Ich schlucke, doch da ist ein Kloß in meinem Hals.

»Ach, Liebling. Es kann ja auch gar nicht gleich sein, weil sie zwei verschiedene Menschen sind. Und bevor du jetzt ›Boah, Mom‹ sagst, ich weiß natürlich, was du meinst. Aber du bist ja auch eine ganz andere. Als du Cade kennengelernt hast, hattest du ein reines Herz, das noch nie Schmerz empfunden hatte. Du hast dich mit allem, was du bist, in eure Liebe hineingeworfen. Du hast lichterloh gebrannt, hast heiß geliebt. Und jetzt … jetzt hast du gespürt, was es heißt, bitter enttäuscht zu werden. Es ist doch nur verständlich, dass du vorsichtiger bist, dass du nicht mehr so viele Risiken eingehst.«

»Hm.«

»Aber ich glaube auch, dass du diese Risiken wieder eingehen würdest.«

»Ja? Wirklich?«

»Ja, wirklich, Liebling. Aber nur, wenn es der Richtige ist.«

Ich streichele Spocky, die mir meine akrobatischen Übungen verziehen hat und sich auf meinem Bauch eingerollt hat. »Woher weiß ich, dass es der Richtige ist?«

»Die Frage kannst du dir doch selbst beantworten. Wenn es sich tief im Herzen so anfühlt wie damals. Nicht in allen Details, natürlich nicht, aber du musst brennen, musst das Gefühl haben, dass du ohne ihn nicht leben kannst.«

Kapitel Sechs

Avery

Ein paar Tage später tritt Giselle mit ein paar Papieren in der Hand in die Mitte unseres Büros.

»Meine Damen, einen Moment Aufmerksamkeit bitte!«

Augenblicklich kehrt Ruhe ein. Wenn eine Person das schafft, dann kann das nur bedeuten, dass sie entweder gefürchtet oder respektiert wird. Bei Giselle trifft beides zu, obwohl ich ihr jederzeit attestieren würde, eine tolle Chefin zu sein.

»Ich habe hier einen neuen Artikel, der mir soeben auf den Schreibtisch geflattert ist. Zehn Geheimnisse der Vagina.«

Seufzend lasse ich den Kopf auf die Tischplatte fallen. War ja klar, dass sie den vorstellen muss. Dafür hatte sie viel zu viel Spaß bei der Entwicklung.

»Wer es nicht weiß, hat es bestimmt dank der theatralischen Reaktion erkannt, dass dieser Beitrag von der lieben Avery stammt.« Sie grinst mich an. »Und da ich mich an ihrer Reaktion sehr erfreue, möchte ich euch ans Herz legen, diesen Artikel zu lesen.«

»Oh mein Gott«, murmele ich vor mich hin.

»Ich habe Kopien für alle gemacht.«

Habe ich gesagt, sie sei eine tolle Chefin? Ich würde das gerne revidieren.

»Ich wusste nicht, dass öffentliche Bloßstellung zu deinem Repertoire gehört«, grummele ich.

Lachend geht sie über meinen Einwand hinweg. »Am besten finde ich den Anfang, an dem du den Leserinnen die Aufgabe stellst, die Hosen runterzulassen, sich auf den Wannenrand zu setzen und sich mit dem Handspiegel selbst zu betrachten.«

Um mich brandet Gelächter auf.

»Giselle!«, flehe ich.

Sie wird ernst. »Ich mach nur Spaß. Es ist wirklich ein ganz toller Artikel geworden. Ich finde es gut, dass du das Thema nicht auf die leichte Schulter genommen, sondern es seriös behandelt hast und vor allem aufklärerisch tätig warst. Ich habe schon mehrere solche Artikel gelesen, die vor allem reißerisch waren. Aber bei dir lernt man tatsächlich etwas über die Vagina. Allein schon, dass nur der innere Teil des weiblichen Geschlechtsorgans als Vagina bezeichnet wird und der äußere als Vulva.«

Applaus ertönt, und ich bekomme vor Verlegenheit rote Ohren.

»Yay, Avery!«, jubeln Nicole und Steph.

»Der Artikel kann in die Korrektur und dann in den Satz gehen. Damit fehlen nur noch die Modestrecke …«

Sie schaut Nicole an, die erwidert: »Ich muss nur noch die Bildunterschriften überprüfen. Alles andere ist fertig.«

»… und der aktuelle Persönlichkeitstest.« Giselle wirft der zuständigen Redakteurin einen fragenden Blick zu. »Wofür haben wir uns da entschieden?«

»Engen Sie ihn zu sehr ein?«, lautet die Antwort.

»Großartig. Tolle Arbeit, Ladys. Das heißt, das neue Magazin ist fast fertig, und dieses Mal haben wir es sogar zwei

Tage vor Deadline geschafft. Wir sollten in den Annalen nachsehen, aber ich denke, das ist ein absolutes Novum! Und weil ich so unglaublich stolz bin, gibt es für jede von euch eine Box Macarons aus meinem Lieblingscafé. Dort auf dem Tisch sind sie aufgebaut.«

Sie zeigt durch die offene Bürotür auf einen Stapel hübsch verpackter Päckchen, die im Empfangsbereich bereitliegen, und lächelt in die Runde, ganz wie eine stolze Mutterhenne, die auf ihre Küken schaut. Fehlt nur noch, dass sie sich eine Träne aus dem Augenwinkel wischt.

Nachmittags schaue ich durch die Anzeigen der lokalen Zeitungen, ob ich etwas Interessantes für die kommende Ausgabe finde. Denn nach dem Magazin ist schließlich vor dem Magazin. Wir erscheinen alle zwei Wochen, weswegen wir uns nicht auf die faule Haut legen können. *Women's Life* erscheint seit achtzehn Jahren, und es wurde noch nie eine Ausgabe verpasst.

»Hey, Ave«, begrüßt mich Sarah, als sie an meinen Schreibtisch kommt. Sie hält ihre Schachtel Macarons in der Hand. »Ich tausche mein Pistazie gegen dein Rose.«

»Aber selbstverständlich«, antworte ich, denn Pistazie ist meine Lieblingssorte.

Sie grinst, weil sie das natürlich wusste. »Und hör mal, eine Freundin von mir hat eine Freundin …«

»Redest du eigentlich über dich selbst?«

Sie lacht. »Nein, nein, wirklich! Jedenfalls, der Freund der Freundin meiner Freundin hat so eine tolle neue App erfunden, die sie heute Abend vorab vorstellen. Sie soll nächste Woche online gehen. Vielleicht hast du Lust, da hinzugehen?«

Sie drückt mir einen Flyer in die Hand. Ich überfliege den Text. »Schon wieder ein Organizer?«

Sie wiegt den Kopf. »Ja und nein. Ich kenne sie auch noch nicht wirklich. Meine Freundin hat mir die Einladung gegeben, weil sie den Entwickler kennt und unterstützen will. Aber so wie ich es verstanden habe, ist das Ding ein Allround-Talent. Es hat unglaublich viele Optionen, man kann sich mit anderen Leuten synchronisieren und austauschen, und es soll ein tolles Design haben. Wie gesagt, ich hab die App noch nicht getestet, aber das ist, was ich gehört habe. Wäre doch vielleicht interessant, sich das mal anzusehen.«

»Klingt tatsächlich ganz gut. Ich geh mal hin und schaue es mir an. Danke für den Tipp!«

»Super. Dafür bekommst du auch noch mein zweites Pistazie.«

Sie legt die Köstlichkeit in meine Schachtel, und ich werfe ihr einen Luftkuss zu.

Anschließend wende ich den Flyer hin und her. Er gibt nur wenig Auskunft, was die Veranstaltung für mich nur interessanter wirken lässt. Mysteriös und geheimnisvoll. Ich tippe die Website ein, aber auch die Aufmachung löst das Geheimnis um diese App nicht. Nun gut, wenn die Macher es so wollen, zügele ich meine Neugier noch.

Abends mache ich mich direkt vom Büro aus auf den Weg. Ich hatte gedacht, dass die Veranstaltung in einer kleinen Klitsche stattfinden würde, wie sich das für ein Startup gehört, eine Garage etwa oder das Gästezimmer in einem Wohnhaus. Stattdessen führt mich die Adresse zu einer schicken Galerie in Beacon Hill. Ein überraschender erster

Eindruck, wie mir positiv auffällt. Ich mag es, wenn jemand meine Erwartungen nicht erfüllt, im positiven Sinne.

Als ich die Tür öffne, werde ich von einer eleganten Blondine empfangen. Sie sieht aus wie eine jüngere Version dieser Journalistin auf NBC, die so unglaublich lange Beine hat. Meine ganz normal langen Beine fühlen sich da immer minderwertig.

»Hallo, ich bin Melinda. Sind Sie hier für die Präsentation?«

Ich zeige ihr meinen Presseausweis. »Ganz genau. Avery McIntyre für *Women's Life*.«

Bei diesen Worten setzt sie ein strahlendes Lächeln auf. Der Name hat Gewicht, wir sind ein angesehenes Magazin in Boston. »Es freut mich sehr, dass Sie es einrichten konnten!« Sie reicht mir eine kleine Papiertüte, aus der blaues Seidenpapier schaut. »Hier haben wir alle wichtigen Informationen für Sie zusammengefasst. Auf der beiliegenden Karte wird erklärt, wie Sie sich die App zum Testen herunterladen können. Und wir haben auch noch eine Kleinigkeit beigelegt.«

Und wieder werde ich überrascht. Bei dem Wort Start-up hatte ich an College-Kids gedacht, die nicht wissen, wie man sich am besten verkauft. Stattdessen werde ich hier von einem Medienprofi empfangen. Denn so viel ist klar: Diese Frau weiß, was sie tut. Alle Details dieser Veranstaltung sind gut aufeinander abgestimmt, bis zum i-Tüpfelchen durchdacht und designt, was den Eindruck hinterlässt, dass hier Profis am Werk sind.

»Darf ich Ihnen schon mal ein Glas Champagner anbieten, während wir auf den Beginn der Präsentation warten?«

Sie winkt diskret eine Kellnerin heran, die mir ein Tablett hinhält. Ich nehme mir ein Glas.

»Wenn Sie Fragen haben, wenden Sie sich bitte an mich. Die Entwickler werden die Präsentation leiten und danach gern mit der Presse sprechen, aber falls Sie schon vorab Fragen haben, bin ich für Sie da.«

»Vielen Dank. Eine Sache können Sie mir vielleicht tatsächlich schon beantworten. Ich dachte, dies ist eine Veranstaltung eines Start-ups, aber alles wirkt so professionell.«

Sie lächelt geschmeichelt. »Ich weiß, wie wichtig es ist, einen guten ersten Eindruck zu machen. Daher habe ich mit den Entwicklern zusammengearbeitet, um ein angemessenes Event zu veranstalten. Ich freue mich, dass Sie mir zustimmen.«

Das habe ich zwar nicht wirklich getan, aber ich nicke, während sie sich an die nächsten Gäste wendet.

Ich blicke mich um und sehe viele bekannte Gesichter. In Journalistenkreisen kennt man sich. Vielleicht nicht persönlich, aber man trifft meist die gleichen Kollegen auf den verschiedenen Terminen. Und auch hier bin ich angenehm überrascht, dass ich Vertreter von allen großen Medien der Stadt sehe.

Wer steckt wohl dahinter? Noch immer bin ich neugierig. Welche Newcomer können mit dem ersten, mit dem einzigen Produkt, das sie entwickelt haben, so viel Buzz erzeugen, noch bevor es gelauncht wurde? Sehr, sehr interessant. Ich bin gespannt.

Cade

Vor Nervosität zupfe ich an meinem Sakko herum und habe das Gefühl, an der Krawatte zu ersticken. Aber Melinda hat darauf bestanden. Wie auf all das hier.

Mick, Chris und ich wollten die Präsentation in unserem Büro abhalten. Ohne viel Chichi. Nur mit dem Fokus auf unserer Arbeit. Aber Melinda meinte, dass wir die Pressevertreter umhauen müssen mit unserem Produkt, dass wir sie beeindrucken müssen, damit sie auch positiv über unsere App berichten.

Ich weiß nicht, ob das stimmt. Mein Bauchgefühl sagt mir, dass wir all das hier nicht brauchen. Dass eine ganz simple Vorstellung viel mehr Gewicht gehabt hätte. Aber Melinda kennt sich mit Presse- und Öffentlichkeitsarbeit aus, daher haben wir auf sie gehört. Jetzt jedoch wünschte ich, wir hätten all diese Leute in unser Büro oder, okay, vielleicht in ein kleines Café eingeladen, jedem eine Tasse Kaffee in die Hand gedrückt und gesagt: »Hier ist die App. Sie ist selbsterklärend.«

Stattdessen stehen wir nun wie bestellt und nicht abgeholt in diesem Nebenraum, während Melinda die Galerie bespielt, die einer Freundin von ihr gehört. Und die Räume sind schön, keine Frage. Aber was ich mich *frage*, ist, was das alles mit uns zu tun hat.

Ich schaue zu Michael und Christopher, die ebenfalls ein wenig unglücklich in ihren Anzügen aussehen. Unwirsch schüttele ich den Kopf. *Das sind nicht wir.*

»Hey, zieht die Krawatten und Jacketts aus«, fordere ich sie auf, während ich meine eigene löse.

»Aber Melinda …«, beginnt Chris.

»Egal. Das hier ist unsere Vorstellung. Und ich glaube fest daran, dass unsere großartige Arbeit für sich alleine spricht. Wir brauchen dafür nicht verkleidet aussehen in Anzug und Krawatte.«

Sie zögern noch einen Moment, aber dann entledigen sie sich ebenfalls ihrer Anzugjacken. Michael zieht auch sein Hemd aus, darunter trägt er ein T-Shirt mit drei Elementen des Periodensystems. Das erste ist Ba für Barium. Das zweite Co für Cobalt und das dritte N für Stickstoff. Ich grinse, als ich das Wort erkenne, das sie bilden: *Bacon.* Gibt es eine bessere Art, Michaels chaotisches Genie zu zeigen?

»Das fühlt sich gut an.« Christopher krempelt die Ärmel hoch.

»Verdammt gut.«

Wir können nichts mehr an dieser überkandidelten Vorstellung ändern, aber wir können dafür sorgen, dass wir uns besser fühlen. Mehr wie wir selbst. Und mit weniger Formalität vergeht auch unsere Nervosität ein wenig.

Jessica, Michaels Frau, kommt herein. »Hey Jungs. Der Laden brummt.«

»Wirklich?«, fragen wir fast gleichzeitig. Das folgende Gelächter vertreibt fast die gesamte restliche Aufregung.

»Melinda sagt, Journalisten von allen großen Blättern sind da.«

»Ehrlich?« Christophers Augen leuchten.

»Jetzt muss nur noch die App überzeugen.«

»Das wird sie«, sagt Michael im Brustton der Überzeugung.

Ich hoffe, er hat recht. Er hat noch bis kurz vor Schluss an verschiedenen Details rumgebastelt und damit meinen und Christophers Puls nach oben getrieben. Jenseits der hundertfünfzig war er auf jeden Fall. Aber er hat versprochen, dass nun alles rund läuft. Und um ehrlich zu sein, sieht die App jetzt auch viel besser aus als vorher. Er hat es tatsächlich geschafft, Funktionalität auf eine schlichte, zeitlose Art mit Design zu verbinden.

Hoffentlich wird gleich auch alles funktionieren. Wir haben eine Präsentation auf der großen Leinwand vorbereitet. Ich dachte, das wäre genug, aber dann hatte Melinda die Idee, Smartphones für alle Journalisten zur Verfügung zu stellen, damit sie alle Funktionen live und mit den eigenen Fingern mitverfolgen können. Und natürlich kannte sie auch die richtige Person, die uns mal eben fünfzig Smartphones leihen konnte.

Für meinen Geschmack ist alles ein wenig zu over the top, aber diese Idee war tatsächlich grandios. Außerdem hat sie uns überzeugt, die App auf einem passwortgeschützten Server zum Download bereitzustellen, damit die Presse schon mal vorab testen kann. Und auch das ergibt Sinn, weil man den Leuten natürlich immer viel erzählen kann, aber wenn sie direkt selbst ausprobieren können, wie sehr unsere App ihnen das Leben erleichtert, ist das Gold wert.

Ich bin sehr froh, dass Melinda sich so dahintergeklemmt hat. Ein bisschen weniger Glitter wäre schön, aber wenn uns all das hier einen Erfolg beschert, dann springe ich auch singend durch brennende Reifen.

»Ist Mandy auch da?«, fragt Christopher.

Jessica nickt. »Ja, sie unterhält sich gerade mit einer Bekannten aus dem College.«

Und dann ist es so weit. Melinda gibt Jessica das Zeichen, dass wir herauskommen sollen.

Sie wirft mir einen kurzen missbilligenden Blick zu, als sie unsere Marscherleichterung sieht, aber sie lächelt, als sie uns den Journalisten ankündigt: »Und hier sind sie: Die drei Masterminds hinter *Benjamin*.«

Da uns kein besserer Name eingefallen ist, sind wir bei *Benjamin* geblieben. Benjamin bedeutet *Sohn des Glücks*, und Glück können wir gebrauchen. Mir ist der aufbrandende Applaus ein wenig unangenehm. Es macht mir nichts aus, im Rampenlicht zu stehen, aber das fühlt sich wie ungerechtfertigte Vorschusslorbeeren an. Mein Blick gleitet durch den Saal, über all diese unbekannten lachenden Gesichter, und bleibt an einer Frau mit wilden dunkelblonden Haaren hängen.

Avery. Mein Herz schlägt schneller, ich spüre, wie ich anfange zu schwitzen, mein Mund wird ganz trocken. Zwischen all diesen Journalisten in Anzügen und Kostümen wirkt sie in ihrer legeren Kleidung irgendwie fehl am Platz.

Wieso ist sie hier?

Avery

Cade. Mein Blick bleibt sofort an ihm hängen, als er durch die Tür tritt. Was macht er denn hier?

Mein Kopf braucht eine Sekunde, um zu verstehen, dass er zu den App-Entwicklern gehört. Aber dann flutet augenblicklich eine Welle von Stolz durch mich hindurch. Gleichzeitig irritiert es mich, dass ich mich offensichtlich immer noch über seine Erfolge freuen kann. Nach allem, was passiert ist.

Der Moment, als er mich ebenfalls sieht, lässt meinen Atem für eine viel zu lange Sekunde stocken. Tausend Fragen tanzen in seinen Augen, und auf keine wird er eine Antwort bekommen. Ich werde bleiben, weil es mein Job ist, aber sobald die Präsentation vorbei ist, werde ich gehen. Oh ja, beschließe ich, dieses Mal lässt er mich nicht wieder stehen. Dieses Mal gehe ich. Nach drei abrupten Abgängen habe ich eine Revanche verdient. Jawohl!

Anstelle von Gläsern haben die Kellnerinnen nun etwas anderes auf ihren Tabletts liegen. Erst erkenne ich nicht, was es ist, aber dann sehe ich die Smartphones.

»Liebe Kolleginnen und Kollegen der Presse«, beginnt Melinda erneut, »wir haben uns für diese Präsentation etwas Besonderes ausgedacht. Nehmen Sie sich bitte jeder ein Smartphone und schalten Sie es ein. Sie brauchen keine PIN eingeben. Auf dem Startbildschirm sehen Sie das Icon für die App. Bitte tippen Sie auf diese, dann können Sie alles, was uns die Entwickler gleich vorstellen, direkt selbst einmal ausprobieren.«

Das ist mal eine sehr gute Idee. Aber wen wundert's – sie passt zu diesem durchdachten Konzept. Ich lege das Smartphone auf dem Stehtisch vor mir ab und suche in meiner Tasche nach meinem Block und dem Bleistift. Das ist ein Trick, den ich schon zu Beginn meiner Karriere gelernt habe. Ein Kugelschreiber kann den Geist aufgeben. Ganz besonders bei Kälte. Aber ein Bleistift schreibt so lange, bis die Mine aufgebraucht ist, egal bei welchem Wetter. Da die Minen brechen können, habe ich einen mit einfahrbarer Mine und jeder Menge Ersatz dabei.

Als ich wieder aufsehe, schaut Cade noch immer zu mir. Sein Blick ist so intensiv, dass ich spüre, wie mein Mund trocken wird. Wieso fühle ich mich nach all den Jahren wieder wie dreizehn, wenn er mich ansieht?

»Cade.« Melinda versucht seine Aufmerksamkeit zu gewinnen. Er schüttelt kurz den Kopf, als würde er gerade aus einer Trance aufwachen, und schaut dann zu ihr.

»Ja.« Er klingt etwas verwirrt. Noch einmal wirft er mir einen Blick zu, aber dann scheint er sich wieder im Griff zu haben. Er räuspert sich und tritt einen Schritt nach vorne.

»Guten Abend. Vielen Dank, dass Sie so zahlreich zu unserer kleinen Präsentation gekommen sind. Mein Name ist Cade Turner, und das hier sind Michael Clark und Christopher Wright. Dass ausgerechnet ich jetzt hier die Einleitung übernehme, hat nichts zu sagen, denn eigentlich haben wir uns alle Aufgaben bei der Umsetzung unserer Idee geteilt. Wir haben alle programmiert, wir haben alle die Optik entwickelt, aber wenn man uns dennoch einteilen möchte, kann man sagen, dass Michael federführend für das funktionale Design verantwortlich ist und Christopher die Hauptprogrammierung übernommen hat. Ich war dann das Mädchen für die besonderen Fälle – so wie diese kleine Rede.«

Er macht das gut. Mit wenigen selbstironischen Worten hat er die Journalisten direkt auf seine Seite gezogen. Ich kann es in ihren Gesichtern sehen, dass sie das Produkt mögen wollen, weil Cade so sympathisch rüberkommt.

»Aber genug über uns. Ich stelle Ihnen sehr gerne die Hauptperson des heutigen Abends vor: Benjamin. Obwohl er einen menschlichen Namen hat, ist Person vielleicht ein wenig übertrieben, aber dann auch wieder nicht, denn das

Programm ist so etwas wie der digitale persönliche Assistent, der uns allen das Leben erleichtern kann.«

Er greift nach der Fernbedienung und startet die Präsentation. »Sie können auf Ihren Smartphones jede Funktion, die ich beschreibe, nachverfolgen. Außerdem können Sie sich die App auch auf Ihr persönliches Smartphone downloaden, um sie ausgiebig zu testen. Dazu erhalten Sie im Anschluss noch einen Code. Um zu beginnen, drücken Sie jetzt bitte auf das Icon auf dem Startbildschirm.«

Nur daran, dass er Melindas Ausführungen noch einmal wiederholt, merke ich, dass er nervös ist. Ansonsten macht er einen vollkommen ruhigen Eindruck, als könne ihn nichts aus der Balance bringen und als wäre er dafür geboren, im Mittelpunkt zu stehen. Seine beiden Kollegen dagegen wirken wirklich aufgeregt, was wahrscheinlich auch ein Grund dafür ist, dass Cade das Reden übernommen hat.

»Ein persönlicher Assistent erledigt für uns zahllose Aufgaben, um uns den Alltag zu erleichtern. Er koordiniert Termine, erstellt Listen, erinnert an Termine, die wir selbst vergessen, und bespricht vielleicht sogar direkt mit Familienangehörigen oder Kollegen, was zu tun ist. Und all das kann Benjamin auch. Auf dem Bildschirm der App sehen Sie Buttons, hinter denen sich alle Funktionen der App verbergen. Wir haben einen Kalender, ein Notizbuch, To-do-Listen, Einkaufslisten, ein Adressbuch …«

Im Büro hatte ich noch gedacht: nicht noch ein Organizer! Aber je mehr ich mich durchklicke, desto deutlicher erkenne ich, dass sie ein kleines Kunstwerk geschaffen haben. Eine großartige Funktion für mich ist das Adressbuch, das man so sortieren kann, dass die fünf wichtigsten Kontakte direkt auf der ersten Seite erscheinen. Für mich Schusselchen ist das perfekt, so habe ich die wichtigsten Telefonnummern immer griffbereit.

Wieder spüre ich Stolz auf Cade. Dieses Gefühl verwirrt mich, weil ich doch nichts mehr mit ihm zu tun habe. Es kann mir eigentlich egal sein, ob er Erfolg hat oder nicht. Vielleicht wäre es sogar besser, wenn es mir egal wäre.

Aber das ist es nicht. Kein bisschen.

Er hat hier etwas ganz Großartiges geschaffen, und ich werde alles tun, was ich kann, um zum Erfolg beizutragen. Weil er Cade ist. Und weil ich Avery bin. Und auch nach zwölf Jahren ist das die Wahrheit.

Ich rannte die Straße entlang zum Haus der Turners, schlüpfte durch das kleine Gartentor in den Garten und fand Cade wie erwartet auf der Veranda bei den Hausaufgaben vor. Mathe. Bäh. Ich konnte Mathe noch nie leiden.

Er grinste, als er mich sah, und schloss sein Heft. »Da bist du ja endlich!«

»Bin ich zu spät?«

»Nein, nein. Komm.«

Er stand auf, griff nach meiner Hand, und wir eilten aus dem Garten ein paar Straßen weiter. Er zog mich in eine dunkle Gasse.

»Was wollen wir hier?«, fragte ich neugierig, aber auch ein wenig ängstlich, weil wir uns hier bereits am etwas unsicheren, einsamen Stadtrand befanden.

»Wir sind gleich da.«

»Cade …«, flüsterte ich, weil es mir nicht ganz geheuer war.

»Hier ist es.«

Was hier war, konnte ich noch nicht sehen, aber Cade kniete sich auf den dreckigen Boden und öffnete einen Karton.

»Was ist das?« Ich kniete mich neben ihn. Sofort war meine aufkeimende Angst von Interesse verdrängt worden.

Und dann sah ich vier kleine Katzenbabys.

»Oh, sind die süß!«, quietschte ich. »Wie hast du sie gefunden?«

»Jeremy hat gesagt, der alte O'Brien wollte sie ertränken.«

Es schüttelte mich vor Abscheu. Mr. O'Brien war kein netter Zeitgenosse, das wusste ich aus unzähligen Geschichten. Und wenn er sogar kleine Katzenbabys ertränken wollte, dann mussten sie wahr sein.

»Oh nein! Und was machen wir jetzt?« Ich holte eine der kleinen Katzen aus dem Karton. Sie miaute leise. Irgendwie wirkten sie nicht so munter wie die Babys, die ich auf der Ranch in unserem letzten Sommerurlaub gesehen hatte. Ob sie krank waren?

Cade schaute mich an. »Wir müssen sie retten.«

»Wollen wir sie mit zu dir nach Hause nehmen?«

Er schüttelte den Kopf. »Mom ist allergisch, und Dad hasst Katzen.«

»Dann bringen wir sie zu mir«, beschloss ich, auch wenn mich Zweifel beschlichen, wie meine Eltern reagieren würden. Ich war ein riesiger Fan von kleinen Tieren, aber bisher hatten mir meine Eltern kein eigenes Haustier erlaubt.

»Was wird deine Mom sagen?«, fragte er.

Ich zuckte mit den Schultern. »Weiß ich nicht, aber wir können sie nicht hierlassen. Mom muss das einfach verstehen!«

Und damit war es entschieden. Wir würden die Katzen zu mir bringen und sie retten.

Cade stand auf und griff nach dem Karton. Ich hörte leises Maunzen. Vielleicht mochten sie es nicht so sehr, durchgeschüttelt zu werden, auch wenn er sich Mühe gab, den Karton vorsichtig und gleichmäßig zu balancieren.

»Danke«, sagte er leise.

»Wofür?« Ich schaute ihn verwirrt an.

»Dass du mir hilfst. Ich hätte nicht gewusst, wer sie sonst nehmen könnte.«

Es erfüllte mich mit einem wohligen Gefühl, dass ich etwas für ihn tun konnte.

Als wir bei mir auf der Veranda angekommen waren, blieb ich einen Moment stehen.

»Was ist?«, fragte Cade irritiert.

»Ich sammele meinen Mut.«

Er grinste. »Mach schneller.«

Also stieß ich kurzentschlossen die Tür auf, und wir gingen in die Küche, wo Mom das Abendessen vorbereitete.

»Du kommst gerade recht … Hi, Cade! Isst du mit uns?«, fragte Mom, als sie ihn erblickte. »Oh … Was habt ihr da?«

»Es sind kleine Katzenbabys!«, brachte ich ein wenig atemlos hervor.

Sie zog die Stirn kraus. »So? Und was sollen sie hier?«

»Es geht ihnen nicht gut, glaube ich.«

Cade stellte den Karton auf den Küchentresen, und ich öffnete ihn. Die kleinen Schätzchen sahen bei Licht betrachtet recht erbärmlich aus. Sie waren verdreckt, wirkten abgemagert und ganz eindeutig nicht gesund.

Mom schaute hinein. »Oje.«

Sie griff nach ihren Autoschlüsseln. Cade und ich standen ein wenig perplex da. »Na, kommt. Nehmt den Karton mit.«

»Oh, bitte, Mom! Sie können gerettet werden!«

Sie lächelte leicht. »Deswegen fahren wir ja zum Tierarzt. Sie müssen entwurmt werden, und ich denke, sie haben auch Flöhe.«

Ich strahlte über das ganze Gesicht. »Wirklich? Und darf ich sie dann behalten?«

»Das werden wir dann noch sehen«, gab sie zurück.

Aber ich wusste, dass der erste Schritt gemacht war.

Während der gesamten Präsentation halte ich den Kopf gesenkt, weil ich Cade nicht anschauen kann. Womöglich aus Angst, dass er zu mir sieht, oder davor, dass er das gerade nicht tut. Er würde in meinen Augen jede Emotion lesen können. Jede einzelne. Und dazu bin ich nicht bereit. Ich muss meine Gefühle nicht auf dem Silbertablett servieren.

Als er sich schließlich für unsere Aufmerksamkeit bedankt und das Licht im Raum etwas heller wird, stecke ich schnell meinen Block in die Tasche und greife nach meiner kleinen Goodie-Tüte. Einen kurzen Blick riskiere ich in Cades Richtung, doch er und seine Partner sind bereits umringt von meinen Kollegen und Kolleginnen. *Perfekt.* Mit Sicherheit wird er nicht mitbekommen, dass ich verschwinde. Ohne mir einen weiteren Blick oder einen Moment zum Nachdenken zu gönnen, eile ich nach draußen. Tief durchatmen ist angesagt, als ich ein paar Meter entfernt bin.

Ich laufe zur nächsten Station der Red Line, steige ein und lasse mich auf den Sitz sinken. Dieser Abend hat mich ausgelaugt, weswegen ich froh bin, dass ich nach Hause fahren und mich auf meiner Couch einkuscheln kann. Die Erinnerungen, die mich heimgesucht haben, aber auch die Tatsache, dass Cade schon zum dritten Mal in so kurzer Zeit in meinem Leben aufgetaucht ist, vermischen sich zu einem verwirrenden Cocktail. Ich steige um in die Green Line D, die mich bis fast vor meine Haustür fährt.

Sobald ich die Wohnung betrete, beginnt das gleiche Spielchen mit Spocky wie jeden Abend. Aber diese Routine, diese Geborgenheit gibt mir die Ruhe zurück, die ich vermisst habe, seit Cade heute auf der Bildfläche erschienen ist. Und das Glas Rotwein tut sein Übriges.

Cade

Wo ist sie?

Suchend schaue ich mich um. Sobald ich meine Rede beendet hatte, kam Melinda zu mir, um mich zu umarmen und mir ins Ohr zu flüstern, dass ich das sehr gut gemacht hätte. Und dann klopften mir Michael und Christopher auf die Schulter. Als Nächste gratulierten uns Jessica und Amanda, und dann kamen all die Journalisten, die gefühlt zweitausend Fragen hatten und sie alle sofort und gleichzeitig beantwortet haben wollten.

In dem Gewühl habe ich sie aus den Augen verloren. Wo ist sie? So gerne hätte ich mit ihr gesprochen. Ich weiß, ich habe sie in den letzten Tagen zweimal stehenlassen, aber … nun ja, ich wollte zumindest fragen, was sie hier macht. Boston ist schließlich nicht gerade klein, und es finden jeden Abend genug Events in dieser Stadt statt. Warum ist sie ausgerechnet hier gelandet? Bei mir?

»Cade, wen suchst du denn?« Melinda schaut mich erwartungsvoll an.

Ich schüttele den Kopf. »Niemanden, Honey.«

»Gut, dann möchte ich dir gerne Peter Gilbert vom *Boston Globe* vorstellen.«

Ich habe zwar gerade keine Lust, ihn kennenzulernen, aber ich weiß, was ich mir anhören muss, wenn ich mich jetzt verabschiede, um eine andere Frau zu suchen. Und zu Recht. Also folge ich Melinda gehorsam, schüttele dem Reporter die Hand, beantworte seine Fragen und lasse mich sogar für ein Foto ablichten. Doch währenddessen bin ich in Gedanken bei Avery.

Vielleicht versteckt sie sich nur … Sie mochte früher so große Menschenansammlungen nicht. Vielleicht steht sie hinter einer der Säulen und wartet darauf, dass ich nicht mehr umzingelt bin.

Aber je mehr Hände ich schüttele, je mehr Fragen ich beantworte, je mehr Kontakte ich knüpfe, desto klarer wird, dass sie gegangen ist. Einfach so. Ich spüre, wie sich Enttäuschung in mir ausbreitet. Eigentlich darf ich mich überhaupt nicht beklagen, schließlich habe ich sie ja ebenso stehengelassen. Noch dazu mehrfach. Nun verstehe ich, wie furchtbar sich das anfühlt. Als wäre man der anderen Person gar nicht wichtig.

Ein schlechtes Gewissen steigt in mir auf, weil es Avery wahrscheinlich genauso ergangen ist. Und wie hätte ich an ihrer Stelle reagiert? Wäre ich dann jetzt nicht auch einfach verschwunden, ohne Rücksicht zu nehmen? Ganz bestimmt sogar. Mein Sinn für »Wie du mir, so ich dir« war schon immer stark ausgeprägt.

Trotzdem … trotzdem wünschte ich mir, dass ich jetzt, genau jetzt mit ihr reden könnte.

Es dauert ganze zwei Stunden, aber schließlich sind alle gegangen, und nur wir sechs stehen noch in der schicken Galerie. Jeder von uns hält ein Glas Champagner in der Hand.

»Auf Melinda, weil sie diesen Abend so grandios organisiert hat«, sagt Michael und hebt sein Glas.

Siedend heiß wird mir klar, wie recht er hat. Sie hat einen sehr erfolgreichen Pressetermin für uns organisiert, und ich habe ihr nicht einmal vernünftig gedankt, weil ich in Gedanken die ganze Zeit bei Avery war. Ich bin ein Arsch.

Schnell lege ich ihr den Arm um die Schultern, ziehe sie an mich, küsse sie auf die Schläfe. »Danke dir, Honey. Das war wirklich großartig.«

Ich spüre ihr Lächeln und merke, wie sie sich an meine Seite schmiegt. Zum ersten Mal wird mir bewusst, dass diese toughe Frau auch verletzlich ist und wie wichtig es ihr war, dass ich stolz auf sie bin und ihre Organisation des Abends wertschätze.

Plötzlich habe ich aus einem ganz anderen Grund ein schlechtes Gewissen.

Kapitel Sieben

Avery

Am Wochenende fliege ich nach Irvine. Mein Dad hat Geburtstag, und es gibt eine unausgesprochene Regel, die besagt, dass wir immer alle Familienfeste miteinander feiern. Nur ein einziges Mal durfte ich ausnahmsweise den Geburtstag meiner Mom ausfallen lassen, weil ich auf einem Schiff vor der Küste von Kalifornien rumschipperte, um einen Artikel über die Lage der Fischer zu schreiben. Aber sonst ist Anwesenheit Pflicht. Keine Ausreden erlaubt.

Mom holt mich vom Flughafen ab und begrüßt mich strahlend. »Meine Kleine ist wieder zu Hause!«

»Hey, Mom«, will ich erwidern, aber diese beiden Worte ertönen nur dumpf aus meinem Mund, weil sie mich beinahe erstickt bei ihrer überschwänglichen Umarmung.

»Ach, ich hab dich so vermisst! Komm, komm, ich hab im Halteverbot geparkt, und der Schutzmann hat mich schon böse angeschaut.«

Wir eilen aus der Halle und sehen, wie dieser gerade ein Knöllchen schreibt.

»Officer, Officer!«

Er schaut zu uns. »Ma'am, Sie stehen im Halteverbot.«

»Ich weiß, ich weiß.« Meine Mutter rennt beinahe auf ihn zu. »Aber ich war so aufgeregt, weil ich meine Tochter schon seit Monaten nicht gesehen habe. Seit Monaten! Ich konnte es keine Sekunde länger ertragen, von ihr getrennt zu sein. Bitte, Sie haben doch auch eine Mutter. Sie verstehen doch sicherlich, dass Mütter manchmal ein wenig … nun ja … verrückt sind.«

Der Cop muss schmunzeln. Ebenso wie ich. Früher war mir die Art meiner Mutter manchmal unangenehm, weil sie immer so viel Aufmerksamkeit auf uns gelenkt hat und ich doch lieber in der Masse verschwunden wäre. Aber mittlerweile liebe ich es, dass sie einen Knall hat. Sobald jemand behauptet, dass sie diesen an ihre Tochter weitergegeben hat, würde ich jedoch dagegen argumentieren. Mitnichten, sage ich dazu nur.

»Ma'am, ich verstehe das sogar sehr gut. Aber Sie dürfen hier trotzdem nicht parken.«

»Ich weiß ja. Wirklich. Es kommt auch nie wieder vor. Können Sie nicht ein kleines, ein winziges Auge zudrücken? Für eine Mutter, die ihre Tochter über alles liebt?«

Sie ist klein. Sie behauptet, sie wäre mal 1,60 m gewesen, aber das halte ich für ein Gerücht, denn heutzutage ist sie höchstens noch 1,50 m.

Da steht sie nun, ringt theatralisch die Hände und versucht, einen Mann, der zwei Köpfe größer ist als sie, von ihren ehrbaren Absichten zu überzeugen. Zum Schießen. Mom ist die Beste.

»Ma'am, erwische ich Sie noch mal, bekommen Sie zwei Strafzettel. Ist das klar?«

Mom strahlt. »Glasklar, Officer.«

Er schaut zu mir. »Und Sie, junge Dame, kommen Sie öfter nach Hause, damit Ihre Mom nicht ganz so … sehnsüchtig sein muss.« Er zwinkert mir zu, bevor er sich an die Mütze tippt und weiterzieht.

Als wir im Auto sitzen, raunt Mom mir zu: »Früher habe ich immer meine Bluse aufgeknöpft, um Knöllchen zu entgehen. Aber seit das hier alles nicht mehr so spektakulär ist wie früher, muss ich andere Wege finden.«

»Oh, Mom …«, stöhne ich auf. Manche Dinge muss man über seine Mom echt nicht wissen.

Sie tätschelt mein Knie. »Ach, Schätzchen, das waren doch ganz andere Zeiten!«

Ich schüttele stumm den Kopf.

Sie lacht. »Es ist so schön, dass du da bist. Dad freut sich auch schon wie verrückt.«

»Wo ist Dad?«

»Er hat noch eine OP reinbekommen.« Dad ist Chirurg am Krankenhaus in Irvine. Mom war lange Krankenschwester. Ich weiß, so ein Klischee! Der Oberarzt verliebt sich in die Krankenschwester … Vor fünf Jahren hat sie den Beruf an den Nagel gehängt und beschlossen, dass sie sich nun ihrer kreativen und spirituellen Ader widmet. Seitdem probiert sie eine Kunstform nach der anderen aus. Momentan ist es Ausdruckstanz. Schon seit einer ganzen Weile, wenn ich mich recht erinnere. Vielleicht hat sie jetzt tatsächlich ihre Berufung gefunden.

Neben dem Austoben in künstlerischer Hinsicht macht sie Yoga und Reiki und trifft sich zu Meditationswochenenden mit ihren Hippie-Freundinnen. Als ich noch ein Teenager war, kamen mir meine Eltern immer ein wenig spießig vor, aber nichts ist weiter entfernt von der Wahrheit als das. Mein Vater ist zwar weniger alternativ als meine Mutter, aber auch von ihm existieren Fotos, auf denen seine Haare länger sind als meine jetzt. Meine Eltern sind Hippies im Herzen, und ich frage mich manchmal, warum ich das so lange nicht erkannt habe.

»Und wie geht es dir, Mom? Langweilst du dich?«

Sie wischt mit der Hand durch die Luft. »Ach was! Es gibt so viel zu entdecken! Vor ein paar Tagen war ich mit Helen bei einer Séance.«

»Ernsthaft?« Ich muss grinsen. »Und was hast du herausgefunden?«

»Helen wollte unbedingt mit ihrer verstorbenen Mutter kommunizieren, weil das Gerücht in ihrer Familie umgeht, dass ein Familienschatz vergraben wurde, aber niemand weiß, wo der ist. Aber er soll riesengroß sein. Riesig!«

»Und ist ihre Mutter aufgetaucht?«

»Nein, aber ein anderer Geist ist aufgetaucht.«

»Wer war es?« Ich finde es lustig, dass sie so darin aufgeht, auch wenn mir selbst das doch ein bisschen zu weit geht.

»Er hat sich nicht zu erkennen gegeben, aber das Medium sagte, dass es eine sehr alte Seele sein müsse.«

Ich kichere. »Mom, glaubst du wirklich an diesen Hokuspokus?«

Sie zuckt mit den Schultern. »Weiß ich nicht. Auf jeden Fall war es ziemlich unterhaltsam.«

Diese Worte erleichtern mich. Was hätte ich getan, wenn meine Mom wirklich richtig und echt durchgedreht und auf solchen Quatsch reingefallen wäre? Ich weiß es nicht.

Als wir an einer roten Ampel stehen, dreht sie sich zu mir. »Was ist mit Cade?«

Ich fahre mir durch die wirren Haare. »Ich weiß auch nicht. Vor ein paar Tagen war ich auf einem Termin für das Magazin. Es wurde eine neue App vorgestellt. Und, Mom, er hat sie entwickelt! Sie ist so toll, er hat großartige Arbeit geleistet. Das hat mich total durcheinandergebracht. Ich war so stolz auf ihn, weil er so etwas Fantastisches geschafft hat, aber gleichzeitig wusste ich auch nicht, ob ich stolz sein darf oder kann, nach allem, was passiert ist.«

»Kann und darf definierst du doch ganz alleine.«

»Es hat sich so richtig angefühlt und gleichzeitig so falsch. Ich weiß nicht … Es hat mich verwirrt.«

Die Ampel schaltet auf Grün, sie fährt wieder an. »Ihr wart so lange zusammen, nicht nur als Liebespaar, auch als Freunde. Ihr habt euer halbes Leben miteinander verbracht, und das sehr intensiv. Es ist doch nur normal, dass da immer noch Gefühle sind, und auch, dass du dich für ihn freust. Das war doch auch immer das, was euch ausgemacht hat.«

»Hm.«

Ich schaue aus dem Fenster, während all die bekannten Landschaften an mir vorbeifliegen.

Nicht nur in der ersten Klasse saßen wir nebeneinander. Auch in jedem folgenden Jahr. Manchmal war es nervig, vor allem, weil alle Mädchen in unserer Klasse auf Cade standen und ich mehr als einmal dazu benutzt wurde, Nachrichten an ihn zu überbringen.

Aber eigentlich mochte ich es.

Am Ende eines jeden Schuljahres bekamen wir unsere Zeugnisse, und immer war er der Beste. Nie konnte ich ihm das Wasser reichen, außer in Englisch. Hier war ich die Beste.

Es wurmte ihn immer sehr, dass er nicht in jedem Fach ausgezeichnet war, aber von mir geschlagen zu werden, war für ihn nicht so schlimm, erklärte er mir grinsend.

»Auch in der vierten Klasse hat es Cade wieder einmal zum besten Schüler geschafft«, verkündete unsere Lehrerin vor allen anderen Schülern.

Cade musste aufstehen und ein kleines Geschenk in Empfang nehmen. Wie jedes Jahr steckte er es mir zu, weil es ein Notizbuch war und er wusste, dass ich sie liebte und immer in kürzester Zeit vollgekritzelt hatte.

»Avy, ich hasse es, zu verlieren.«

»Ich weiß.«

»Aber du darfst immer gegen mich gewinnen.«

»Du gegen mich auch.« Ich hatte einen Kloß im Hals, weil er so etwas Nettes sagte.

»Will ich gar nicht.«

Cade

Am kommenden Montag launchen wir unsere App. Nach so vielen Wochen und Monaten – nach zwei Jahren! – sind wir endlich angekommen. Vor Aufregung kann ich kaum schlafen. Ich denke die ganze Zeit darüber nach, was noch alles schiefgehen kann. Mein schlimmster Albtraum ist, dass wir das Produkt auf den Markt bringen, und keinen interessiert es. Nicht ein Verkauf. Ich sehe uns schon dasitzen, ständig auf ›Aktualisieren‹ in den verschiedenen Shops klicken, und nichts tut sich. Kein Aufstieg im Ranking. Nichts.

Es wird der schlimmste Tag in meinem Leben sein.

Die gleiche Panik sehe ich auch in Michaels und Christophers Augen aufblitzen. Niemand von uns gibt es zu, wir überspielen es alle cool, aber sie haben ebensolche Angst vor dem Versagen wie ich.

Diese Version meiner selbst gefällt mir nicht. Ich werde gleichzeitig stiller und auch lauter. Stiller, weil ich wegen all dieser Schreckensszenarien, die mir im Kopf rumtanzen und so viel Raum einnehmen, dass ich mich kaum noch auf irgendetwas anderes konzentrieren kann, nicht mehr rede. Lauter, weil ich mich jedes Mal, wenn mich jemand anspricht, so gestört fühle, dass ich bissig reagiere. Melinda schleicht schon auf Samtpfoten um mich herum.

So will ich nicht sein. Es erinnert mich an meinen Vater, und so darf ich nicht sein. Nie werde ich vergessen, wie schlimm es für mich war, wenn er einen Wutanfall hatte und dabei kaum noch kontrollieren konnte, was er tat. Das Geschrei klingt mir noch heute in den Ohren, manchmal gemischt mit dem Klirren von Scherben, wenn wieder einmal eine Vase an die Wand flog. Man konnte nur den Kopf einziehen, und das habe ich getan. Mich versteckt mit klopfendem Herzen, wenn es ging, aber meist hat so ein Anfall erst angefangen, wenn er mich gesehen hat. Ich habe immer versucht, nichts falsch zu machen, um seinen Zorn nicht auf mich zu ziehen, habe aber nie herausgefunden, was ihn getriggert hat, außer der Tatsache, dass ich geatmet habe.

So will ich nicht sein, will nicht alle um mich herum in Angst und Schrecken versetzen, nicht mit donnernden Schritten durch die Wohnung laufen. Gleichzeitig komme ich gerade auch nicht aus meiner Haut. Ich weiß nicht, wie ich es stoppen soll. Wie ich wieder meine entspannte Balance finde.

Also bemühe ich mich, so schweigsam wie möglich zu sein. Wenn man nichts sagt, kann man auch nicht grantig sein.

Ich kann nicht fassen, dass wir endlich angekommen sind. Nur noch wenige Tage, dann gehen wir an den Start. Dieses erhebende Gefühl paart sich mit Angst. So unglaublich viel Angst, dass die letzten Jahre einfach umsonst waren.

Melindas Ausführungen darüber, dass Apps manchmal erst nach Wochen oder Monaten erfolgreich werden, helfen dabei auch nicht. Ich kann den Satz »Wenn etwas noch kein Erfolg geworden ist, kann es immer noch passieren« nicht mehr hören. Das sind doch Floskeln! Und die helfen nicht. Sie helfen kein bisschen. Kein. Bisschen.

Vielleicht kann man den Wahnsinn der letzten Phase nur verstehen, wenn man ihn selbst durchgemacht hat. Ich jedenfalls habe das Gefühl, dass ich zu einem Monster werde. Bereit, jedem den Kopf abzureißen, der es auch nur wagt, sich mir auf zehn Meter zu nähern.

Und ich befürchte, dass es nach Beendigung der letzten Phase nicht einfacher wird. Denn dann beginnt das Warten. Das furchtbar lange Warten. Es wird schlimm. Ich weiß es. Wenn nicht mindestens ein Verkauf in der ersten Stunde erfolgt, dann betrinke ich mich. Das ist doch wenigstens schon mal ein Plan. Und nein, Käufe von uns selbst und unseren Familien und engen Freunden zählen nicht.

Wenn noch Platz in meinem Kopf für anderes ist, denke ich an Avery. Ich habe Christopher überredet, die Website für den Download der Probe-App so zu konfigurieren, dass jeder beim Download seine Daten eingeben muss. Während ich darauf warte, dass sie sich einloggt, fühle ich mich wie ein Stalker. Wieso war sie bei der Präsentation? Ist sie tatsächlich Journalistin geworden? Das war immer ihr Traum. Sie hat Englisch und Literatur studiert – oder zumindest wollte sie das. Einmal mehr wird mir klar, dass ich gar nichts über diese Frau weiß, seit sich unsere Wege getrennt haben, als wir achtzehn Jahre alt waren. Wie ist ihr Leben verlaufen? Hat sie noch die gleichen Wünsche und Träume wie damals? Vielleicht nicht mehr, einfach aus dem Grund, weil sie alles schon erreicht hat. Aber vielleicht auch, weil sie innen drin jetzt eine ganz andere ist.

Auf einmal fühle ich mich so unglaublich einsam, weil ich nicht einmal weiß, was meine ehemals beste Freundin in den letzten Jahren getrieben hat. Die Liebe deines Lebens zu verlieren, ist schlimm, doch gleichzeitig die beste Freundin zu verlieren, ist entsetzlich. Nein, nicht einfach zu verlieren. Zu entscheiden, dass ihr nicht mehr zusammen sein könnt.

Melinda kommt ins Wohnzimmer geschlichen, wo ich sitze und Löcher in die Luft starre. »Cade, ein Redakteur vom *Boston Herald* hat angerufen. Sie würden gerne am Launchtag ein Interview mit euch – also mit dir – veröffentlichen.«

Ich versuche mich zusammenzureißen. Ich versuche es wirklich. Aber selbst ihr muss doch aufgefallen sein, dass ich momentan nicht gerade die Ruhe in Person bin. Was für eine abstruse Idee, dass ich zusätzlich zu all dem Chaos noch ein Interview geben soll, ist das eigentlich?

»Melinda«, beginne ich und hasse mich bereits für den herablassenden Ton, den ich anschlage, »hast du den Verstand verloren? Ich bin sowieso schon ein Zombie. Wie soll ich jetzt noch einem Journalisten Rede und Antwort stehen?«

»Das gehört aber …«

Ich hebe meine Hand, um sie zu stoppen. »Ich will es nicht hören.«

Sie schaut mich flehend an. »Ich weiß, dass du auf dem Zahnfleisch gehst, aber es sind nur noch ein paar Tage. Wir haben hier gerade eine gute Sache laufen, wir müssen diese Chance nutzen. Ich weiß, ich weiß«, unterbricht sie mich, als ich den Mund aufmache, »es ist alles überwältigend. Ich verstehe das. Aber je mehr Buzz wir kreieren können, desto erfolgreicher wird der Launch sein.«

»Melinda … Ich kann einfach nicht mehr. Es steht noch so viel auf meiner Liste. Ich kann nicht noch einen weiteren Punkt hinzufügen. Und schon gar nicht so was, was mich nur ungemein stressen wird.«

»Wie gesagt: Es sind nur noch ein paar Tage, Cade.«

»Ganz genau. Nur noch ein paar Tage, bis wir wissen, ob wir die letzten zwei Jahre verschwendet haben.«

»Das wird nicht passieren. Es wird ein Erfolg.«

»Das weißt du doch gar nicht!«

»Doch, natürlich. Ihr habt so hart gearbeitet! Das muss sich lohnen.«

»Sei doch nicht so naiv! Es gibt Hunderte, ach was, Tausende Produkte, die eine Chance verdient hätten, die aber niemals gekauft werden, weil kein Mensch von ihnen weiß.«

»Genau deswegen musst du dafür sorgen, dass alle Welt von Benjamin erfährt.«

Damit hat sie ja recht, aber das ändert nichts daran, dass ich mich komplett ausgelaugt fühle. Obwohl sie sich wirklich Mühe gibt, überzeugen mich ihre wohlgemeinten Ratschläge nicht. Sie hat so eine Phase selbst noch nicht durchgemacht, war bisher nur Zaungast. Woher nimmt sie dann ihre Weisheiten? Ich fühle mich unverstanden, auch wenn mir klar ist, dass sie mir nur helfen will. Aber ich weiß auch, wenn ich mir noch mehr Stress aufhalse, dann werde ich den Montag nicht mehr erleben.

»Aber ich kann nicht mehr!«, rufe ich. Meine Augen brennen, und ich frage mich, ob das von den durchwachten Nächten oder dem ständigen Starren auf den Bildschirm herrührt.

»Reiß dich zusammen, Cade! Seit Tagen laufe ich um dich

herum wie auf Eierschalen. Du wolltest das hier! Und du hast es beinahe geschafft. Du musst nur noch ein paar Tage durchhalten. Sobald die App erfolgreich gestartet ist, wird es einfacher. Dann setzt die Euphorie ein. Du musst nur bis dahin durchhalten. Und ich weiß, das kannst du. Also reiß dich zusammen!«

»Herrgott noch mal, Melinda! Kannst du nicht verstehen, dass ich 'ne Pause brauche?«

»Du kannst dich später ausruhen«, erwidert sie gnadenlos.

In diesem Moment erkenne ich zum ersten Mal die ruchlose Wahlkampfmanagerin, die für Erfolge über Leichen geht.

Ich greife nach meinem Schlüssel und marschiere aus der Wohnung.

»Wo gehst du hin?«, ruft sie mir hinterher.

Aber ich antworte ihr nicht. Mein Verhalten ist kindisch, und das weiß ich auch. Ich benehme mich gerade furchtbar, bockig und eingeschnappt, aber ich kann nicht anders. Ich muss hier weg.

Avery

Ich stehe in meinem Kinderzimmer. Unwillkürlich lächele ich, wie jedes Mal, wenn ich den Raum nach langer Zeit wieder betrete. So viele schöne Erinnerungen hängen an diesen vier Wänden. Aber auch eine schlimme …

Die Freude darüber, zu Hause zu sein, vertreibt die trüben Gedanken. Immer noch empfinde ich dieses Haus als mein

Zuhause, auch wenn ich so lange schon nicht mehr hier wohne.

Ich packe meine wenigen Klamotten aus, bevor ich nach unten zu Mom gehe, die in der Küche umherwirbelt. Sie versucht gleichzeitig das Abendessen vorzubereiten und die Torte für Dads Geburtstag morgen zu verzieren.

»Kann ich dir was abnehmen?«, frage ich.

Sie schüttelt lächelnd den Kopf. »Nein, mein Liebling. Wenn du hier bist, sollst du nichts tun.«

»Aber ich kann doch zumindest mal den Topf umrühren«, scherze ich.

»Hände weg von meiner Küche!«

»Also findest du nicht, dass das jetzt ein wenig unfair ist? Immerhin habe ich sie nur ein einziges Mal abgefackelt.«

Sie grinst. »Zumindest hast du mir nur ein einziges Mal davon erzählt.«

»Na ja, das wäre ja auch nicht zu übersehen gewesen.«

»Ich glaube, das war das einzige Mal, dass du versucht hast, Pfannkuchen für Cade zu backen.«

Der Name versetzt mir einen kleinen Stich. Wie jedes Mal, aber ich sage mir selbst, dass ich doch verrückt bin. Irgendwann muss es doch auch mal gut sein.

Mom reicht mir ein Glas Weißwein und bedeutet mir, mich auf einen der Stühle an der Kücheninsel zu setzen. Ich schaue ihr zu, wie sie mit drei verschiedenfarbigen Frostings den Kuchen verziert. Das war auch einer ihrer Selbsterfahrungskurse: Torten verzieren. Und wie ich das so sehe, war das sehr erfolgreich.

Als mein Handy piepst, sehe ich eine Nachricht von Dylan, der mir mitteilt, dass er kurzfristig nach New York muss und daher Anfang der Woche nicht zu Hause sein wird.

Irritiert von dem brüsken Tonfall starre ich auf die Nachricht. So kurz und bündig. Er schreibt nie Romane, kommt immer schnell zum Punkt, aber das war selbst für ihn kurz. Und das nach meiner Erkenntnis, dass meine Gefühle für ihn stärker werden. Geht es ihm nicht ebenso? Ist das alles einseitig?

Ich kaue an meinem Daumen herum und weiß nicht, was ich antworten soll. Wie reagiert man auf so etwas?

Weil ich keine Eingebung habe, suche ich nach Ablenkung, wobei mir einfällt, dass ich ja die Organizer-App noch gar nicht installiert habe. Ich hole meine Handtasche aus dem Flur und suche nach der Karte, die ich dort hineingesteckt hatte, nachdem ich die Papiertüte zu Hause entsorgt hatte.

»Was hast du da?«, fragt Mom, als ich wieder auf meinem Stuhl sitze.

»Das ist der Zugangscode zu Cades App.«

»Oh, zeig mal!«

Ich lade die App herunter, melde mich an und gebe dann den Zugangscode ein. Mom stellt sich hinter mich, um mir über die Schulter zu schauen.

»Hier kannst du deinen Terminkalender synchronisieren. Und wenn man zu mehreren ist, kann man einen gemeinsamen Kalender führen.«

Sie lächelt. Ich sehe es nicht, aber ich höre es in ihrer Stimme. »Ich bin natürlich keine Expertin, aber das sieht ziemlich gut aus, oder? Der Junge hat es wirklich zu etwas gebracht.«

Ich nicke. »Das hat er.«

»Und wann stellt er dieses Wunderding vor?«

»Ich glaube, ab nächster Woche kann man die App in den

Shops kaufen.« Mir wird auf einmal so richtig bewusst, dass ich jetzt die Möglichkeit habe, Cade zu kontaktieren. Zwar habe ich die Unterlagen, die ich bei der Präsentation bekommen habe, weggeworfen, aber seine Kontaktdaten stehen auf der Webseite, und natürlich kenne ich jetzt den Namen seiner kleinen App-Schmiede und der Leute, mit denen er täglich zusammenarbeitet. Das ist eine ganz neue Sachlage. Seit wir uns getrennt haben, konnte ich höchstens mutmaßen, wo er wohnt. Er hatte mir damals zwar gesagt, dass er an die Ostküste gehen würde, aber in dem ganzen Schock und Schmerz habe ich nicht nachgefragt, wohin genau. Selbst wenn ich es gewollt hätte, hätte ich ihn nicht kontaktieren können. Aber jetzt stellt sich eine ganz andere Frage: Will ich es?

»Also, ich weiß nicht, wie es dir geht, aber ich wünsche ihm Erfolg.«

»Ich wünsche ihm natürlich auch Erfolg.«

»Wirklich?«

»Ja, wirklich. Ich wünsche ihm nichts Böses.«

»Ich weiß, mein Schatz. Ich weiß.«

Die Haustür geht auf. »Wo ist mein liebstes Mädchen?«, ruft Dad mit seiner dröhnenden Stimme durch den Flur, bevor er auch nur die Küche betreten hat.

»Hier!«, rufe ich zurück und stehe auf.

Er kommt strahlend in die Küche, während Mom sich eilig bemüht, die Torte im Kühlschrank zu verstecken.

Wie das kleine Mädchen, das ich in seinen Augen immer noch bin, werfe ich mich in seine Arme.

»Ich hab dich so vermisst«, flüstert er mir ins Ohr, während er mich so fest umarmt, als würde er mich nie wieder loslassen wollen.

»Ich dich auch, Daddy.« Ich weiß gar nicht, wann ich ihn das letzte Mal Daddy genannt habe. Das muss schon Ewigkeiten her sein.

Ich spüre sein Lächeln und dann seinen Kuss, den er mir auf die Haare drückt.

Er tritt einen Schritt zurück und umschließt meine Schultern mit den Händen. »Lass dich ansehen, Kleines. Gut siehst du aus.«

»Ach, das tut sie doch immer«, wirft Mom ein.

»Natürlich. Sie hat immerhin deine Gene.«

Mein Herz wird warm, als ich die Liebe sehe, die meine Eltern verbindet. Wie immer denke ich, dass ich es wirklich gut getroffen habe, was Vorbilder für lange und glückliche Beziehungen angeht. Und ich habe auch noch nicht den Glauben, oder sagen wir mal die Hoffnung, verloren, dass ich es ihnen eines Tages nachmachen kann.

Mom lächelt. »Du Charmeur!«

Dad lacht. »Meine beiden Mädels zu Hause. Da kann ich gar nicht anders. Okay, Kleines, erzähl mir alles.«

Mom gießt ihm ebenfalls ein Glas Wein ein und widmet sich wieder dem Gaumenschmaus auf dem Herd. Boeuf Bourguignon. Seit ich mit fünfzehn Jahren dem *Julie/Julia Project* gefolgt bin, bin ich ein großer Fan von Julia Child. Und Boeuf Bourguignon ist das ultimative Rezept dieser großen amerikanischen Köchin. Ich selbst koche zwar nicht so gerne, aber ich habe Mom überredet, viele ihrer Rezepte für mich zu kochen. Und seit sie weiß, dass ich dieses eine so liebe, bereitet sie dieses Gericht jedes Mal zu, wenn ich zu Besuch komme.

»Es gibt nicht so viel Neues«, gebe ich zu. »Meine Freundin Sarah versorgt Mr. Spock, während ich hier bin. Dylan muss nach New York.«

»Du hast Cade wiedergesehen«, wirft Mom ein.

»Hast du ihm das nicht bereits erzählt, du Tratschtante?«

Sie wirft mir einen fast glaubwürdig unschuldigen Blick zu. »Es kann sein, dass ich es mal im Vorbeigehen erwähnt habe.«

»Ist klar.«

Dad lacht. »Ich weiß bereits alles über Cade. Wie war das für dich?«

Ich zucke mit den Schultern. »Schwer. Ich dachte wirklich, ich wäre über ihn hinweg, aber mir wurde klar, dass es heute immer noch genauso wehtut wie damals.«

»Du hattest dir ja auch dein Leben mit ihm schon komplett ausgemalt.« Seine Stimme ist ganz sanft.

»Ja.«

»Aber vielleicht ist es so ja auch besser.«

»Besser?«

»Wenn es wehtut, weiß man, dass es echt war.«

Kapitel Acht

Avery

Ich bin gerne in meinem Elternhaus, auch wenn es mir nicht mehr ganz so vertraut vorkommt, seit ich hier nicht mehr ein und aus gehe. Und Geburtstage fühlen sich immer fast wie eine Reise in die Vergangenheit an, weil die Gäste mich bereits kannten, als ich mit fünf mit meinem pinken Fahrrad die Auffahrt hoch- und runtergeflitzt bin. Ihr Leben hat sich nicht verändert, aber meines schon. Ich bin nicht mehr die Kleine mit den geflochtenen Zöpfen, aber sie … sie sind noch dieselben. Mrs. Graham geht immer noch jeden Abend in die Kirche. Mr. Peters fährt dreimal in der Woche in den Golfclub, wie er das auch schon vor zwanzig Jahren getan hat. Mary Walsh hat immer noch die hübschesten Blumen vor dem Haus. Sie reden sogar über die gleichen Dinge wie früher. Es kommt mir surreal vor, als würden wir in verschiedenen Dimensionen leben, deren Zeit unterschiedlich schnell vergeht.

Aber gleichzeitig ist es auch toll. Toll, in dem Zimmer aufzuwachen, in dem ich achtzehn Jahre lang aufgewacht bin. Toll, in die Küche zu kommen und festzustellen, dass Mom bereits die besten Buttermilch-Pfannkuchen der Welt zubereitet hat. Toll, weil Dad die Poolsaison eingeläutet hat und ich nach dem Frühstück erst mal ein paar Bahnen schwimme. Kalifornien ist doch einfach himmlisch.

Ich bin auch gerne in Boston, aber dies hier ist mein Zuhause. Und genauso fühlt es sich auch an. Bis …

»Mom!«

»Ja?«

»Wo ist mein Baumhaus?«

Schockiert starre ich auf den Baum, der immer mein kleines Paradies beheimatet hat. Oder sagen wir besser, ich starre auf die Überreste des Baumes.

Mom tritt neben mich auf die Terrasse. »Ach, Süße … Wir hatten ein paar schwere Gewitter, und bei einem davon ist ein großer Teil des Baums einfach abgeknickt. Wir sind froh, dass alles nur im Garten gelandet ist. Nicht auszudenken, wenn ein Ast auf das Haus von Mrs. Graham gefallen wäre! Jedenfalls war es das dann mit dem Baumhaus.«

Tränen treten mir in die Augen, und ich zwinkere sie weg, weil es doch albern ist, wegen eines Baumhauses zu weinen, aber ich kann nicht anders. Es war mein kleines Königreich. Mein sicherer Hafen.

Ich lag auf den Kissen, hatte mein Gesicht in der Armbeuge vergraben und weinte bittere Tränen. Es tat so weh. Nicht nur der blaue Fleck auf meinem Oberarm, vor allem meine Seele tat weh. Noch nie hatte jemand mich absichtlich so schlimm verletzt. Natürlich waren mir schon schmerzhafte Unfälle passiert. Mit dem Fahrrad hingefallen. Mit dem Hammer auf den Daumen gehauen. Auch, dass die Jungs mich damals geschubst hatten, aber das war anders. Dieses Mal war es böswillig. Dieser … dieser Hayden hatte mich gekniffen. Nicht nur einmal, nicht zum Spaß, sondern so fest und so oft, dass mein Oberarm ganz wund war.

Ich hatte versucht zu fliehen, aber er hatte mich immer wieder zurückgezogen. An den Haaren, am Arm, an meinem Kleid, das halb zerrissen war.

Als die Tortur endlich beendet war, rannte ich, so schnell ich konnte, nach Hause, kletterte die Leiter zu meinem Baumhaus hoch und zog sie hinter mir nach oben.

Als die Klingel läutete, reagierte ich nicht. Ich wollte niemanden sehen. Schon gar nicht Cade. Er sollte mich nicht so weinerlich sehen. Mein bester Freund sollte nicht sehen, dass ich heulte wie ein kleines Kind.

»Avy!«, rief er mehrmals von unten, aber ich gab keinen Ton von mir.

Nach ein paar Minuten rief er nicht mehr, und ich dachte, er hätte aufgegeben. Stattdessen hörte ich kurze Zeit später merkwürdige Geräusche. Ich setzte mich auf, schaute durchs Fenster und sah schließlich seinen Kopf in der Baumkrone auftauchen.

Er zog sich nach oben und öffnete dann die Tür zum Baumhaus. Draußen dämmerte es bereits.

»Ich hab dich gerufen. Hast du mich nicht gehört?«

Ich schüttelte den Kopf.

»Du hörst mich doch sonst immer.« Er setzte sich neben mich. Als sich seine Augen an die Lichtverhältnisse gewöhnt hatten, zog er scharf die Luft ein. »Avy, was ist?«

»Gar nichts.« Ich drehte mich weg, damit er mein tränennasses Gesicht nicht mehr sehen konnte.

»Was ist passiert? Warum weinst du?«

»Gar nichts.«

Er rutschte näher und schaute mich kritisch an. »Du weinst nicht wegen gar nichts.«

»Manchmal eben doch.«

Er legte mir die Hand auf den Oberarm, und ich zuckte vor Schmerzen zusammen.

»Das … das wollte ich nicht. Tut dir da was weh?«

Ich schüttelte den Kopf.

Cade nahm sanft meine Hand und zog meinen Ärmel nach oben. Dann legte sich eine gespenstische Stille über ihn. Das Baumhaus. Die ganze Stadt. Das ganze Land. Es war so ruhig. Nicht einmal die Geräusche der Natur waren noch zu hören.

»Wer war das?« Seine Stimme klang gar nicht mehr vertraut. Sie war abgehackt und zitterte leicht.

»Niemand«, flüsterte ich und schämte mich gleichzeitig, weil er mich jetzt für ein Weichei halten würde.

»War das Hayden?«

Darauf erwiderte ich nichts. Er sprang auf, ging mit ein paar Schritten aus dem Häuschen, warf die Leiter runter und verschwand.

»Cade! Wo gehst du hin?«, rief ich ihm hinterher. Ich beeilte mich, ihm zu folgen, aber als ich gerade den ersten Fuß auf der Strickleiter hatte, war er bereits aus dem Garten verschwunden. »Cade! Warte!«

»Ich weiß, wie viel es dir bedeutet hat.« Mom legt den Arm um mich.

»Es war meins und Cades.«

»Ich weiß.«

Ich schaue zu ihr, die Tränen laufen jetzt noch schneller meine Wangen herunter. »Wieso ist er einfach gegangen?«

»Ach, Kind. Du willst das bestimmt nicht hören, aber vielleicht war es das Richtige für ihn. Du weißt doch, wie schlimm er es zu Hause hatte. Wenn er geblieben wäre, wäre er vielleicht zerbrochen.«

»Du sagst also, es war besser, mich zu zerbrechen?« Meine Stimme klingt selbst in meinen Ohren ein wenig zu schrill.

»Du bist nicht zerbrochen.«

»Doch. Ich war monatelang am Boden zerstört.«

»Ja, weil du Liebeskummer hattest, aber du bist nicht zerbrochen. Du bist viel zu stark, um zu zerbrechen. Schau dich doch an! Du hast die UCLA abgeschlossen, du arbeitest als Journalistin bei einem Magazin, genau was du immer wolltest. Du lebst ein tolles Leben. Du bist nicht zerbrochen.«

»Aber lange Zeit hat es sich so angefühlt.«

»So ist das mit Herzschmerz. Es tut weh, aber wenn er vergeht, geht es uns besser.«

»Ich weiß nicht, ob es mir besser geht, Mom. Ich dachte es, aber seit ich ihn wiedergesehen habe, bin ich verwirrt.«

»Kind, das Herz will, was das Herz will.«

»Aber was ist mit mir? Was will ich?«

»Das musst du herausfinden.«

Cade

Wenn ich an die Decke schaue, sehe ich dort diese im Dunkeln leuchtenden Klebesterne. Ich liege in Zoës Bett, aber ich bin zu groß, weswegen meine Füße im Freien baumeln. Zoë ist Christophers Tochter. Nachdem ich unsere Wohnung verlassen hatte, bin ich ohne Ziel durch die dunkel werdenden Straßen gewandert. Irgendwie führten mich meine Beine dann in das Viertel, in dem Chris mit seiner Familie wohnt.

Und jetzt liege ich hier. Eingeklemmt zwischen einer angsteinflößenden Anzahl Kuscheltiere, in rosafarbener Prinzessinnenbettwäsche, und meine Füße werden bestimmt von Monstern verspeist, sobald ich die Augen schließe. Jeder weiß doch, dass Körperteile nur auf der Matratze sicher sind.

Ich weiß nicht, ob es mir jetzt besser geht.

Ich bin ausgelaugt. Und genau dieses Gefühl habe ich heute in Christophers Gesicht gesehen. Es scheint, als würden wir im Büro voreinander immer eine mutige Fassade zeigen, aber in unserer privaten Umgebung ist diese eingestürzt.

Ich dachte, ich wäre der Einzige, der gerade ganz schön kämpfen muss, aber es beruhigt mich, dass es ihm auch so geht. Das ist natürlich nicht so fies gemeint, wie es sich anhört – ich finde es furchtbar, dass er das durchmachen muss, aber gleichzeitig fühle ich mich auch nicht mehr so allein.

Ich drehe mich auf die Seite, versuche meine Beine so anzuwinkeln, dass ich vollständig im Bett liege, arrangiere die ebenfalls zu kleine Decke, dass ich so weit wie möglich bedeckt bin, und schließe seufzend die Augen. Ich ahne, dass eine weitere schlaflose Nacht vor mir liegt.

Als ich aufwache, bin ich zunächst völlig orientierungslos, fühle mich aber ausgeschlafen. Ein Zustand, den ich schon lange nicht mehr kenne.

Ich schaue mich im Zimmer um, das von Sonnenstrahlen durchflutet wird. Vielleicht haben die Kids der Monster High und Pu der Bär meinen Schlaf bewacht.

Ich strecke mich, stoße dabei mit den Fingern gegen ein Regalbrett am Kopfteil und sorge so dafür, dass mir eines der Bücher auf den Kopf fällt. Natürlich mit der Ecke voraus.

»Aua! Verdammte Scheiße!«

»Das sagt man nicht«, ertönt eine junge Stimme neben meinem Bett.

Ich drehe mich um und sehe Zoë. »Entschuldige, du hast recht.«

»Hast du etwa auf Zoraya geschlafen?« Ihr Stimmchen klingt so panisch, dass mir ganz übel wird.

»Wer ist Zoraya?«, frage ich mit angehaltenem Atem.

»Meine Puppe!« Jetzt funkelt sie mich an, als wäre ich der Staatsfeind Nummer eins.

»Gott sei Dank«, rutscht mir heraus, weil ich schon befürchtet hatte, auf ihrem Hamster gelegen zu haben.

»Mommy! Er hat auf Zoraya geschlafen!« Ich halte mir die Ohren zu, als das Gekreische losgeht.

»Zoë, es tut mir leid«, versuche ich mich zu entschuldigen, aber sie rennt schreiend aus dem Zimmer.

Ich taste mit der Hand über die Matratze, bis ich Zoraya finde, auf der ich tatsächlich geschlafen habe. Ihr Gesicht ist ganz schön zerdrückt. Ich versuche, es wieder zu richten, aber sie wird wohl nie wieder so schön sein, wie sie einmal war.

Stimmen ertönen aus der Küche. Am liebsten würde ich mich verstecken. Nichts ist so schlimm wie der Wutanfall einer Vierjährigen. Zumindest behauptet Chris das momentan immer.

Aber ich entscheide mich, kein Feigling zu sein. Daher steige ich aus dem Bett und putze mir schnell die Zähne. In Ermangelung einer Zahnbürste nehme ich den Zeigefinger. Danach fahre ich mir mit feuchten Fingern durch die Haare. Das muss reichen.

Als ich in die Küche komme, liegt Zoë in Amandas Armen und weint bittere Tränen.

Verlegen stehe ich in der Tür.

Amanda schaut mich an und zuckt mit den Schultern.

»Zoë, es tut mir so leid. Ich wollte nicht auf Zoraya schlafen.«

»Du hast ihr wehgetan«, schluchzt sie lauter.

Ich bemühe mich, gebührend zerknirscht auszusehen, als ich mich neben sie knie. »Es tut mir so leid. Ich hab das nicht mit Absicht getan.«

»Doch.«

»Nein, wirklich nicht, Kleine. Ich würde niemandem absichtlich wehtun.«

Lügner, Lügner, Lügner, meldet sich eine Stimme in mir, doch ich verdränge den Gedanken.

»Was ist hier los?«, fragt Christopher, als er in die Küche kommt.

»Ich hab auf Zoës Puppe geschlafen.«

»Du Schuft.« Er geht zur Anrichte, um Kaffee zu kochen. »Isst du immer noch Choco Pops zum Frühstück?«

»Jepp.«

Zoë schaut auf. »Du isst Choco Pops?«

Ich nicke. »Jeden Morgen.«

Ein kleines Lächeln erscheint und enthüllt in der oberen Zahnreihe eine Lücke. »Ich mag Choco Pops.«

»Soll ich uns dann mal zwei große Schüsseln machen?«

Sie nickt, und die Tränen versiegen. Gott sei Dank. Wenn dieses Kind weint, hat man das Gefühl, man hätte ein Rudel Welpen getreten.

»Ich will auch welche!«, ruft Liam, als er langsam in die Küche geschlurft kommt. Er scheint kein Morgenmensch zu sein, was ihn mir gleich sympathisch macht.

»Danke, Mann«, sage ich, als mir Chris drei Schüsseln reicht.

Er zwinkert. »Dafür sind Kumpels doch da.«

Nach dem Frühstück bringt Amanda die Kinder zu ihren Eltern. Chris und ich sitzen auf einer Bank im Park gegenüber und warten auf sie, weil wir dann gemeinsam ins Büro fahren wollen.

»Geht es dir besser?«, fragt Chris.

Ich nicke. »Ich hätte nicht gedacht, dass es sich in pinker Bettwäsche in einem viel zu kleinen Bett so gut schlafen lässt.«

Wir schauen beide in den trüben Bostoner Morgen.

»Ich hab Angst«, gibt Chris zu.

»Ich auch. Scheißangst.«

»Was, wenn kein Mensch sie kauft?«

»Keine Ahnung, Mann, keine Ahnung.«

»Wir haben so viel in die Entwicklung gesteckt. Nicht nur Zeit und Arbeit, auch Geld. Mandy braucht dringend ein neues Auto. Ihres geht ständig aus, und sie fährt die Kinder damit hin und her …«

»Ich weiß.«

»Das Dach muss vor dem Winter auch noch gemacht werden.«

»Wir haben alles gegeben.«

»Haben wir das?«

»Wir haben uns den Arsch aufgerissen.« Ich streiche mir mit einer Hand die Haare aus dem Gesicht.

»Aber so viele arbeiten hart, nur um dann zu versagen.«

»Wir werden nicht versagen.«

»Woher willst du das wissen?«

Ich starre in den grauweißen Himmel. »Bevor ich das zulasse, treffe ich mich mit jeder einzelnen Journalistin, um sie zu bezirzen.«

Chris lacht. »Dabei fällt mir ein: Die Kleine hat sich angemeldet.«

»Welche Kleine?«, frage ich verwirrt.

»Na, die, von der du während der Präsentation die Augen nicht lassen konntest.«

Fragend schaue ich ihn an, ein wenig ertappt, ein wenig schuldbewusst. »Das hast du mitbekommen?«

»Klar. War nicht zu übersehen.«

»Und Melinda?«

Er schüttelt den Kopf. »Nein, glaub ich nicht. Sie hat nur Augen für sich selbst.«

»So schlimm ist sie nicht.«

»Schlimmer.«

»Woher weißt du, dass sie es ist?«, versuche ich das Thema zu wechseln. Ich weiß, dass Chris und Michael nicht Melindas größte Fans sind, und offenbar hat sich das selbst nach der beeindruckenden Veranstaltung, die sie für uns organisiert hat, nicht geändert.

»Sie hat ein Foto hochgeladen.«

»Haben wir ihre Mailadresse?«

»Ja, aber erinnere dich, dass wir strenge Datenschutz-Richtlinien haben. Stalking ist damit nicht abgedeckt.«

»Das wird keinen Ärger geben. Avery würde mich nicht anzeigen.«

»Woher weißt du das?«

»Weil sie die Frau ist, die ich heiraten wollte.«

Als ich am Sonntagnachmittag den Flughafen LAX unter mir verschwinden sehe, spüre ich einen kleinen Stich im Herzen. Ich liebe Kalifornien. Ich liebe meine Eltern. Ich liebe unser kleines Hippieviertel. Aber ich spüre auch Erleichterung. Es ist schon lange nicht mehr leicht und unbeschwert, zu Hause zu sein.

Zweimal habe ich Mr. Turner von Weitem gesehen. Und obwohl ich weiß, was er Cade angetan hat, fällt es mir schwer, kein Mitleid mit ihm zu haben. Er wirkt auf mich immer wie ein armer, gebrochener Mensch, der über seine düstere Vergangenheit nicht hinweggekommen ist. Aber es steht mir nicht zu, zu urteilen. Ich stecke weder in seinen noch in Cades Schuhen.

Ich lehne mich zurück, spüre die Energie, die ich getankt habe, während ich in der Sonne und bei meinen Eltern gewesen bin. Sie waren schon immer meine größten Cheerleader. Anders als andere Eltern haben sie nie Unmögliches von mir verlangt, mich immer unterstützt und stets nur eine Sache von mir gefordert: dass ich glücklich werde.

Nun ja, ich arbeite daran.

Ich klopfte. Es dauerte einen Moment, dann öffnete Cades Mom Sharon die Haustür. Fast schien es, als würde sie sich halb hinter der Tür verstecken.

»Avery, Kleines, jetzt ist kein guter Zeitpunkt.«

»Ich wollte nur Cade besuchen.«

»Ich weiß, aber …«

Aus dem Haus hinter ihr ertönte ein lautes Krachen.

Erschreckt schaute ich sie an.

»Heute nicht, Avery«, sagte sie. »Morgen kommt er bei dir vorbei.«

Unvermittelt schloss sie die Tür, und ich verharrte noch einen Augenblick vollkommen perplex. Von drinnen hörte ich jemanden wutentbrannt schreien, aber ich konnte nicht verstehen, worum es ging.

Als ich in Boston lande, wache ich aus meinen Erinnerungen auf. Weil mich das Fliegen immer müde macht, nehme ich ein Taxi nach Hause, obwohl ich es mir eigentlich nicht leisten kann, das Geld aus dem Fenster zu werfen.

Im Hausflur höre ich bereits Spockys Maunzen, noch während ich den Schlüssel ins Schloss stecke. Unwillkürlich lächele ich, weil ich diese verrückte Katze wirklich liebe.

»Hallo, meine Kleine«, begrüße ich sie. Ich lege den Schlüssel weg, und sie reibt sich wie verrückt an meinen Beinen. Sie macht ein Theater, als wäre ich drei Jahre auf Weltreise gewesen.

»Hast du mich vermisst?«

Das will sie nun auch wieder nicht bestätigen. Ich gehe in die Küche, hole eine Dose Katzenfutter aus dem Schrank, greife nach ihrem Napf, und sie springt mal wieder auf meinen Rücken. Ich spüre ihre Krallen, die sich dieses Mal ein wenig fester in meine Haut bohren. Ganz offensichtlich war sie mit meiner kleinen Reise überhaupt nicht einverstanden.

Als ich mich aufrichte, faucht sie und rutscht langsam an mir herunter. Natürlich nicht, ohne ein paar Fäden zu ziehen. Ich bin mir ziemlich sicher, dass sie ganz genau weiß, was sie da tut, diese kleine Mistbiene.

Während Spocky zufrieden frisst, schaue ich in den Kühlschrank, in dem noch die Reste des chinesischen Essens von vor … drei Tagen? vier? … stehen. Nachdem ich daran gerochen habe, beschließe ich, dass ich gerade gar keine Zeit für eine Lebensmittelvergiftung habe. Ich schaue, was ich sonst noch habe, aber essenstechnisch ist bei mir meist Ebbe. Mittags gehen wir normalerweise gemeinsam was essen, also Sarah, Steph, Nicole und ich, und abends hole ich mir oft unterwegs auf dem Nachhauseweg einen Salat. Oder Pizza. Okay, die Wahrscheinlichkeit ist größer, dass es Pizza ist.

In einer Ecke des Schranks finde ich noch einen Ramen-Snack, die Tütennudeln, die in jeder Studentenwohnung der Welt zu finden sind. Besonders zum Monatsende, wenn das Geld knapp wird, waren sie oftmals meine Rettung. Das, oder ich bin zu Mom gefahren, um mich schön bekochen zu lassen. Ich meine, mal ehrlich, wer hat das im Studium nicht gemacht?

Der Wasserkocher brodelt, und ich schütte das heiße Wasser über mein reichhaltiges Mahl.

Ich setze mich im Wohnzimmer aufs Sofa, schalte den Fernseher ein und warte, dass die Nudeln weich werden. Nebenbei zappe ich durch die Programme, bis ich Food Network finde. *Beat Bobby Flay.* Ich verstehe auch nicht, wieso ich besessen von Kochshows bin, obwohl ich gerade mal Ramennudeln zubereiten kann. Oder warum all die Stunden, die ich schon mit diversen Köchen, Zutatenbergen und Traumküchen zugebracht habe, nicht endlich mal auf mich abfärben. Aber so ist es.

Als Mr. Spock sich zu mir gesellt, kuscheln wir uns gemeinsam auf die Couch und schauen zu, wie gekocht wird.

Kapitel Neun

Cade

Es ist Montag. Jeder hasst Montage, so auch ich, aber dieser Montag ist doppelt schlimm, weil es der eine Montag ist, der unser Schicksal besiegeln kann.

Eigentlich habe ich mich immer für relaxt gehalten. Hey, ich komme aus Kalifornien, da wurde mir die Entspanntheit beinahe in die Wiege gelegt. Aber jetzt muss ich erkennen, dass ich es nicht bin. Kein Stück. Ich bin ein nervliches Wrack. Dass ich mir die Fingernägel nicht schon abgeknabbert habe, liegt nur daran, dass sie nicht schmecken. Und ich keinen Hunger habe. Stress schlägt mir offenbar auf den Magen.

Man sollte immer gute Miene zu bösem Spiel machen, aber ich schaffe es nicht, meinen ängstlichen, ja gar panischen Gesichtsausdruck zu verbergen. Als ich auf dem Weg zum Büro an einem Schaufenster vorbeigekommen bin, erschreckte ich mich vor mir selbst.

Nun öffne ich die Tür zum Büro und erkenne erleichtert, dass Chris und Mick noch nicht da sind. So kann ich erst mal ankommen, Kaffee kochen, mich übergeben, ohne dass es jemand mitbekommt. Ich scherze. Hoffe ich.

Die zehn Minuten alleine haben gut getan, stelle ich fest, als Chris zur Tür hereinkommt. Kalkbleich mit einem leicht grünlichen Schimmer.

»Hey«, krächzt er.

»Mann! Du siehst scheiße aus«, verkünde ich.

Er schenkt mir ein winziges Lächeln. »Kann ja nicht jeder wie das blühende Leben aussehen, so wie du. Aber was habe ich erwartet, kommst halt aus Californaya.«

Ich muss lachen, als er sich so schrecklich an meinem Akzent versucht. Und ich merke, dass die Anspannung sich verringert. Es ist mir wichtiger, meinen Kumpel aufzumuntern.

»Hey«, begrüßt uns Mick, als er reinkommt. Er balanciert eine große Pappschachtel auf dem Arm. »Donut?«

»Wie kannst du jetzt essen?«, fragt Chris entsetzt und sieht so aus, als müsste er sich sein Frühstück noch mal durch den Kopf gehen lassen.

Mick zuckt mit den Schultern. »Ich bin ein Stressesser.« Er streichelt seinen nicht zu übersehenden Bauch. »Dieses Essensbaby nimmt seit drei Monaten kontinuierlich zu.«

Aber er wirkt nicht so, als würde er sich über die Extrapfunde ärgern. Und was noch viel wichtiger ist, Jessica scheinen sie auch nicht zu stören. Ganz im Gegenteil, ich habe vernommen, dass sie unbedingt ein zweites Kind von ihrem Göttergatten will.

»Kaffee ist das höchste der Gefühle«, erkläre ich mit flauem Magen.

Chris schaut auf seine Uhr. »T minus fünfundfünfzig Minuten.«

»Ich wünschte, du hättest das nicht gesagt«, meint Mick und sucht sich einen neuen Donut aus. »Hey, bitte, esst welche, sonst esse ich sie alle.«

»Ich kann einfach nicht, Bro«, wiegle ich ab. Allein bei dem Gedanken wird mir schlecht. Aber so geht jeder unterschiedlich mit Stress um. Schweigend schenke ich Kaffee in eine Tasse, aber Chris schüttelt auch dazu den Kopf.

»T minus vierzig Minuten«, erklärt er nach einer Zeitspanne, die mir eindeutig länger vorkam als die angeblichen fünfzehn Minuten, die vergangen sein sollen.

Ich fahre den Computer hoch. Falls irgendwas schiefläuft, hätten wir immer noch einen kleinen Puffer. *Wieso habe ich den PC nicht schon vorher angemacht? Ganz ruhig*, sage ich mir selbst und zwinge mich dazu, tief ein- und auszuatmen. Es kann ja nicht sein, dass ich mit dreißig schon an einem Herzinfarkt sterbe.

Dann klicke ich auf unsere Seite. Ich wünschte, wir hätten einen roten Button, auf den wir schlagen könnten, so wie bei *The Voice*, aber daran habe ich vorher nicht gedacht. Mick hätte wahrscheinlich so was bauen können.

»Oh mein Gott!«, kreischt dieser plötzlich los.

Ich drehe mich um. »Was?«

»Benjamin ist live!«

»Was?«, fragen Chris und ich wie aus einem Mund.

»Ja, live im App Store!«

»Zeig mal.« Ich gehe zu ihm rüber und starre auf das Handy, das er mir hinhält. Live im App-Store. Tatsächlich. Benjamin ist live.

»Krass«, kommt mir über die Lippen.

Alle drei starren wir auf den kleinen Bildschirm. Und starren und starren. Und wissen nichts mit uns anzufangen.

Bis Mick irgendwann zu mir sagt: »Dann drück doch einfach überall auf Veröffentlichen.«

Weil das eine gute Idee ist und wir uns nicht weiter verrückt machen können, tue ich das. Verblüffenderweise fällt ein Teil der Nervosität von mir ab.

»Jetzt beginnt das Warten«, stößt Chris mit von Verzweiflung gefärbter Stimme hervor.

»Ach was! Jetzt feiern wir! Zwei Jahre haben wir gearbeitet, und jetzt haben wir sie endlich veröffentlicht! Das ist ein Grund zum Feiern!«, antworte ich, weil mir gerade eben aufgefallen ist, dass wir es geschafft haben. Erfolg ist erst der nächste Schritt, aber die Veröffentlichung ist der erste.

»Bist du verrückt?«, fragt Mick.

Ich grinse. Verübeln kann ich ihm eine solche Frage nicht. Wahrscheinlich würde ich sie auch selbst stellen. »Ich meine das ernst. Wir haben etwas Unglaubliches geschafft! Bevor wir vor Angst vergehen, müssen wir uns bewusst machen, dass wir schon Erfolg hatten. Wie viele Start-ups kommen nicht mal zu diesem Punkt?«

Chris wiegt seinen Kopf hin und her. »Ich sag es nicht gern, aber du hast recht.«

Ich klopfe ihm auf die Schulter. »Dann los! Gehen wir ein Bier trinken.«

»Es ist halb zehn am Morgen«, wirft Mick ein.

»Sei kein Spielverderber, Mann.«

Er zuckt mit den Schultern. »Fein. Aber du erklärst das Jessica.«

»Ich schreib dir eine Entschuldigung für deine Frau.«

»Danke.«

Wir schließen ab und suchen nach einem Pub, der jetzt schon geöffnet hat. Nach längerem Suchen landen wir schließlich in einem hippen Café und bestellen Tee. Es enttäuscht mich ein wenig, denn keine gute Geschichte fängt damit an, dass sie gemeinsam Tee tranken, aber es geht ja nur um das Symbol. Wenn ich die Story allerdings weitererzähle, wird sie Whiskey und Bier enthalten.

Als die Kellnerin uns unseren Tee bringt, bitte ich sie, ein Foto von uns zu machen. Das mag zwar ein bisschen kitschig sein, aber wir brauchen dringend ein Bild von uns, auf dem wir Tassen mit Katzenmotiven in den Händen halten.

»Auf uns«, sage ich und hebe meine Tasse. Sie wirkt ein wenig zerbrechlich in meinen Fingern, aber man muss manchmal eben ein paar Abstriche machen. Das wird mir diesen Moment nicht vermiesen.

Micks Handy vibriert.

»Nein, pack es weg«, sage ich, als er draufschauen will. »Wir haben noch den ganzen Tag Zeit, nervös zu werden. Jetzt mal einen Augenblick nicht.«

Pflichtschuldig steckt er es wieder ein, während Christophers Handy losgeht. Bevor ich etwas sagen kann, meint er: »Schon gut. Keine Handys bei diesem epochalen Augenblick.«

»Du hast es kapiert.«

Chris grinst. »Also, hältst du jetzt eine Rede?«

»Natürlich. Jeder von uns hält eine. Meine lautet: Egal, ob diese App nun erfolgreich wird oder nicht, ich bin stolz auf unsere Leistung. Ich hätte mit niemand anderem als euch beiden die letzten zwei Jahre des Wahnsinns bestreiten wollen. An manchen Tagen hätte ich euch den Hals umdrehen können, an anderen habe ich den Genius gespürt, der durch unser Büro schwirrte. Was immer auch kommt, es war mir eine Ehre.«

»Manchmal bist du so ein Mädchen«, erwidert Mick trocken.

»Meine Tochter Zoë würde dir jetzt erklären, dass Mädchen kein Schimpfwort ist«, meint Chris.

»Womit sie eindeutig recht hat«, sage ich und hebe erneut meine Tasse. »Mädchen oder nicht, danke.«

Sie stoßen vorsichtig mit mir an, um das Porzellan nicht zu zerbrechen.

»Oh Mann, ich hätte lieber was Kaltes statt Tee. Wieso konnten wir keine Limonade bestellen?«, jammert Mick.

Ohne es zu wollen, werde ich in die Vergangenheit gezogen.

Ich holte Avery zu Hause ab, und wir fuhren mit den Rädern zum Strand. Es war ein typisch kalifornischer Tag. Sonnig, aber ein wenig diesig, was dieses eigenartige weiche Licht hervorruft, von dem Künstler so schwärmen. Avy packte eine Decke aus, legte sie auf den Sand und holte zwei Flaschen Limonade aus ihrer Tasche. Ich wusste, dass sie die immer noch selbst machte, weil sie die am leckersten fand. Und ich auch.

»Was machst du in den Ferien?«, fragte ich und trank einen Schluck.

»Wir fahren auf die Ranch von Moms Schwester. Was machst du?«

Ich zuckte mit den Schultern. Eigentlich wusste sie, dass ich auf solche Fragen nicht antworten konnte. Während meine Mom sich bemühte, mir zu zeigen, wie sehr sie mich liebte, war das Verhältnis zu meinem Vater mehr und mehr getrübt. Am Abend zuvor hatte er Mom geschlagen, weil sie das Steak zu lange in der Pfanne gelassen hatte. Ich wünschte, ich könnte etwas dagegen tun, aber ich war erst neun …

»Vielleicht kannst du mit uns kommen?«, fragte sie hoffnungsvoll, als ich schwieg.

»Er wird das nicht erlauben.«

Sie ließ sich zurückfallen, schaute in den nicht ganz strahlend blauen Himmel und sagte dann nach einer Weile: »Wir haben ja noch immer das.«

»Was?«

»Das hier. Diese Tage am Strand.«

Ich lächelte und legte den Kopf in den Nacken. »Ich werde mich immer an diese Tage erinnern. Diese Limonadentage.«

Avery

Während das Magazin nur alle zwei Wochen herauskommt, aktualisieren wir die Webseite täglich. Ich hatte Giselle gebeten, einen kurzen Artikel zu Benjamin schreiben zu dürfen, bevor ich die App in meiner nächsten Print-Kolumne ausführlich vorstellen würde. Sie fand das eine ausgezeichnete Idee.

Allerdings ist mir nicht mehr klar, was ich ausdrücken will. Heute Nacht hatte ich in meinem Kopf den besten Artikel der Welt zu diesem Produkt geschrieben, aber jetzt fehlen mir die Worte. Nicht mal Silben oder Buchstaben finden sich, die ich zusammensetzen könnte. Ich starre auf den weißen Bildschirm. Inspiration! Bitte!

Frustriert schnaube ich und gehe in die Küche, die mit allem möglichen Schnickschnack ausgestattet ist. Man könnte hier eine ausgewachsene Soiree veranstalten und würde kein Utensil vermissen. Mich lockt unsere italienische Espressomaschine an, mit der eine Firma vor ein paar Jahren ihren Dank für einen tollen Artikel ausdrücken wollte. Lange vor meiner Zeit. In den letzten Monaten gab es meist Süßigkeiten, weswegen meine Hosen auch ein wenig spannen.

Ich drücke auf den Knopf, um mir einen Latte zuzubereiten, aber nichts passiert. Ungeduldig ruckele ich am Hebel, der sich plötzlich löst und mir feuchtes Kaffeepulver über die Bluse spritzt. Na toll! Wieso passieren solche Sachen immer nur mir?

Wie gut, dass die Bluse dieses Mal gemustert ist. Da fallen ein paar Flecken mehr nicht so sehr auf. Wenn man so verpeilt ist wie ich, muss man sich angewöhnen, die guten Seiten zu sehen, sonst heult man den ganzen Tag.

»Oh, was ist denn hier passiert?«, fragt Nicole, als sie hereinkommt.

»Ich bin passiert.« Lachend tupfe ich mit einem Lappen an mir herum.

»Oje. Ich dachte, nach dem Rotweindebakel kann es nichts Schlimmeres mehr geben.« Das Debakel bestand aus einer explodierenden Flasche Rotwein – wirklich, ich war nicht nur ungeschickt beim Öffnen –, die sich über mir und meinem weißen Kleid verteilte. Seitdem vermeide ich allzu helle Farben.

»Danke, dass du mich erinnerst.«

Sie lacht. »Eines ist sicher. Mit dir wird es nicht langweilig.«

»Niemals.«

Während ich das Kaffeemehl vom Boden und der Ablagefläche wische, übernimmt sie die Hebel der Espressomaschine. Ich hätte sie einfach direkt bitten sollen. Sie macht das nämlich viel besser als alle anderen.

»Woher kannst du so gut Kaffee kochen?«

»Ich hab mal bei Starbucks gearbeitet.«

»Echt?«

»Echt. Es war ein guter Job neben dem Studium. Flexible Arbeitszeiten und ein nettes Team.«

Sie reicht mir eine dampfende Tasse, und ich versenke meine Nase in dem verführerischen Duft. Oh, Kaffee, mein Liebling. »Gelernt ist gelernt.«

»Das sagt meine Oma auch immer.«

»Gibt es eigentlich was Neues an der Hochzeitsfront?«

Nicole lehnt sich gegen die Anrichte. »Wir sind immer noch dabei, die Gästeliste aufzustellen. Sobald die Liste für uns vollständig ist, funkt Brandons Mutter dazwischen: ›Ach, aber ihr müsst doch die Dromgooles und die Balgobins noch einladen.‹«

»Die Namen hast du dir doch gerade ausgedacht.«

Ein leichtes Lächeln schleicht sich auf Nicoles Gesicht. »Sie heißen wirklich so, hat Brandon bestätigt, aber wir kennen sie beide nicht. Wieso sollten wir also Plätze für sie reservieren? Es ist mir doch egal, ob seine Mutter sich dann nicht mehr in ihrem Frauenverein blicken lassen kann. Hab ich doch nichts mit zu tun.«

»Ladet doch nur ein, wen ihr beide dabeihaben wollt. Es ist euer Tag.«

»Sollte man meinen, aber ich musste feststellen, dass dieser Tag allen gehört, nur nicht dem Paar.«

»Und wenn ihr durchbrennt? Las Vegas hört sich toll an, oder?« Meine Worte sind nur halb scherzhaft gemeint. Eine stressfreie Hochzeit hört sich genau nach dem an, was ich mir auch für mich eines Tages wünsche. Vielleicht sind Dylan und ich irgendwann an dem Punkt.

»Das klingt von Tag zu Tag verlockender.« Sie lacht. »Das ist mal wieder Jammern auf hohem Niveau.«

»Ach was. Hochzeiten sind stressig. In L. A. habe ich mal eine mehrteilige Reportage zur Hochzeitsindustrie geschrieben, und ich kann dir nur sagen, es gibt keine entspannten Brautpaare. Alle werden sie ein bisschen verrückt.«

Sie reibt sich über das Gesicht. »Hoffentlich werde ich nicht so verrückt, dass Brandon mich nicht mehr mag.«

Unwillkürlich muss ich lachen. »Hey, ich hab gesehen, wie er dich ansieht, und ich kann dich beruhigen: Die Gefahr besteht nicht.«

»Man lernt die Menschen erst richtig in Krisensituationen kennen.«

»Das stimmt. Aber wenn eure Hochzeit die größte Krise ist, die ihr bestehen müsst, dann ist doch alles okay.«

Nicole kaut auf ihrer Lippe. »Meinst du, es ist für Steph okay?«

»Wieso nicht?«, frage ich überrascht.

»Weil sie sich gerade von James getrennt hat.«

»Ach, das kann sie voneinander unterscheiden. Sie missgönnt dir doch nicht dein Glück, nur weil ihres in die Brüche gegangen ist.«

»Meinst du?«

»Keine Sorge.«

Als ich später wieder an meinem Schreibtisch sitze, lese ich mir die Spezifikationen zu Cades App durch. Eines ist sicher: Der Text stammt nicht von ihm. Einer seiner Partner muss das geschrieben haben, oder vielleicht auch die hübsche Blondine mit den langen Beinen.

»Avy! Ich versteh es nicht!«, rief er frustriert aus.

»Es ist gar nicht schwer. Du musst einfach nur Fragen stellen, die im Text beantwortet werden.«

»Es ist alles so unlogisch! Mathe ist einfach. Es gibt immer nur ein Ergebnis, aber das hier … das ist doch Unsinn. Je nachdem, wer die Frage stellt, kommt doch was ganz anderes dabei raus. Und welche Fragen muss ich überhaupt stellen?«

Ruhig saß ich neben ihm. Er konnte mit Textanalysen ebenso wenig anfangen wie ich mit Mathematik. Aber ihn wurmte es, weil er in allen Fächern gut war außer in Englisch.

»Zunächst mal Fragen zum Inhalt. Worum geht es, wer handelt, was tun sie, warum tun sie es? Wie ist das Verhältnis der Personen zueinander? Welche Entwicklung wird vollzogen? Das gehört alles zum Inhalt. Dann musst du noch die Textart analysieren. Wie ist die Erzählweise, wie ist die Sprache? Und als Allerletztes musst du den Text noch deuten.«

»Deuten! Schmeuten!«

Ich kicherte. »Das ist gar nicht so schlimm, wie du denkst. Überleg dir einfach, welche Grundfragen des Lebens angesprochen werden. Das ist alles.«

»Das ist nicht alles!« Er warf frustriert seinen Stift durch mein Zimmer. »Woher weiß ich denn, dass bei deiner Deutung das Gleiche rauskommt wie bei meiner?«

»Das weißt du nicht. Jeder Mensch interpretiert verschiedene Situationen anders.«

»Da hast du es. Es ist unlogisch. Es gibt keine Struktur, keine Regeln, kein feststehendes Ergebnis.«

»Alles kann dein Ergebnis sein. Du musst es halt nur richtig begründen. Wenn du deine Argumente gut belegen kannst, hast du gewonnen.«

»Aber wir können doch nicht beide eine Eins bekommen, wenn du X herausfindest und ich Y.«

Ich zuckte mit den Schultern. »Doch, natürlich. Jeder Text hat mehrere Deutungen. Es gibt welche, die sind allgemein akzeptiert, aber das heißt nicht, dass andere falsch sind.«

»Ich wünschte, das Ergebnis wäre 4673.«

Ich lachte. »Das ist es ja vielleicht auch. Oder vielleicht ist es 7819.«

»Du machst dich lustig über mich.« Seine karamellfarbenen Augen schimmerten unzufrieden.

»Nein, wirklich nicht. Versprochen. Dein mathematisches Gehirn kann nur nicht mit etwas umgehen, was nicht schwarz oder weiß ist.«

»Es kann mit vielen Dingen umgehen, die pink oder blau oder grün sind, sonst würden wir uns nicht so gut verstehen.«

Mein Lächeln hätte eine ganze Stadt mit Strom für ein Jahr versorgen können. »Du findest, ich bin pink, blau und grün?«

»Du bist alle Farben des Regenbogens.«

Es ist merkwürdig, an wie viele Dinge ich mich in den letzten Tagen erinnert habe. Für so lange Zeit war Cade kein Teil meines Lebens mehr. Es hat so lange wehgetan, aber man gewöhnt sich an alles, und in den letzten Jahren gab es schlicht keinen Raum mehr für ihn. Nein, das ist gelogen, aber er hat nur noch sporadisch Auftritte in meinem Kopf gehabt. Wenn etwas besonders Gutes passiert ist und ich das unbedingt meinem besten Freund erzählen wollte. Wenn sein Name erwähnt wurde und mein Herz schneller zu schlagen begann. Wenn ich einen Geruch erschnupperte, der in meinem olfaktorischen Gedächtnis gespeichert war und mich an meine Kindheit erinnerte.

Seit ich ihm in die Arme gelaufen bin, denke ich wieder ständig an ihn, und es erscheint mir, als würden alle Erinnerungen an unsere gemeinsame Zeit über mich hereinschwappen.

Ich kann nicht sagen, ob ich das gut oder schlecht finde.

Nach dem Tee sind wir in unser Büro zurückgekehrt. Nun sitzen wir vor unseren Rechnern, drücken ständig auf Aktualisieren und sind reichlich deprimiert. Zwar werden Verkäufe angezeigt, aber wenn wir ehrlich sind, hatten wir mit mehr gerechnet. Man wünscht sich wohl einfach den Über-Nacht-Erfolg. Auch wenn der, laut Melinda, unwahrscheinlich ist. Von tausend neuen Veröffentlichungen wird höchstens eine ein riesiger Erfolg. Und vielleicht sind das noch optimistische Zahlen. Trotzdem hatte ich gehofft, dass wir diese Ausnahme wären.

Vielleicht muss ich die Presse doch noch mehr bespielen. Vielleicht hatte Melinda doch recht.

Oder vielleicht bin ich einfach nicht gut genug. Dieser Satz hört sich verdammt nach meinem Dad an. Ich schüttele den Kopf. Mit achtzehn habe ich mir geschworen, nie mehr zu denken, nicht zu genügen. Viel zu lange wurde mir dieses Gefühl vermittelt, aber nie wieder. Nie wieder glaube ich jemandem, dass ich nicht gut genug bin. Ich werde es allen beweisen. Allen.

»Huch«, ruft Chris plötzlich erstaunt aus.

»Huch?«, frage ich gedankenversunken nach.

»Ich weiß nicht, was passiert ist.«

»Was ist denn?« Ich drehe mich um und schaue nun doch neugierig zu ihm.

»Bei der letzten Aktualisierung hatten wir plötzlich tausend Verkäufe mehr.«

Tausend? Ich stehe auf und trete an seinen Tisch. Tausend.

»Wie kann das denn sein?«

Chris zuckt mit den Schultern. »Da muss irgendwas falschlaufen. Mick, kannst du dir das mal anschauen?«

»Bin schon dabei.«

»Drück noch mal auf Aktualisieren.«

Tausendzweihundert mehr.

»Noch mal.«

Tausendfünfhundert mehr.

»Hier stimmt alles«, verkündet Mick, gerade als Chris fassungslos von seinem Stuhl aufsteht. Er schlägt die Hände über dem Kopf zusammen.

»Was?«, frage ich.

»Zweitausend mehr.«

Eigentlich bin ich nicht schwer von Begriff, zumindest hoffe ich das, aber das kann mein Gehirn nicht verstehen. Da kann doch was nicht stimmen. Wie kann man denn in nicht einmal einer Stunde solch einen Anstieg an Verkaufszahlen erreichen?

»Es muss einen Auslöser dafür geben«, murmele ich vor mich hin, setze mich wieder an meinen Computer und google *App Benjamin*. Es gibt viele Suchergebnisse, über unsere gelungene Premiere wurde zahlreich und lobend berichtet. Vielleicht ist gar keine Magie am Werk, sondern es ist eben einfach normal, dass nach so viel medialer Aufmerksamkeit auch die Verkäufe anziehen. Aber warum ausgerechnet in den letzten sechzig Minuten?

Gerade will ich die Suche beenden, als ich auf einen Tweet stoße. *Women's Life* hat getwittert: *Grandiose neue App. #Benjamin macht das Leben leichter. #Appstore @CMCmedia Out now!* Und dann folgt der Link auf unsere Webseite. Ich checke den Zeitstempel. Vor anderthalb Stunden.

»Hey, Leute. Ich glaub, es liegt an diesem Tweet.«

Mick und Chris kommen zu mir und richten ihre Blicke auf meinen Bildschirm.

»Oh«, stößt Chris aus.

»Was meinst du mit ›Oh‹?«, fragt Mick.

Chris wirft mir einen schnellen Blick zu, bevor er sagt: »*Women's Life* ist das Magazin, bei dem Cades alte Flamme arbeitet.«

»Wieso weiß ich davon nichts?« Mick schaut mich vorwurfsvoll an.

Ich kann nur mit den Schultern zucken, weil ich keine Antwort habe. Wieso habe ich meinen Freunden nichts von Avery erzählt? Weil es zu weh tat. Und weil ich nicht wollte, dass sie mich für einen Loser halten. Schließlich habe ich die wichtigste Beziehung meines Lebens sabotiert.

»Scheint, als wäre das Feuer noch nicht erloschen.« Auch Chris schaut zu mir.

Erneut zucke ich mit den Schultern.

Ich klicke auf den Account und sehe, dass *Women's Life* fünf Millionen Follower hat.

»Check mal Insta.« Mick stupst mich gegen die Schulter.

Ich suche nach dem Instagram-Account. Auch dort wurde etwas zu Benjamin gepostet. Auf dem Foto hält Avery ihr Handy mit der geöffneten App hoch. Einen Moment kann ich nichts anderes tun, als sie anzusehen. Dieses Lachen, nein, dieses Strahlen ist unvergleichlich. Es war schon immer mein Lieblingsausdruck in ihrem Gesicht. Mein Herz klopft auch dieses Mal wieder schneller. Ihre Haare sind so anders als früher, lockig, wild, ganz anders als das Mädchen von damals, das meine Erinnerungen beherrscht.

Unwillkürlich blicke ich auf ihre Hände, die meine so oft gehalten haben. Die eine umschließt das Handy, während die andere auf ihrer Brust liegt. Sie trägt einen Ring. Einen Augenblick bin ich geschockt, aber dann erkenne ich, dass sie ihn am Mittelfinger trägt. Beim genaueren Hinsehen entdecke ich die strategische Platzierung der Hand, sie verdeckt einen Kaffeefleck. Typisch Avy.

Ihre Begeisterung zu sehen, zu wissen, dass sie mich unterstützt, erzeugt ein warmes Gefühl in meinem Magen, das sich langsam ausbreitet. Durch jede Zelle, jede Ader, jede Faser meines Körpers strömt Wärme, gibt mir zum ersten Mal seit Langem eine Art Stärke. In diesem Moment hadere ich nicht mit mir, frage mich nicht, ob ich gut genug bin, sondern weiß es. Und all das schafft sie mit einem Lachen.

»Ist sie das?«

Ich nicke.

»Sieht nett aus. Da ist auf jeden Fall noch Feuer. Fragt sich nur, ob es beidseitig brennt.«

Ich stehe auf, greife nach meiner Jacke. »Hey, ich muss mal weg.«

Auf einmal habe ich das Gefühl, zu ersticken, und will hier nur noch raus. Vielleicht liegt es daran, dass ich mich nicht erinnern kann, wann wir das letzte Mal gelüftet haben. Vielleicht ist es aber auch diese überbordende Erkenntnis, dass ich vor zwölf Jahren den größten Fehler meines Lebens begangen habe.

Die Straßen Bostons sind mir so vertraut wie die in meiner Heimatstadt. Ich folge ihnen zum Hafen, weil ich mich nach dem Meer sehne. Sobald ich die schäumenden Wellen erblicke, realisiere ich, dass es eine furchtbare Idee war. Denn alle meine Erinnerungen ans Meer sind mit Avery verknüpft. Avery lachend und glücklich und wild und frei.

Mein Herz klopfte laut, als ich vor ihrer Tür stand. Ich verstand meine Reaktion nicht. Es war doch nur Avy! Wieso spielte mein Körper plötzlich verrückt? Hundertmal, vielleicht tausendmal habe ich schon hier gestanden, an der Tür geklingelt und sie abgeholt, um mit ihr Abenteuer zu erleben.

Zaghaft klingelte ich. Mr. McIntyre öffnete die Tür. »Hey, Junge. Sie ist im Wohnzimmer und spielt mit den Viechern.«

Ich begrüßte ihn, bevor ich dem Gelächter folgte, das durch den Flur drang. Die Kätzchen, die wir damals gerettet hatten, waren erwachsen geworden, aber sie waren immer noch genauso verrückt wie am ersten Tag.

Auf der Türschwelle blieb ich stehen und musste bei dem Anblick lächeln, der sich mir bot. Avery saß im Schneidersitz auf dem Boden. Eine Katze stand hinter ihr auf den Hinterbeinen, die Vorderbeine gegen ihren Rücken gestemmt, und versuchte an Avys Haare zu gelangen, die ihre Schultern bedeckten. Die zweite Katze versuchte der ersten in den Schwanz zu beißen. Die dritte flitzte einem Faden hinterher, den Avery tanzen ließ, und die vierte saß auf der Kante des Wohnzimmertischs, bereit, sich todesmutig ins Getümmel zu stürzen.

Mein Herz zog sich zusammen und begann dann erneut heftig zu schlagen, aber irgendwie fühlte es sich anders an. Als würde es jetzt in Averys Takt schlagen.

Als ich mich neben sie setzte, strahlte sie mich an. Dieses Lächeln bedeutete mir alles. Für einen Moment fühlte ich mich wie der meistgeliebte Mensch auf diesem Planeten. Alles war egal, solange sie nur nicht aufhören würde, mich so anzusehen.

»Okay, jetzt zeigen wir Cade unsere Kunststücke. Malibu, hör auf, meine Haare zu fressen, und komm nach vorne.«

Malibu, die wie ihre Geschwister nach Stränden in L.A. benannt war, reagierte natürlich nicht.

Avery fasste nach hinten und holte Malibu und Zuma ebenfalls nach vorne. Aber anstatt dortzubleiben, huschten sie wieder hinter sie.

»Ach, kommt schon! Ihr wart so gut! Und jetzt, da Cade da ist, habt ihr alles wieder vergessen? Ihr seid kleine Verräter.« Sie schaute zu Venice und Cabrillo. »Dann ihr beiden. Allez hopp!«

Keine der Katzen rührte sich, und ich musste grinsen. Nur Avy kam auf die Idee, Katzen zu dressieren, als wären sie Hunde. Sie wusste doch, dass die Katzen hier das Sagen hatten.

»Los jetzt! Das ging doch so toll. Venice, mach Männchen.«

Als die Katze sie einfach nur verständnislos anblickte, musste ich lachen, so sehr, dass ich mich auf den Rücken fallen ließ.

»Lach nicht!«

Aber ich konnte nicht anders. Und nach einem Moment stimmte sie in mein Gelächter ein. Sie ließ sich neben mir nieder und machte damit die Katzen glücklich, weil sie jetzt ungestört mit ihren Haaren spielen konnten. Außerdem machte sie mich glücklich, weil sie nun so viel näher bei mir war.

Wen will ich verarschen? Avery ist in all meinen Erinnerungen die Hauptperson. Ich kann ihr nicht entkommen, selbst wenn ich es wollte. Aber meine Befürchtung ist, dass ich es auch gar nicht will.

Beinahe ohne mein Zutun führen mich meine Beine zu meinem Lieblingscafé in Beacon Hill. Es ist ironisch. Ich mag zwar den fancy Kaffee nicht, aber ich liebe das Café trotzdem. Der Kuchen ist lecker, die Limonade ist gut, die Atmosphäre ist angenehm. Die Besitzerin, Colleen, ist freundlich und lustig. Gut, sie hat eine unnatürliche Besessenheit, was Karamellsirup im Kaffee angeht, aber jeder hat seine Macken.

Ich trete ein, höre das Klingeling der Türglocke, und sofort sehe ich sie. Avery sitzt an einem Tisch am Fenster, hält eine Tasse in der Hand und schaut verträumt hinaus.

Unsere letzten Begegnungen waren eher kurz, aber jetzt nehme ich mir die Zeit, sie zu betrachten. Ihre wilden Haare sind auf dem Kopf aufgetürmt, ein paar Strähnen umrahmen ihr Gesicht, das immer noch genauso schön ist wie in meiner Erinnerung. Ihre Hände umschließen die Tasse, und ich ertappe mich dabei, dass ich die Finger absuche und erleichtert darüber bin, keinen Ring zu entdecken.

Und dann schaut sie auf, als hätte sie meinen Blick gespürt.

Kapitel Zehn

Avery

Als ich aufblicke, trifft mein Blick auf Cades. Wenn ich ehrlich bin, hatte ich gehofft, dass ich ihn heute hier treffen würde, auch wenn ich nicht damit gerechnet hätte. Es ist doch sein großer Tag! Den muss er doch anders begehen, als alleine hierherzukommen. Er müsste mit seinen Partnern feiern, mit seiner Freundin diesen Tag zelebrieren, auf den sie so lange gewartet haben. Zwei Jahre, wie ich recherchiert habe.

»Hey«, sagt er und kommt näher.

»Hey«, erwidere ich mit einem Mund, der so trocken wie Zwieback ist. Ich trinke einen Schluck Kaffee, um meine Nervosität zu überspielen. Aber es gelingt mir nicht, denn die Tasse zittert unkontrolliert in meinen Fingern.

Er setzt sich an meinen Tisch und nimmt mir den Kaffee aus der Hand. Als seine Haut für einen Moment auf meine trifft, durchströmt mich seine Wärme bis in die Zehen. Es ist ein Gefühl wie Boeuf Bourguignon. Das ultimative Gefühl von Zuhause, Zugehörigkeit und Liebe.

Ich erschauere, und das ist mir so unangenehm, dass ich versuche, den Moment zu überspielen. »Schönes Wetter heute.« Na gut, ich hab nicht gesagt, dass ich ihn besonders erfolgreich überspiele.

Cade lächelt leicht. »Boston ist nicht Südkalifornien, aber

von Frühling bis Herbst gibt es einige schöne Tage. Nur der Winter ist echt ätzend. Wirst du ja selbst sehen.«

»Um ehrlich zu sein, habe ich tatsächlich ein wenig Angst davor. Vielleicht aber auch nur, weil ich im Schneeanzug so unvorteilhaft aussehe.«

»Niemand sieht im Schneeanzug vorteilhaft aus. Hast du denn eine dicke Jacke?«

Ich schüttele den Kopf. »Nein, ich muss dringend eine kaufen. Meine Arbeitskollegin Nicole will mich zu diesem Shop mitnehmen, in dem es schicke dicke Jacken gibt.«

»Du reimst.«

Ich grinse. »Unabsichtlich.«

Vielleicht war das doch das beste Überspielen der Welt, denn auch wenn wir nicht über große philosophische Probleme diskutieren, gelingt uns doch eine ungezwungene und nette Unterhaltung.

»Du bist also wirklich Journalistin geworden.«

Ich nicke. »Ich wollte ja nie was anderes machen und hatte das große Glück, diesen Job zu bekommen. Du bist wohl kein Feuerwehrmann geworden.«

Sein Grinsen lässt mein Blut kochen. »Das war doch nur mein allererster Berufswunsch. Danach kamen noch Tierarzt, Footballstar und Astronaut.«

»Wie konnte ich das vergessen? Aber im Grunde bist du Nerd geworden.«

»Professioneller Nerd, bitte.«

»Natürlich.«

Einen Augenblick sind wir still, bevor er sagt: »Ich hab deinen Tweet und den Insta-Post gesehen. Danke.«

Ich zucke mit den Schultern. »Ich hoffe, es hat was gebracht.«

»Auf jeden Fall. Kurz danach sind die Verkäufe explodiert.«

»Wirklich? Das ist ja großartig! Ich bin wirklich stolz auf dich.« Ich verstumme. Habe ich womöglich zu viel preisgegeben?

»Danke. Und danke für deine Unterstützung.«

»Gerne und jederzeit.«

Er schaut sich um, als würde er sich beobachtet fühlen, und beugt sich dann ein wenig zu mir. »Es hat mich überrascht, dich neulich auf der Straße zu treffen.«

»Mich hat es auch kalt erwischt.«

»Wieso bist du nach Boston gekommen? Du wusstest doch, dass ich hier bin.«

Ich schüttele den Kopf. »Das wusste ich nicht. Du hast es mir nicht gesagt. Du hattest auch Zusagen aus Yale und Princeton.«

»Ich hab dir doch erzählt, dass ich ans MIT gehe.«

»Nein, hast du nicht.«

»Du hättest mich googeln können.«

»Cade Turner ist nicht gerade ein ungewöhnlicher Name.« Oh nein, verraten! Jetzt weiß er, dass ich es getan habe. Welche Schmach, welche Schande.

Er hat auch schon dieses gewisse Lächeln auf den Lippen, das mich schon damals wahnsinnig gemacht hat. Halb Selbstzufriedenheit und halb Charmeoffensive.

»Irgendwie mag ich die Vorstellung, dass du nach mir gesucht hast, du Stalkerin.«

»Von wegen. Weil ich ja wusste, dass dein Name ein Allerweltsname ist, habe ich es gar nicht erst versucht.« Ich hoffe, das hört sich glaubwürdiger an, als ich es empfinde.

»Den Namen mag es zigmal geben, aber mich gibt es nur einmal.«

»Oh, bitte, genauso arrogant wie eh und je.« Aber ich muss lachen. Leider.

»Also: Wieso bist du nach Boston gekommen?«

Ich lehne mich zurück, nehme noch einen Schluck aus der Tasse, die jetzt ganz zitterfrei bleibt. »Ich hab in L. A. bei zwei Zeitungen gearbeitet, aber gemerkt, dass ich bei einem täglich erscheinenden Medium meine journalistischen Ideen nicht umsetzen kann. Also hab ich mich umgesehen und bin dann auf eine Anzeige von *Women's Life* gestoßen. Ich hab mich beworben, und sie wollten mich.«

»Ist es so, wie du es dir erhofft hast?«

»Besser. Das Team ist großartig, meine Chefin ist die Beste. Okay, es ist nicht der *New Yorker*, aber ich kann mich entfalten. Ich schreibe Texte zu ganz verschiedenen Themen, die ich weitgehend selbst auswählen darf. Es ist toll.«

»Das freut mich.«

»Was ist deine Geschichte?«

Er lächelt ein wenig versonnen. »Am MIT habe ich Chris und Michael kennengelernt. Es war schon früh klar, dass wir was gemeinsam starten wollen, aber am Anfang waren das Spinnereien. Wir hatten andere Jobs, was man eben so macht. Vor zwei Jahren haben wir angefangen, an Benjamin zu arbeiten. Aber nur so nebenbei. Mal hier ein bisschen, mal da ein bisschen. Bis Melinda uns zusammengefaltet hat. Entweder sollten wir unsere Idee ernst nehmen und all unsere Zeit darin investieren oder wir sollten mit den Albernheiten aufhören.«

»Melinda ist deine Freundin?« Diese Worte verätzen mir die Stimmbänder. Es überrascht mich, wie weh es tut, jemand anderen als seine Freundin zu bezeichnen. Nein, ich bin wohl noch nicht über ihn hinweg. Vielleicht werde ich es niemals sein.

»Ja, genau.« Er sieht unbehaglich aus, als wollte er das gar nicht sagen. Vielleicht ist es aber auch nur Wunschdenken. Wahrscheinlich sogar. Unsere Trennung ist immerhin zwölf Jahre her. Das ist eine lange Zeit. Gefühle verändern sich, erlöschen. Gut, meine offenbar nicht, aber das muss ja nichts heißen.

»Und jetzt habt ihr es geschafft.« Ich wünsche mir, dass sich mein Tonfall gleichgültig anhört, aber ich weiß, dass es mir nicht gelingt. Ein Pokerface habe ich nie perfektioniert und schon gar nicht bei jemandem, der mich mal besser kannte als ich mich selbst.

»Jetzt haben wir es geschafft.«

»Wie fühlt es sich an?«

Er schaut aus dem Fenster, bevor seine karamellfarbenen Augen meine finden. »Es fühlt sich an, als wäre eine riesengroße Last von meinen Schultern gefallen. Als könnte ich zum ersten Mal wieder frei atmen. Als wäre das Leben jetzt wieder farbig, nachdem es so lange nur schwarz-weiß war.«

Irgendwie habe ich das Gefühl, dass er mit den letzten Worten gar nicht mehr sein Start-up meint.

Mit einem viel zu schweren Herzen erwidere ich: »Das ist doch nett.«

»Nett?«

»Na ja.«

Cade grinst, als wären keine zwölf Jahre vergangen, als hätte sich zwischen uns nichts geändert. »Nett ist die kleine Schwester von Scheiße.«

»So hart muss man das jetzt auch nicht ausdrücken.«

»Es ist aber so.«

»Ich meinte, dass das Gefühl, endlich wieder atmen zu können und eine Last verloren zu haben, toll sein muss.«

»Ich hab das schon verstanden. Und ja. Es ist *nett.*«

Ich weiß nicht, was ich darauf antworten soll. Unser *nettes* Gespräch stockt plötzlich, ist nicht mehr so ungezwungen wie zuvor. Auf einmal spüre ich die Vergangenheit zwischen uns wie einen dunklen Schatten, der das Licht verschluckt.

»Es ist so merkwürdig, dich wiederzusehen.«

»Merkwürdig?«, frage ich nach.

»Du bist irgendwie die Gleiche und doch so anders.«

Ich zucke mit den Schultern. »Man verändert sich eben, entwickelt sich weiter.«

»Das ist doch auch gut.«

»Manchmal.«

»Was findest du denn nicht gut?«

»So meinte ich das nicht. Aber ich denke, dass wir alle irgendwann aus unserem Barbie-Traumhaus aufwachen und die Realität akzeptieren müssen.«

»Manchen passiert das früher und anderen später.«

In seinen Augen erkenne ich, an was er sich gerade erinnert.

Ich klopfte an die Tür der Turners. Sein Vater öffnete und schaute mich unwirsch an. »Was?«

»Ist Cade da?«, fragte ich leise und schüchtern.

»Was? Sprich lauter!«

»Ist Cade da?«, wiederholte ich ein Quäntchen lauter.

»Keine Ahnung, wo sich der Bengel rumtreibt.« Er schloss die Tür vor meiner Nase.

Ein wenig unschlüssig stand ich auf der Veranda herum. Eigentlich waren wir verabredet, und Cade verpasste unsere Verabredungen nie. Wo könnte er nur sein? Ich lief nach Hause, holte mein Fahrrad und fuhr zum Strand. Zwar wusste ich nicht, was los war, aber ein ungutes Gefühl über kam mich. Cade würde mich niemals versetzen. Es musste etwas passiert sein. Und dann würde er zum Strand fahren. Immer.

Als ich dort ankam, sah ich sein Fahrrad im Sand liegen. Ich legte meines dazu und suchte den Strand ab. Er saß nicht am Wasser, sondern am Rand der bescheidenen Dünen. Cade hatte die Beine angezogen, seine Arme um die Knie geschlungen. Sein Kopf lag auf den Armen.

Plötzlich schien es mir, als könnte ich seinen Kummer schon von Weitem spüren.

»Cade?«, fragte ich leise, als ich bei ihm ankam.

Er hob den Kopf, und pure Verzweiflung lag in seinen Augen. Ich hatte ihn schon weinen sehen. Als er damals aus dem Baum gefallen war und sich den Arm gebrochen hatte. Als er mit dem Fahrrad auf dem Sand weggerutscht war und sich das ganze linke Bein aufgescheuert hatte. Aber niemals habe ich so einen niederschmetternden Ausdruck auf seinem Gesicht gesehen.

»Was ist passiert?« Ich ließ mich neben ihn in den Sand sinken.

Er vergrub den Kopf wieder in seinen Armen. Schluchzer schüttelten seinen Körper. Unsicher legte ich meinen Arm um ihn und meinen Kopf auf seine Schulter. Auch mir kamen nun die Tränen, die ich mühsam wegblinzelte. Ich konnte es nur schwer ertragen, ihn so zu sehen. Niedergeschlagen, nein, eigentlich war das ein zu schwaches Wort für seinen Zustand. Verzweifelt, erschüttert, gebrochen.

Eine ganze Weile saßen wir nur so da. Ich streichelte über seinen Arm und versuchte ihm so viel Geborgenheit und Liebe zu geben, wie ich es vermochte.

Als die Sonne unterging, machte sich ein beklemmendes

Gefühl in mir breit. Laut Vereinbarung mit meinen Eltern musste ich mich jetzt auf den Weg nach Hause begeben, aber ich konnte Cade nicht alleine lassen. Also blieb ich, auch wenn alles in mir bravem Mädchen aufschrie, weil ich mich nicht an mein Versprechen hielt.

Kurz bevor es vollkommen dunkel war, murmelte Cade: »Ich will noch nicht nach Hause.«

»Wir könnten ins Baumhaus gehen.«

Er schüttelte den Kopf. »Ich will diesen Ort nicht mit Trauer besudeln.«

»Warum bist du traurig? Was ist passiert?«

»Mom hat Krebs.«

Und darauf wusste ich nichts mehr zu sagen, und so schwiegen wir noch ein Weilchen.

Das war das erste Mal, dass meine Eltern mir Hausarrest gaben, weil ich zu spät nach Hause kam und sie vollkommen aufgelöst vor Sorge vorfand.

An seinem großen Tag sollte er nicht an so trübe Zeiten denken. Aber meiner Meinung nach lassen sich die wichtigsten Menschen im Leben niemals vergessen. Der Beweis für meine Theorie sitzt mir gegenüber.

»Ich war letztes Wochenende in Irvine.«

»Dein Dad hatte Geburtstag.«

»Du erinnerst dich daran?«

»Ich erinnere mich an alles.«

Seine Worte sind wie eine Liebkosung, als wäre ich ihm wichtig, immer noch, auch nach so vielen Jahren.

Trotzdem ist mir dieser Augenblick viel zu intim. Wir sind nicht mehr zusammen, wir haben beide andere Partner. Das hier sind nicht mehr wir.

»Erinnerst du dich auch an Mrs. Graham, die uns sagte, Satansbraten wie wir kommen in die Hölle?«, frage ich mit dem Hintergedanken, die Stimmung aufzuhellen.

Er lacht. »Oh ja. Wie könnte ich jemals diese alte Giftspritze vergessen?«

»Ach, sie ist doch eigentlich ganz nett.«

»Nur weil sie dir verziehen hat, dass wir ihre Kirschen geklaut haben. Mich hielt sie bis zu meinem Auszug für den Sohn des Teufels.«

»Sie ist mit Mom befreundet, vielleicht hat das auch geholfen.«

»Vitamin B hilft immer.«

»Sieht so aus. Aber es war auch wirklich nicht nett, dass wir so viele Kirschen geklaut haben.«

»Es war ja eigentlich nur Mundraub. Wir hatten halt Hunger.«

»Danach war mir so schlecht. Was meinst du, wie viele Kilos wir gegessen haben? Zwei?«

»Jeder mindestens zwei.«

Nach dem Festmahl haben wir im Baumhaus gelegen, obwohl ich wirklich nicht weiß, wie ich es geschafft habe, mit beinahe platzendem Bauch dort hochzukommen. Gemeinsam hielten wir uns die Bäuche, jammerten, wie schlecht es uns ging, und fühlten uns einfach miserabel.

»Ich glaub, sie waren auch noch nicht ganz reif.«

»Keine Ahnung.« Er fährt sich durch die dunklen Haare. »Aber sie haben geschmeckt.«

Das ist das Gute am Älterwerden. Man kann sich an all die Dinge erinnern, die man mal gemacht hat, und sie somit noch einmal ein bisschen erleben. Die guten Zeiten sind nie verschwunden, solange man sich erinnert.

»Warst du irgendwann noch mal in Irvine?«

»Nie.«

»Vermisst du es nicht?«

Cade zuckt mit den Schultern. »Es ist ja nicht der Ort, der das Zuhause ausmacht, sondern die Menschen, die man liebt und die einen lieben. Und nachdem Mom gestorben ist, war Irvine nicht mehr mein Zuhause.«

Ich würde gerne sagen, dass ich ihn auch geliebt habe, dass es noch mehr Menschen gab, die ihn geliebt haben, aber das passt jetzt nicht hierher.

»Du hast recht. Obwohl ich sagen muss, dass ich unsere Heimatstadt auch liebe. Es ist ein schöner Ort, so nah am Meer, eine nette Community. Eigentlich perfekt.«

»Wir haben da offensichtlich unterschiedliche Erinnerungen«, erwidert er ziemlich brüsk. »Hey, ich muss auch los. Vielleicht laufen wir uns ja noch mal vor die Füße.«

»Oh, okay. Viel Erfolg noch.«

Als er verschwunden ist, frage ich mich, ob ›Viel Erfolg noch‹ jetzt besser oder schlechter ist, als mein Einstieg ›Schönes Wetter heute‹. Ich befürchte, dass beide Sätzchen sich an Plattheit gegenseitig überbieten. Sie gehen wohl als billigste Gesprächsfloskeln der Welt ins *Guinness Buch der Rekorde* ein.

Worte sind doch mein Geschäft. Wieso verlassen sie mich ausgerechnet in dem Moment, in dem ich sie am dringendsten brauche?

Ich habe keinen besonders guten Eindruck auf Cade gemacht, das weiß ich. Er muss denken, dass ich immer noch das schüchterne, naive Mädchen von früher bin, das ihm folgte wie ein Entenküken seiner Mama. Aber so bin ich nicht mehr. Es war nie mein Plan, zu lernen, ohne ihn zu leben, aber ich habe es geschafft. Irgendwie habe ich die Kraft gefunden, mein eigenes Leben aufzubauen. Ohne seine Hilfe.

Und es ist ein gutes Leben. Ich habe ein enges Verhältnis zu meinen Eltern, ich habe Freundinnen, einen großartigen Job, Spocky und Dylan, den ich mag. Vielleicht sogar liebe. Oder zumindest irgendwann lieben könnte.

Aber ein Gespräch mit Cade, und ich vergesse, wer ich heute bin.

Ich warte am Flughafen auf Dylan. Seine letzte Nachricht war zwar ein wenig unterkühlt, aber bestimmt war er nur im Stress. Das kann ich gut nachvollziehen. Seine Familie baut so viel Druck auf, weil sie ihn für einen Versager hält. Was er – ganz objektiv betrachtet – einfach nicht ist. Im Gegensatz zu mir hat er eine große Wohnung in Back Bay, wo auch Giselle wohnt. Im Unterschied zu ihr wohnt er allerdings in einem ultramodernen Komplex mit Blick auf den Charles River. Sein Inneneinrichtungsstil ist ein wenig … sagen wir … spartanisch, weswegen das Apartment unterkühlt wirkt, aber mit ein wenig Liebe könnte man es schön gestalten.

Er verdient mehr als gut, fährt einen BMW und kann mehrmals im Jahr nach London düsen. Ich persönlich mache mir nicht so viel aus materiellen Dingen, aber trotzdem weiß ich natürlich, dass das alles Zeichen für Erfolg sind.

Sobald ich ihn aus dem Sicherheitsbereich treten sehe, winke ich freudig. Dylan reist fast immer nur mit Handgepäck, weswegen er meist als einer der Ersten rauskommt. Er sieht so gut aus in seinem Anzug. Ich muss ja gestehen, dass ich für Männer in Anzügen eine Schwäche habe. Es ist so sexy, vor allem, wenn man weiß, dass man diejenige ist, die ihn nachher ausziehen darf.

»Hey, Sweetheart. Das ist ja eine Überraschung.« Sein Lächeln ist echt und strahlend und alles, was ich mir erhofft hatte.

»Ich dachte, du hättest vielleicht gerne Gesellschaft.«

»Deine immer.«

Er umarmt mich, bevor er mich küsst. Seine Lippen verweilen einen Augenblick länger auf meinen, als er normalerweise in der Öffentlichkeit für schicklich hält. Vielleicht hat er mich ebenso sehr vermisst wie ich ihn.

»Fahren wir zu mir?«, fragt er.

»Können wir machen, aber ich muss dann später nach Hause wegen Spocky.«

Ich weiß, dass ihm das nicht gefällt, und kann das auch verstehen. Er wünscht sich, dass ich auch mal bei ihm schlafe. Aber entweder übernachten wir bei mir oder getrennt. Spocky könnte auch mal alleine bleiben, aber ich muss abends auf jeden Fall zu ihr, um sie zu füttern, und dann ist es meist einfacher, direkt bei mir zu bleiben.

»Ich kann dich fahren.«

»Ach was, ich nehm die Metro. Mit der Green Line werde ich quasi vor die Haustür gebracht.«

»Ich wünschte, du würdest in der Stadt wohnen und nicht in Brookline.«

Ich zucke mit den Schultern. »Nicht jeder kann so ein Big Shot im Finanzwesen sein.«

»Du könntest zu mir ziehen.«

Schockiert bleibe ich stehen. »Wie bitte?«

Er schaut mich verlegen an, reibt sich den Nacken. »Also ich mein … so grundsätzlich … nicht morgen oder so, aber in der Zukunft vielleicht ... oder so. Keine Ahnung. Vergiss es.«

Ich lächele ihn an. »Ich glaub, dieses Gespräch ist noch ein wenig früh.«

»Klar, du hast recht. Wir sind ja noch nicht mal ein halbes Jahr zusammen. Wie gesagt: Vergiss es einfach.«

Aber ich sehe in seinen Augen, dass er sich eine andere Antwort gewünscht hätte. Ich wünschte, ich hätte ihm eine andere geben können, aber was ich nach Cade gelernt habe, ist, dass ich auf meinen eigenen Beinen stehen muss. Ich will mich nicht von einem Mann abhängig machen. Wenn ich irgendwann mit Dylan zusammenziehe, dann auch in eine Wohnung oder in ein Haus, das wir uns gemeinsam leisten können. Er muss dann Abstriche machen, aber ich will mich nicht aushalten lassen. Weder finanziell noch emotional.

»Wollen wir bei dem Italiener an der Ecke noch was essen?«, frage ich, um abzulenken.

»Lieber in dem Sushiladen. Magst du?«

Ich nicke. Nudeln hätte ich vorgezogen, aber er geht nicht gerne in Restaurants, in denen übermäßig Alkohol ausgeschenkt wird. Und was wäre Italien ohne Rotwein?

Wir treten aus dem Flughafengebäude und nehmen uns eines der dort wartenden Taxis. Ich halte seine Hand und schaue während der Fahrt aus dem Fenster, zumindest so lange, wie wir noch nicht im Sumner-Tunnel sind, der unter dem Boston Harbour entlangführt. Unwillkürlich schließe ich die Augen, als wir uns durch den Tunnel schlängeln. Dylan drückt meine Hand, er weiß, dass ich nicht gerne hier durchfahre. Ich habe keine Angst, nur immer ein ungutes Gefühl. Zu viel Fantasie, hat Mom immer gesagt.

Von der anderen Seite der Rückbank erklingt Dylans Stimme: »Ich hab ein Jobangebot bekommen.«

Ich öffne die Augen und schaue zu ihm. »In New York?«

»Wall Street.«

»Und?«

»Ich hab abgesagt.«

»Wieso?«

»Boston ist mein Zuhause. Ich bin damals absichtlich hierhergezogen. New York hat mich nie gereizt.«

Ich drücke seine Hand. »Das freut mich.«

Sein Lächeln lässt mein Herz schmelzen. »Mich auch.«

Dylan bezahlt den Fahrer, hält mir die Tür auf und nimmt dann meine Hand, als wir die paar Meter zum Restaurant zurücklegen. Eine Kellnerin weist uns einen kleinen Tisch in der Ecke zu, und wir bestellen nach unserem eingefahrenen Schema. Dylan nimmt nur Sashimi, und ich bestelle kunterbunt alles, was es an Maki und Ura-Maki und Nigiri gibt, frittiert, knusprig oder normal.

»Wie war es bei deinen Eltern?«

»Schön. Es ist immer schön, in die Heimat zu fahren, aber auch schön, wieder zurückzukommen.«

»So geht es mir auch mit London.«

»Mich überkommt dann das Gefühl, meinem alten Leben entwachsen zu sein, aber es fühlt sich gut an, sich an seine Wurzeln zu erinnern.«

»Vielleicht komme ich irgendwann mal mit.«

»Klar. Meine Eltern wollen dich kennenlernen.«

Er grinst. »Auch deine Mom?«

Ich zucke mit den Schultern. »Ihr habt euch einfach auf dem falschen Fuß erwischt.«

»Sie denkt, ich bevormunde dich.«

»Sie kennt ja nur die eine Situation, und das war auch ein bisschen bevormundend.«

»Ich hab nur gesagt, dass ich finde, dass du dich unter Wert verkaufst.«

»Wie immer ist es der Ton, der die Musik macht.«

»Fühlst du dich bevormundet?«

Ich schüttele den Kopf. »Nein. Aber ich verstehe, wieso Mom das glaubt.«

»Ich werd keine Schnitte mehr bei ihr haben, oder?«

»Ich denke schon. Sie muss einfach nur sehen, wie wir sonst miteinander umgehen, dann versteht sie auch, dass der kleine Blick in unser Leben nur ein Ausschnitt gewesen ist.«

»Vielleicht fahren wir im Winter hin. Dann können wir dem kalten Wetter hier für ein paar Tage entfliehen.«

Unwillkürlich denke ich daran, dass ich heute schon einmal ein Gespräch über den Winter geführt habe. Es gefällt mir gar nicht, dass ich mich bei dem Gedanken ertappe, lieber das andere Gespräch fortzuführen.

»Das wäre großartig. Du wirst Kalifornien lieben.«

Er lächelt. »Haschrauchende Hippies, Sonnenschein und Laisser-faire? Was daran könnte man nicht lieben?«

»Hey, Sonnenschein ist doch nichts Schlechtes!«

»Natürlich nicht, wenn man deinen Hautton hat. Aber wenn man britisch-hell ist, so wie ich, ist zu viel Sonne tödlich.«

»Dann ist es ja gut, dass wir im Winter fahren. Obwohl ich es auch lustig fände, dich in der Hitze zu erleben. Ich sehe es genau vor mir, wie du den Sunblocker so dick aufträgst, dass er nicht einziehen kann.«

»Lach nicht, das mach ich wirklich.«

Natürlich muss ich bei der Vorstellung trotzdem lachen.

Dylans Gesichtszüge sind eher streng, aber wenn er lächelt, verändert sich sein ganzer Ausdruck. Er strahlt plötzlich. Als wir uns vor fünf Monaten zu unserem ersten Date getroffen haben, war ich erst abgeschreckt, als ich ihn in dem kleinen Café entdeckt habe. Ich erkannte ihn von seinem Profilfoto, aber er machte nicht den Eindruck, in irgendeiner Weise zugänglich zu sein. Einen Augenblick debattierte ich mit mir selbst, ob ich überhaupt zu ihm an den Tisch gehen sollte, aber dann gewannen meine Manieren doch. Und dann lächelte er mich an, und es war alles gut.

»Ich mag es, wenn du lächelst«, sage ich, was ihn dazu bringt, mich weiter anzustrahlen.

»Das freut mich.«

Als wir später bei ihm im Schlafzimmer sind, küsst Dylan mich voller Leidenschaft und Hingabe und lässt mich für einen Moment glauben, dass alles zwischen uns gut ist. Aber dann verwischt sein Gesicht plötzlich vor meinen Augen, und ich erinnere mich an andere Küsse, an einen anderen Mann. Ich verfluche Cade, weil er genau diesen Moment wählt, um sich in meine Gedanken zu schleichen.

»Alles okay?«, fragt Dylan irritiert, nachdem er seine Lippen von meinen gelöst hat.

»Hm, ja«, murmele ich, aber ich bin damit beschäftigt, meine Vergangenheit daran zu hindern, meine Gegenwart zu ruinieren.

Seine Hände wandern über meinen Rücken, meinen Hintern. Langsam dirigiert er uns zum Bett. Und alles, woran ich denken kann, ist Cade. Dylans Küsse sind genauso liebevoll wie immer. Aber heute fühle ich es nicht. Ganz im Gegenteil. Es fühlt sich so unglaublich falsch an. Als wir liegen, wird es nur noch schlimmer, und als er auf mir liegt, habe ich das Gefühl, erdrückt zu werden.

Ich werfe einen Blick auf die Uhr, die auf dem Nachttisch steht, und rolle mich unter ihm hervor. »Oh, schon so spät! Ich muss dringend zu Spocky.«

Irritiert dreht er sich auf die Seite und schaut auf den Wecker. »Es ist erst neun.«

Ich knöpfe meine Bluse zu und streiche mir die Haare hinter die Ohren. »Ja, ich weiß, aber sie muss ein Medikament nehmen, und das muss immer zur richtigen Zeit verabreicht werden.«

Er kneift die Augen zusammen. »Du hast gar nicht erwähnt, dass sie krank ist.«

»Ach, nichts Schlimmes.« Oh Gott, wieso denke ich mir so einen Unsinn aus? Wieso lüge ich ihn an? Ich könnte auch einfach sagen, dass ich keine Lust auf Sex mit ihm habe. Das wäre eine Möglichkeit. Stattdessen erfinde ich Geschichten über meine Katze.

»Welches Medikament?«

»Häh?«

»Welches Medikament muss sie nehmen?«

»Ach so. Also … was gegen Würmer.«

»Spocky hat Würmer?«

»Ja, genau. Ganz viele.«

»Aber sie geht nicht raus.«

Das kann ja auch nur mir passieren, dass er mehr Ahnung von der erfundenen Krankheit meiner Katze hat als ich. »Sie werden auch über die Schuhe übertragen. Also, die Wurmeier haften an den Sohlen, und wenn Spocky dann daran schnuppert, springen sie auf sie drauf.«

»Eier können nicht springen.«

»Das sind die berühmten Sprungeier, die gibt es nur bei einer bestimmten Wurmart.«

»Und wie heißt die?«

»Tuberocis delaris.«

Angezogen! Gott sei Dank! Und jetzt schnell verschwinden. Ihm gar keine Chance geben, mich dazu zu bringen, mich noch weiter zu verheddern.

»Davon habe ich noch nie gehört.«

»Weil du keine Katzen hast.«

Ich marschiere zur Wohnungstür. Langsam kommt er mir hinterher. Hastig drücke ich ihm einen Kuss auf die Wange. »Sorry. Vielleicht morgen?« Ich hoffe, dass ich dann wieder normal bin. Obwohl, wenn ich es mir recht überlege, normal bin ich sowieso nicht.

»Schauen wir mal.« Ich kann beinahe zusehen, wie bei ihm eine emotionale Tür schließt. Aber ich bin jetzt schon zu weit gegangen, um noch umzukehren.

»Ich meld mich.«

Und damit bin ich aus der Tür. Auf dem Weg zur Metro frage ich mich, was ich mir dabei gedacht habe. Wie konnte ich denn Dylan für ein Hirngespinst so vor den Kopf stoßen?

Ob ich jetzt alles kaputtgemacht habe? Und dic cigentliche Frage: Was will ich eigentlich?

Kapitel Elf

Cade

Ich stecke den Schlüssel ins Schloss, drehe ihn herum, öffne die Tür.

»Oh, hey! Du bist schon da!«, ruft Melinda aus der Küche, bevor sie im Flur mit einer Flasche Champagner auftaucht. Sie lässt den Korken ploppen und strahlt mich an. »Ich bin so stolz auf dich!«

Solche Worte habe ich schon viel zu lange nicht mehr von ihr gehört. Nur von einer anderen, aber diese Gedanken verdränge ich, konzentriere mich nur auf das Hier und Jetzt. Das berührt etwas tief in mir. Es erfüllt mich mit Freude. Ein wenig verlegen macht es mich allerdings auch.

»Danke.«

»Lass mich noch die Gläser holen.«

»Ach was.« Ich nehme ihr die Flasche aus der Hand, trinke einen großen Schluck und küsse sie dann.

Sie lacht. »Du schmeckst nach Champagner. Daran könnte ich mich gewöhnen.«

In den letzten Wochen hat Melinda oft sehr hart gewirkt, hat mich angetrieben, hat manchmal wenig Rücksicht auf meine Wünsche genommen, aber jetzt sehe ich die Frau vor mir, in die ich mich damals verliebt habe. Ihre Augen leuchten, ihre Lippen lächeln, ihr Körper presst sich gegen meinen. Ich stelle die Flasche auf die Kommode im Flur, bevor ich ihr Gesicht in beide Hände nehme. Sanft drücke ich meinen Mund auf ihren. Ein leises Stöhnen kommt über ihre Lippen, sie schmiegt sich an mich, wird ganz weich. Meine Zunge wagt sich vor, leckt über ihre Lippen, neckt sie, bis sie den Mund öffnet. Und dann … dann küsse ich sie, wie ich sie schon lange nicht mehr geküsst habe – das muss ich zu meiner Schande gestehen.

»Oh, Cade«, murmelt sie, während ihre Hände den Weg in meine Haare finden.

Meine streichen ihren Rücken entlang, umfassen ihren Hintern. Mit einem Ruck hebe ich sie hoch, was sie aufkeuchen lässt. Mit einer Hand greife ich nach der Flasche, während ich Melinda weiterhin eng an mich gepresst halte. Ihre Beine sind um meine Hüften geschlungen. So trage ich sie ins Wohnzimmer und lasse sie auf der Couch nieder.

Der Blick, den sie mir schenkt, ist so voller Feuer, dass ich beinahe verbrenne. Wie lange ist es her, dass wir uns so angesehen haben? Viel zu lange.

Melinda trägt ein kurzes schwarzes Kleid, das schon viel zu weit hochgerutscht ist. Ich ziehe es über ihren Kopf und betrachte sie in ihrer sexy Unterwäsche. Mir wird klar, dass sie damit gerechnet hat, heute Nacht zu vögeln. Nicht ganz klar bin ich mir, ob mich das anmacht oder nicht.

Ich starre auf sie hinab und nehme noch einen Schluck Champagner, bevor ich mich vor der Couch auf den Boden knie. Ich lasse etwas von dem guten Tropfen über ihren gut trainierten Bauch laufen.

»Cade, die Couch!«

»Scheiß auf die Couch.«

Als ich beginne, ihren Bauch zu küssen, die Tropfen aus ihrem Bauchnabel lecke, verstummen ihre Proteste, stattdessen kommen ganz andere Laute aus ihrem Mund.

Gerade als ich meine Daumen in ihr Höschen gehakt habe, klingelt mein Handy.

»Geh nicht dran«, stöhnt sie.

»Ich muss«, sage ich bedauernd und taste in meiner Hosentasche bereits nach meinem Smartphone.

Es ist Mick.

»Ja, Mann?«

»Hey, ich hoffe, ich störe nicht, aber das solltest du wissen! Stell Boston TV an.« Seine Stimme klingt bei Weitem nicht so euphorisch wie zu dem Zeitpunkt, als ich das Büro verlassen habe.

Ich drehe mich zum Fernseher, suche nach der Fernbedienung. Sobald ich den richtigen Sender eingeschaltet habe, erblicke ich ein Handy mit unserer App-Startseite. Dazu sagt der Kommentator: »Neben all den anderen unausgereiften Features stört mich am meisten das Design. Es hat keinen Pfiff, sieht aus wie zu Zeiten der ersten Apps und beweist, dass sich das Team keine Gedanken um Funktionalität gemacht hat. Ich kann Benjamin nicht weiterempfehlen.«

Entsetzt lasse ich das Handy in meiner Hand sinken, hocke auf dem Boden unserer Wohnung und starre auf den Bildschirm. Natürlich war mir klar, dass nicht jeder von unserer Arbeit begeistert sein würde, aber ich habe niemals gedacht, dass jemand solche Kritik üben würde.

»Bist du noch da?«, fragt Mick gedämpft.

Ich hebe das Handy wieder ans Ohr. »Ich bin mir nicht sicher.«

»Was machen wir jetzt?«

Ich schaue zu Melinda. »Ich bespreche das mit der Marketingchefin und melde mich dann. Wie sind die Zahlen?«

»Ungebrochen. Wir sind auf Platz zehn im App Store.«

»Ich melde mich gleich.«

Melinda hat nach wenigen prüfenden Blicken auf den Bildschirm bereits nach ihrem Tablet gegriffen. »Wir müssen den ganzen Beitrag sehen.«

Ich nicke, bin wie in Trance. Negative Stimmen gehören dazu, aber hätte der Mistkerl uns nicht einen Tag des Triumphes gönnen können, bevor er alles ruiniert?

»Hier ist es.«

Langsam erhebe ich mich und setze mich zu ihr. Sie drückt auf Start, und fünf Minuten lang schauen wir uns an, wie der Technik-Experte von Boston TV unsere App Stück für Stück auseinandernimmt.

»So ein Wichser!«, rufe ich aus und springe von der Couch. Ich fahre mir durch die Haare, tigere im Wohnzimmer auf und ab. »Wie kann er so was sagen? Von wegen, die Programmierung würde von Faulheit zeugen! Der Arsch hat doch noch nie irgendeinen Code gesehen! Wer hat ihn eigentlich zum Experten gemacht? Das ist doch unfassbar! Wie kann so eine Witzfigur überhaupt Sendezeit bekommen? Was ist das für ein Fernsehsender, der sich mit kleinen Würstchen abgibt? Unfassbar. Unfassbar!«

Melinda lässt mich wüten, wahrscheinlich merkt sie, dass sie mich eh nicht stoppen kann. Ich persönlich fühl mich gar nicht so sehr gekränkt, vielmehr geht es mir um Chris und Mick, die sich wirklich den Arsch aufgerissen haben, um diese App auf den Markt zu bringen. Ich auch, klar, aber für meine besten Freunde bin ich einfach noch verärgerter als für mich selbst. Wie kann so ein Wichser solche Dinge sagen?

»Am liebsten würde ich sofort dahin marschieren und ihm die Meinung sagen! Und wie spießig er aussieht in seinem schlecht sitzenden Anzug und seiner hässlichen Krawatte.

Als hätte er weder Freunde noch Hobbys und somit auch gar nichts, was er in der App mit jemandem abstimmen könnte. Wie will er Benjamin dann überhaupt bewerten? Das ist doch nicht richtig. Kann man da nicht was machen?«

Ich schaue zu ihr und sehe, dass sie ihr Handy ans Ohr hält.

»Hey, Michelle. Wie geht es dir? Oh, ja, mir geht es gut. Ich weiß, es war traumhaft! Diese Blumen. Einfach himmlisch. Du musst mir dringend deinen Floristen empfehlen. Ist dein Mann zu sprechen?« Ich starre sie an, als hätte sie plötzlich drei Köpfe. Wie kann sie in einem Moment der Krise denn über irgendwelche Blumenarrangements sprechen?

»Peter? Ich bin es. Melinda Harris. Ich muss dich um einen Gefallen bitten.« Sie lacht auf. »Du schmeichelst mir. Danke. Nein, nein, es geht nicht um Daddy. Es geht um meinen Freund. Vielleicht hättet ihr Zeit, ihn morgen im Programm unterzubringen?«

In welchem Programm? Peter … Wer heißt denn Peter?

Nachdem sie aufgelegt hat, schaut sie mich an. »Boston TV ist nur ein winziger Lokalsender, aber Peter würde dich morgen in seine Sendung nehmen.«

»Was für eine Sendung?«

Sie grinst zufrieden, als wüsste sie schon, dass ich gleich in Ohnmacht fallen werde. »Im Morgenmagazin von Cable News. Das war Peter O'Rourke.«

Es braucht all meine Willenskraft, damit meine Knie nicht nachgeben. »Wie bitte?«

Sie steht auf, kommt zu mir und umfasst sanft meine Oberarme. »Das erfolgreichste landesweite Frühstücksfernsehprogramm stellt Benjamin und dich morgen früh vor.«

»Was?«

Sie stellt sich auf die Zehenspitzen, küsst mich auf die Wange. »Es ist wahr.«

Auch wenn ich es nicht so ganz fassen kann, breitet sich ein Grinsen auf meinem Gesicht aus. »Ehrlich?«

»Ehrlich. Aber das bedeutet, du musst gleich nach New York fliegen. Redaktionskonferenz ist um vier Uhr morgens, damit um acht alle Beiträge fertig sind.«

»Du bist einfach die Beste. Ich kann es noch gar nicht glauben.«

Dankbar küsse ich sie, bevor sie mir hilft, mein Outfit für den Auftritt rauszusuchen. Während ich dusche und mich rasiere, bucht sie mir einen Flug, und dann sitze ich auch schon in einem Taxi.

Ich hole mein Handy raus, rufe Mick an. »Hey, wo seid ihr?«

»Noch im Büro.«

Ich schaue auf die Uhr. Es ist ein Uhr morgens. »Geht nach Hause und schaltet um acht Cable News ein.«

Einen Moment herrscht Stille. »Wieso?«

»Melinda hat einen Auftritt bei Peter O'Rourke klargemacht.«

»Oh mein Gott!«

Im Hintergrund höre ich »Was? Was?« von Chris. Und dann: »Cable News! Benjamin wird bei Cable News vorgestellt!«

»Was? Oh mein Gott!«

»Wo bist du?«, fragt Mick dann wieder in den Hörer.

»Auf dem Weg zum Flughafen.«

»Krass, Mann. Wie hat sie das geschafft?«

»Keine Ahnung. Sie ist eine Magierin.«

»Ganz eindeutig. Cable News. Das ist groß. Riesig.«

»Ich weiß.«

»Versau es nicht.«

»Ich werde mich bemühen.«

Die nächsten Stunden vergehen so schnell wie der Wind. Ich habe das Gefühl, nur Zuschauer zu sein und das Geschehen gar nicht selber zu erleben. Als ich mit dem Taxi in die Redaktion komme, ist da schon die große Hektik ausgebrochen. Ich bekomme eine Redakteurin zugewiesen, der ich von Benjamin erzähle. Die Grafiker brauchen Screenshots, um sie einzuspielen, während ich mit Mr. O'Rourke über die einzelnen Funktionen spreche. Und dann ist es acht Uhr, und wir sind live auf Sendung.

Mein Beitrag ist der zweite, und ich möchte die Zeit am liebsten vorspulen, damit alles schon hinter mir liegt. Ich werde angekündigt, trete ins Studio, und auf einmal bin ich ganz ruhig.

»Hallo, Cade. Wie geht es Ihnen?«, fragt Mr. O'Rourke, als er aufsteht, um mir die Hand zu reichen.

»Sehr gut, Sir. Und Ihnen?«

Er lacht herzlich. »Sehr gut. Sie haben also diese Wunder-App erfunden, die seit gestern in aller Munde ist.«

»Genau. Gemeinsam mit meinen Freunden Christopher Wright und Michael Clark habe ich in den letzten beiden Jahren Benjamin entwickelt, und wir freuen uns, die App endlich allen zeigen zu können. Wir sind sehr stolz auf unsere Arbeit.«

»Wie sind Sie auf den Namen Benjamin gekommen?«

Ich lächele so strahlend, wie ich kann. Die Redakteurin ist bereits alle Fragen mit mir durchgegangen, also weiß ich, was ich antworten will. »Wir konnten uns auf keinen Namen einigen, daher haben wir beschlossen, die Namensfindung zu vertagen, aber wir wollten auch nicht die ganze Zeit ›die Organizer-App, die wir gerade entwickeln‹ sagen, weswegen wir angefangen haben, sie Benjamin zu nennen.«

»Und dabei ist es geblieben.«

Viele Moderatoren wirken aalglatt, aber Mr. O'Rourke ist das Modell liebenswerter Großvater, weswegen es mir leichtfällt, mit ihm zu sprechen, auf seine Witze einzugehen und ihm die App zu erklären. Und nach fünf Minuten ist es auch schon wieder vorbei.

Sobald ich hinter den Kulissen bin und meine Jacke in der Hand habe, spüre ich das Vibrieren meines Handys.

»Du warst so großartig!«, höre ich Melindas Stimme, als ich das Gespräch angenommen habe.

»Ich finde auch, dass es ganz gut gelaufen ist.«

»Ganz gut? Du bist fürs Fernsehen geboren. Mit deinem Gesicht könntest du selbst die Moderation übernehmen.«

Ich lache auf, weil das so absurd ist. Niemals würde ich eine Karriere auf der Mattscheibe anstreben. »Danke, Honey. Wirklich. Danke für alles.«

»Das mache ich gerne.« Ihre Stimme zittert ein wenig, weswegen ich mir wie ein Arschloch vorkomme. Anscheinend habe ich ihr in der letzten Zeit nicht oft genug gedankt. Oder ein Kompliment gemacht. Oder einfach nur mit ihr gesprochen, ohne genervt zu klingen.

Vielleicht sollte ich mir mehr Gedanken um meine Freundin machen statt um die Frau, die ich vor zwölf Jahren verlassen habe.

Ein paar Tage später sind wir alle bei Chris und Mandy zum Essen eingeladen. Eigentlich sollte das Essen um acht auf dem Tisch stehen, aber Zoë weigert sich, schlafen zu gehen. Ich kann das verstehen, weil ich auch nicht schlafen gehen würde, wenn lauter Leute in meinem Haus wären. Viel zu aufregend.

»Zoë-Baby, du musst jetzt ins Bett«, versucht es Amanda erneut, als die Kleine eine Minute nach Chris wieder in ihrem Schlafanzug in die Küche gehüpft kommt.

»Nur noch ein Kapitel!«

»Du hattest doch schon fünf«, gibt Chris zu bedenken.

»Nur noch eins!« Dabei sieht sie so süß aus, dass Amanda nachgibt.

»Okay, noch eins.«

Zoë zeigt auf mich. »Du liest jetzt vor.«

Ich empfinde es als große Ehre, dass ich ausgewählt worden bin, weil nach dem Zoraya-Debakel der Kalte Krieg zwischen uns geherrscht hat, bis Chris die Choco Pops auspackte. Also folge ich ihr ins Kinderzimmer. Zoë gibt mir das Buch, kuschelt sich mit ihrer Puppe ins Bett und schaut mich an.

»Ich lese ein Kapitel, aber du machst schon mal die Augen zu, okay?«

Sie nickt ganz artig.

Also lese ich ein Kapitel. Sie lünkert manchmal, aber hält sich eigentlich an unsere Vereinbarung. Als ich das Buch weglegen will, schlägt sie hellwach die Augen auf.

»Noch eins!«

Das hätte ich mir ja denken können. Diese kleine Kröte hat nur so getan, als würde sie zur Ruhe kommen.

»Bist du denn gar nicht müde?«

Sie schüttelt vehement den Kopf, obwohl sich bereits dunkle Ringe unter ihren kleinen Äuglein abzeichnen.

»Okay, eins noch.«

Jetzt lächelt sie so niedlich, dass ich weiß, dass ich auch morgen früh noch hier sitzen würde, wenn sie es so will.

Nach dem zweiten folgt ein drittes, dann ein viertes und schließlich ein fünftes. Erst beim achten Kapitel schläft sie ein. Ich wage es kaum, mich zu bewegen, um sie nicht wieder zu wecken. Gleichzeitig fühle ich mich wie ein Held, weil ich es geschafft habe, eine schwierigere Aufgabe als Herkules zu bestehen. Der Nemeische Löwe? Der Stall des Augias? Nichts gegen meine Leistungen, ein vierjähriges Mädchen in den Schlaf zu lesen. Aber wenn ich es recht bedenke, bin ich mir gar nicht mehr sicher, ob das überhaupt ein Kompliment ist.

Als ich in die Küche trete, höre ich Melinda sagen: »Aber diese Steuerreform spart Milliarden ein. Auch mittlere Einkommen werden entlastet.«

»Aber nur auf ganz kurze Sicht. In ein paar Jahren werden nur die Reichen profitieren«, widerspricht Jessica.

»Ich wünschte, die Demokraten würden sich nicht so weit erniedrigen und diese falschen Studien in Auftrag geben. Es ist einfach ein Fakt, dass die Reform wichtig und richtig für unser Land ist. Sehen wir uns doch nur mal die Schulden an! Zwanzig Billionen und steigend! Irgendwie müssen wir das alles wieder einfangen.«

»Aber wieso dann Steuersenkungen? Sollten wir dann nicht lieber die Steuern erhöhen? Oder Steuern auf große Vermögen erheben oder Unternehmen stärker besteuern?«, fragt Jessica nach.

Jessica hat Politikwissenschaft studiert und arbeitet für Greenpeace. Ich habe mittlerweile aufgegeben, Melinda aufzuzeigen, dass die Politik, die sie vertritt, falsch ist, aber

Jessica ist noch nicht so weit. Sie will die Menschen überzeugen, das Richtige zu tun. Damit stößt sie bei Melinda, die auch nicht wirklich an den Klimawandel glaubt, auf taube Ohren. Oh, sie glaubt schon an globale Erwärmung, aber nicht daran, dass die Menschen sie verursachen, daher können sie auch nichts dagegen tun.

»Wir können von unseren Bürgern nicht noch mehr Steuern verlangen. Wir haben schon einen der höchsten Spitzensteuersätze der Welt.«

»Also, das stimmt ja nicht. In vielen europäischen Nationen werden mehr Steuern erhoben.«

»Ja, aber in Saudi-Arabien weniger. Wir sollten uns nicht mit anderen vergleichen.«

Bevor Jessica erneut etwas einwerfen kann, sage ich: »Okay, ich habe es geschafft! Zoë schläft. Bekomme ich jetzt eine Medaille?« Ich weiß, wie Diskussionen mit Melinda ausarten können, und das will ich heute Abend einfach nicht. Wir wollen unseren Erfolg feiern. Die App hat es tatsächlich auf Platz eins im App Store geschafft, und die Kasse klingelt.

»Mindestens, wenn nicht sogar ein Denkmal«, scherzt Chris.

»Ich bin dir so dankbar. Wie viele Kapitel waren es?«, fragt Mandy.

»Acht.«

»Du Held!«

»Ich hab einen Bärenhunger«, meint Mick.

Mandy lacht. »Ja, klar, das Essen ist auch fertig.« Sie und Chris stellen dampfende Schüsseln und Platten auf den Tisch. Kartoffelpüree, Steak, Bohnen und Brokkoli. Warme Brötchen und Gravy. Sie haben sich selbst übertroffen.

»Boah, sieht das gut aus«, meint Mick.

Melinda arrangiert alles um und macht dann ein Foto davon. Als ich sie fragend anschaue, sagt sie: »Für euer Insta. Ihr müsst langsam anfangen, eure Social-Media-Kanäle zu bespielen.«

»Wir posten kein Essen auf Insta«, sage ich entschieden.

»Studien zeigen …«

»Das ist mir egal. Kein Essen.«

Sie verdreht die Augen. »Fein.«

Ich habe das ungute Gefühl, dass ich heute Nacht auf der Couch schlafe.

Mandy reicht jedem ein Glas Champagner. »Ihr Lieben, lasst uns auf den Erfolg anstoßen! Ich bin so stolz auf euch, dass ihr es geschafft habt! Ich geb zu, zwischendurch hab ich befürchtet, dass ihr uns alle ins Armenhaus bringt, aber umso mehr freue ich mich, dass sich die harte Arbeit ausgezahlt hat.«

Wir heben unsere Gläser. »Das war nicht nur unser Erfolg«, meint Chris. »Das ist auch eurer. Also auf Jessica, Melinda und Mandy.«

Als wir später nach Hause zurückfahren, beschwert sich Melinda: »Ich verstehe einfach nicht, wieso Chris diese schreckliche Jessica vor mir genannt hat. Ich bin es schließlich, die euch richtig unterstützt hat, während Jessica und Amanda ihren Männern lediglich zu Hause den Rücken freigehalten haben.«

»Ich denke nicht, dass er die Namen absichtlich in dieser Reihenfolge aufgesagt hat.«

»Aber Worte haben Macht. Und mir hat er damit signalisiert, dass er meine Arbeit nicht schätzt.«

»Das wollte er mit Sicherheit nicht.«

»Ich habe so viel getan.«

»Das wissen wir alle.«

Vor allem, weil sie mich ständig daran erinnert. Heute ist leider wieder einer der Tage, an dem ihre schlechten Seiten zum Vorschein kommen. Vielleicht ist es besser, sie von meinen Freunden fernzuhalten. Dann muss ich mir auch nicht anhören, wie schlimm diese sind.

»Weißt du das wirklich?«

»Natürlich! Ich bin dir dankbar für alles.«

»Hm.«

»Was denn?«

»Ich habe die ganze Zeit zurückgesteckt, weil ich wusste, wie wichtig die App für dich ist, aber vielleicht ist jetzt auch mal wieder Zeit für andere Prioritäten.«

Überrascht schaue ich sie an. »Und das von dir?«

»Ich weiß, aber ich kann mich auch noch gut daran erinnern, wie sehr Daddys Arbeitszeiten schon immer unsere Familie belastet haben. Es war nicht leicht. Mom hat ihn immer unterstützt, aber er hat auch einfach oft gefehlt. Das wünsche ich mir für uns nicht.«

Ich falle aus allen Wolken. Noch nie zuvor hat Melinda ihren Vater auch nur in der kleinsten Weise kritisiert. Eigentlich betet sie den Boden an, auf dem er wandelt. Jetzt diese Worte von ihr zu hören, kommt Majestätsbeleidigung gleich.

»Wow.«

»Was?«

»Ich hätte nie gedacht, mal so etwas von dir zu hören.«

»Wieso nicht? Glaubst du, weil ich Republikanerin bin, denke ich nur an Geld?«

»Na ja …«

»Nett, Cade. Sehr nett. Die republikanische Partei steht auch für Familienwerte ein.«

»Für traditionelle Werte.«

»Und was ist daran so falsch?«

Mist! Wieso habe ich das gesagt? Ich weiß es doch eigentlich besser.

»Was daran falsch ist, ist, dass ihr die Ehe niemandem zugesteht, der nicht eurer Idee von Familie entspricht.«

»Eine Ehe besteht aus Mann und Frau.«

»Oder aus Frau und Frau oder aus Mann und Mann.«

»Nein. Jeder, wie er will, aber die Ehe ist heilig.«

»Jesus war nicht so spießig wie du.«

»Fang bloß nicht mit Jesus an!«

»Fein.«

Oh ja, ich schlafe ganz sicher auf der Couch.

Am nächsten Tag treibt es mich wieder in das kleine Café. Tief in mir verbirgt sich die Hoffnung, Avery wieder zu treffen, aber ich tue so, als würde ich wegen des Kaffees hingehen.

Colleen begrüßt mich freundlich. »Was hättest du gerne?«

»Einen normalen Kaffee«, sage ich wie jedes Mal.

Sie lacht. »Mit Karamellsirup und Sahne?«

»Bitte, ich flehe dich an, nur einen ganz normalen Kaffee.«

»Normalen Kaffee gibt es bei mir nicht.«

»Dann nehme ich einen ohne Karamellsirup und ohne Sahne.«

»Möchtest du dann lieber Schokoladensauce?«

»Nein, gar nichts.«

»Hm.«

Und zum ersten Mal bekomme ich einen ganz normalen

Kaffee. Ich bin angenehm überrascht. Als ich ihn probiere, bin ich zufrieden. So muss Kaffee schmecken. Ohne Schnickschnack.

Weinend lag ich in meinem Bett. Ich schämte mich für meine Tränen. Immerhin war ich schon elf. Mit elf weinte ein Junge nicht mehr. Aber ich war so traurig. Ich wusste, was Krebs war, aber nie hätte ich damit gerechnet, dass Mom das bekommen würde. Der Tag, an dem sie die erste Chemo machen musste, war einer der schlimmsten in meinem Leben. Dad hatte sie abgeholt, und sie war so schwach. So müde. So gar nicht wie sie selbst. Sie lag ermattet auf der Couch, wurde nicht mehr richtig warm und zitterte die ganze Zeit.

Ich wusste nicht, wie ich ihr helfen konnte. Es gab nichts, was ich tun konnte, und das machte mich fertig. Ich konnte doch nicht einfach so zusehen, wie meine Mom litt.

Und heute hatte sie ihre zweite Chemo. Als ich ihr vorhin über den Kopf gestreichelt hatte, blieb ein Haarbüschel in meiner Hand zurück. Ich starrte darauf und war so entsetzt wie noch nie zuvor.

»Mom«, flüsterte ich erstickt.

Sie bemühte sich, die Augen aufzuschlagen. »Ja?«

»Deine Haare.«

Sie strich sich über den Kopf. Jede ihrer Bewegungen langsam und schmerzhaft. Ich konnte das gar nicht mit ansehen.

Als sie die ausfallenden Haare sah, sagte sie: »Das kann passieren. Sie werden wieder wachsen.«

»Wirklich?«

»Wirklich.«

Aber ich glaubte ihr nicht. Stattdessen schlich ich kurz darauf in mein Zimmer, verkroch mich im Bett und heulte mir die Augen aus. Wegen Haaren. Oder vielmehr wegen meiner riesigen Angst um sie. Was sollte ich nur tun, wenn sie nicht mehr da wäre?

Leise klopfte es an mein Fenster. Ich schaute auf und sah Avery. Ich wischte mir die Tränen ab und öffnete ihr.

»Was machst du hier? Wie bist du hochgekommen?«

Sie beobachtete mich, während ich ihr hineinhalf. »Hast du geweint?«

Ich wollte eigentlich nicht, dass sie es weiß, aber ich konnte sie auch nicht anlügen, daher nickte ich widerstrebend. Wir setzten uns beide aufs Bett.

»Wieso?«

»Weil Mom die Haare ausfallen.«

Es hörte sich so lächerlich an, so kindisch, aber es war die Wahrheit. Ich weinte, weil meine Mom keine Haare mehr haben würde.

Avery legte mir die Hand um die Schulter und lehnte ihren Kopf an mich. »Ich bin für dich da.«

»Ich weiß.« Ich wüsste nicht, was ich ohne sie machen würde. Ohne sie hätte ich nur Dad, und der ist ganz sicher keine gute Alternative.

»Wie bist du hier raufgekommen?«

»Ich bin am Spalier hochgeklettert. Ich hatte geklingelt, aber niemand hat geöffnet.«

»Mom schläft bestimmt.«

Ich kletterte ständig an dem Baum vor Averys Fenster hoch, also sollte es mich nicht wundern, dass sie es auch tat.

Es fühlte sich immer gut an, wenn Avery so neben mir saß und ich ihre Haut auf meiner spüren konnte. Es machte mich ruhiger und stärker und mutiger.

»Ich habe solche Angst«, rutschte es mir heraus.

»Ich auch. Aber wenigstens sind wir nicht alleine.«

»Beste Freunde?«

»Beste Freunde für immer.«

Wir blieben in meinem Zimmer, bis ich beschloss, mal nach Mom zu sehen. Nach der ersten Chemo war sie ein paar Stunden matt und müde gewesen, aber danach ging es ihr besser. Avery und ich schlichen die Treppe hinunter. Als wir ins Wohnzimmer kamen, saß Mom auf der Couch und hatte das Gesicht in den Händen vergraben.

»Mom?«, fragte ich leise und setzte mich neben sie.

Sie blickte mit verquollenen Augen auf. »Du solltest mich so nicht sehen.«

»Wie denn?«

»So kaputt und zerbrochen.«

Ich griff nach ihrer Hand. »Ich hab dich lieb, Mom.«

Sie zog mich in die Arme. »Ich liebe dich so sehr, mein Baby.«

»Wir schaffen das, nicht?«

»Ich gebe mir alle Mühe.« Die Tränen liefen noch immer über ihre Wangen.

»Tut dir was weh?«

Sie schüttelte den Kopf. »Es ist so albern. Ich sollte doch froh sein, dass ich vielleicht gesund werde, aber ich weine um meine Haare.«

Avery stand noch in der Tür und trat nun einen Schritt vor, sodass die Dielen knarrten. Mom schaute zu ihr.

»Komm her, Avery-Schatz.«

Sie sah so ängstlich aus, wie ich mich fühlte, aber sie kam näher und setzte sich auf die andere Seite neben Mom.

»Ich bin so froh, dass es dich gibt. Versprich mir, dass du immer für meinen Jungen da sein wirst.«

»Ich verspreche es«, antwortete sie, ohne zu zögern.

Mom küsste sie auf den Kopf. »Danke dir. Damit nimmst du mir eine große Last.«

Sie strich über ihren Kopf, und wieder blieben Haare in der Hand zurück. Resolut sagte sie: »Es bringt ja nichts. Sie müssen ab.«

»Ab?«, fragte ich.

»Ich muss sie abrasieren.«

Ich verstand das zwar nicht so ganz, aber wir folgten ihr ins Bad, wo sie einen elektrischen Rasierer anschloss, der ganz neu aussah. Sie stellte ihn an, ein Surren ertönte, und sie hob den Arm. Ich sah, wie sie zögerte und dann den Arm wieder sinken ließ.

»Es sind doch nur Haare«, versuchte sie sich halbherzig Mut zuzusprechen, aber ganz offensichtlich waren es nicht nur Haare. Sie waren wichtig.

Mom hob erneut den Arm, aber sie zitterte so stark, dass sie den Rasierer nicht an ihre Kopfhaut setzen konnte.

»Teste es bei mir«, sagte ich leise und stellte mich neben sie.

Erst schaute sie mich verwundert an, aber dann erstrahlte die Liebe in ihrem Blick. Sie streichelte mir über meinen verwuschelten Schopf. »Ich kann dir nicht den Kopf rasieren.«

»Doch, tu es. Wenn du eine Glatze hast, dann habe ich auch eine.«

Mom begann wieder zu weinen. »Es ist so unfair, dass du das durchmachen musst, mein Liebling. Es ist schlimm genug, dass es mich zerfrisst, es sollte nicht auch dich auffressen.«

»Ach, Mom, es sind doch nur Haare«, erklärte ich bestimmter, als meine eigene Überzeugung es eigentlich zuließ. Ich nahm ihr den Rasierer aus der Hand, setzte ihn an und

rasierte mir die ersten Haare ab. Nicht ganz. Ein paar Stoppeln blieben stehen. Fasziniert starrte ich in den Spiegel, als die erste Strähne ins Waschbecken fiel. Ich streichelte über die kurzen Haare.

»Irgendwie cool«, sagte ich grinsend. »Avy, fühl mal.«

Sie kam näher und strich über die Haare. »Stachelig«, stellte sie kichernd fest.

Mom fühlte auch, bevor sie mir den Rasierer wieder wegnahm und mir langsam die restlichen Haare abrasierte. Danach betrachtete ich mich im Spiegel und fuhr immer wieder über meine neue Frisur. Sah gar nicht so schlecht aus. Avery gefiel es auch, und das war die Hauptsache.

Dann setzte sich Mom auf den Rand der Badewanne. »Kannst du mir helfen?«

Ich nickte und begann, ihren Kopf zu rasieren. Währenddessen liefen die Tränen. Ihre und meine. Avery setzte sich neben Mom und hielt ihre Hand. Ich war ihr so dankbar, dass sie da war und ich das nicht alleine durchstehen musste.

»Ich glaub, Sie werden auch ohne Haare noch die schönste Mom sein«, sagte Avy plötzlich.

Mom schaute zu ihr und lächelte. »Du findest mich schön?«

»Sie haben so schöne Augen, so wie Cade. Und wenn Sie lachen, dann muss man einfach mitlachen, man kann gar nicht anders. Und ich habe Mrs. Graham sagen hören, dass jeder Mann in der Nachbarschaft sich nach Ihnen umdreht.«

Mom hatte immer noch Tränen in den Augen, aber ihr Lächeln hatte sich ausgebreitet.

Als ich fertig war, stellte sie sich vor den Spiegel, strich sich über den Kopf und besah sich von allen Seiten.

»Was meint ihr?«

»Du siehst toll aus, Mom.«

»Ganz eindeutig noch die schönste Mom«, wiederholte Avy. Ich griff nach ihrer Hand und drückte sie. Ich war ihr so dankbar, dass sie die Situation für uns alle leichter gemacht hat.

»Ich denke, auf den Schreck brauche ich ein Eis. Was ist mit euch?«

Das musste Mom uns nicht zweimal fragen.

Kapitel Zwölf

Avery

Am nächsten Tag haben wir unsere Redaktionskonferenz. Giselle spricht die Texte an, die wir bereits haben, und als ich den Namen Benjamin höre, drehen sich meine Gedanken wieder mal um Cade.

Vor zwei Nächten bin ich aus Dylans Wohnung gestürzt, seitdem habe ich nichts mehr von ihm gehört. Ich schäme mich, weil ich ihn ganz offensichtlich verletzt habe. Noch immer bin ich mir nicht sicher, was mich da geritten hat, aber ich konnte mir einfach nicht vorstellen, mit ihm zu schlafen, während ein anderer Mann in meinen Gedanken herumspukte. Abgesehen von meinem Gefühlschaos fand ich das auch unfair ihm gegenüber. Aber natürlich muss ich zugeben, dass meine Methode alles andere als sensibel war. Ganz im Gegenteil. Ich habe nur erreicht, dass er sich nicht meldet und ich mich zu sehr schäme, um ihn anzurufen.

Dennoch weiß ich, dass ich den ersten Schritt machen muss, aber es fällt mir schwer.

»Avery?«

»Hm?«

»Hast du auch nur ein Wort von dem verstanden, was ich gesagt habe?«, fragt Giselle nach.

Ich schaue auf. »Wie bitte?«

»Ganz offensichtlich nicht. Ich wollte wissen, wie weit du mit dem Artikel bist?«

»Fertig.«

»Streberin.« Sie lacht. »Was sind deine anderen Themen?«

»Eine Ausstellung von einem ehemaligen Kindersoldaten in South Boston und die neuen Winterfarben.«

»Finde ich gut. Dein Artikel in der letzten Ausgabe hat mir gut gefallen. Wenn du Lust hast, kannst du auch außerhalb deiner Rubrik Texte schreiben.«

»Wirklich?«

»Deswegen schlage ich es ja vor.«

»Das wäre ja großartig! Danke!«

»Die nächste Ausgabe ist voll, aber du kannst dir ja schon Gedanken für die übernächste machen.«

»Darf ich schreiben, was ich will?«

»Nur solange da zehn Geheimnisse vorkommen.«

»Ist das ein Scherz?«

»Scherze ich jemals?«

»Ich werde mich bemühen.«

Sie sagte ja nicht, dass es um Sex gehen müsste, nur um zehn Geheimnisse. Ich werde schon ein tolles Thema finden.

Zurück am Schreibtisch kaue ich auf meinem Bleistift und überlege, welche Produkte ich unseren Leserinnen in den neuen Winterfarben präsentieren kann. Es sind vor allem Pflaumentöne, die ein Comeback feiern. Vielleicht Nagellack, Lippenstift und einen Pulli?

Nein, Lippenstift und Nagellack sind zu ähnlich als Kategorie. Nagellack, Pulli und … Oh, vielleicht haben wir Schuhe in der Farbe! Pflaumenfarbene Sneakers könnte ich mir gut vorstellen. Ich stehe auf und mache mich auf die Suche nach unserer Grafikdesignerin, die nie an ihrem Schreibtisch anzutreffen ist, was komisch ist, denn eigentlich ist ihr Werkzeug doch der Computer.

Als Nächstes schaue ich in der Küche und dann in unserem Fotostudio, wo ich sie tatsächlich antreffe.

»Hey, Nina«, sage ich, als ich reinkomme.

Sie schaut auf und lächelt. »Hey, was kann ich für dich tun?«

»Ich brauche für die nächste Ausgabe noch Grafiken für die Winterfarben. Ich dachte an Nägel, Pulli und Sneaker in Pflaumentönen. Haben wir da was?«

»Ich suche mal. Es kommen beinahe täglich Pakete mit den neusten Kollektionen an. Da sollte sich doch was finden lassen.«

»Danke dir.«

Auf dem Weg zurück zu meinem Schreibtisch laufe ich Nicole in die Arme. »Hey du.«

»Hi, Süße. Gehst du mit mir mittagessen?«, fragt sie.

»Nur wir zwei?«

»Ja, dachte ich.«

»Cool. Ich hole meine Tasche.«

Fünf Minuten später treffen wir uns am Aufzug, fahren aus dem elften Stock nach unten und laufen einen Block zu unserem liebsten Bistro.

»Ist alles okay mit dir?«, frage ich sie, als wir sitzen. Sie will mir wahrscheinlich etwas erzählen, anders kann ich mir nicht erklären, dass sie mit mir alleine weggehen wollte.

»Das frage ich dich.«

Ich schaue sie überrascht an. »Was meinst du?«

»Du hast schon zwei Tage nichts mehr verschüttet.«

Diese Aussage irritiert mich noch mehr. »Aber das ist doch gut.«

»Du bist weder gegen den Schreibtisch gelaufen noch gegen den Garderobenständer. Du hast keiner Kollegin schwarze Striche auf die Hose gemalt und bist keinmal beim Hinsetzen fast neben dem Stuhl gelandet.«

»Ich verstehe nicht …«

»Du bist der tollpatschigste Mensch, den ich kenne.«

»Befürchte ich auch.«

»Aber seit Tagen ist nichts Schlimmes passiert.«

»Und ich wiederhole: Das ist doch gut.«

»Eigentlich ja, aber ich befürchte, dass mehr dahintersteckt.«

»Was meinst du?«

»Bist du glücklich?«

»Klar.«

»Wirklich?«

Ich schlucke und denke dann ernsthaft über diese Frage nach. Ich weiß, dass ich glücklich gewesen bin, bis ich Cade vor ein paar Wochen erneut getroffen habe. Aber seitdem? Kann ich zweifelsfrei sagen, dass sich durch dieses Treffen nichts geändert hat? Ich schüttele den Kopf.

»Das dachte ich mir. Du bist ja meist nur tollpatschig, weil du überschäumst und nicht weißt, wohin mit deinem Elan. Aber in den letzten Tagen wirkst du irgendwie stumpf.«

»Jetzt sag mir nicht, dass meine Aura nicht mehr strahlt.«

Sie grinst. »Das ist es nicht. Sie ist einfach strubbelig.«

»Und was macht man da?«

»Die Ursache finden. Hat das was mit diesem Jungen von früher zu tun?«

Das überrascht mich jetzt doch. »Woher weißt du das?«

Nicole zuckt mit den Schultern. »Ich hab eins und eins zusammengezählt.«

»Und vier herausbekommen?«

»So ähnlich. Es scheint, als hätte jemand in deinem Leben das Tempo gedrosselt und du würdest dich nur noch in Zeitlupe bewegen. Dann kann dir ja auch nichts passieren. Ich will dich nicht zwingen, über etwas zu reden, wenn du es nicht willst, aber ich bin hier, falls du mich brauchst.«

»Danke. Da ist tatsächlich was.«

»Ich bin ganz Ohr.«

»Wenn ich zu viel erzähle, stopp mich einfach, aber vor zwei Tagen wollte Dylan mit mir Sex, und ich habe ihm eine ganz verrückte und viel zu offensichtliche Lüge aufgetischt, weil ich nicht wollte.«

»Und du wolltest nicht, weil …?«

»Weil ich immer an den Jungen von früher denken musste und sich das wie Betrug angefühlt hat.«

»Betrug an Dylan oder an dem Jungen von früher?«

»Er heißt übrigens Cade. Und natürlich hat es sich wie Betrug an Dylan angefühlt.«

Sie schweigt und isst ein Stück ihrer Lachs-Quiche. Nachdem sie heruntergeschluckt hat, sagt sie: »Ich glaube, dass deine Gefühle für Cade niemals nachgelassen haben. Vielleicht ist es keine Liebe, aber Flämmchen sind noch da.«

»Vielleicht.«

»Du hattest doch gesagt, dass du ihn für den Einen hältst, der deiner hätte sein sollen, aber der entwischt ist. Es war also nicht nur eine Affäre, nicht nur ein Flirt. Es war echt und tief, und es hat dich beinahe zerbrochen, als es endete. Solch eine Liebe vergisst man nicht so leicht.«

»Aber es ist zwölf Jahre her.«

»Alles hat sein eigenes Tempo.«

Ich kaue auf meinem Sandwich herum, während ich mir ihre Worte durch den Kopf gehen lasse.

»Und was kann ich dagegen tun?«, frage ich sie schließlich.

»Ich weiß nicht, ob du überhaupt was tun kannst. Vielleicht musst du einfach Zeit mit Cade verbringen, schauen, ob da noch was von der alten Liebe ist, das wert ist, gerettet zu werden.«

»Aber das ist doch unfair Dylan gegenüber.«

»Mit ihm zusammen zu sein, während du noch Gefühle für jemand anderen hast, auch.«

Es kann sein, dass ich nach Feierabend extra eine andere Metro-Linie nehme, um an dem kleinen Café in Beacon Hill vorbeizuschlendern und einen Blick hineinzuwerfen. Aber Cade sehe ich nicht.

Es ist alles so verwirrend. Mir ging es gut, bevor ich ihn wiedergesehen habe. Die Gedanken rund um *Was wäre, wenn* sind vielleicht einmal im Jahr aufgetaucht, aber darüber hinaus hatte ich die Trennung akzeptiert. Mir blieb ja auch nichts anderes übrig. Und dann steht er plötzlich vor mir, und mein ganzes Leben gerät aus den Fugen. Ich denke die ganze Zeit an ihn, wie eine Besessene. Vielleicht brauche ich einen Exorzisten.

Aber vielleicht habe ich mir auch nur eingeredet, dass es mir gut ging, und ich hatte mich auf einem mittleren Level zwischen glücklich und unglücklich eingerichtet. Und dieses Niveau war mein neuer Standard.

Ich steige in die Metro und fahre nach Hause, auch wenn ich nicht weit von Dylans Wohnung entfernt bin und es das Richtige wäre, mich bei ihm zu entschuldigen, bringe ich es nicht übers Herz. Aber ich rufe ihn an, als ich zu Hause bin.

Mit der einen Hand streichele ich Spocky und mit der anderen halte ich mein Handy.

»Dies ist der Anschluss von Dylan Stewart. Bitte hinterlassen Sie eine Nachricht.«

Diese Ansage habe ich vorher noch nie gehört, und zunächst glaube ich, mich verhört zu haben. Spießig ist das erste Wort, das mir durch den Kopf schießt. Aber dann fällt mir ein, dass wahrscheinlich auch Kunden auf dem Handy anrufen und einem Typen, der »Sprich nach dem Piepston oder schweige für immer« als Ansage hat, ihre Millionen wohl nicht anvertrauen würden.

Damit will ich nicht sagen, dass das meine Anrufbeantworteransage ist …

Mein zweiter Gedanke ist, ob er absichtlich nicht ans Telefon geht. Bisher hatten wir noch keine Meinungsverschiedenheiten, daher weiß ich nicht, was für ein Streittyp er ist. Einer, der explodiert, oder einer, der alles in sich hineinfrisst? Ich muss gestehen, dass ich eher Letzteres bin. Nur mein Gerechtigkeitssinn bringt mich dazu, über meinen eigenen Schatten zu springen, weil ich niemanden unfair behandeln will, selbst dann nicht, wenn dieser im Unrecht sein sollte.

Sollte Dylan genauso ticken, würde es mich nicht wundern, wenn er dem Gespräch mit mir aus dem Weg geht. Ganz anders als Cade …

Ich saß auf den Stufen unserer Veranda und las in einem Buch, als ich plötzlich sah, wie Cade aus seinem Haus marschierte. Ich rief nach ihm, aber er hörte mich wohl nicht. Also sprang ich auf und folgte ihm. Wohin er wollte, wusste ich nicht, aber er lief nicht in Richtung des Strandes. Dafür hätte er sowieso das Fahrrad genommen. Irvine liegt nicht direkt am Strand, aber von uns aus brauchte man nur etwa eine halbe Stunde mit dem Fahrrad bis an die Küste.

Aber Cade marschierte in Richtung Downtown.

Zwei Blocks weiter hatte ich ihn eingeholt.

»Cade?«

Er drehte sich um und funkelte mich wütend an. »Was willst du hier?«

Ich war wie vor den Kopf gestoßen. »Ich … ich hab dich gesehen.«

»Ja, und? Da dachtest du, du läufst mir einfach mal hinterher? Kann ich denn nicht einmal was alleine machen?«

»Doch, natürlich«, wisperte ich und drehte mich um, bevor ich anfing zu weinen.

Ich rannte nach Hause zurück, eilte die Treppen hinauf und warf mich auf mein Bett. Dort konnte ich die Tränen nicht mehr aufhalten. Wieso war Cade so gemein gewesen? Nie zuvor hatte er mich angemeckert.

Es dauerte nicht lange, bis es leise an mein Fenster klopfte. Ich wollte ihn nicht sehen, aber gleichzeitig wollte ich ihn auch sehen. Also öffnete ich es.

Zerknirscht hockte er auf dem Dach vor meinem Fenster und sagte: »Es tut mir leid.«

»Wieso hast du mich angemeckert?«

»Keine Ahnung. Ich … das alles, das mit meiner Mom … Ich weiß, es ist nicht fair. Tut mir leid.«

»Schon okay.«

Er steckte seinen Kopf durchs Fenster, sodass er mir die Tränen abwischen konnte. »Ich will nicht, dass du meinetwegen weinen musst.«

»Ich auch nicht.«

Er lächelte mich auf diese Cade-Art an, die ganz komische Dinge mit mir anstellte. In meinem Bauch. »Wieder Freunde?«

»Immer. Wo wolltest du denn hingehen?«

»Weg. Einfach nur weg. Es ist so schwer, Mom nach ihrer Chemo zu sehen.«

»Das verstehe ich. Aber du kannst auch hierherkommen. Zu mir.«

»Ich weiß.«

»Das Baumhaus gehört auch dir.«

»Wirklich?«

»Natürlich! Es ist unseres.« In Gedanken fügte ich hinzu: Es ist unseres, bis wir ein richtiges Haus zusammen haben.

Cade konnte explodieren, aber dann war auch wieder alles gut. Und er konnte sich entschuldigen. Wenn er einen Fehler gemacht hat, hat er es zugegeben. Einfach so. Das fand ich schon damals gut, weil ich immer wusste, woran ich bei ihm war.

Plötzlich fällt mir auf, dass sich meine Gedanken wieder verselbstständigt haben. Erst denke ich über meine Situation mit Dylan nach, nur um dann wieder bei Cade zu landen. Vielleicht hat Nicole doch recht, und ich sollte ausloten, was da noch zwischen Cade und mir ist.

Cade

Als ich am nächsten Tag noch einen Kaffee vor dem Gang ins Büro holen will, sehe ich Avery an der Kasse meines Lieblingscafés stehen. Mein Herz klopft ein wenig schneller, was ich nicht verstehe. Schließlich ist sie Vergangenheit. Ich habe damals entschieden, dass sie Vergangenheit ist. Ich habe gut ohne sie gelebt. Okay, ich habe ohne sie gelebt. Ich hatte sie ins Reich der Fantasie verbannt. Aber mit ihrem Auftauchen in der Realität kommt alles zurück, was ich in den letzten Jahren erfolgreich unterdrückt habe.

Ich bin nicht mehr der Junge von früher. Mir sind andere Dinge wichtig, andere Menschen. Aber kaum ist Avery in meinem Blickfeld, drehen sich meine Gedanken nur um sie. Und wenn ich ehrlich bin, muss ich sie dafür nicht mal ansehen.

Sie nimmt ihren Kaffee, dreht sich um und pustet hinein, bevor sie an mir vorbeigeht.

»Avy«, versuche ich sie aufzuhalten, obwohl ich mir sicher bin, dass es für uns beide besser wäre, wenn ich sie einfach aus dem Café gehen lassen würde.

Überrascht schaut sie auf, bevor sie lächelt. Für dieses Lächeln hätte ich früher alles getan. Es war mein Wohlfühlort. Alles wurde gut, wenn sie lächelte.

Wie von selbst ziehen sich auch meine Mundwinkel nach oben, ich werde ruhiger, die Gewissheit, dass alles gut wird, durchströmt mich.

»Hey. Wie geht's?«, begrüßt sie mich.

Sobald ich dich sehe, wieder gut, würde ich gerne sagen, aber ich befürchte, dass es mir nicht zusteht, solche Gefühle zu haben.

»Gut, und selbst?«

»Auch gut.«

»Ich hol mir schnell einen Kaffee. Vielleicht hast du ja noch ein paar Minuten Zeit?«

Sie nickt und sucht sich einen Platz. Ich beobachte, wie sie beide Hände um den To-go-Becher legt. Ihre Haare sind zu einem Knoten geschlungen, aber ein paar der gelockten Strähnen haben sich gelöst und umschmeicheln ihr Profil. Avery trägt nur wenig Make-up, ist mir aufgefallen. Als Teenager war es auch so, aber vieles ändert sich. Ich mag es, ebenso wie ihre sanften grauen Augen, die sich jetzt schließen, als sie den Duft einatmet und einen zufriedenen Ausdruck annimmt. Unter all den Frauen, die jeden Morgen perfekt gestylt aus dem Haus gehen, wirkt sie mit ihrer Natürlichkeit wie eine Margerite neben lauter Treibhausrosen. Wieder mal stelle ich fest, dass ich es lieber schlicht mag.

Mit meinem Kaffee ohne Schnickschnack – Colleen ist einfach die Beste – setze ich mich zu Avery.

»Wie läuft es mit der App?«, fragt sie.

»Besser, als ich es je erwartet hätte. Ich war auf einen Misserfolg eingestellt. Wirklich. Leider liest man viel zu oft, dass auch harte Arbeit sich nicht auszahlt.«

»Erst wenn man aufgibt, hat man versagt.«

Ich lächele leicht. »Das könnte von Melinda stammen.«

Averys Gesicht bewölkt sich leicht, und ich weiß nicht, was ich davon halten soll. Oder von meinen eigenen Gefühlen.

»Wie lange seid ihr zusammen?« Sie beißt sich auf die Lippen, als hätte sie das gar nicht fragen wollen.

»Seit zwei Jahren.«

»Ist es ernst?«

»Ja.«

Seit ich Avery wiedergetroffen habe, fühlt es sich immer weniger ernst an, aber ich kann meine Freundin schließlich auch nicht verleugnen. Melinda kann nichts dafür, dass sie nicht Avery ist.

»Hast du einen Freund?«

Einen Augenblick sieht es so aus, als würde sie den Kopf schütteln, aber dann nickt sie. Ich hätte auch nicht geglaubt, dass so eine Frau Single ist.

»Dylan.«

»Wie lange seid ihr zusammen?«

»Fünf Monate.«

»Ist es ernst?«

»Es wird immer ernster.«

Für mich heißt das, dass es momentan noch nicht ernst ist. Und ich spüre ganz tief in mir Freude über diese Antwort. Als wäre ich immer noch ihre Nummer eins. Gleichzeitig wünsche ich mir aber auch, dass sie glücklich wird. Sie hat es verdient.

»Wie habt ihr euch kennengelernt?«

»Online.«

Ich lehne mich zurück, trinke meinen Kaffee. »Und wie genau?«

Sie streicht sich die fliegenden Haare aus dem Gesicht. »Als ich nach Boston kam, hatte Mom Angst, dass ich vereinsame, weil ich hier niemanden kenne. Daher hat sie mir ein Profil angelegt. Ich dachte, auf so einer Seite, wo man Freundschaften schließen kann, aber nein, auf einer Dating-Seite. Als sie mir die Zugangsdaten geschickt hat, hatte ich eigentlich vor, das sofort zu löschen. Aber in meinem Posteingang waren ein paar Nachrichten, und ich war neugierig.

Also habe ich sie gelesen, und die von Dylan ist mir ins Auge gesprungen. Ich dachte, was kann schon passieren, wenn ich ihm antworte. Na ja, und so haben wir uns kennengelernt.«

»Das ist so typisch deine Mom.«

Sie lächelt, wie immer, wenn sie an ihre Eltern denkt. Schon damals hat sie das getan, und ich war immer neidisch auf ihre Beziehung zu ihnen. Ich habe sie ihr nie missgönnt, aber ich wünschte mir, das auch zu haben.

»Ja, das stimmt. Wie hast du Melinda kennengelernt?«

Ich reibe mir über die Stirn, als könnte ich dadurch einzelne Erinnerungen hervorrufen und andere unterdrücken. Was genau mir lieber ist, weiß ich nicht.

»Sie ist die Tochter und Wahlkampfmanagerin von John Harris, dem Abgeordneten. Die Frau von meinem Kumpel Mick, Jessica, arbeitet bei Greenpeace, und sie wollte zu einer Podiumsdiskussion gehen, auf der Harris als Republikaner und Skeptiker des Klimawandels einen Auftritt hatte. Da Mick keine Lust hatte, wurde ich verpflichtet. Und nach der Veranstaltung habe ich Melinda kennengelernt, die ihren Vater begleitet hatte.«

»Ist sie auch Republikanerin?«

»Ja.«

»Hm.«

Aus Averys Stimme höre ich etwas Geringschätzung heraus. In mir taucht gleichzeitig der Wunsch auf, Melinda zu beschützen und mich vor Avery zu verteidigen. Außerdem fühle ich mich beurteilt, was ich gar nicht leiden kann.

»Sie ist eine tolle Frau, die deine Verurteilungen nicht verdient hat. Ebenso wenig wie ich.«

Ihre Augen werden groß. »Ich verurteile doch niemanden!«

»Hörte sich aber ganz so an.«

»Ich wusste nur nicht, wie ich fragen sollte, ob du es auch bist, ohne dir zu nahe zu treten. Aber offenbar ist unsere Gesellschaft tatsächlich bereits so vergiftet, dass man nicht einmal mehr fragen kann, welche Partei jemand wählt, ohne ihm oder ihr auf den Schlips zu treten. Tut mir leid. Ich wollte dir nicht das Gefühl geben, deine politische Überzeugung zu verurteilen.«

»Es ist nicht meine Überzeugung.«

Ein winziges Lächeln zeigt sich. Wenn ich sie nicht die ganze Zeit anstarren würde, wäre es mir entgangen. »Okay.« Sie schaut auf ihr Handy. »Ich muss los. Ich komm schon zu spät.«

Es ist mir nicht ganz klar, ob sie wirklich gehen muss oder ob sie gehen will, weil ihr die Situation unangenehm ist. Bevor sie aufstehen kann, beuge ich mich vor und lege einem plötzlichen Impuls folgend meine Hand auf ihre. Ihre Haut ist warm und weich, ihre Hand so klein, dass meine sie fast verschluckt.

»Es tut mir leid. Ich wollte dir nicht den Kopf abbeißen.«

»Schon okay. Es wäre komisch, wenn du deine Freundin nicht verteidigen würdest.« Sie lässt ihre Hand einen weiteren Moment unter meiner liegen, bevor sie sie wegzieht. »Aber ich muss wirklich los.«

»Ich möchte dich wiedersehen.«

Ein leichtes Lächeln umspielt ihre Mundwinkel, kurz darauf legen sich Falten auf ihre Stirn, und ihr Blick verschleiert sich. »Das ist keine gute Idee.«

»Wir waren immer Freunde, Avy. Vielleicht können wir das wieder sein.«

Aber noch während ich das sage, wird mir bewusst, dass es vielleicht besser ist, die Vergangenheit endgültig zu begraben.

»Wach auf, Mom!« Ich rüttelte an ihrer Schulter, versuchte sie zu wecken. Sie war so blass. Innerlich spürte ich, dass etwas nicht in Ordnung war, aber ich hoffte mit all der Kraft, die einem zwölfjährigen Jungen zur Verfügung steht, dass alles wieder gut wird. »Mom, bitte! Du musst aufwachen.«

Ich strich über ihren kahlen Kopf, fasste nach ihrer Hand, drückte sie, aber sie regte sich nicht. Sie fühlte sich kalt an, aber ich wusste, dass sie ganz oft während der Chemo fror. Vielleicht musste ich ihr einfach nur eine Wärmflasche machen …

Ich kniete mich neben die Couch, lehnte meinen Kopf an ihre Schulter und weinte, weil sie nicht aufwachte und weil ich befürchtete, dass sie nie wieder aufwachen würde.

Erst als mein Dad nach Hause kam, bewegte ich mich wieder. Er schaute auf seine Frau hinunter, fiel neben mir auf die Knie und zog sie in die Arme. Nie hatte ich Dad weinen sehen, aber jetzt tat er es. Auch wenn es ständig zu Streitigkeiten und auch Handgreiflichkeiten zwischen meinen Eltern gekommen war, früher mehr als in den letzten Monaten der Krankheit, wurde mir in diesem Moment klar, wie sehr er sie geliebt hatte.

Zum ersten Mal spürte ich, dass er sich genauso hilflos fühlte wie ich. Das verwirrte mich, denn in meiner Vorstellung wussten Erwachsene immer, was zu tun war.

Irgendwann stand ich auf, schlich mich nach draußen und rannte auf die andere Straßenseite. Als Mrs. McIntyre die Tür öffnete, fragte sie sofort besorgt, was passiert sei. Ich konnte es ihr nicht sagen, wollte dieses Wort nicht Wirklichkeit werden lassen.

»Können Sie mitkommen?«, fragte ich stattdessen.

Sie griff, ohne zu zögern, nach ihrem Schlüssel, zog die Tür zu und folgte mir. Als wir in unserem Wohnzimmer standen, erfasste sie die Situation sofort. Sie griff nach dem Telefon und rief den Notruf an, bevor sie sich neben Dad setzte und ihm die Hand auf die Schulter legte.

»Es tut mir so leid.«

Er nickte nur.

Ich stand ganz alleine da und starrte auf den größten Horror, den ich mir vorstellen konnte.

Mom war tot.

Avery

Als ich in die Redaktion haste, laufe ich beinahe gegen Giselle, weil ich so in Gedanken versunken bin. In Gedanken an Cade natürlich und an dieses bizarre Gespräch. Es scheint beinahe so, als hätten wir beide die Fähigkeit verloren, miteinander zu kommunizieren, dabei war das früher doch immer ohne Weiteres möglich gewesen. Wir haben uns stundenlang die verrücktesten Sachen erzählt, ohne jemals unangenehmes Schweigen aufkommen zu lassen.

Jetzt scheint es, als hätte sich so viel Ungesagtes zwischen uns aufgetürmt, dass wir lieber ganz schweigen. Zumindest geht es mir so. Ich will ihn so viel fragen, ihm so viel erzählen, aber ich weiß nicht, wie. Wie ich die Brücke von zwölf Jahren überqueren kann, ohne übergriffig zu wirken, ohne ihm zu nahe zu treten.

»Hey, Avery. Du bist spät. Ist alles okay?«

»Entschuldige. Das kommt nie wieder vor.«

Sie lächelt mich an. »Kein Grund, dich zu entschuldigen. Bisher bist du nie zu spät gekommen, daher dachte ich, vielleicht wäre etwas passiert.«

»Nein, alles gut. Ich hab nur jemanden getroffen, den ich mal kannte.«

»Ach so. Dann bin ich beruhigt.« Sie lächelt mich an, und wieder einmal bin ich froh, dass ich so eine tolle Chefin habe. »Ich muss jetzt zu einem Termin. Ich bin in einer Stunde wieder da. Halt bitte die Stellung für mich.«

»Alles klar.«

»Nicht auf den Tischen tanzen.«

»Würden wir nie dran denken.«

Als Giselle sich drei Schritte entfernt hat, rufe ich in den Raum: »Hey, die Chefin ist weg. Party in fünf Minuten in der Küche.«

Hinter mir ertönt ihr herzliches Lachen.

An meinem Schreibtisch angekommen, höre ich vom Nebenplatz jemanden fluchen und schaue über die Trennwand.

»Alles in Ordnung, Steph?«

»Ja, ich mein, nein, ach, was weiß ich.« Sie stützt die Ellenbogen auf den Schreibtisch und vergräbt ihr Gesicht in den Händen. Das sieht nach einer schweren Krise aus.

Ich rolle meinen Stuhl neben sie. »Was ist passiert?«

»Ach, Erwachsenenzeug.«

»Hey, ich mag keine Erwachsene sein, aber ich kann zuhören.«

Sie dreht ihr Gesicht zu mir und schenkt mir ein schiefes Lächeln. »Ich wollte nicht sagen, dass du nicht erwachsen bist. Eigentlich trifft es Verheiratetenzeugs eher. Oder Trennungszeugs.«

»Was ist passiert?«

»Man hört immer diese Schreckgeschichten von Trennungen, nicht wahr? In denen der ehemalige Traumprinz plötzlich zum Biest wird, in denen sich Menschen, die sich mal geliebt haben, bis aufs Blut bekämpfen. Und dann denkt man immer, falls es mich mal trifft, dann wird das ganz anders. James und ich werden zivilisiert miteinander umgehen, falls wir uns mal trennen sollten, wir verlieren nicht den Respekt voreinander. Man denkt so viel besser von sich als von allen anderen. Aber alle anderen haben auch mal gedacht, ihnen könne das nicht passieren.«

»Ist James ein Arsch?«

Sie zuckt mit den Schultern. »Vielleicht bin ich auch der Arsch. Oder wir beide. Als wir uns getrennt haben, haben wir uns geschworen, dass wir uns nie vor den Kindern streiten, um sie nicht unnötig zu belasten. Aber es passiert so schnell, dass sie zum Spielball werden.«

»Man kann sie nicht ganz raushalten, weil es sie ja auch betrifft.«

»Vielleicht bin ich auch nur sauer, weil James eine Neue hat. Jetzt schon! Wir sind nicht mal geschieden, haben noch gar nicht all die hässlichen Geschenke, die wir über die Jahre bekommen haben, aufgeteilt, und er hat schon eine Neue.«

»Ich wusste, dass er der Arsch ist.«

»Es hat mich verletzt und kalt erwischt. Und als er gerade angerufen hat, ob wir die Kinder-Wochenenden tauschen können, damit er mit seiner Neuen wegfahren kann, habe ich ihm gesagt, dass er die Kinder nie wieder sehen darf, wenn ich mich nicht auf ihn verlassen kann.«

»Ach, Steph.«

»Siehst du? Ich bin der Arsch.«

»Nein, das bist du nicht. Es ist einfach auch nicht fair von ihm, mit der Neuen vor deiner Nase herumzuwedeln.«

»Und weißt du, was das Schlimmste ist?«

»Nein.«

»Sie sieht genauso aus wie ich, nur fünfzehn Jahre jünger. Er hat mich quasi durch ein neueres Modell ersetzt.«

»Niemand kann dich ersetzen.«

»Ich bin alt geworden. Und faltig. Und ich esse zu viel Schokolade. Heute Morgen hat mein Lieblingsrock nicht mehr gepasst.«

»Den hast du bestimmt nur zu heiß gewaschen.«

Sie lächelt, aber ich sehe die Tränen in ihren Augen. »Danke. Aber schau mich an!«

»Tue ich ja. Willst du wissen, was ich sehe?«

»Eine alte Frau?«

»Eine wunderschöne junge Frau, deren Äußeres perfekt zu ihrem Inneren passt, die so liebenswert ist, dass man neidisch werden könnte, und die immer für alle da ist. Es bricht mir das Herz, wenn du so schlecht von dir selbst sprichst. Keine Frau sollte so über sich denken, und schon gar nicht sollte irgendjemand so über meine Freundin denken, auch nicht sie selbst.«

Eine Träne rollt ihr die Wange herunter, die sie ungeduldig wegwischt. »Ach, du.«

Ich greife nach ihrer Hand. »Wir sind viel zu streng mit uns selbst, aber wir müssen gütiger zu uns sein.«

»Wie bist du nur so weise geworden?«

»Durch Jahre des Selbstzweifels, in denen ich mich immer wieder gefragt habe, wieso er mich verlassen hat, ob ich nicht gut genug gewesen bin, was mit mir nicht stimmt.«

»Der Junge von früher?«

»Es gab immer nur den einen.«

Sie drückt meine Hand. »Er ist auch ein Arsch.«

Unwillkürlich muss ich lächeln. »Sind sie doch alle.«

»Vielleicht rufe ich James an und sage, dass es okay ist, die Wochenenden zu tauschen.«

»Vielleicht solltest du das tun.«

»Danke.«

»Jederzeit.«

Als ich aufstehe, um meinen Stuhl wieder an meinen Schreibtisch zu schieben, sagt sie: »Das gilt auch für dich. Jederzeit.«

Ich stand neben Cade und starrte auf den Sarg, der in die Erde hinabgelassen wurde. Mrs. Turner war tot, das wusste ich, aber ich konnte nicht begreifen, wie das hier alles geschehen konnte. Sie sollte in diesem Grab liegen, in einem Loch, ohne Licht, ganz einsam und allein. Die Vorstellung ließ mich schaudern.

Cade hielt sich tapfer neben mir, aber ich konnte sein leises Schniefen hören. Ich griff nach seiner Hand. Seine Finger waren ganz kalt. Ich drückte sie, und er drückte zurück. Als es an der Zeit war, Erde auf den Sarg zu streuen, traten wir gemeinsam nach vorne. Cade schwankte leicht, also legte ich meinen Arm um seine Schultern, hielt ihn in dieser grausamen Stunde fest, wie er mich auch schon so oft gehalten hatte.

Mit der anderen Hand fasste ich mit ihm um die Schaufel, und gemeinsam schauten wir hinab. Cade liefen Tränen über das Gesicht, die mir das Herz brachen. Immer war er der Starke in unserer Freundschaft gewesen. Ich konnte mich stets auf ihn verlassen, musste meine Kämpfe nie selber ausfechten, weil er es für mich getan hatte. Aber jetzt wurde mir klar, dass die stärksten Menschen manchmal auch Hilfe brauchten. Dass sie nur stark wirkten, aber manchmal ebenso verletzlich waren wie wir anderen.

Und ich wollte für meinen besten Freund da sein. Jetzt und bis in alle Ewigkeit.

Abends, als ich gerade zu Bett gehen wollte, zog ich die Vorhänge zu und warf einen Blick zu Cades Haus hinüber. Genau in dem Moment schlüpfte er durch die Haustür. Er schien vollbepackt. Wo konnte er nur hinwollen? Ich öffnete das Fenster und kletterte am Baum hinab. Dabei machte ich so viel Lärm, dass er auf mich aufmerksam wurde und auf dem Bürgersteig wartete, bis ich ihn erreicht hatte.

»Wo gehst du hin?«, fragte ich.

»Zum Friedhof.«

»Was machst du da?«

Verlegen schaute er auf seine Schuhspitzen. »Ich will nicht, dass Mom alleine ist.«

Ich nickte einfach nur, griff nach seiner Hand und begleitete ihn. Im Schlafanzug und obwohl ich Angst vor Friedhöfen im Allgemeinen und vor Friedhöfen bei Nacht im Besonderen hatte. Aber ich konnte meinen Freund nicht alleine lassen.

Vor dem Grab angekommen, breitete Cade eine Wolldecke auf dem Boden aus und zündete die Lampe an, die er dabeihatte.

»Ich weiß, es ist albern, Avy. Wirklich, aber ich kann die Vorstellung nicht ertragen, dass sie alleine im Dunkeln ist.«

»Kann ich auch nicht. Ich hab heute schon genau dasselbe gedacht.«

»Wirklich?«

»Wirklich.«

Wir legten uns nebeneinander, hielten uns an den Händen und schauten in den Sternenhimmel. Als ich sein Schluchzen vernahm, kuschelte ich mich an ihn, legte meinen Kopf an seine Schulter und flüsterte ihm zu, dass ich immer für ihn da sein würde, dass er das nicht alleine durchstehen müsste, dass ich jetzt mal die Starke sein würde.

»Danke, Avy.«

Irgendwann schliefen wir ein und wurden von den ersten Sonnenstrahlen geweckt, die unsere Gesichter liebkosten. Einen Augenblick wusste ich nicht, wo ich war, aber dann fiel es mir ein.

»Ich muss nach Hause!«, rief ich Cade hastig zu, der noch ganz verschlafen aussah.

Ich hatte nicht darüber nachgedacht, dass sich meine Eltern sorgen würden, aber jetzt wurde es mir schlagartig bewusst. Ich rappelte mich auf. In Windeseile packten wir alles zusammen und rannten los. Am Eingang des Friedhofs blieb ich abrupt stehen. Dort stand Dads Auto. Ich blickte Cade an, der nur ratlos mit den Schultern zuckte. Wir gingen näher, spähten hinein. Mom und Dad schliefen auf den Sitzen, was ziemlich unbequem aussah.

Leise klopfte ich an Moms Fenster, und sie schreckte hoch und rollte das Fenster dann runter.

»Was macht ihr hier?«, fragte ich.

»Das könnten wir dich auch fragen.« Sie fasste durch das Fenster und strich über meine Haare.

»Wir …« Ich schaute zu Cade, der verschämt nickte. »Wir wollten Mrs. Turner nicht alleine lassen.«

Sie lächelte mich an, während Dad langsam aufwachte. »Und wir wollten euch nicht alleine lassen.«

»Woher wusstet ihr es?«

»Du warst wirklich laut beim Klettern. Das konnten wir nicht überhören. Erst wollten wir dich zurückrufen, aber als wir Cade gesehen haben, war uns klar, wo ihr hinwollt und dass ihr das braucht. Also sind wir hergekommen, um auf euch aufzupassen.«

In keinem anderen Moment habe ich meine Eltern mehr geliebt als in diesem. Drei Wochen lang schliefen Cade und ich auf dem Friedhof, und abwechselnd schliefen Mom und Dad im Auto.

Kapitel Dreizehn

Cade

Ich sitze in der Küche, trinke Kaffee und checke meine Nachrichten auf dem Handy, als Melinda hinter mich tritt und ihre Arme um mich schlingt. Sie schmiegt ihren Kopf an meinen. Ich lasse Tasse und Handy los, um sie auf meinen Schoß zu ziehen.

Sie lächelt mich an. »Hey.«

Ich streiche ihr die Haare aus dem Gesicht. »Hey.«

Sanft drücke ich einen Kuss auf ihre Lippen und spüre, dass sie mehr will, aber das kann ich ihr momentan nicht geben. Die letzten Wochen waren so anstrengend. Sie sind es immer noch. Wie sagt man, nach dem Projekt ist vor dem Projekt?

Nicht nur körperlich, auch emotional fühle ich mich ausgelaugt. Eigentlich müsste ich mal Pause machen, aber wir wollen das Eisen schmieden, solange es heiß ist. Wir planen, Updates für Benjamin zu veröffentlichen, basierend auf einigen wirklich hilfreichen User-Feedbacks, die wir bekommen haben. Und Mick tüftelt schon wieder an einer neuen Idee. Dieses Mal soll es ein Spiel sein. Chris und ich sind da sehr skeptisch, aber Mick ist besessen. Ihm kam die Idee, als er mit seinem Sohn Lucas gespielt hat. So ganz habe ich das alles nicht verstanden, gebe ich zu, aber Mick hat versprochen, erst mal eine rudimentäre Version zu programmieren, sodass wir uns das besser vorstellen können.

Und zu allem Überfluss geht mir Avery einfach nicht aus dem Kopf.

Wir haben uns jetzt ein paar Wochen nicht gesehen, und ich erwische mich immer und immer wieder dabei, wie ich über sie nachgrüble. In dem Wissen, dass es besser ist, wenn wir uns nicht sehen, weil das alles nur verkompliziert.

»Ich muss gleich los.« Ich wende meinen Kopf ab und versuche, mich aus Melindas Umarmung zu lösen.

»Wir hatten schon ewig keinen Sex.«

Es überrascht mich, dass sie das so direkt anspricht, aber vielleicht ist es auch ganz gut.

»Ich weiß.«

»Ist alles okay mit dir?«

»Yep, alles gut.«

»Willst du mich nicht mehr? Bin ich nicht mehr attraktiv für dich?«

Seufzend ziehe ich den Stuhl neben mir unter dem Küchentisch hervor, platziere Melinda dort und stehe auf. »Ich hab echt keine Zeit.«

»Cade, was ist denn mit dir?«

»Herrgott, Melinda!«, herrsche ich sie an. »Wir haben gerade nach zwei Jahren ein riesiges Projekt abgeschlossen, wir hetzen von einem Termin zum anderen, unsere Gedanken drehen sich momentan halt nur darum. Wir sind körperlich und mental ausgelaugt. Und alles, woran du denken kannst, bist du. Es geht immer nur um dich.«

Ich weiß, ich bin absolut im Unrecht, aber ich kann mir nicht helfen.

»Es geht doch nicht um mich, sondern um uns. Ich will uns nicht verlieren.«

»Es ist ganz normal, dass man manchmal keinen Sex hat.«

»Ja, okay, ich wollte doch nur wissen, ob ich was tun kann. Ich könnte ja vielleicht ein paar schicke Dessous kaufen.«

»Daran liegt es nicht.«

»Woran denn dann?«

Und damit bin ich wieder auf hundertachtzig. »Das sagte ich doch gerade! Weil ich keine Energie mehr habe! Hörst du mir eigentlich nicht zu?«

»Früher konntest du nicht genug von mir haben.«

»Da hatte ich auch nicht so einen Stress.«

»Aber vielleicht ist Sex auch ein guter Stressabbauer.«

»Setz mich nicht so unter Druck.«

»Das tue ich gar nicht. Ich will doch nur wissen, was mit dir los ist. Liebst du mich nicht mehr?«

»Boah, echt jetzt? Natürlich liebe ich dich noch. Ich hab nur momentan keinen Kopf für anderes.«

»Aber andere Paare …«

»Andere interessieren mich nicht.«

Bevor diese Diskussion noch weiter ausartet, gehe ich aus der Küche. Vielleicht war es auch einfach zu früh, zusammenzuziehen. Aber mein Vermieter hatte mir gekündigt, wir waren schon ein halbes Jahr ein Paar, na ja, vielleicht war das die falsche Entscheidung, denn jetzt gerade sehne ich mich nach nichts mehr als nach meinem Freiraum.

Im Flur ziehe ich meine Jacke über, greife nach meinen Schlüsseln, rufe ein kurzes »Ciao« in Richtung Küche und gehe. So schnell ich kann.

Wahrhaben will ich es nicht, aber mir ist klar, wieso ich nicht mit Melinda schlafen will. Mir turnt ja die ganze Zeit eine andere Blondine im Kopf herum, eine mit wilden Haaren, mit viel Herz und noch mehr guten gemeinsamen Erinnerungen.

Mir ist klar, dass ich das klären muss. Ich muss herausfinden, was das zwischen Avery und mir ist. Ich glaube nicht, dass wir noch ein gutes Paar wären, weil wir nicht mehr die gleichen Personen sind wie damals, aber offensichtlich bekomme ich sie auch nicht aus dem Kopf.

Es wundert mich nicht, als meine Füße mich wie von selbst zu dem kleinen Café steuern, in dem wir uns die letzten Male über den Weg gelaufen sind. Nachdem ich mir einen Kaffee geholt habe, zücke ich mein Handy. Ich habe Averys Nummer, weil sie die Probeapp heruntergeladen hatte. Und ich habe sie nicht gelöscht. Für Notfälle. Und die Tatsache, dass ich sie wiedersehen möchte, ist offensichtlich ein Notfall.

Hey, Lust auf einen Kaffee?

Viel zu spät fällt mir ein, dass sie gar nicht weiß, wer ihr da schreibt.

Ich bin's übrigens.

Ich möchte mir vor den Kopf schlagen oder in einem Erdloch verschwinden.

Ich mein, hier ist Cade.

Wenn ich so darüber nachdenke, mache ich einen echt souveränen Eindruck. Nicht. Wieso werde ich bei Avery so nervös? Das bin ich nicht. Normalerweise bin ich relaxt, gefasst, in allen Lebenslagen ruhig. Nur jetzt gerade nicht, obwohl es doch wichtig wäre, einen guten Eindruck zu machen.

Als mein Handy pingt, fällt es mir beinahe aus der Hand.

Woher hast du meine Nummer?

Verdammt. Das ist natürlich eine gute Frage. Was kann ich ihr sagen, ohne wie ein furchtbarer Stalker rüberzukommen?

Ich mein: Ja.

Ich starre auf die Nachricht. Sagt sie gerade Ja zum Kaffee?

Ich mein, ich würde gern Kaffee mit dir trinken. Im Café? Jetzt?

Irgendwie scheinen wir beide nicht ganz zurechnungsfähig zu sein.

Ich bin da.

Ich brauch noch zehn Minuten.

Jetzt habe ich also zehn Minuten, um mich zu beruhigen. Zeit ist eine komische Sache. Manchmal vergeht sie zu schnell und manchmal zu langsam. Und in ganz besonderen Momenten tut sie beides.

Als die Türglocke bimmelt, blicke ich auf. Durch das hereinfallende Sonnenlicht scheint es, als würde Avery leuchten. Sie hat wie immer legere Klamotten an, die Bluse ist falsch geknöpft und steckt nur an einer Seite in der Hose, aber wen interessiert das? Sie lächelt mich an, bevor sie sich auf die Lippe beißt und zur Seite schaut. Plötzlich kommt sie ins Straucheln, als würde sie von irgendwas zurückgezogen. Mit einem verlegenen Auflachen löst sie den Riemen ihrer

Handtasche von der Lehne eines Stuhls, dann wischt sie sich über das Gesicht, blickt zu Boden und eilt an meinen Tisch. Es fällt mir schwer, ein Lachen zu unterdrücken. Avery ist eine echte Chaotin.

»Hi«, sagt sie und setzt sich zu mir.

»Hi. Was möchtest du trinken?«

»Irgendwas mit Sahne und Karamell.«

Ich stehe auf, hole ihr ihr Getränk des Grauens und setze mich wieder zu ihr.

»Ich war überrascht, als du dich gemeldet hast.«

»Ich war auch überrascht, dass ich mich gemeldet habe.«

Sie lächelt. »Wieso hast du es getan?«

Das hier ist entweder die beste oder die schlechteste Idee aller Zeiten. Aber weil diese ganze Situation mein Leben zum Stehen bringt, muss ich es riskieren.

»Weil ich immer an dich denken muss.«

Überrascht sieht sie mich an und forscht in meinem Blick, ob ich scherze. Aber bei so etwas würde ich nicht scherzen. Zumindest bei ihr nicht.

»Du gehst mir auch nicht aus dem Kopf.«

Mein Herz fängt schneller an zu schlagen, als mich Erleichterung durchflutet. Sie fühlt genauso! Sich als Erstes zu erklären, sich verletzlich zu machen, ist immer schwer, umso süßer ist es dann, wenn der andere das Gleiche denkt.

»Ich weiß nicht, was das hier ist, aber vielleicht lohnt es sich, es zu erkunden. Und wenn es nur dazu dient, aus dem Kopf des anderen zu verschwinden.«

»Finde ich gut.«

»Dass du vielleicht aus meinem Kopf verschwindest?«

Wieder erscheint dieses umwerfende Lächeln auf ihrem Gesicht. »Ich meinte das Erkunden.«

Heißt das …? Das kann es nicht heißen. Oder?

Alter, jetzt mal wieder ruhig. Atme tief durch, setz dich nicht so unter Druck. Sei ganz du selbst. Wenn sie den Cade, der du jetzt bist, nicht mag, dann halt nicht. Aber es gibt keinen Grund, sich wie ein Dreizehnjähriger vor dem ersten Kuss aufzuführen. Diesen Pep-Talk gebe ich mir selbst. Ich atme durch, lehne mich zurück und schaue kurz aus dem Fenster. Als ich das Gefühl habe, wieder ich selbst zu sein, schaue ich sie wieder an.

»Wie gehen wir es an?«

»Was meinst du?«

»Wir müssen eine Art des ›Erkundens‹ finden, bei der wir unsere Beziehungen nicht aufs Spiel setzen.«

»Magst du immer noch Poetry Slam?«

Dieser abrupte Themenwechsel überrascht mich. »Klar, ich geh nicht mehr so häufig, wie wir das damals getan haben, aber ich finde es noch immer gut.«

»Montagabend ist einer in diesem kleinen Club in South Boston, habe ich gelesen. Ich war noch auf keinem, seit ich hier wohne, weil Dylan das langweilig findet. Aber wenn du magst …«

Kann ich das wagen? Das ist wie ein Date, oder?

»Ich gehe sowieso hin, weil ich einen Artikel schreibe. Du hast also Zeit, es dir zu überlegen.«

Sah ich eben so zögerlich aus?

»Hört sich gut an. Und wenn es Arbeit ist, kann es kein Date sein.«

Avery nickt grinsend. »Nur Arbeit.«

»Okay, dann machen wir das.«

Wieder habe ich das Gefühl, dass dies entweder die beste oder schlechteste Idee ist, die ich je gehabt habe. Vor allem muss ich dafür sorgen, dass Melinda keinen Wind von der ganzen Sache bekommt. Sie ist der eifersüchtige Typ, der einem lächelnd ein Messer in die Seite rammt.

»Was machst du heute noch so?«, frage ich Avery, um das Gespräch am Laufen zu halten. Auf keinen Fall will ich, dass sie geht.

»Ich muss meinen neuen Artikel schreiben. Weil meiner Chefin Giselle die zehn Vagina-Geheimnisse so gefallen haben, darf ich jetzt auch andere Texte schreiben als nur die Neuheiten-Kolumne.«

»Die zehn Vagina-Geheimnisse?«, hake ich ungläubig nach.

»Jepp.«

»Und was sind die so?« Man sollte schließlich jede Chance zum Lernen nutzen, die sich einem bietet.

Avery grinst so breit, dass der leicht schiefe Eckzahn zu sehen ist, den sie schon als Elfjährige hatte. »Das kannst du in meinem Artikel lesen. Er ist online.«

»Du verrätst sie mir nicht?«

»Nein. Keine Chance.«

»Das ist gemein.«

»So bin ich.« Dabei sieht sie so süß aus, dass ich ihr kein Wort glaube.

»Und wovon handelt dein neuer Artikel?«

»Nachdem ich im letzten Heft einen Artikel zu den schönsten Kneipen der Stadt geschrieben habe, darf ich dieses Mal über die Frauenkonferenz berichten, die am Wochenende hier tagt. Im Zuge von Hashtag *Me Too* und Hashtag *Time's up ...«* Dabei macht sie das Hashtag-Zeichen mit den Fingern nach. »... und dem ganzen politischen Debakel gibt es Bestrebungen, mehr Frauen zum Kandidieren zu bewegen.«

»Das hört sich interessant an.«

Sie legt den Kopf schief. »Interessant ist so ähnlich wie nett, oder?«

Ich grinse. »Vielleicht, aber ich meinte das nicht so. Wenn du früher immer erzählt hast, dass du Journalistin werden willst, hast du immer von ernsthaften Themen gesprochen, über die du schreiben willst. Ich hätte nie gedacht, dass du mal bei einem Frauenmagazin landen würdest.« Als mir auffällt, wie abwertend meine Worte klangen, füge ich schnell hinzu: »Ohne Urteil.«

Sie wischt mit der Hand durch die Luft. »Keine Sorge. Mir macht der Job Spaß, und wenn ich jetzt auch andere Berichte als die Vagina-Geheimnisse schreiben darf, dann gefällt er mir sogar noch besser.«

»Aber ich hab doch recht, nicht? Es ist nicht das, was du wolltest?«

»Wünsche ändern sich. Ich musste herausfinden, dass es im Journalismus hart zugeht. Man muss seine Ellenbogen einsetzen, um voranzukommen, und man muss die Augen vor vielem verschließen. So bin ich nicht. So gerne ich Christiane Amanpour wäre, aber ich möchte nicht so abhärten. Ich weiß noch nicht, wohin mein Weg mich führt, aber zu wissen, was man nicht will, ist ja auch schon mal ein Schritt.«

»Ich wollte auch gar nicht so klingen, als fände ich es nicht großartig, dass du bei einem großen Magazin arbeitest.«

»Danke.«

»Du sagst, du weißt nicht, wohin dein Weg dich führt. Wenn du mal einfach nur so rumspinnst, was würdest du dann machen wollen? Alles wäre möglich.«

Für einen Moment schließt sie die Augen. Ihre Wangen

sind rosig, die vollen Lippen sind feucht, weil sie immer wieder über sie leckt, nachdem sie einen Schluck getrunken hat, als wollte sie jeden Tropfen Kaffee genießen.

»Ich würde gerne über all die Themen schreiben, die ich wichtig finde.«

Ich zucke mit den Schultern. »Und da hast du deine Antwort.«

»Das wusste ich auch schon vorher.«

»Aber jetzt kannst du alles tun, um das zu verwirklichen.«

Avery

Als ich später am Schreibtisch sitze, wird mir klar, dass Cade recht hat. Ich darf mich in diesem wunderbaren Job nicht einnisten, wenn ich mich darin nicht voll und ganz verwirklichen kann. Aber die Chance, die mir Giselle mit der Frauenkonferenz gibt, zeigt ja auch, dass es möglich ist, diese Stelle zu meiner absoluten Traumstelle zu machen.

Den restlichen Tag nutze ich für Recherchen. Ich spreche mit den Organisatorinnen, lese alles, was ich zu den Bewegungen finden kann, telefoniere mit Kritikern, höre mir ihre Argumente an und falle beinahe vom Stuhl, als mir gesagt wird, dass Jessica Brooks, eine der erfolgreichsten Schauspielerinnen Hollywoods, die als Meryl Streep ihrer Generation bezeichnet wird, die Eröffnungsrede halten wird. Mein inneres Fangirl schwingt die Pom-Poms. Ich rufe in ihrer Agentur an und bitte um ein paar Minuten Interviewzeit im Rahmen der Konferenz. Als sie dies bestätigen, springe ich auf, will mich wieder setzen, verfehle und falle wirklich vom Bürostuhl.

»Avery?«, ruft Steph. »Alles in Ordnung?«

»Jaja, mach dir keine Gedanken um mich. Ich lebe.«

Als ich aufsehe, blicke ich in ihr amüsiertes Gesicht über der Trennwand. »Wirklich?«

»Das war einfach nur Avery in Aktion.«

Sie kommt herum und hilft mir auf. Dankbar ergreife ich ihre Hand.

Es ist vielleicht besser, wenn ich zukünftig nur innerlich jubele.

Auf dem Weg nach Hause rufe ich Mom an, um ihr von diesem Erfolg zu erzählen.

»Wer?«

»Na, Jessica Brooks. Diese hübsche Rothaarige Anfang vierzig. Sie hat schon in total vielen Filmen mitgespielt, die du alle toll fandest.«

»Ich bin mir sicher, dass sie ganz toll ist.« Sie stöhnt leise.

»Alles in Ordnung?«

»Natürlich, warum nicht?«

»Wieso hast du gestöhnt?«

»Ich bin bei einer Tantra-Massage.«

»Bitte?«

»Tantra, du weißt schon, Schätzchen.«

»Ich glaube, ich will gar nichts wissen.«

»Ich muss jetzt auch gleich Schluss machen, Desirée schaut mich schon böse an. Es ist Zeit für die Yoni-Massage.«

»Die was?«

»Im Tantra werden die weiblichen Geschlechtsteile …«

»Alles klar, Mom, mehr muss ich nicht wissen. Tschüss!«

Ich lege auf. Leider lassen sich die Bilder nicht so leicht verdrängen wie ihre Stimme. Man darf einfach nicht vergessen, dass Mom manchmal ganz schön verrückt ist.

Später bin ich noch mit Dylan verabredet. Es war gar nicht so leicht, meine peinliche Aktion im Schlafzimmer zu erklären. Aber als ich ihn ein paar Tage später angerufen habe, um mich zu entschuldigen, hat er mir verziehen. So gerade eben. Es war mir sehr unangenehm, überhaupt diese Show abgezogen zu haben, aber was hätte ich sagen sollen? Ich denke die ganze Zeit an meinen Ex?

Dylan hat darauf bestanden, dass wir noch mal von vorne anfangen. Daher gehen wir nun wieder auf Dates, aber es gibt keine sexuellen Intimitäten, bis wir uns beide wohl miteinander fühlen. Um ehrlich zu sein, bin ich froh, dass er das vorgeschlagen hat. Meine Gefühle sind sowieso schon in Aufruhr, da muss ich nicht auch noch Sex zu der brodelnden Mischung hinzufügen.

Als ich in dem vereinbarten Restaurant ankomme, ist er schon da und telefoniert. Ich setze mich zu ihm, und er lächelt mich kurz entschuldigend an, bevor er in den Hörer sagt: »Fein, dann muss das wohl sein«, und einfach auflegt.

»Ist was passiert?«, frage ich.

»Wie man es nimmt. Ich muss nach New York.«

»Schon wieder?«

»Mir passt das auch ganz und gar nicht. Kannst du mir glauben.«

»Du warst so oft in den letzten Wochen weg.«

»Ich wollte nie an die Wall Street, und jetzt verbringe ich die Hälfte der Zeit dort.« Sein Tonfall klingt verbittert.

»Aber wenn du nicht willst, dann geh doch nicht.«

Er schaut mich an, als wäre ich vollkommen naiv. Was

vielleicht auch stimmt. »Es ist mein Job. Da kann ich nicht einfach sagen, nach mir die Sintflut.«

»Aber du sollst doch glücklich sein«, wende ich leise ein. Plötzlich hört sich das wie lebensfremder New-Age-Unsinn an. Vielleicht ist es das ja auch, wenn ich es recht bedenke, denn meine Mutter hat mir immer und immer wieder gesagt, dass es ihr egal ist, was ich aus meinem Leben mache, solange ich glücklich bin. Und niemand ist so sehr New Age wie meine Mutter.

»Niemand ist glücklich mit seinem Job.«

»Doch, natürlich.«

»Nenn mir eine Person.«

»Ich.«

»Du schreibst über Sex und Eiscreme. Das ist doch auch nichts, was einen glücklich macht.«

Er sagt das in einem solch herrischen Tonfall, dass ich nicht den Mut finde, ihm zu widersprechen. Und dieser eine Moment sagt mir mehr über unsere Beziehung, als ich je wissen wollte.

Dylan schaut auf die Uhr. »Ich hab noch eine Stunde, dann muss ich eine Telko führen. Wollen wir noch schnell was essen oder verschieben wir unser Date?« Er lächelt mich an, aber mich überkommt das Gefühl, dass es nicht ganz echt ist.

»Wir sitzen ja schon«, sage ich.

»Du hast recht. Wir können wenigstens was trinken.« In dem Moment klingelt sein Telefon wieder. Nach ein paar Sätzen steht er auf und geht raus. Ich bestelle mir ein Mineralwasser. Als ich es ausgetrunken habe, bitte ich um die Rechnung, nehme Dylans Jacke und gehe nach draußen. Er marschiert auf dem Bürgersteig auf und ab. Ich gehe zu ihm, reiche ihm die Jacke und hebe kurz die Hand.

Er hält den Hörer zu. »Sorry, Avery, ich mach's wieder gut, wenn ich aus New York zurück bin.«

Ich nicke und gehe zur Metro-Station. Was mich am traurigsten macht, ist, dass es nicht mal wirklich wehtut.

Ich saß im Baumhaus, trank Limonade und wartete auf Cade. Er hatte sich seit dem Tod seiner Mutter verändert. Er war nicht mehr der lustige, lebensfrohe Junge. Stattdessen war er in sich gekehrt, dachte viel nach. Nur ich wusste noch, wie es in seinem Inneren aussah. Mich hatte er nicht ausgeschlossen. Was wohl auch daran lag, dass ich ihm keine Chance dazu gab. Ständig tauchte ich bei ihm auf, ob er mich einlud oder nicht. Ich bemühte mich um gute Laune, um ihn abzulenken, was meist auch funktionierte. Was ich tun würde, wenn er mich ignorieren würde, wusste ich nicht, aber mir war klar, dass ich meinem besten Freund durch die schwere Zeit helfen musste, so gut, wie ich es eben konnte.

Ich hörte, wie jemand die Leiter hinaufkletterte.

»Hi, Cade«, sagte ich, als er sich mir gegenüber niederließ.

Er schenkte mir ein schiefes Lächeln, das zu meinen liebsten gehörte. Ich wusste nicht, wann ich angefangen habe, mir Gedanken über Dinge wie Cades Lächeln zu machen, aber so war es.

»Hi, Avy. Hast du für mich auch noch Limonade?« Während er sprach, drehte er etwas den Kopf, sodass das Licht auf sein Gesicht fiel.

Scharf sog ich die Luft ein. »Oh Gott! Wo hast du das blaue Auge her?«

Er zuckte mit den Schultern. »Das ist nichts Schlimmes.«

»Und ob es das ist!«

»Jungs haben manchmal Wunden.«

»Das mag sein, aber ich will trotzdem wissen, wer das war.«

»Was würdest du denn machen, wenn du es wüsstest?« Er wollte neckisch klingen, aber das tat er nicht. Kein bisschen. Stattdessen hatte seine Stimme einen melancholischen Unterton angenommen. Für mich klang es, als würde er sich wünschen, dass irgendjemand für ihn eintritt, aber er habe die Hoffnung darauf schon lange aufgegeben.

»Sag es mir.«

»Vergiss es einfach.«

Ich reichte ihm eine Limo, die er dankbar annahm.

Als er den ersten Schluck nahm, seufzte er vor Wohlbefinden. »Wie immer die beste Limo der Welt.«

Ich wollte das Thema noch nicht aufgeben, weswegen ich mich neben ihn schob, seine Hand in meine nahm und zu ihm schaute. »Cade …«

Bevor ich weitersprechen konnte, näherte er sich mir. Mir stockte der Atem. Er leckte über seine Lippen, bevor er sie sanft auf meine drückte. Vor Schreck verharrte ich regungslos.

Er löste sich von mir und schaute mich verlegen an. »Entschuldige. Ich wollte … na ja, ich wollte einfach wissen, wie Küssen ist.«

»Hast du es noch nicht getan?«, fragte ich überrascht. Bei den vielen Mädchen, die ihn immer umschwirrten, war ich davon ausgegangen, dass er bereits Erfahrung hatte.

Er schüttelte den Kopf. »Ich hab auf dich gewartet.«

Bei diesem Satz öffnete sich mein Herz. All die Gefühle, die ich immer wieder unterdrückt hatte, weil ich davon überzeugt war, dass er sie nicht erwiderte, kamen an die Oberfläche. Einen langen wunderbaren Moment hatte ich die Hoffnung, dass er mich auch mochte.

»Küss mich noch mal«, forderte ich.

Er lächelte, bevor er es tat. Dieses Mal war ich darauf vorbereitet. Dieses Mal kam ich ihm entgegen. Dieses Mal schlang ich meine Arme um ihn. Dieses Mal genoss ich den Moment.

Seine Lippen strichen sanft über meine. Er streichelte meinen Arm, bevor er die Hand sanft auf meiner Schulter ablegte und mit den Fingern meine Haare berührte. Als wir uns dieses Mal lösten, lächelten wir uns an.

»Jeremy hat mir erzählt, dass man dabei den Mund öffnet.« Jeremy war der ältere Junge aus der Nachbarschaft, der mit seinem Erfahrungsschatz für uns alle als heilige Instanz in Sachen Liebe galt.

»Und dann?«

»Dann berühren sich die Zungen.«

»Oh.«

»Willst du das versuchen?«

Ich nickte, obwohl ich nicht wusste, wie ich das finden sollte. Cade kam wieder näher, küsste meine Lippen noch einmal sachte, bevor er seinen Mund leicht öffnete. Ich tat es ihm gleich, auch wenn ich mir dachte, dass Jeremy womöglich falschlag.

Doch dann spürte ich, wie Cades Zunge über meine Lippen glitt. Und anstatt es eklig zu finden, genoss ich es mit allen Sinnen. Ich wurde mutiger und rieb meine Zunge an seiner. Plötzlich waren seine Hände um mein Gesicht gelegt, und der Kuss vertiefte sich. Bis dahin hatte ich nicht gewusst, dass sich etwas so schön anfühlen kann.

Ob wir alles so richtig machten, war mir in dem Moment nicht klar, aber ich wusste, dass ich nicht aufhören wollte. Ich schlang die Arme erneut um seinen Hals, wollte ihm so nah wie möglich sein.

Als wir uns lösten, war ich ganz außer Atem.

»Deine Wangen sind ganz rot«, stellte er fest und klang dabei ganz heiser.

»Deine Lippen sind irgendwie … dicker.«

Er strich sich darüber. »Vielleicht passiert das beim Küssen.«

Wir schauten uns eine Weile prüfend an, um nach dieser Erfahrung weitere mögliche Änderungen im Gesicht des anderen zu erkennen. Bis ich sagte: »Noch mal?«

Lächelnd nickte er, bevor wir uns wieder küssten. Immer und immer wieder. Cades Küsse lösten ein solch fantastisches Kribbeln in meinem Bauch aus, dass ich gar nicht wusste, wieso wir das nicht schon vorher ausprobiert hatten. Nach den ersten paar Küssen fand ich glücklicherweise auch heraus, wie man dabei durch die Nase atmen konnte, sodass ich nicht immer so nach Luft japste. Es war irgendwie aufregend.

Nach einer Weile machten wir eine Pause, und ich fragte ihn: »Gehen wir jetzt miteinander?«

Sofort rutschte er ein Stück zurück. »Miteinander gehen?«

»Na, du weißt schon …«

»Ich weiß, was das heißt, aber wir haben uns doch nur geküsst.«

»Nur? War es nicht schön?«

»Doch, sehr sogar.«

»Willst du es nicht noch mal tun?«

»Doch, natürlich, gerne.«

»Aber …?«

»Lass uns doch erst mal abwarten.«

Und mit diesen Worten wusste ich, es würde besser sein, alles in mir wieder zu verschließen. Sosehr ich auch hoffte, dass Cade mich ebenfalls mögen würde, er tat es nun mal nicht.

Kapitel Vierzehn

Cade

Ich würde mich als selbstbewusst und mutig beschreiben, aber wenn ich vor dieser Eingangstüre stehe, dann wackeln mir die Knie. Nicht so sehr vor Angst, dass mir jemand was antun könnte, sondern weil ich weiß, wie schwer die nächsten Stunden zu ertragen sein werden.

Trotzdem betätige ich den majestätischen Klopfer an der Tür. Es würde mich nicht wundern, wenn ein Seismograph ein drohendes Erdbeben anzeigt, so massiv ist dieses Ding.

Die Tür wird von einem Hausmädchen geöffnet. Vor zwei Jahren hatte sie noch eine Haube auf. Nachdem ich mich ausführlich darüber lustig gemacht habe, durfte sie sie weglassen. Seitdem bekomme ich dafür von ihr immer die besten Stücke des Sonntagsbratens serviert. Auch jetzt sieht sie mich dankbar an, als sie sagt: »Die Herrschaften und Miss Melinda sind im Salon.«

»Und Jason?«

»Er verspätet sich.«

»Gott sei Dank.«

Sie grinst leicht, bevor sie mir die Jacke abnimmt. Ich mag das nicht, lasse es aber geschehen, da mich Mrs. Harris dabei beobachten könnte, wie ich meine Jacke selbst an den Haken hänge, und dann bekäme das Hausmädchen den Ärger, nicht ich.

Ich folge dem dröhnenden Timbre von Mr. Harris in den Salon und wünsche mich gleichzeitig weit weg. Aber wie sagte Melinda heute Morgen doch noch? Ich könnte doch wohl drei Stunden gute Miene zu bösem Spiel machen. Drei Stunden habe ich ihr versprochen, mehr nicht.

»Cade, du hast es geschafft!«, ruft Melinda und eilt zu mir.

»Natürlich.« Ich küsse sie auf die Wange, bevor ich mit ihrer Mutter Luft-Wangenküsschen austausche und dann ihrem Vater die Hand schüttele. Am liebsten würde ich unsere Begrüßungsformen tauschen, denn Melindas Mom hat sicherlich nicht den schraubstockartigen Händedruck des Vaters. Als er loslässt, verstecke ich meine Hand hinter dem Rücken, um die Finger sanft zu dehnen. Wenn das ein freundschaftliches Händeschütteln sein soll, will ich nie erleben, wie er seinem politischen Gegner die Hand gibt.

»Möchtest du etwas trinken, Cade?«, fragt Mrs. Harris.

»Der Junge nimmt Scotch«, dröhnt Mr. Harris.

»Danke, Sir.«

»Ach was, Junge. Nenn mich John.«

Seine plötzliche Freundlichkeit verwundert mich. »Danke, John.«

Ich werfe Melinda einen fragenden Blick zu. Sie zuckt mit den Schultern.

»Melinda hat uns gerade über den Erfolg eurer App auf den neusten Stand gebracht«, sagt Mrs. Harris. »Beeindruckend. Jeder scheint Benjamin haben zu wollen.«

»In der Tat. Wir freuen uns sehr über den Erfolg und hoffen, dass er noch ein wenig anhält.« Falls ich mich anhöre, als hätte ich das auswendig gelernt, liegt es daran, dass genau das der Fall ist. Was soll man auch anderes dazu sagen?

»Ich habe großen Respekt vor einem jungen Mann, der für

sein Geld hart arbeitet«, bringt sich Mr. Harris wieder ins Gespräch. Auf einmal schlägt er ganz neue Töne an, denn früher hat er mir mehrmals zu verstehen gegeben, dass ich mir doch einen richtigen Job suchen sollte. Aber zu dem Zeitpunkt konnten wir ja auch nicht mit Sicherheit sagen, ob Benjamin sich jemals rentieren würde.

»Danke.«

In dem Moment kommt Melindas Bruder Jason zur Tür herein. »Entschuldigt die Verspätung.« Er küsst seine Mutter und seine Schwester auf die Wange, bevor er seinem Vater die Hand schüttelt. Er bemüht sich, dabei keine Miene zu verziehen, aber ich sehe den Schmerz, weil ich ihn selbst kenne. Das macht ihn mir ein klein wenig sympathischer. »Ich musste noch mit Davidson die Quartalszahlen durchgehen.«

Seine Mutter schaut ihn stolz an. »Er wird das wahrscheinlich nicht so gut machen wie du.«

Jason lacht, als ihm das Hausmädchen ein Glas Scotch von einem Silbertablett reicht. Er trinkt einen Schluck, ohne sich zu bedanken. Als sie mir mein Glas reicht, flüstere ich ihr meinen Dank zu. Sie schenkt mir ein Lächeln.

»Wahrscheinlich nicht, aber als Junior Manager muss ich mich damit nicht mehr befassen.« Jason wurde gerade befördert, weswegen sich seine Eltern kaum noch einkriegen können. Sie würden vor Stolz platzen, wenn das möglich wäre.

»Junior Manager!«, gurrt Mrs. Harris auch schon. »Ich wusste immer, dass du es mal zu etwas ganz Großem bringst. Habe ich es dir nicht gesagt, John? Ich habe immer gewusst, dass unser Sohn mal erfolgreich wird.«

»Das hast du. Aber er hat ja auch einfach verdammt gute Gene.« Mit diesen Worten bricht er in dröhnendes Gelächter aus.

»Natürlich«, pflichtet Jason seinem Vater selbstgefällig bei und trinkt sein Glas in einem Schluck leer. Er lässt sich ein neues geben, bevor wir uns an den Tisch setzen. Das Essen ist vorzüglich, nur an der Gesellschaft hapert es mal wieder.

Ich kann nicht verstehen, wie man sich selbst so feiern kann, ohne auf die Menschen in seiner nächsten Umgebung zu achten.

»Kein Jahr im Amt, und schon hat der Präsident eine Steuerreform wie keine andere verabschiedet. Das muss man erst mal schaffen«, lenkt Jason das Gespräch wie gewöhnlich auf politische Themen.

»Ich wage zu bezweifeln, dass das der Präsident alleine geschafft hätte. Nur gut, dass die Partei das durchgefochten hat«, antwortet sein Vater. »Wir haben gute Leute. Ich lasse auf keinen von denen was kommen.«

Er wirft mir einen Blick zu, der besagt: *Versuch es doch.* Aber ich habe schon früh gelernt, dass die Nachmittage in Melindas Elternhaus sich nur in quälende Länge ziehen, wenn ich mich in die politischen Diskussionen einmische.

»Aber die Kinder …«, meldet sich Mrs. Harris zu Wort.

»Die Dems hätten CHIP ja finanzieren können, aber sie stellen sich quer, weil sie die ganzen Ausländer im Land behalten wollen.« Mr. Harris beginnt langsam, rot anzulaufen, weil die Krankenversicherung von Kindern ja auch ein Aufregerthema ist.

»Aber das sind doch auch noch Kinder«, wirft seine Frau ein.

Er tätschelt ihre Hand. »Du hast ein gutes Herz, Nancy. Aber wir müssen an unsere eigenen amerikanischen Kinder denken.«

»Ganz genau, Daddy, das sehe ich auch so.«

Ich ziehe eine Augenbraue hoch, denn bisher war Melinda der Meinung, dass es ein Unding ist, den armen Kindern die Krankenversicherung vorzuenthalten, zumindest wenn sie mit mir darüber gesprochen hat. In der Öffentlichkeit würde sie die Republikaner nie kritisieren und ihren Vater schon gar nicht. Diese enge Bindung zu ihrem Daddy habe ich nie nachvollziehen können.

Aber was weiß ich schon über Vater-Kind-Verhältnisse? Meines ist gewiss nicht besser.

»Natürlich tust du das, Schätzchen. Du weißt eben, was gut ist.«

»Mich interessiert nur, wie viele Steuern ich sparen kann. Ich plane, mir ein neues Auto zu kaufen«, wirft Jason ein.

»Der Staatsapparat muss schlank sein und seinen Bürgern ihre Mündigkeit zugestehen. Es geht nicht, dass wir Milliarden für unsinnige Hilfsprojekte ausgeben. Unsereins muss schließlich auch für seine Krankenversicherung arbeiten. Das ist nur gerecht.«

»Natürlich! Und je weniger Sozialleistungen, desto weniger Steuern müssen wir alle zahlen. Es ist ja nicht so, dass nur die Reichen weniger bezahlen. Alle profitieren davon.«

Ich wünschte, Jessica säße an diesem Tisch und würde ihnen allen das Fell über die Ohren ziehen.

»Cade, mit deinem neuen Vermögen wirst du uns doch wohl jetzt zustimmen?«, fragt John nach.

Für einen Moment fühle ich mich gar nicht angesprochen. Aber als mich alle erwartungsvoll anstarren, räuspere ich mich und erkläre: »Wer viel verdient, kann auch viel abgeben, um den Ärmeren zu helfen.«

John lässt klirrend sein Besteck auf den Teller fallen.

»Willst du damit sagen, dass du immer noch nicht zur Vernunft gekommen bist?«

Ich schaue ihm fest in die Augen. »Ihr spendet so viel für gute Zwecke. Mrs. Harris und Melinda leiten eine Wohltätigkeitsorganisation und sammeln Millionen für Arme. Ich kann einfach nicht verstehen, wie Sie das alles gutheißen und unterstützen können, aber Steuern, die den Armen in unserem Land zugutekommen, so vehement ablehnen.«

Jason schaut mich mitleidig an, als wäre ich ein kompletter Volltrottel. »Waschen sie euch in Kalifornien das Gehirn?«

»Junge, lass das. Cade ist nicht so involviert in das politische Geschehen, wie wir es sind. Das muss man respektieren.« John wendet sich an mich. »Es ist unsere gesellschaftliche Pflicht, denen zu helfen, die es nicht aus eigener Kraft können, aber wir wollen selbst entscheiden, wen wir unterstützen. Bei Steuern geht das meiste für eine Bürokratie drauf, die kein Mensch braucht und die auch keinem nützt außer den Beamten und dem Staat.«

»Und den Menschen, die davon profitieren.«

»Jetzt komm uns nicht mit Obamacare und so einem Unsinn! Jeder muss schauen, wie er klarkommt. Wir ja auch. Wir arbeiten hart für unser Geld. Das müssen andere auch tun«, behauptet Jason.

»Aber es ist doch wohl klar, dass nicht jeder die gleichen Chancen hat. Schon gar nicht, wenn er einer ethnischen Minderheit angehört.«

Melinda wirft hektisch ein: »Diese Kalifornier!«, und lacht affektiert. In diesem Moment frage ich mich wirklich, was ich überhaupt an ihr finde. Es ist mir klar, dass sie jetzt nur lieb Kind bei Daddy macht. Ein schrecklicher Gedanke kommt mir: Vielleicht redet sie den Männern in ihrem Leben immer nur nach dem Mund. Vielleicht kenne ich sie gar nicht wirklich.

»Cade hat recht, nicht jeder hat die gleichen Chancen, aber viele nutzen ihre Möglichkeiten auch einfach nicht, sondern geraten in einen Strudel aus Gangs und Drogen und anderen kriminellen Machenschaften«, erklärt John arrogant.

Ich kann es nicht fassen, dass ich mich überhaupt auf diese Debatte eingelassen habe. Meine gewohnte Strategie, einfach die Klappe zu halten, wäre doch die bessere Option gewesen. Verdammt.

»Übrigens war ich im Museum of Fine Arts und habe gesehen, dass man dort auch heiraten kann«, versucht Mrs. Harris auf nicht besonders subtile Art das Thema zu wechseln.

Sie kann ja nicht wissen, dass das Thema Hochzeit ebenso unpassend wie Politik ist.

»Oh, wirklich? Aber ich hatte ja immer das Ritz im Auge«, schwärmt Melinda.

»Man sollte sich nicht zu früh festlegen, sondern alle Optionen abwägen.«

»Cade, wo würdest du denn heiraten wollen?«, fragt Melinda.

»In der John F. Kennedy Presidential Library.«

Und so schnell japsen vier Republikaner nach Luft. Innerlich klopfe ich mir auf die Schulter. Ich darf nicht vergessen, Jessica davon zu erzählen.

Am nächsten Abend stehe ich eine Viertelstunde zu früh vor dem Club in South Boston, in dem heute geslamt wird. Ich bin nervös. Ob es daran liegt, Avery wiederzusehen, oder daran, dass ich Melinda beinahe betrüge, kann ich nicht sagen. Wenn ich ehrlich bin, wäre ich nicht so begeistert, wenn meine Freundin mit ihrem Ex ausgehen würde, auch wenn ich wüsste, dass es rein platonisch ist. Aber um noch mal ehrlich zu sein, weiß ich nicht, ob es das zwischen Avery und mir ist.

Eigentlich verhält man sich nicht so. Oder? Nein, der moralische Kompass zeigt ganz klar nicht in meine Richtung. Trotzdem stehe ich hier und freue mich sogar auf das Treffen.

Als Avery um die Ecke biegt, habe ich ein paar Momente, in denen ich sie beobachten kann, ohne dass sie es bemerkt. Sie sucht etwas in ihrer Tasche, kommt vom Weg ab, läuft beinahe gegen eine Laterne, bevor ihr das Gesuchte aus der Hand fällt, sie sich bückt, und beim Wiederaufstehen rutscht ihr die Tasche von der Schulter. Schnell sammelt sie alles wieder ein und schaut sich verlegen um, ob jemand etwas davon mitbekommen hat. Dabei fällt ihr Blick auf mich. Sie schenkt mir ein schiefes Lächeln und kommt zu mir.

War sie schon immer so tollpatschig?

»Hey«, begrüßt sie mich.

»Hi. Hast du alles wiedergefunden, was dir runtergefallen ist? Ich wollte kommen und dir helfen, aber da warst du schon fertig.« Eine Lüge, aber ich will nicht, dass sie glaubt, ich sei ihr nicht zur Hilfe geeilt, weil ich mich über sie amüsiert habe. Auch wenn das ein klein wenig der Wahrheit entspricht.

»Ich bin solche Missgeschicke gewöhnt und reagiere pfeilschnell. Meinem Adlerauge entgeht nichts.«

»Miss!«, ruft da plötzlich jemand hinter ihr, und sie dreht sich um. Der Passant hält einen Terminplaner in der Hand. »Sie haben etwas verloren!«

»Oh«, ruft sie aus und eilt zu ihm, um sich überschwänglich zu bedanken. Innerlich flehe ich mich selbst an, bloß nicht loszulachen.

»Na ja, vielleicht brauche ich eine Brille«, scherzt sie, als sie etwas aus der Puste wieder vor mir zum Stehen kommt.

Und in dem Moment kann ich einfach nicht mehr und lache laut los. Es ist ein Lachen, dass so tief aus dem Bauch kommt, dass man es nicht einfach abstellen kann. Mir laufen Tränen die Wangen runter. Zunächst blickt sie mich empört an, bevor sie herzlich mit einstimmt. Wie zwei Verrückte grölen wir minutenlang.

»Aua, mein Bauch«, japst Avery und hält sich selbigen.

»Ich kann nicht mehr«, keuche ich.

Gerade wenn einer von uns sich wieder beruhigt hat, löst bloß ein Seitenblick zum anderen erneutes Gekicher aus, weswegen wir uns krampfhaft bemühen, uns nicht in die Augen zu sehen. Aber dennoch dauert es noch eine ganze Weile, bis das Glucksen aufhört.

Ich wische mir die Augen. »Ich kann mich nicht erinnern, wann ich das letzte Mal so gelacht habe.«

»Ich auch nicht. Muss ewig her sein.«

»Sollen wir reingehen?«

»Klar, aber ich denke nicht, dass wir da eine genauso gute Unterhaltung bekommen«, scherzt sie.

Wir treten an die Kasse. Als ich für beide Tickets zahlen will, besteht sie vehement darauf, für sich selbst aufzukommen, um den Nicht-Date-Charakter unseres Nicht-Dates zu untermauern.

Drinnen suchen wir uns zwei Plätze und bestellen etwas zu trinken. Wir haben noch etwas Zeit, bevor die Show losgeht. Avery legt einen Block und einen Bleistift auf den kleinen Bistrotisch vor uns. Wahrscheinlich um noch weiter darauf zu pochen, dass es sich um ein berufliches Treffen und nicht um ein Date handelt.

Mir ist das recht. Vielleicht lässt mein schlechtes Gewissen dann nach.

»Wie ist es dir in den letzten Tagen ergangen?«, frage ich.

Sie verdreht die Augen.

»Ach, doch so gut?«, necke ich sie.

»Es ist besser, wenn wir nicht darüber reden. Ich kann dann nämlich nicht dafür garantieren, nichts kaputt zu machen.«

»Über was möchtest du denn sprechen?«

Sie zuckt mit den Schultern. Ihr Blick sucht meinen, und in ihren Augen sehe ich all ihre unausgesprochenen Fragen.

Ich stand am Grab meiner Mutter. Irgendjemandem musste ich erzählen, was in mir vorging. Meine Kumpels kamen nicht infrage, Dad würde mir wahrscheinlich nur wieder eine klatschen und Avery … Ihr konnte ich das erst recht nicht sagen, schließlich ging es doch um sie.

Daher war ich auf den Friedhof gekommen und erzählte meiner Mutter, was in mir vorging. Ich wünschte nur, dass sie mir auch einen Rat geben könnte. Sie wüsste genau, was ich tun könnte.

Tun gegen all diese Gefühle. Diese Gefühle, die in mir auftauchten, sobald ich Avy sah. Nie hatte ich in ihr etwas anderes gesehen als einen Kumpel. Kumpels wie Daniel und Justin, aber auf einmal war mir klargeworden, dass sie ein Mädchen ist. Ganz und gar kein Kumpel. Mir fiel plötzlich auf, wie wunderbar ihre Haare dufteten, wie weich sich ihre Haut unter meinen Fingerspitzen anfühlte, wie sehr ihre Augen strahlten, wenn sie von Dingen sprach, die sie liebte, und wie filigran ihr Hals geschwungen war, wenn sie in den Himmel schaute. Mir fiel auch auf, dass ihr Körper sich veränderte, klar, meiner auch, aber ihrer nahm langsam weibliche Rundungen an.

»Mom, was bedeutet das? Wieso wird mir so flau im Magen, wenn ich Avery sehe? Wieso habe ich immer den Wunsch, sie zu berühren?«

Das war auch so was. Ständig versuchte ich einen Grund zu finden, um sie anzufassen. Sei es, dass ich ihr meine Hand reichte, um ihr auf einen Felsen zu helfen. Sei es, dass ich imaginäre Spinnen von ihren Schultern wischte. Und einmal, ich gebe es nur ungern zu, hatte ich ihr zugerufen, dass hinter ihr eine Schlange sei, damit sie sich erschrocken in meine Arme warf.

»So etwas würde ich bei Daniel und Justin niemals tun. Also warum bei ihr?«

Der Kuss – oder besser die Küsse – waren so wunderbar gewesen, viel besser, als ich mir das vorgestellt hatte, vor allem das mit der Zunge. Und danach hatte ich mich wie ein Arsch aufgeführt und ihr gesagt, dass ich nicht mit ihr gehen wollte. Wieso nur?

Es passte zwar nicht in mein Selbstbild, aber ich musste mir eingestehen, dass ich Angst hatte. Angst vor Veränderung. Avery war meine beste Freundin, und Gefühle verkomplizierten nur alles. Ich merkte ja jetzt schon, dass ich mich anders verhielt. Jeremy hatte mir erzählt, dass man anders mit einem Mädchen umging, mit dem man zusammen war. Man wollte es beschützen. Okay, das wollte ich bei Avy schon immer. Man mochte nicht, wenn es mit anderen Jungs sprach. War das vielleicht das Gefühl, das in mir aufstieg, wenn ich sie mit Justin reden sah? Jeremy fand auch, dass Mädchen einem bloß Zeit raubten. Zeit, die man mit seinen Kumpels verbringen könnte. Aber Avy war ja auch mein Kumpel, also sollte das kein Problem sein.

»Mom, ich brauche dich gerade dringend. Ich verstehe einfach nicht, was mit mir los ist. Wieso will ich sie gleichzeitig an mich ziehen und wegstoßen? Wieso will ich so komische Dinge?«

Es war alles so verwirrend. Nichts wünschte ich mir sehnlicher als einen Rat von jemandem, der sich auskannte. So richtig, denn ich vermutete, dass Jeremy eigentlich auch keine Ahnung hatte. Vielleicht sollte ich doch Dad fragen …

Als ich nach Hause kam, wartete Dad bereits auf mich.

»Wo warst du?«

»Auf dem Friedhof.«

»Ich hatte dir gesagt, du sollst die Küche aufräumen.«

»Ich mach das sofort.«

»Jetzt ist es zu spät. Du weißt, was jetzt kommt.«

Leider wusste ich das nur zu genau.

Als ich später alleine in meinem Zimmer lag und mir Tränen über die Wangen liefen, hörte ich das leise Klopfen an meinem Fenster, das Avery ankündigte. Zuerst ignorierte ich es, aber sie gab nicht auf, bis ich es öffnete.

»Alles in Ordnung?«, fragte sie leise.

Ich nickte. »Ja, klar. Aber heute nicht, okay? Ich komm morgen zu dir. Heute muss ich allein sein.«

Der Schmerz in ihren Augen war unverkennbar, aber ich musste mein Herz davor verschließen. Und weil das einfacher war, wenn ich sie nicht sah, zog ich das Rollo runter, nachdem sie wieder aus dem Fenster geklettert war.

Ich möchte Cade gerne fragen, wieso er damals gegangen ist. Wie er mich verlassen konnte. Wie er mir das antun konnte. Wieso? Das ist meine einzige, riesige Frage, auf die ich eine Antwort brauche. Aber ich glaube nicht, dass nun der richtige Zeitpunkt ist.

»Reden wir doch über deinen Tag.«

Er grinst. »Der ist ebenso wenig der Rede wert. Obwohl, wenn du dich mal von Republikanern umzingelt siehst, behaupte einfach, du willst in der Kennedy Library heiraten.«

Bestimmt ist das nur ein Scherz, aber alles, was ich höre, ist, dass er heiraten will. So ernst ist es also mit ihm und seiner Freundin. Aber was machen wir dann hier? Platonische Treffen mögen okay sein, wenn man nicht weiß, wie tief man in einer Beziehung steckt oder ob man überhaupt eine hat, so wie bei mir. Aber diese Nicht-Dates sind ganz und gar nicht okay, wenn man verlobt ist, wenn man einer anderen Frau für den Rest seines Lebens die Treue schwören will.

Vermutlich konnte ich mein Entsetzen nicht verbergen, denn hastig schiebt er hinterher: »Melinda und ich planen nicht zu heiraten. Sie vielleicht, ihre Mutter ganz bestimmt, aber ich bin davon meilenweit entfernt.«

»Okay.« Aber auch diese Erklärung beruhigt das flaue Gefühl in meinem Magen nicht. Etwas tief in mir sagt, dass ich diejenige bin, die tief verletzt aus dieser Geschichte rausgehen wird. Niemand sonst. Nur ich.

»Du hast doch auch einen Freund.«

»Einen Freund, bei dem ich nicht weiß, woran ich bin, ob ich überhaupt irgendworan sein will, und mit dem ich alles auf Anfang gesetzt habe, weil ich ausgeflippt bin, als er mit mir Sex haben wollte.« Ups, das wollte ich gar nicht sagen. Bei näherer Betrachtung von Cades fassungslosem Gesichtsausdruck hätte ich das auch nicht sagen sollen.

Er beugt sich vor. »Du hast keinen Sex mit deinem Freund?«

Männer! Sie haben doch wirklich nur Antennen für ein Thema. Und dieses Thema will ich nicht weiter erörtern.

»Das geht dich nichts an.«

»Du hast damit angefangen.«

»Ich wollte nur betonen, dass meine Beziehung an einem ganz anderen Punkt ist als deine. Bei mir ist nicht mal der Status klar, geschweige denn, dass irgendwelche Kirchenglocken klingeln.«

»Also habt ihr keinen Sex.« Gerne würde ich ihm diesen Ausdruck männlicher Zufriedenheit vom Gesicht wischen, aber ich bin Pazifistin. Da hat er noch mal Glück gehabt. Wirklich.

»Wie gesagt, das geht dich nichts an.«

Er hebt die Hände. »Fein, ich frag nicht mehr nach deinem nicht vorhandenen Sexleben. Aber wenn es dich glücklich macht, bei mir klingeln auch nicht die Glocken. Gar keine.«

Bilde ich es mir ein oder klang das verdammt schmutzig? Oder will ich vielleicht nur, dass es schmutzig klingt?

»Fein, dann klingeln deine Glocken halt nicht.«

Ich verstehe nicht so recht, warum er schon wieder in schallendes Gelächter ausbricht. Aber es bestätigt meinen Verdacht, dass er seine Worte anzüglich gemeint hat.

»Reden wir über was anderes als meine Glocken«, meint er grinsend. »Wie geht es Heather und Laura?«

Die beiden waren meine besten Freundinnen in der Highschool. Wir hatten nicht die gleiche enge Bindung wie Cade und ich, aber sie kamen dem schon ziemlich nahe. Im Grunde sind wir eine ganze Weile zu sechst rumgezogen. Cade, seine Kumpel Justin und Daniel und wir drei.

»Wir haben uns aus den Augen verloren. Heather hat in L. A. studiert und hat dann jemanden aus Florida kennengelernt, ihr Studium abgebrochen und geheiratet. Das Letzte, was ich von ihr gehört habe, ist, dass sie zwei Kinder hat und das halbe Jahr auf den Keys verbringt.«

»Gibt Schlimmeres.«

»Auf jeden Fall.«

»Und Laura?«

»Laura hat in Princeton studiert und managt jetzt einen riesigen Hedgefonds an der Wall Street. Sie hat wohl kein Privatleben mehr. Wir texten ungefähr einmal im Jahr, dass wir noch leben.«

»Laura war doch immer so lieb. Ich kann mir nicht vorstellen, dass sie ein Haifisch geworden ist.«

Ich zucke mit den Schultern. »Ich mir auch nicht, aber offensichtlich lockt das Geld.«

»Offensichtlich gilt das nicht für jeden.«

»Ach, weißt du, wenn mir jemand eine Wohnung in Beacon Hill oder Back Bay anbieten würde, würde ich auch einige Prinzipien über Bord werfen.«

»Wo wohnst du denn?«

»Sagen wir es mal so, die Green Line muss bis fast zur Endhaltestelle fahren.«

»Oh, also außerhalb?«

Ich nicke. »Die Mieten hier sind ja nicht zu bezahlen.«

»Ich finde es sehr schade, dass die Gentrifizierung so um sich greift. Ich wohne auch nur in Beacon Hill, weil Melinda da wohnt.«

Sie wohnen also zusammen? Klar, es ist nichts Festes, nichts, was auf eine Hochzeit zuläuft … Wie kann ich nur so blöd sein?

»Ihr wohnt also zusammen.«

Er sieht aus, als wäre er beim Griff in die Keksdose erwischt worden. »Nun ja, ja, aber das heißt nichts.«

Ich beuge mich zu ihm und schaue ihm fest in die Augen. »Ich denke, du musst erst mal ergründen, was du willst. Sei mal ehrlich, wenn sich herausstellt, dass zwischen uns keine Gefühle mehr bestehen, heiratest du sie dann und wirst glücklich? Für mich käme das niemals infrage.«

Aus seinem Blick spricht Verunsicherung. »Es ist doch nicht schlimm, sich alle Türen offenzuhalten.«

»Wie fühlt sich wohl deine Freundin, wenn sie erführe, dass du nur auf was Besseres wartest?«

Als er nicht antwortet, stehe ich auf.

»Ich denke, das hier war ein Fehler.«

»Avery! Komm schon, bleib. Ich weiß, das ist eine Scheißsituation, aber du hast auch nicht mit deinem Kerl Schluss gemacht, bevor du dich mit mir verabredet hast. Das kannst du mir doch nicht vorwerfen.«

In gewisser Weise hat er ja recht, und dennoch ist seine Situation mit meiner nicht zu vergleichen. Ganz und gar nicht.

»Vielleicht musst du erst mal wissen, was dir wichtig ist, Cade.«

»Komm schon! Wir haben uns jahrelang nicht gesehen. Wir können beide nicht wissen, ob wir uns noch mal eine

Chance geben sollten. Deswegen wollten wir uns doch als Freunde treffen.«

»Mit dem Unterschied, dass ich nie nur eine Freundin sein wollte.« Damit gehe ich. Und verfluche mein großes Mundwerk, das immer ungefragt irgendwelche Dinge ausplaudert, die ich nie sagen wollte. Es ist doch zum Verrücktwerden. Wieso öffne ich mich ihm gegenüber so sehr?

Auf jeden Fall wird es das Beste sein, sofort den Tatort zu verlassen, bevor es noch peinlicher für mich endet. Ich eile aus dem Gebäude und vergesse dabei vollkommen, dass ich eigentlich tatsächlich einen Artikel über den Slam schreiben wollte.

Noch vor der nächsten Straßenecke hat Cade mich eingeholt. Von hinten schließt er seine Arme um mich. Ich bleibe wie erstarrt stehen. Mein Körper weiß nicht, wie er reagieren soll. Die Berührung macht mir Angst und ist gleichzeitig so schön. Es ist so lange her, dass ich ihn gespürt habe, seinen Körper gespürt habe. Cade vergräbt sein Gesicht in meinen Haaren. Schnuppert er an mir?

Er schnuppert an mir!

»Avy«, murmelt er. Es hört sich irgendwie gequält an.

Ganz langsam taue ich durch seine Körperwärme zumindest so weit auf, dass ich mit den Fingern seine suchen und mit ihnen verschränken kann. Behutsam lehne ich mich an ihn. Ich weiß, dass es falsch ist, so falsch. Aber wie kann etwas Falsches sich so gut anfühlen?

»Avy«, murmelt er wieder, und ich kann an seiner Stimme hören, dass er die gleichen inneren Konflikte ausficht. Dass er es auch will und wieder nicht. Dass er sich bewusst ist, wie verfahren unsere Situation ist, dass er aber auch nicht anders kann als nachgeben.

Es könnte so einfach sein. So einfach, wieder da anzuknüpfen, wo wir damals aufgehört haben. Ich in seinen Armen. Aber wir sind nun mal nicht mehr die gleichen Personen, was es so kompliziert macht.

»Geh nicht.«

»Wieso nicht?«, flüstere ich.

»Weil wir es dann nie wissen werden.«

Ich drehe mich in seinen Armen, löse mich von ihm und schaue ihn an. »Vielleicht ist es eine doofe Idee.«

»Vielleicht. Aber ich denke ständig an dich.«

»Aber was ist mit Melinda? Und mit Dylan? Es geht hier ja nicht nur um uns.«

»Solange wir nichts weiter tun, als zu reden, finde ich nicht, dass wir was falsch machen.«

Ich lache auf. »Das ist so eine männliche Sichtweise!«

»Jeder muss doch für sich definieren, ab wann Fremdgehen anfängt.«

»Für dich ist es also kein Fremdgehen, wenn wir in einem Café zusammensitzen und den Plan schmieden, herauszufinden, ob wir zusammengehören?«

»Nein. Fremdgehen fängt beim Küssen an.«

»Nicht bei einer leidenschaftlichen Umarmung?«

Er grinst plötzlich. »Du fandest die Umarmung leidenschaftlich?«

»War ja klar, dass du nur das verstehst.«

Normalerweise finde ich es creepy, wenn mir jemand zuzwinkert, aber zu Cade passt es, weswegen ich unwillkürlich schmunzeln muss, als er es tut.

»Hey, was soll ich machen? Ich bin auch nur ein Mann. Wenn eine schöne Frau mir sagt, sie will Leidenschaft, bekommst sie sie.«

Ganz genau kann ich spüren, wie mir die Röte in die Wangen steigt. »Und Frauen Komplimente machen? Ist das nicht Fremdgehen?«

Er zuckt mit den Schultern. »Nicht solange ich nicht weiter gehe.«

»Da liegst du vollkommen falsch. Das nennt sich Micro-Cheating.«

»Das kann sich nur eine Frau ausgedacht haben.«

»Das weiß ich nicht, aber es bedeutet, dass es, wenn man einer anderen Frau textet und es der Partnerin verschweigt, auch schon eine Form von Fremdgehen ist.«

»Darum geht es dir? Du willst, dass ich Melinda sage, dass ich dich treffe? Fein.« Er zieht sein Handy aus der Tasche.

»Was machst du?«, frage ich irritiert.

»Na, wenn es dir besser geht, wenn Melinda von uns weiß, dann sag ich es ihr.« Er hält sich das Handy ans Ohr.

»Nicht!«, rufe ich, aber da ist es schon zu spät.

»Hey, Honey. Ich hab eine alte Freundin von früher getroffen. Wir gehen zum Poetry Slam in South Boston. Wir sehen uns später. Tschüss.« Er grinst mich an.

»Was? Hast du …? Das hast du nicht getan«, stammele ich.

Er zuckt mit den Schultern. »Du wolltest doch, dass Melinda es weiß. Jetzt können wir wieder reingehen.«

Cade schlendert wieder in Richtung Eingang, aber ich verharre regungslos. Ist er verrückt? Er hat doch nicht wirklich Melinda angerufen?

»Kommst du?«, ruft er über die Schulter zurück.

»Nein.«

Er dreht um und breitet die Arme aus. »Wieso nicht?«

»Weil ich nichts mit Verrückten zu tun haben will.«

Langsam kommt er auf mich zu. »Du wolltest doch, dass ich ehrlich zu meiner Freundin bin.«

»Ja, aber …« Aber doch nicht so! Ich weiß gar nicht, wie ich es ihm begreiflich machen soll. Hat er so wenig Feingefühl, dass er nicht versteht, was er da gerade getan hat?

»Was aber?«, fragt er und bleibt nun dicht vor mir stehen.

»Das kannst du ihr doch nicht antun! Sie wird jetzt zu Hause sitzen und auf den Fingernägeln kauen, sich sorgen, furchtbare Seelenqualen leiden …«

Cade zieht sein Handy hervor und drückt auf Wahlwiederholung, während er mich nicht aus den Augen lässt.

»Beim nächsten Ton ist es neunzehn Uhr, vierundfünfzig Minuten und zwanzig Sekunden«, ertönt eine automatisierte Stimme.

Ich schlage ihm gegen den Arm und bringe ihn damit zum Lachen.

»Du bist ein Arsch.«

Er grinst mich an. »Komm schon.«

»Und überhaupt, wer kennt denn die Nummer von der Zeitansage?«

»Sie ist manchmal ganz nützlich.«

»Ich hab echt gedacht, du hättest sie angerufen.«

»Ich bin kein unsensibles Arschloch.«

»Du hast mich fast getäuscht.«

Auf einmal wird er ganz ernst. »Ich weiß, wir stecken in der denkbar ungünstigsten Situation, die man sich vorstellen kann. Aber ich kann nicht einfach mein Leben über den Haufen werfen nur für eine Chance. Es hängt zu viel daran.«

»Wieso es dann überhaupt versuchen?«

Er zuckt ganz leicht mit den Schultern. Ich registriere es

nur, weil ich jede seiner Regungen genau beobachte. »Eine Chance ist eine Chance, selbst wenn sie noch so klein ist.«

»Was man nicht weiß, macht einen nicht heiß.«

»Aber ich müsste immer über die Frage nachdenken: was wäre wenn? Du nicht?«

Vielleicht sollte ich es nicht zugeben, aber ich nicke. »Doch.«

»Dann bleibt uns nichts anderes übrig, oder?«

Widerstrebend folge ich Cade zurück an unseren Tisch im Club. Wir bestellen Getränke, bevor der erste Slammer auf die Bühne tritt. Bewaffnet mit Block und Bleistift mache ich mir Notizen, aber innerlich zucke ich mehrmals zusammen. Gott, ist dieser Typ schlecht.

Cade beugt sich zu mir. »Ich glaub, ich trag 'ne rosarote Brille, was unsere Slam-Erfahrungen betrifft.«

»Was meinst du?«

»Ich hatte das als großartig in Erinnerung.«

Leise kichere ich vor mich hin. »Es war auch großartig.«

»Dann ist der hier einfach nur unterirdisch?«

»Unterirdisch ist schon ein hartes Wort.«

»Sind alle auf diesem Niveau?«

»Nein. Ich hab schon viele sehr gute Slammer erlebt.«

»Dann hoffe ich auf Besserung.«

Wir waren früher öfter mal beim Poetry Slam in einem Jugendzentrum unserer Stadt gewesen, und da haben wir tolle Wortakrobaten gesehen. Dieser positive Eindruck war vielleicht auch meiner Ehrfurcht vor ihrem Mut geschuldet, sich auf eine Bühne zu stellen. Ich hätte mich das nie getraut. Tatsächlich habe ich mich auch mal an einem Gedicht probiert, aber ich habe es nicht geschafft, so viel Tragweite in so eine kurze Textform zu bekommen. Ich brauche einfach mehr

Worte, als in wenige Zeilen passen. Worte, die im großen Zusammenhang ihre Aussagekraft entfalten.

Cade und ich haben Glück, denn die nächste Interpretin, die auf die Bühne kommt, hat es drauf. Die Art und Weise ihres Vortrags ist großartig, genauso wie ihr Thema. Andere mögen es abgelutscht finden, heutzutage über Politik zu sprechen, weil man sich beinahe jeden Tag über die neusten politischen Ereignisse in unserem Land aufregen könnte, aber ich finde, dass dies gerade ein Grund ist, die Missstände anzusprechen, damit wir etwas ändern können. Jeder sollte wissen, dass es gerade eben nicht normal ist, wie heute Politik betrieben wird, da eine gewisse Partei offensichtlich alle moralischen Bedenken über Bord geworfen hat und nur noch darüber nachdenkt, wie sie sich selbst und ihren Finanziers das meiste Geld zuschanzen können.

Ich könnte mich aufregen!

Wie gut, dass ich das nicht tue.

»Wow«, raunt Cade mir ins Ohr, als wir in den tosenden Applaus einstimmen. »Kommt es nur mir so vor oder war sie eine Wucht?«

»Sie war auf jeden Fall eine Wucht.«

»Ich finde es so wichtig, die Schandtaten der Republikaner deutlich anzusprechen.«

Ich hätte es mir ja denken können, dass er genauso denkt wie ich, aber es stimmt mich dennoch froh. Mit Dylan kann ich nicht über Politik sprechen. Seine Familie hat für den Brexit gestimmt. Ich meine: Hallo?

Ein Merkmal unserer Zeit ist leider, dass man so selten über Politik spricht, weil unterschiedliche Auffassungen Freundschaften sofort disqualifizieren können. Das kann doch keiner wollen.

»Ja, finde ich auch. Gerade heutzutage muss darüber gesprochen werden. Wer behauptet, Kunst sollte nicht politisch sein, liegt falsch. Kunst muss gerade politisch sein.«

Er lächelt. »Ich hab Anfang des Jahres irgendwo einen Artikel gelesen, dass große Museen in den USA mehr politisch motivierte Kunst angeschafft haben.«

Meine Augen leuchten auf. »Am Museum des Wellesley Colleges haben sie alle Kunstwerke von Immigranten mit schwarzen Tüchern zugehängt, um zu zeigen, was unserer Kunstszene fehlen würde, wenn wir niemanden mehr ins Land kommen lassen würden.«

»Hast du dir das angesehen?«

»Ja, hab ich. Es war sehr beeindruckend. Sie hatten hundertzwanzig Kunstwerke verdeckt oder abgehängt.«

»Aber denkst du, dass Künstler oder Museen noch weiter gehen sollten?«

»Eindeutig die Künstler. Museen können die Schauen kuratieren, aber wenn es keine Werke gibt, die sie zeigen können, dann nutzt das auch nichts.«

»Es ist natürlich auch immer eine Gratwanderung, nicht wahr? Man will ja Zuschauer und Sponsoren nicht verprellen.«

»Ach was! Kunst darf das. Sie muss sich nicht am Mainstream orientieren. Sie sollte es vielleicht auch gar nicht. Kunst ist nicht immer bequem und wohltuend. Manchmal muss sie der Gesellschaft einen Spiegel vorhalten und ihr zeigen: ›So sieht es momentan aus. Ändert es.‹«

»Du warst schon immer so leidenschaftlich, wenn du von etwas überzeugt warst.«

»Ja, vielleicht dir gegenüber oder bei meinen Eltern, aber im Grunde war ich früher doch nur ein schüchternes Mädchen.«

Er sieht mich grübelnd an. »Das stimmt vielleicht sogar. Mir ist es damals nicht so aufgefallen, aber wenn ich so drüber nachdenke …«

»Dir ist es nicht aufgefallen, weil du mich immer mitgezogen hast?«

Seine Augenbrauen schnellen nach oben. »War dir das unangenehm?«

»Nein, gar nicht. Ich brauchte das sogar, sonst wäre ich vielleicht nie aus meinem Zimmer rausgekommen.«

»Jetzt übertreibst du aber.«

»Aber nur ein bisschen.«

Wir verstummen, als der nächste Slammer auf die Bühne tritt. Wenn jemand da oben steht, da auf der Bühne, egal ob beim Poetry Slam oder bei einem Schauspiel, einem Musical oder einer Performance, und so richtig gut ist, strömt immer eine Woge Stolz durch mich hindurch. Stolz auf diese wunderbaren Künstler, die uns an ihrer Kunst, an ihrem Innersten teilhaben lassen.

Der Abend ist wirklich schön. Es ist immer noch leicht, mit Cade zu reden. Wir sind nicht immer einer Meinung, aber ich mag unsere Balance im Miteinander. Er akzeptiert meine Meinung, ebenso wie ich seine akzeptiere. Es hat viel mit Respekt zu tun. Ich wollte meiner Mom ja nie glauben, wenn sie mir sagte, dass jede Frau einen Gentleman verdient. Das war in meiner Bad-Boys-Phase – lange nach Cade –, als ich dachte, dass man sich ruhig sein Leben ruinieren könnte, solange man dabei hinten auf einem Motorrad sitzt. Vielleicht hat diese Phase nicht lang angehalten, weil Dad doch immer mein großes Vorbild in Sachen Männer gewesen ist.

»Wie kommst du nach Hause?«, fragt Cade, als wir draußen stehen und uns nicht so recht voneinander trennen können.

»Mit der Metro.«

»Ich fahr dich.«

»Ach, nein, ich fahr immer mit der Metro.«

»Ich fahr dich.« Er weist in die Richtung seines Autos.

»Das ist wirklich nicht nötig. Ich wohne so weit draußen, das ist ein riesiger Umweg für dich.«

»Das macht mir nichts.«

Also gebe ich nach. Wir legen die wenigen Schritte zu seinem Wagen zurück, und er öffnet mir die Beifahrertür. Sobald ich im Dunkeln das Auto erkenne, muss ich grinsen. »Du hast ihn immer noch?«

Es handelt sich um einen 85er VW Jetta II, den sich Cade mit sechzehn auf dem Schrottplatz gekauft hat und ihn dann gemeinsam mit Jeremy restauriert hat.

»Natürlich. Ich würde ihn nie abgeben.«

Auch wenn ich gerade noch dagegen protestiert habe, freue ich mich nun auf die Heimfahrt. Neugierig öffne ich das Handschuhfach und fange an zu lachen.

Seine Mundwinkel ziehen sich ebenfalls nach oben, als er sieht, was ich entdeckt habe. »Die habe ich immer im Handschuhfach.«

»Wie schön, dass sich manche Sachen nicht ändern. Darf ich?«

»Klar.«

Ich hole die Packung Twizzlers hervor. Das rote Lakritz ist schon immer Cades Lieblingssüßigkeit gewesen. Mein Geschmack waren sie eigentlich nie, aber um die Straße der Erinnerung entlangzugehen, hole ich uns jeweils eine Stange heraus.

»Wie in alten Zeiten«, meint Cade schmatzend, während er sein altes Schätzchen Richtung Brookline lenkt.

Die Fahrt vergeht wie im Flug. Als ich nach der Verabschiedung in meiner Wohnung ankomme, schließe ich die Tür hinter mir und lasse mich dann langsam daran herabrutschen. Spocky kommt maunzend an und reibt ihren Kopf an meinem Knie. Geistesabwesend streichele ich sie, während ich wieder in meinen Erinnerungen versinke.

Kapitel Fünfzehn

Avery

Die halbe Nacht liege ich wach. Die Erinnerungen quälen mich. Oder die Gegenwart. Der Abend mit Cade war so schön. Es hat sich wie früher angefühlt. Ganz genauso. Er ist genauso, wie er damals war, nur sehr viel heißer. Oh, damals fand ich ihn auch schon heiß, aber jetzt ist er kein Junge mehr, sondern ein Mann. Breite Schultern, markantes Gesicht mit diesem unwiderstehlichen Dreitagebart. Seine Augen, die noch so viel von dem Schalk des Jungen besitzen, aber auch irgendwie erwachsen wirken, auf eine gute Weise. Am meisten mag ich aber seine Hände. Groß und kräftig, ohne wurstig zu wirken, mit langen Fingern. So anders als die Hände des Jungen und doch so vertraut.

Mir wird klar, dass meine Gefühle für ihn kaum nachgelassen haben und jetzt wieder stärker werden. Doch wie kann ich das zulassen, wenn ich doch Dylan an meiner Seite habe? Mein schlechtes Gewissen droht mich aufzufressen.

Wie viel Potential hat eine Beziehung, wenn sie auf Lügen aufgebaut ist?

Einen Tag, nachdem Cade mir das Rollo vor der Nase heruntergezogen hatte, kam er wie versprochen zu mir. Ich saß mit meinen Hausaufgaben auf der Terrasse, aber betrachtete lieber die gar nicht mehr so kleinen Katzen, die noch nicht mit-

bekommen hatten, dass sie jetzt groß waren und nicht mehr durch jede schmale Ritze hindurchpassten. Sie versuchten es trotzdem. Ständig mussten sie gerettet werden, weil sie irgendwo feststeckten.

Als sich Cade neben mich setzte, verzog er vor Schmerzen sein Gesicht.

»Was hast du?«, fragte ich alarmiert.

»Nichts, alles gut.«

»Du hast Schmerzen.«

»Nein, nein, alles gut. Hey, ich wollte mit dir reden.«

»Worüber?«

»Über das, was letztens im Baumhaus geschehen ist.«

»Du meinst den Kuss?«

»Na ja, eigentlich was danach geschehen ist.«

»Du warst gemein.«

»Ja, genau das.«

Ich lehnte mich zurück. »Wieso warst du gemein?«

Er beugte sich herunter, weil Malibu versuchte, an seinem Bein hochzuklettern. Sanft streichelte er ihren kleinen Kopf. »Ich mag dich.«

»Ja, ich mag dich auch.«

Er grinste leicht. »Ich mag dich nicht nur so, sondern … na ja, halt so.«

»Wie denn so?« Manchmal verhielten Jungs sich doch wirklich unverständlich.

»So richtig.«

Mein Herzschlag beschleunigte sich. Meinte er das, was ich hoffte? Ich musste es genau wissen. Er musste es mir genau sagen! »Wie richtig?«

Cade verdrehte die Augen. »Ich will mit dir gehen.«

Ich konnte es mir nicht verkneifen, zu fragen: »Wohin denn?«

Jetzt erschien endlich das vertraute freche Grinsen auf seinem Gesicht. »Du bist genauso blöd wie früher.«

»Ich bin gar nicht blöd!«

»Du weißt genau, was ich meine.«

»Aber … ich verstehe nicht. Ich hatte dich das gefragt! Nach dem Kuss hab ich dich gefragt, ob wir jetzt miteinander gehen.«

»Ich weiß.«

»Du hast mir mit deinen Worten wehgetan. Wieso hast du das gemacht?«

Unsicher strich er sich die Haare aus dem Gesicht, die damals noch glatt an seinem Kopf herabhingen und bis auf die Ohren fielen. »Kannst du nicht einfach Ja sagen?«

Ich verschränkte die Arme vor der Brust. »Kann ich nicht. Erklär es mir.«

»Jeremy sagt, man muss nicht so viel reden, wenn man mit jemandem geht.«

»Jeremy kann denken, was er will. Mit ihm will ich ja nicht gehen.«

Cade grinste wieder. »Aber mit mir?«

Ich starrte ihn einfach nur an.

Frustriert warf er die Arme in die Luft. »Fein! Ich hatte Angst, okay?«

»Wovor hattest du Angst?«

Nun wurde er langsam wütend. Ich erkannte es in dem Aufblitzen in seinen Augen. »Das geht dich nichts an.«

»Ich bin deine beste Freundin.«

»Na und? Du musst nicht alles wissen.«

»Wenn du mir nicht sagen kannst, was dir auf der Seele brennt, vertraust du mir nicht.«

»Doch, tue ich.«

Ich schüttelte den Kopf, sodass meine dunkelblonden Schnittlauchlocken nur so flogen. »Nicht genug.«

Mir wird bewusst, dass wir es einander nie wirklich leicht gemacht haben, seit wir erkannt hatten, dass wir mehr als nur freundschaftliche Gefühle füreinander hegten. Es ist aber auch schwer! Damals kannte ich keinen Liebeskummer, und ich hätte mich sofort in dieses neue Abenteuer mit Cade gestürzt, wenn er gewollt hätte. Aber es hat an mir genagt, dass er nicht mit mir reden wollte, dass er so wichtige Informationen vor mir geheim halten wollte. Damals war es nur mein Bauchgefühl, aber heute weiß ich, dass Kommunikation alles ist.

Wenn man es nicht schafft, miteinander zu kommunizieren, ist eine Beziehung zum Scheitern verurteilt. So wie die zu Dylan, wird mir plötzlich klar. Wir reden, ja, aber ich glaube, wir reden nicht so wirklich miteinander. Erst wenn es schon beinahe zu spät ist.

Ich stehe auf, gehe ins Wohnzimmer und hole ein Fotoalbum aus dem Regal. Ich kuschele mich auf die Couch und schlage es auf. Diese Wohnung ist die erste, in der ich meine Alben wieder im Regal stehen habe. Vorher hatte ich sie in der hintersten Ecke meines Schrankes verborgen, weil es einfach zu weh tat, an die Zeit mit Cade erinnert zu werden.

Aber jetzt schaue ich mir unsere gemeinsame Geschichte an. Cade mit ungefähr vier auf seinem Rad mit Stützrädern. Er grinst ebenso frech in die Kamera, wie er es heute immer noch tut. Ein Foto von uns beiden, wie wir Hand in Hand auf dem Rasen vor meinem Elternhaus stehen. Wir sind von hinten zu sehen, wie wir die Köpfe zusammenstecken, als würden wir uns die großen Geheimnisse der Welt verraten.

Ich streiche über das Foto, das uns im Garten mit Cades Mutter zeigt. Wir waren vielleicht sechs. Mir wird klar, dass ich Sharon auch heute noch vermisse. Natürlich war sie Cades Mom, und er hat am meisten um sie getrauert, aber ich hatte sie auch gern, und ich habe sie auch verloren. Nach ihrem Tod war ich ausschließlich für Cade da und habe selbst gar keine Chance gehabt, meine Trauer zu zeigen.

Sie hatte so ein schönes Lachen. So richtig, richtig herzlich. Sie konnte einen ganzen Saal mit ihrem Strahlen erleuchten. Wo sie war, war immer der Mittelpunkt des Geschehens. Alle anderen strebten quasi zu ihr hin, wurden von ihrer Lebhaftigkeit angezogen wie die Motten vom Licht. Ich habe so viele Erinnerungen an früher, die sie alle beinhalten. Und sie war immer meine Freundin, auch wenn es komisch anmuten mag, dass eine Erwachsene mit einem kleinen Kind befreundet sein kann. Aber so fühlte es sich für mich an.

Cade hatte vor mir Fahrrad fahren gelernt und darüber war ich so frustriert, dass ich weinend auf den Stufen unseres Hauses saß. Sharon kam zu mir und fragte, was los sei. Als ich es ihr erzählte, hat sie mir heimlich Unterricht gegeben, bis ich es auch konnte. Cade hat nicht schlecht gestaunt, als er mich hocherhobenen Hauptes auf dem Fahrrad sah.

In den letzten Jahren bin ich bei jedem Besuch in Irvine an ihr Grab gegangen. Nur beim letzten Mal nicht, fällt mir plötzlich ein. Wieso eigentlich nicht?

Mir selber kann ich nichts vormachen, auch wenn ich das manchmal gerne versuchen würde. Ich hatte Angst, vollkommen irrational, ich weiß. Wenn ich an Sharons Grab stehe, habe ich das Gefühl, dass sie da ist. Nicht physisch, aber in meinen Gedanken. Sie redet nicht mit mir, doch ich kann ihre Anwesenheit ganz deutlich spüren. Und ich hatte

Angst. Mehr Angst vor mir und meinen eigenen Gefühlen, die ich mir hätte eingestehen müssen, als vor ihr, aber trotzdem konnte ich mich nicht überwinden.

Wenn ich das nächste Mal in Irvine bin, gehe ich wieder hin, verspreche ich mir selbst. Ich weiß, dass Cades Vater das Grab noch immer pflegt, denn jedes Mal, wenn ich da war, standen frische Blumen darauf. Was auch immer zwischen Vater und Sohn schiefgelaufen ist, seine Frau hat Mr. Turner über alles geliebt. Ich denke, nach ihrem Tod ist er einfach in seiner Trauer versunken und hat keinen Ausweg daraus gefunden. Das soll ihn nicht entschuldigen. Kein Vater sollte seinem Sohn so viel Kummer zufügen.

Mit viel Liebe schaue ich auf das nächste Bild von meinem Vater. Damals hatte er noch dunkle Haare, heute sind sie weiß. Damals war er noch athletisch, mittlerweile ist er ein wenig breiter geworden. Aber er ist immer noch ein gut aussehender Mann. Gut, meine Meinung ist sicherlich nicht besonders objektiv. Töchter sind voreingenommen, vor allem dann, wenn man so einen tollen Dad hat wie ich.

Cade

Ich starre auf meinen Monitor, aber ich sehe nicht, was da vor mir ist. Eigentlich sollte ich mir die Verkaufszahlen ansehen und sie in unser Buchhaltungssystem eintragen, damit unser Steuerberater etwas zu tun hat, aber seit bestimmt fünfzehn Minuten bin ich auf der Seite des App Store.

»Hey, Mann«, reißt Chris mich aus meinen Gedanken und erschreckt mich fast zu Tode. Er steht direkt hinter mir.

»Was soll das denn?«

»Ich hab dich schon dreimal gerufen, aber du hast nicht reagiert. Was ist da so interessant?« Er wirft einen prüfenden Blick über meine Schulter auf den Bildschirm.

Zum ersten Mal betrachte ich die Seite wirklich. Nichts ist interessant, wird mir klar.

»Ah, du hast es bis zur Startseite geschafft. Cleverer Bursche.«

»Sehr witzig. Mach dich nur lustig.«

»Nein, nein, ich verstehe schon. Ich starre auch manchmal stundenlang die Startseite des App Store an, weil es ja sein könnte, dass sich ein spannendes Pop-up öffnet. Du hast so recht.«

»Witzig.«

Chris hebt die Papiere von dem Stuhl, der neben meinem Schreibtisch als zusätzliche Ablagefläche dient, und setzt sich. Er schlägt die Beine übereinander, stützt den Ellenbogen auf der Tischplatte ab und schaut verträumt auf den Bildschirm.

»So habe ich bestimmt nicht geguckt.«

»Doch, ganz genau so. Nicht wahr, Mick?«

»Ja, ganz genau so«, kommt es aus der anderen Ecke des Raums, obwohl ich mir sicher bin, dass Mick gar nichts gesehen hat, weil er so vertieft in seine neue Idee ist. Er will sie uns in den kommenden Tagen vorstellen, denn er plant, einen Spiel-Illustrator damit zu beauftragen, erste Entwürfe zu zeichnen. Aber dafür sollten Chris und ich auch wissen, worum es genau geht.

»Ich glaub euch kein Wort.«

»Was ist los?«

»Ach, keine Ahnung.«

»Ich denke, du weißt es.«

Ich verdrehe die Augen. »Avery.«

»Oh, die illustre Avery. Hast du sie noch mal wiedergesehen?«

»Hm.«

»Was heißt hm genau? Einmal, zweimal, zehnmal?«

Ich wiege den Kopf hin und her. »Eher zehnmal.«

»Wie ist das so gelaufen?«

»Ganz gut eigentlich, nur ist es irgendwie doof, dass ich eine Freundin habe.«

»Verstehe, Avery will dich nicht teilen.«

So ein Spinner. Ich muss grinsen, ob ich will oder nicht. »Ich denke, dass eher Melinda ein Problem damit haben würde, wenn ich es ihr sagen würde.«

»Sie weiß also nichts von der illustren Avery.«

Kopfschüttelnd sage ich: »Nein. Sie würde mich umbringen.«

»Wahrscheinlich. Und vielleicht nicht ganz zu Unrecht. Du weißt, wir sind nicht die größten Melinda-Fans, aber vielleicht solltest du es mit der einen erst beenden, bevor du dir eine andere anlachst.«

»Ach, meinst du?«

»Hey, ja, eine Frau ist schon anstrengend. Ich kann mir gar nicht vorstellen, wie anstrengend zwei sein müssen.«

»Woher wusstest du, dass Amanda die Richtige ist?«

»Ich hab sie gesehen, und mir war klar, dass ich diese Frau zu meiner machen muss.«

»Ich wusste es, weil Jessica es mir gesagt hat. Sie hat gesehen, dass ich sie angestarrt habe, aber ich hab mich nicht getraut, auf sie zuzugehen, also ist sie zu mir gekommen und hat gesagt: ›Irgendwann heirate ich dich.‹ Meine Antwort war: ›Okay‹, und damit war es für mich besiegelt«, erzählt Mick und schlendert zu uns rüber. Wahrscheinlich hat er sich einsam gefühlt.

Chris und ich lachen. »Wie gut, dass sie die Dinge in die Hand genommen hat«, meint Chris.

Mick grinst. »Du kennst sie ja. Sie hat keine Zeit zu verschwenden.«

»Aber mal ernst, Bro. Ganz abgesehen von Avery. Siehst du dich mit Melinda in zehn Jahren, in zwanzig Jahren? Willst du Kinder mit ihr?«

Bevor ich antworte, stelle ich mir die Situation vor. Was ist in zehn Jahren? Ich versuche in meinen Gedanken ein Bild zu erzeugen. Da bin ich. Gut aussehend, nur mit ein paar grauen Strähnen an den Schläfen. Ich hebe die Hand, betrachte sie und frage mich, welche Frau sie einmal halten wird. In meiner Vorstellung taste ich nach meiner zukünftigen Ehefrau, aber ich finde keine andere Hand. Mir wird klar, wer auch immer dann an meiner Seite sein wird, Melinda ist es nicht. Womöglich bin ich auch nicht mit Avery zusammen, aber mit Melinda ganz gewiss nicht.

»Nein«, sage ich leise.

Chris zuckt mit den Schultern. »Dann ist es doch klar. Ich weiß nicht, ob du mit Avery eine Zukunft hast, aber mit Melinda hast du offenbar keine.«

Nachmittags treffe ich mich mit Avery im Boston Public Garden, dem ersten botanischen Garten Amerikas. Wir sind am Eingang an der Boylston Street verabredet. Sie steht schon da, als ich ankomme. Ich küsse sie auf die Wange, und sie lächelt mich an.

»Schön, dass du so spontan konntest«, sage ich.

Sie nickt. »Ich wollte immer schon mal herkommen.«

»Du hast es in deinem halben Jahr in Boston nicht ein Mal hierhergeschafft?«

Sie schüttelt den Kopf.

»Du bist also auch noch nie mit den berühmten Schwanenbooten gefahren?«

»Schwanenboote?«

»Du weiß nicht einmal, was das ist? Oh, welche Schande.«

»Dann klär mich doch auf.« Sie sieht so niedlich aus mit den wilden Haaren, die ihr um den Kopf tanzen.

Ich greife nach ihrer Hand. »Komm, ich zeig sie dir.«

Es ist nicht weit bis zur Anlegestelle. Ich mache eine große Handbewegung zum Steg, an dem gerade eines der Boote liegt, als wäre ich ein Magier, der seinen besten Trick vorführt.

»Ohhh«, ruft sie aus. »Können wir das machen?«

»Du willst aufs Schwanenboot? Dann kommst du auch drauf.«

Sie lacht, was mich an all die guten Zeiten von früher erinnert, als sie ständig gelacht hat.

Also kaufe ich zwei Tickets, und wir warten in der kurzen Schlange vor den Booten. Als wir drankommen, setzen wir uns auf die vorderste von mehreren Holzbänken. Der Bootsführer sitzt hinter dem Schwan auf einem Sitz, betätigt mit dem Fuß das Pedal und schippert uns über die kleine Lagune. Avery wehen die Haare ums Gesicht, und ich beuge mich zu ihr, um sie ihr hinter die Ohren zu streichen. Bei meiner Berührung lächelt sie.

»Du bist immer noch genauso schön wie früher«, rutscht es mir heraus.

»Danke.« Sie errötet leicht.

Ist sie es nicht gewöhnt, Komplimente zu bekommen, oder nur nicht von mir?

Als wir wieder auf dem festen Land sind, die Fahrt dauert nur etwa zwölf Minuten, schlendern wir über die angelegten Wege durch den Park und genießen die Bostoner Sonne, solange sie scheint.

»Cade …«, beginnt sie plötzlich, nachdem wir einige Momente schweigend nebeneinander hergelaufen sind.

»Ja?«

»Ich … puh, ich muss dir was sagen. Und was fragen. Also beides. Und wenn ich es nicht tue, frisst es mich auf, aber gleichzeitig habe ich Angst, es laut auszusprechen.«

»Ganz ruhig.« Ich greife nach ihrer Hand und drücke sie. »Du musst keine Angst haben, mich etwas zu fragen. Du musstest es nie.«

»Ich weiß, aber …«

»Nein, kein Aber.«

Sie holt tief Luft. »Ich muss immer wieder an diesen einen Tag damals denken. Als du mir gesagt hast, dass du an die Ostküste gehst. Als du mir das Herz gebrochen hast.«

Mir war klar, dass irgendwann der Moment kommen würde, an dem wir darüber sprechen müssen, aber feige, wie ich bin, hätte ich mir gewünscht, dass er noch weit in der Zukunft läge. Aber offensichtlich tut er das nicht, und wenn diese Frage sie auffrisst, dann muss ich sie ihr beantworten.

»Okay.«

»Es hat so lange gedauert, bis ich mit unserer Trennung leben konnte. Es hat wehgetan. So sehr. Und vielleicht bin ich ein naives Dummchen, dass ich es anspreche, weil ich dir damit mein Herz quasi auf dem Silbertablett serviere, aber ich kann auch nicht weitermachen, als wäre dieser Tag nie geschehen.«

»Okay.«

»Warum bist du ohne Erklärung gegangen? Wie konntest du mir das antun?«

Ich ziehe an ihrer Hand, führe sie ein wenig abseits des Spazierweges, sodass wir etwas mehr Privatsphäre unter all den Parkbesuchern haben. »Du weißt, wie es nach dem Tod meiner Mutter war. Mit meinem Vater, was er mir angetan hat. Aber ich habe nie darüber gesprochen, wie tief seine Verletzungen mich getroffen haben. Das haben sie. Dadurch habe ich mich verändert. Irgendwann habe ich mich selbst nicht mehr erkannt. Ich musste weg. Ich konnte nicht dableiben.«

»Ich weiß, aber du bist ja nicht nur vor ihm geflohen. Du bist auch vor mir weggerannt.«

Unsicher fasse ich mir in den Nacken. Wie kann ich das alles erklären, ohne wie ein vollkommener Arsch zu klingen? »Ich weiß nicht, was ich sagen kann, außer dass es mir so unendlich leidtut, dir wehgetan zu haben. Das wollte ich nie. Hätte ich es verhindern können, hätte ich es getan. Aber es gab keinen Weg, uns beiden als Paar gerecht zu werden. Es tut mir leid. Ich wollte nie, dass du leidest.« Ich streiche ihr über die Wange.

»Hast du mich nicht mehr geliebt?« Ihre Unterlippe zittert ein wenig bei dieser Frage. Tränen stehen ihr in den Augen, die sie wegzublinzeln versucht, während sie sich bemüht, ein wenig Abstand zwischen uns zu bringen, gleichzeitig aber auch nach meiner Hand greift, als wollte sie die Distanz zwischen uns verringern. Es bricht mir das Herz, sie so zu sehen und zu hören, was für Qualen ich ihr bereitet habe.

»Wie kannst du das fragen? Ich habe niemanden auf der Welt so sehr geliebt wie dich.«

»Aber wieso konntest du dann gehen? Wieso hast du mich verlassen?«

»Ich musste gehen. Ich weiß, du verstehst es nicht. Aber ich … ohne zu sehr ins Detail zu gehen, ich war in keinem guten Zustand. Okay? Ich war nicht der Junge oder Mann, oder der Junge an der Schwelle zum Mann, den du verdient hast. Denn du warst so ein besonderes Mädchen. So unglaublich besonders, und ich konnte sowieso nie fassen, wieso du dich für mich interessiert hast. Aber du hast es, und ich werde dir für immer dankbar dafür sein. Du hast jemand Besseren verdient als einen Jungen, der Angst vorm Leben hatte.«

Entsetzt starrt sie mich an. »Aber … nein, so warst du nicht.«

»Ich konnte es nur gut verbergen. Glaub mir, Avy, wenn ich dir sage, dass ich dir mit der Trennung einen Gefallen getan habe.«

»Das werde ich niemals glauben.«

»Du warst schon immer sturer als ein Muli.« Ich lächele sie zaghaft an. »Ich wollte dir nicht wehtun und werde mich bis ans Ende meiner Tage grämen, dass ich es doch getan habe.«

»Okay.«

»Okay?«

Sie nickt. »Okay, aber sag mir noch eins.«

»Was?«

»Hätte ich es verhindern können? Habe ich was getan, was …?«

»Nein, Avy, nein! Es hatte gar nichts mit dir zu tun. Nur mit mir.«

»Das hört sich nach einem Klischee an«, scherzt sie bitter.

Ich lache leise auf. »Ich weiß, aber es stimmt. Es hatte nichts mit dir zu tun. Du warst immer die perfekte Freundin.«

Eine winzige Träne rollt ihr über die Wange, die sie ungeduldig wegwischt. Mir wird erst in diesem Moment klar, wie sehr sie gelitten haben muss. Ich meine, ich hatte mir gedacht, dass sie traurig über unsere Trennung gewesen ist, aber dass sie den Grund dafür bei sich selbst suchen würde, war mich nicht bewusst.

»Hey, es tut mir leid.«

Sie nickt und dreht den Kopf weg. Früher einmal hat sie sich nicht abgewendet, wenn sie weinen musste. Aber ich denke, dieses Privileg, sie in ihren schwächsten Momenten zu sehen, habe ich verwirkt.

Und trotzdem … Ich ziehe sie in die Arme, weil ich nicht anders kann. Ihre Tränen konnte ich noch nie ertragen.

»Nicht weinen. Bitte nicht weinen.«

»Es geht schon wieder.« Hastig löst sie sich aus meiner Umarmung. Ich schaue in ihr Gesicht, und wirklich, sie hat gar nicht richtig geweint. Vielleicht habe ich sie aus vollkommen eigennützigen Motiven in die Arme gezogen.

»Oh, dann ist ja gut«, sage ich grinsend.

Sie stößt mir leicht den Ellenbogen in die Seite. »Du bist ein Schuft, Cade Turner.«

Schmunzelnd gehen wir weiter und finden schnell wieder zu unserer gewohnten Leichtigkeit. Es ist schön, mit Avery durch den Garten zu spazieren und wieder ihr Lachen zu hören. Das war früher schon mein liebstes Geräusch. Und zwar alle Arten ihres Lachens. Dieses leise Kichern, wenn sie verstecken will, dass sie etwas komisch findet. Dieses kleine

Glucksen, wenn sie gar nicht lachen will, aber nicht anders kann. Dieses fröhliche Lachen, weil sie das Leben liebt. Dieses etwas schadenfrohe Lachen, wenn sie sich über mich lustig gemacht hat. Und mein liebstes Lachen ist das tief aus ihrem Bauch, bei dem sie nicht mehr aufhören kann, sondern immer wieder losprustet, nachdem sie sich kurz beruhigt hat, bei dem ihr Tränen über die Wangen laufen und man einfach einstimmen muss, weil es so ansteckend ist.

»Möchtest du mich wiedersehen?«, frage ich sie, als wir uns verabschieden.

Sie nickt. »Sehr gerne.«

»Okay, ich ruf an oder texte oder sende eine Brieftaube oder so.«

»Du hast Rauchzeichen vergessen.«

»Oder die.«

Sie hebt die Hand zum Gruß, und das Letzte, was ich von ihr sehe, ist ihr lachendes Gesicht, bevor ich mich umdrehe.

Kapitel Sechzehn

Avery

Als ich am nächsten Morgen aufwache, bin ich so fit wie schon lange nicht mehr. Ich würde nicht sagen, dass ich ein Morgenmuffel bin, aber ich brauche immer erst mal ein paar Minuten, bis ich richtig wach bin. Direkt nach dem Aufstehen ist es also besser, mich erst mal in Ruhe zu lassen und abzuwarten, bis ich den Anfang mache.

Dylan hat das zu spüren bekommen, als er das erste Mal bei mir übernachtet hat. Danach hat er mir meinen Freiraum gelassen.

Aber heute Morgen springe ich aus dem Bett, als wäre ich in einen Jungbrunnen gefallen. Oder hätte schon Kaffee intravenös zugeführt bekommen.

Auf dem Weg in die Küche, hin zu Spockys klagendem Maunzen, weil sie nie etwas zu essen bekommt, frage ich mich, woher meine gute Laune kommt. Es kann nur einen Grund geben, eruiere ich. Und der ist, dass mir eine Last von den Schultern gefallen ist. Richtiger: genommen wurde. So oft wie ich darüber nachgegrübelt habe, ob ich vielleicht etwas getan habe, das Cade verletzt hat, war es mir irgendwann schon fast als Wahrheit vorgekommen. Umso besser geht es mir, nachdem er mir gestern sagte, dass mich keine Schuld an unserer Trennung trifft.

Ich weiß, eigentlich ist es albern, aber es hat mich wirklich immer und immer wieder heimgesucht, besonders in den letzten Wochen, in denen ich ihn wiedergesehen habe. Immer schwebte die Frage über mir: Was habe ich falsch gemacht? Und wie sehr habe ich mir gewünscht, zu hören: gar nichts.

Dass das nicht ganz stimmen kann, ist mir bewusst, schließlich ist nie nur einer für das Scheitern einer Beziehung verantwortlich. Und im Grunde ist es ja auch egal, wer Schuld hat, denn das Ergebnis ist dasselbe. Die Beziehung ist beendet. Aber weil wir uns nie ausgesprochen hatten, fühle ich mich nun nach dem ersten ehrlichen Gespräch seit zwölf Jahren sehr erleichtert.

Ich tanze ein paar Schritte auf dem Weg zur Arbeit, und es ist mir sogar ganz egal, dass ein Bauarbeiter das bemerkt und mich auslacht. Ich strahle ihn einfach an und tanze weiter. So gut geht es mir heute.

Als ich aus dem Aufzug trete, rufe ich fröhlich »Hallo« in die Runde, bevor ich an meinen Platz gehe, um meine Handtasche abzulegen. Dann gehe ich in die Küche für mehr Kaffee, Kaffee, Kaffee. Huch, vielleicht ist das doch keine so gute Idee. Ich bin schon aufgeregt genug. Dann eben Wasser.

Sarah steht mit einem Muffin in der Hand da. Einen Augenblick lang beobachte ich, wie sie ihn anstarrt, bevor ich sage: »Was hat der Muffin getan?«

Sie zuckt zusammen, schaut zu mir und lächelt verlegen. »Er ist zu verführerisch.«

»Böser Muffin.«

»Du hast leicht reden. Du bist schlank, aber schau mich an.«

»Tu ich jeden Tag, und ich sehe nichts Verkehrtes.«

»Dann hast du Tomaten auf den Augen.«

Ich hole eine Flasche Wasser aus dem Kühlschrank. »Erklär mir doch, was ich sehen sollte.«

»Meine Hüften sind zu breit, meine Schenkel zu fett, mein Bauch hängt über meiner Hose, wie bei diesem Muffin hier. Ich hab ein Muffin-Oberteil über meiner Hose. Das alles wäre nicht so schlimm, wenn ich wenigstens tolle Brüste hätte«, rattert sie herunter.

»Also, ich sehe deine Hüften, aber ich sehe nicht, dass sie zu breit sind. Ich sehe deine Schenkel, aber fett ist was ganz anderes. Und selbst, wenn du ein Muffin-Top hättest, wär das nur ebenso verführerisch wie bei diesem Muffin.«

»Mach dich nicht über mich lustig.«

»Das mache ich gar nicht«, beharre ich ernst. »Aber andere sehen die Fehler, die einem selbst auffallen, nun mal nicht. Das ist einfach so. Du hältst alles an deinem Körper für fehlerhaft, aber ich sehe eine wunderschöne junge Frau, die das größte Herz von allen hat. Die lustig und lebendig und fröhlich ist. Die ihr Leben lebt, wie sie das will. Die intelligent und eloquent ist. Die jedem hier ans Herz gewachsen ist, weil sie einfach großartig ist.«

»Wer ist großartig?«, fragt Nicole, als sie in die Küche kommt. »Außer mir natürlich.«

»Sarah.«

»Oh ja«, sagt Nicole sofort, »Sarah ist einfach großartig. Ich würde sterben, wenn ich solche Haare hätte statt dieser dünnen Strähnen.«

Sarah lächelt leicht. »Ihr seid süß.«

»Und dieses Lächeln«, schwärme ich. »Als würde die Sonne aufgehen.«

»Und hast du die Wimpern gesehen?«, fragt Nicole. »Uh, Girl!«

»Und wer hätte nicht gerne so einen tollen Hintern? Schau meinen an, viel zu flach.«

Frauen sind komische Kreaturen. Man kann uns sagen, dass wir klug und witzig und lieb und nett sind, aber erst ein Kompliment über unseren Hintern macht uns glücklich.

»Ihr seid die Besten«, sagt Sarah strahlend und reicht mir den Muffin. »Ich brauche heute definitiv keine Schokolade.«

Als sie rausstolziert, klatschen Nicole und ich uns ab. Mission erfüllt.

Auf dem Weg nach Hause rufe ich meine Mom an. Während ich darauf warte, dass sie abnimmt, bete ich, dass ich nicht schon wieder in einem Moment anrufe, der mir unangenehm sein könnte. Ich würde sagen, die Chancen stehen fifty-fifty.

»Hallo, Spätzchen«, ruft sie in den Hörer und klingt dabei ein wenig abgehetzt.

»Hey, Mom. Alles okay? Rennst du?«

Sie lacht. »Nein, ich powerwalke mit Claudia. Du weißt schon, die von meinem Ausdruckstanzkurs.«

»Ja, ich erinnere mich. Ich störe also gerade.«

»Nein, nein, ganz und gar nicht. Ich hab jetzt so ein kleines Headset. Du weißt schon. Die Dinger, mit denen man aussieht, als würde man mit sich selbst reden.«

»Wirst du noch zum Hipster?«

»Ich weiß, ich weiß, du magst es gerne, mich als Hippie zu bezeichnen, obwohl ich nicht glaube, dass ich einer bin.«

»Hipster, nicht Hippie. Ein Hipster ist … Ach, weißt du, egal. Wie geht es euch?«

»Dad arbeitet zu viel.«

»Das ist ja nichts Neues.«

»Aber jetzt ist er älter. Er sollte in Rente gehen.«

»Dad ist gerade mal sechzig.«

»Ich weiß, aber er könnte es sich leisten. Unser Rentenfonds ist ansehnlich.«

»Aber Dad weiß, dass du ihn dann zu allen möglichen Workshops zum Thema Entgiften, im Einklang mit seinem inneren Kind und sonstigem Hokuspokus schleppen würdest.«

»Erstens ist es wichtig, sich zu reinigen, und zweitens würde dir das auch guttun.«

»Was soll das heißen? Ich ernähre mich gesund. Na ja, halbwegs.«

»Du brauchst eine mentale Entgiftung.«

»Meinst du wegen Dylan oder was?«

»Wie kommst du jetzt auf Dylan? Also, wirklich. Bei dir scheint einiges im Argen zu liegen.«

Ich verdrehe die Augen. »Warum sollte ich mich deiner Meinung nach mental entgiften?«

»Weil du viele Dinge immer nur zur Seite geschoben hast, anstatt sie zu verarbeiten.«

»Ich denke, dieses Gespräch ist zu tiefgründig, um es beim Power-Walken zu führen.«

»Wahrscheinlich hast du recht, aber ich wünschte, dass du nur einmal jemandem, der dir wehgetan hat, deine Wut ins Gesicht schreien würdest, statt dich immer in dein Schneckenhaus zurückzuziehen.«

»Mir tut niemand weh.«

»Hypothetisch dann eben.«

»Mir tut auch hypothetisch niemand weh.«

»Na gut, dann eben, falls dir jemand mal wehtun sollte. Schrei ihn an und kratz ihm die Augen aus. Nicht wortwörtlich zu verstehen. Oder vielleicht doch.«

»Wie bist du jetzt eigentlich auf dieses Thema gekommen?«

»Du hast mit Entgiften angefangen.«

Ich denke zurück und muss leider erkennen, dass sie recht hat. Ich habe tatsächlich angefangen. »Aber das war doch nur ein Scherz.«

»Du weißt doch, wie ich bin. Plötzlich wird irgendwas getriggert, und dann fällt mir was ein, an das ich schon ewig lang gedacht habe und Schwupps! Ein Monolog.«

»Na, wenigstens kennst du deine Schwächen.«

Sie lacht. »In- und auswendig. Dazu gab es auch einen Workshop, wenn ich mich recht erinnere.«

»Dein Leben besteht aus Workshops.«

»Es gibt Schlimmeres als Selbsterkenntnis.«

»Das ist wohl wahr.«

»Wie geht es dir denn?«

Ich hole tief Luft. »Ich treffe Cade.«

»Wie meinst du das? Läufst du ihm öfter über den Weg?«

»Das auch, aber ich meine, so verabredungsmäßig.«

»Findest du das eine gute Idee?«

»Ich weiß nicht. Denkst du, dass es keine gute Idee ist?«

»Ach, meine Meinung tut da nichts zur Sache.«

»Mom, komm schon.«

»Du hast Dylan, und auch wenn ich ihn nicht leiden kann, geht man so doch nicht mit seinem Freund um.«

»Cade und ich sehen uns nur rein platonisch, wie Freunde.«

»Ach, Spätzchen, ihr wart nie nur Freunde.«

»Doch anfangs schon.«

»Es war immer mehr als Freundschaft, auch wenn ihr es anfangs nicht wusstet.«

»Wir tun ja niemandem weh. Wir treffen uns, wir reden. Wo ist das Problem?«

»Ich will nur nicht, dass du wieder verletzt wirst.«

»Wir sind Freunde, okay? Da gibt es nichts zu verletzen.«

»Okay, wenn du das sagst.«

Ich hasse es, dass meine Mutter genau den Finger in die Wunde legt. Als wäre sie ein Orakel, das zwischen richtig und falsch entscheiden kann. Ich kann es nicht ab.

»Ja, ich sag es. Und vor allen Dingen solltest du dich doch freuen, wenn es mir gut geht. Und mir geht es gut.«

»Dann freue ich mich ja auch.«

»Dann tu es.«

»Okay, mach ich.«

»Fein.«

»Fein.«

Ich gehe die Treppe zur Metro hinunter. »Ich muss jetzt Schluss machen. Gleich ist der Empfang weg.«

»Okay, pass auf dich auf, Spätzchen.«

»Mach ich. Bye.«

Als ich zur Station hinuntergehe, schwöre ich mir, sie nie wieder anzurufen, wenn mich gerade Zweifel plagen. Sie darf nur noch ihren Senf zu einer Entscheidung dazugeben, von der ich bereits vollkommen überzeugt bin.

Jawohl, das ist ein guter Plan.

Ich habe schon meinen Pyjama an und schaue Trash-TV, als es klingelt. Ich erwarte niemanden, denn sonst hätte ich mir sehr wahrscheinlich ein anderes Outfit ausgesucht. Obwohl, vielleicht auch nicht. Durch die Gegensprechanlage kündigt sich Dylan an.

Für einen Moment spüre ich Enttäuschung und ärgere mich über mich selbst. Mein Freund überrascht mich, da sollte ich ein bisschen mehr Enthusiasmus zeigen. Also setze ich ein Lächeln auf, als er vor meiner Tür ankommt.

»Hey, Sweetheart«, begrüßt er mich leise. Er sieht genauso unsicher aus, wie ich mich fühle. Unsere letzte Begegnung war ziemlich unterkühlt. Und tief im Inneren denke ich immer noch darüber nach, mich von ihm zu trennen, weil ich mich ihm gegenüber nicht fair verhalte. Kein bisschen.

»Hey, du! Schon zurück?«

»Ja, vor ein paar Stunden gelandet. Darf ich reinkommen?«

»Ja, natürlich. Wo hab ich nur meinen Kopf?«

Ich trete zur Seite und lasse ihn in den Flur. Wir umarmen uns etwas unbeholfen.

»Willst du was trinken?«

»Wasser reicht, danke.«

Er geht ins Wohnzimmer, während ich eine Flasche Wasser und ein Glas für ihn aus der Küche hole. Ich habe bereits eins auf dem Wohnzimmertisch stehen. Nur leider ist darin Wein. Ich hoffe, das führt nicht erneut zu einer unangenehmen Diskussion.

»Hier«, sage ich und reiche ihm das Glas, bevor ich eingieße.

»Danke.«

Ich setze mich neben ihn aufs Sofa und ziehe die Beine an. So entsteht etwas Abstand zwischen uns. Hoffentlich glaubt er nicht, das habe ich beabsichtigt.

»Wie war es in New York?«, frage ich, weil sich zwischen uns eine unangenehme Stille ausgebreitet hat.

Manche Menschen ertragen keine Stille. Sie brauchen ständig eine Geräuschkulisse, können nicht einfach mal auf der Couch sitzen und ins Nichts starren. Ich hatte dieses Problem nie. Meine besten Erinnerungen sind lange Stunden am Strand, in denen ich einfach aufs Meer geschaut und die

Gedanken habe schweifen lassen. Wenn ich also jetzt sage, dass mir die Stille unangenehm ist, dann heißt das was.

»Gut so weit.«

»Musst du bald wieder hin?« Ganz toll. Es hört sich gar nicht so an, als wollte ich ihn wieder loswerden.

»Wahrscheinlich, aber noch ein, zwei, vielleicht drei Trips, und der Auftrag sollte sich erledigt haben.«

»Dann bleibst du in Boston?«

»Natürlich«, antwortet er brüsk. »Ich wollte nie nach New York.«

Gerade möchte ich mir ein Herz fassen und ihm erklären, dass wir uns besser nicht mehr sehen sollten, da sagt er plötzlich: »Hör mal, ich weiß, es ist in letzter Zeit nicht so gut mit uns gelaufen. Es tut mir leid. Es war meine Schuld, weil mein Kopf gerade nicht fest auf meinem Körper sitzt. Meine Familie hat so viel Druck gemacht, und das hat mich so mitgenommen, dass ich einfach nicht mehr klar denken konnte. Entschuldige, dass ich so abwesend war.«

»Oh, schon okay«, stammele ich.

Dylan greift nach meiner Hand. »Ich weiß, dass ich oft zu rational bin, was abschreckend wirken kann, aber ich mag dich, Avery. Ich mag dich wirklich sehr, und ich hoffe, dass wir uns wieder näherkommen.«

Statt zu antworten, lasse ich mich von Dylan in die Arme ziehen.

»Verzeih mir.«

»Oh, ja, natürlich.«

Innerlich möchte ich mir vor den Kopf schlagen, weil ich ja wohl selten dämlich bin. Aber wie soll man mit jemandem Schluss machen, der gerade wieder auf einen zugeht und auch noch eingesteht, dass er sich den Erwartungen seiner

Familie nicht gewachsen fühlt? Das wäre kaltherzig. Und das bin ich nicht. Noch ist ja auch gar nichts mit Cade entschieden, rede ich mir ein. Vielleicht ist es gar nicht so eine gute Idee, jetzt mit Dylan Schluss zu machen.

Tief in mir weiß ich natürlich, dass das albern ist, aber ich bin ein Feigling. Weswegen ich Dylan erlaube, mich zu halten, ich ihm verzeihe, obwohl ich die eigentlich Schuldige bin, und ich ihn in dem Glauben lasse, dass wir noch eine Zukunft haben.

Gott. Das kann doch wohl nicht wahr sein.

Als er sich von mir löst, blickt er mich so liebevoll und herzzerreißend an, dass ich das Gefühl hätte, einen Welpen zu treten, wenn ich mich jetzt von ihm trennen würde. Aber bald, verspreche ich mir selbst. Bald muss ich mit ihm Schluss machen. Anders geht es nicht.

Also schauen wir fern, halten Händchen und spielen glückliches Pärchen. Zumindest ich tue das. Ich befürchte, dass er wirklich glücklich ist, was mir ein noch schlechteres Gewissen macht.

Kapitel Siebzehn

Avery

Ich stehe vor dem Kino und warte auf Cade. Mein Herz klopft viel zu schnell, mir ist ein wenig flau im Magen. Fühlt es sich so an, wenn man sich verliebt? Ich weiß es gar nicht mehr so genau.

Nur ein einziges Mal war ich richtig, richtig verliebt. Mit Dylan war ich zwar auf dem Weg dahin, aber dann sind wir plötzlich falsch abgebogen. Oder sagen wir besser, wir wurden von der Straße gedrängt. Von einem Laster. Einem Laster namens Cade. Nein, das ist nicht richtig. Das hört sich so an, als wäre Cade derjenige, der die Beziehung zu Dylan torpediert hat, aber um ehrlich zu sein, schaffe ich so was auch ganz alleine.

Als Cade – endlich! – um die Ecke biegt, erfüllt mich so viel Freude, dass ich mich beinah selbst erschrecke. Wie kann er nur eine solche Wirkung auf mich ausüben?

»Hey«, begrüßt er mich mit seiner wunderbaren rauen Stimme, die mir einen wohligen Schauer über den Rücken laufen lässt.

Manche Männer schreiben Sonette – zumindest in früheren Zeiten –, um ihre Angebetete zu betören, und Cade schafft es mit einem einfach »Hey«. Wenn er ein Superheld wäre, dann wäre das seine Superkraft.

Er beugt sich zu mir und küsst mich auf die Wange. Für

ihn mag das ein Begrüßungskuss sein, aber für mich ist es so viel mehr. Ich spüre die Zartheit seiner Lippen, das Kratzen seiner Bartstoppeln. Ich sehe das dunkle Karamell seiner Augen, das Rosa seiner Lippen, die leichte Bräune seiner Haut. Ich werde von einer zarten Wolke seines Aftershaves eingenommen, das ich unter Tausenden erkennen würde, rieche, dass er gerade Kaffee getrunken hat, und nehme diesen unwiderstehlichen Cade-Duft wahr, der mich ganz wahnsinnig macht. Leise atmet er aus und mir ist, als würde die Welt langsam stillstehen, und nur wir beide bleiben übrig. Nur schmecken … schmecken tue ich nichts. Und mein Geschmackssinn ist absolut nicht zufrieden, dass er ausgelassen wurde.

Ich atme tief ein. Atme ihn ein. Versuche mir diesen Augenblick einzuprägen, ihn mir ins Gedächtnis zu brennen.

Da belegt er mich mit einem fragenden Blick und sorgt so dafür, dass ich langsam aus meiner Trance erwache. »Ja?«

Er grinst. »Ich hatte gefragt, ob du schon Karten hast.«

»Nein. Ich wollte warten, weil ich nicht wusste, welche Plätze du magst.«

Er zieht die Augenbrauen hoch. »Wir waren doch oft genug im Kino.«

»Aber manche Dinge ändern sich.«

»Manche aber auch nicht.«

»Zwei Karten für die letzte Reihe links außen, bitte«, bestellte Cade an der Kinokasse, als er uns Tickets für Wie ein einziger Tag *kaufte.*

Ich hatte Nicholas Sparks' Buch gelesen und Cade danach geradezu gezwungen, mit mir in diesen Film zu gehen. Als sechzehnjähriger Junge wollte er jeden Film lieber sehen als diesen hier, aber weil er Cade ist, hat er doch zugestimmt.

Nachdem er die Karten entgegengenommen hatte, starrte er frustriert darauf. »Bist du sicher, dass wir nicht lieber Butterfly Effect *schauen wollen?«*

»Den haben wir doch schon gesehen. Zweimal.«

»Aber dann wüssten wir wenigstens, dass wir was Gutes sehen.«

»Ich bin mir ziemlich sicher, dass ein Film von Nicholas Sparks nur gut werden kann.«

Hand in Hand gingen wir ins Kino.

»Aber dir ist bewusst, dass er nur der Autor ist und nichts mit dem Film zu tun hat?«, begann Cade erneut.

»Nur der Autor? Das ist fast schon eine Beleidigung!«

Lachend bestellte er uns Cola, Popcorn und M&M's, weil ich die so gerne aß.

»Letzte Chance. Butterfly Effect?«

Ich schüttelte den Kopf. »Nein. Ende der Diskussion.«

»Das kostet dich aber was.«

»Und was?«

Er grinste frech. »Da fällt mir bestimmt was ein.«

Ich stupste ihm mit dem Ellenbogen in die Seite. »Was du schon wieder denkst.«

»Ich bin sechzehn. Ich werd mindestens zehn Jahre an nichts anderes denken.«

Ich verdrehte die Augen, was ihn zum Lachen brachte. Er reichte mir meine Coke und die Schokolade und nahm den Rest.

»Auf zum tollsten Film aller Zeiten«, erklärte er.

»Mit Sicherheit«, stimmte ich zu.

»Hey, Turner!« Wir drehten uns beide um und sahen Jeremy mit ein paar Kumpels auf uns zukommen. »Was geht, Mann?«, fragte er und hielt Cade die Hand hin.

Cade schaute auf seine vollen Hände. »Gut, bin nur gerade vollbepackt.«

Jeremy blickte auf unseren Süßigkeitenvorrat in Cades Armen und ließ seine Hand wieder sinken. »Klar, Mann. Was guckt ihr euch an?«

»Wie ein einziger Tag«, *antwortete ich.*

Jeremys Mund verzog sich zu einem bösartigen Grinsen. Furchtbar bösartig. »Das passiert, wenn man sich zu schnell bindet, Turner. Dann führen dich die Weiber an den Eiern herum.«

»Sie kann mich rumführen, wie sie will, Hauptsache, sie ist bei mir«, erwiderte Cade absolut gelassen.

Damals war es mir nicht klar, was das für eine starke Aussage war. Aber vor aller Welt – Jeremy würde dafür sorgen, dass es die ganze Welt erfuhr – zu deklarieren, dass ich Cade wichtiger als alles andere bin, ist eine große Leistung für einen sechzehnjährigen Jungen. Ich konnte momentan mit Cades anderen Freunden Daniel und Justin nichts anfangen, weil sie so merkwürdig geworden waren. Sie taten so, als wären sie total cool, aber wie cool können Sechzehnjährige schon sein?

»Du bist ein richtiges Weichei geworden, seit du mit der hässlichen Kuh gehst«, verkündete Jeremy. Cades Selbstbewusstsein schien ihn provoziert zu haben.

Ich konnte gar nicht so schnell gucken, wie Cola und Popcorn in die Luft flogen und Cade dem älteren Jeremy die Faust ins Gesicht schlug.

»Cade! Nicht! Was machst du denn?«, rief ich angsterfüllt.

Zitternd vor Wut stand er vor ihm. »Wag es nicht noch einmal, so über sie zu reden!«

»Cade, es ist doch egal«, versuchte ich ihn zu beruhigen.

Langsam richtete Jeremy sich auf und rieb sich das Kinn. »Gar nicht mal schlecht.« Er grinste seine Kumpels an. »Er hat es echt drauf.« Dann trat er einen Schritt auf Cade zu. Er war zwar älter, aber Cade war schon größer als er, daher musste er zu ihm aufschauen. »Wag das nicht noch einmal«, zischte er, »sonst mache ich dich fertig.«

Doch Cade war noch nie der Typ, der einer Konfrontation aus dem Wege ging.

»Cade«, flüsterte ich beschwörend, aber er hörte nicht auf mich.

Stattdessen ging auch er noch einen Schritt auf Jeremy zu. »Rede nie wieder so über Avery, und wir haben kein Problem.«

»Und falls nicht? Haben wir ein Problem?«, spuckte Jeremy aus.

»Nicht, wenn du ein bisschen Respekt zeigst.«

Sie starrten sich voller Hass an. Da ich Cade kannte, wusste ich, dass er nicht nachgeben würde und wenn das bedeuten würde, hier noch in drei Wochen zu stehen.

»Gibt es ein Problem?« Ein kleiner Mann in Arbeitskleidung des Kinos kam auf uns zu.

Jeremy grinste und trat einen Schritt zurück. Er hob feixend die Hände. »Kein Problem.«

Der Mann schaute zu Cade. Dieser schüttelte den Kopf. »Keins.«

Wir teilten uns meine Cola und meine M&M's in der letzten Reihe links außen und hielten uns an den Händen, während Ryan Gosling und Rachel McAdams ihre epische Liebesgeschichte erlebten.

Ich trete an die Kasse. »Zwei Tickets für *Sein Mädchen für besondere Fälle*. Letzte Reihe links außen bitte.«

»Wollen wir nicht lieber den neuen X-Men-Streifen sehen?«, fragt Cade auf dem Weg in den Kinosaal.

»Auf keinen Fall. Ich hab nur unter der Prämisse zugesagt, dass wir meinen Lieblingsfilm ansehen, der nur heute hier gezeigt wird.«

»Aber die X-Men sind immer großartig.«

»Cary Grant und Rosalind Russell sind auch immer großartig. Das kannst du nicht bestreiten.«

Er wiegt den Kopf. »Ich hab nur seine drei Hitchcock-Filme gesehen.«

»Vier.«

»Bitte?«

»Es sind vier Filme, die er mit Hitchcock gedreht hat.«

»Nein, drei. *Über den Dächern von Nizza*, *Der unsichtbare Dritte* und *Berüchtigt*.«

»Du hast den ersten vergessen. *Verdacht*. Den hat er mit Joan Fontaine gedreht.«

»Den kenne ich nicht. Welcher der vier war der beste?«

»*Über den Dächern von Nizza*. Ich liebe Grace Kelly einfach.«

»Ich hätte dich eher für ein Ingrid-Bergman Mädchen gehalten. *Casablanca* musste ich mir bestimmt zehn Mal ansehen.«

Ich lache auf. »Nur weil du immer wieder eingeschlafen bist und ich dir dieses Meisterwerk nicht vorenthalten wollte.«

»Ich hätte echt drauf verzichten können.«

»Wenn du den ganzen Film nur meckerst, dann kannst du draußen bleiben.«

Er hebt die Hände. »Ich verspreche, ich meckere nicht den ganzen Film.«

»Gut.«

»Nur den halben.«

Ich verdrehe die Augen, aber innerlich genieße ich unsere Kabbeleien, weil sie genauso sind wie damals. Es ist, als würden wir nach genau dem gleichen Drehbuch wie früher agieren. Einerseits erschreckt es mich ein wenig, aber andererseits löst es diesen unglaublichen Thrill in mir aus, weil ich unsere Liebesgeschichte immer mochte, bis sie zu Ende war, was ich gar nicht mochte. Es fühlt sich an wie der zweite Take. Alles auf Anfang. Nur dass wir nun älter sind. Cade ist heißer, ich verpeilter. Aber sonst fühlt es sich genau wie damals an.

Er kauft mir M&M's, die mit den Erdnüssen drin, obwohl er sie nicht so gerne mag, und Popcorn für uns beide. Langsam gehen wir in den Kinosaal und setzen uns in die hintere Reihe links außen.

»Wieso mussten es eigentlich immer genau diese Plätze sein?«, frage ich, als ich mich in den plüschigen Kinositz fallen lasse.

»Das hast du vergessen?« Er klingt überrascht.

»Ich hab es nie gewusst.«

»Echt? Ich dachte, dir wäre es klar. Wir haben bei unserem allerersten Film zusammen auf diesen Plätzen gesessen.«

»Wirklich?«

»Ja, mit sechs waren wir mit deinem Dad in *König der Löwen*. Dein Dad hatte keine Karten reserviert, weswegen wir links außen sitzen mussten, worüber er sich schrecklich aufgeregt hat.«

Cade muss dringend damit aufhören, so süß zu sein. »Ich

erinnere mich, aber ich hab das nicht in Verbindung zueinander gesetzt.«

Sobald sich der Saal verdunkelt und die Filmmusik erklingt, greifen wir beide in die Popcorntüte zwischen uns. Er stellt sie erst zur Seite, als wir beide keine Lust mehr drauf haben. Aber jetzt liegt seine Hand auf seinem Oberschenkel …

Soll ich sie ergreifen? Ich will sie nehmen, aber ich weiß nicht, wie er darauf reagieren würde. Ob er das möchte oder nicht. Meine Gedanken kreisen nur darum. Seit der Umarmung vor dem Poetry Slam haben wir uns nicht mehr berührt, also nicht mehr *so*. Er küsst mich zur Begrüßung auf die Wange, aber sonst halten wir Abstand. Wir schrecken zwar nicht zurück, wenn wir uns mal berühren, aber wir suchen die Nähe des anderen nicht.

Und jetzt … jetzt liegt da seine Hand.

Ich will sie halten.

Aus den Augenwinkeln schaue ich zu ihm, aber er scheint gebannt von dem Film zu sein. Und das sollte mich freuen. Es ist immerhin mein Lieblingsfilm. Aber ich wünschte, er würde meiner Hand ebenso viel Aufmerksamkeit schenken wie dem Film. Ich habe sie auch auf meinem Oberschenkel liegen, ganz dicht neben seiner, aber ihn lässt das kalt.

Früher habe ich immer Cade die Führung überlassen, doch ich bin nicht mehr das Mädchen von früher. Schon lange nicht. Also kann ich auch den ersten Schritt wagen.

Ich atme einmal tief ein. Hätte ich einen Flachmann, würde ich mir Mut antrinken. Stattdessen hebe ich langsam meine Hand und lege sie dann auf seine. Dabei bleibt mein Blick stur geradeaus auf die Leinwand gerichtet. Er zuckt bei der Berührung zusammen. Oh Gott! Ganz schlechte Idee!

Doch gerade als ich mich wieder zurückziehen will, dreht er seine Handfläche nach oben, verschränkt unsere Finger miteinander und drückt sie sanft.

Vor Erleichterung wird mir ganz flau im Magen. Die meiste Zeit tue ich ja auch nur so, als wäre ich mutig und hätte einen Plan. Aber vielleicht ist Courage ja auch genau das: Situationen zu meistern, in denen man zittert, aber sich zusammenreißt und es trotz der Angst und der Zweifel durchzieht.

Ich drehe meinen Kopf zu Cade, genau im gleichen Augenblick schaut auch er mich an. Zeitgleich wenden wir uns ab und müssen beide schmunzeln. Als ich wieder zu ihm sehe, hat auch er seinen Blick wieder auf mich gerichtet. Wie in Zeitlupe beuge ich mich vor. Ich weiß nicht, ob das die beste oder die schlechteste Idee ist. Wie von selbst hebe ich meine freie Hand und streiche zart über seine raue Wange. Ein leichtes Zittern durchfährt ihn, als Haut auf Haut trifft.

Er ist so sexy. Ich könnte ihn die ganze Zeit nur anstarren, aber etwas anderes möchte ich noch viel lieber tun. Gebannt halten wir unseren Blick, ich beuge mich noch weiter vor, bis wir nur noch ein paar Zentimeter voneinander getrennt sind. Nur wenn er diese kurze Distanz überwindet, kann ich mir sicher sein, dass er es genauso will wie ich.

Gerade als mich Zweifel beschleichen, legt er seine Hand an meine Wange, überbrückt die letzten Zentimeter und drückt seine Lippen auf meine. Dieser erste Kuss. Dieser erste Kuss nach zwölf Jahren bedeutet mir alles und noch viel mehr.

Seine Lippen sind noch so sanft wie in meiner Erinnerung, aber live ist so viel besser als imaginär. Ich löse meine Hand aus seiner, um ihm die Arme um den Hals zu legen. Er greift um meine Taille und zieht mich auf seinen Schoß. Dafür ist die letzte Reihe auch ideal. Niemand bekommt etwas mit.

Der sanfte Kuss entfacht das Verlangen, das sich in den letzten Wochen aufgebaut hat. In den letzten zwölf Jahren. Ich fahre durch Cades Haare, was ich schon die ganze Zeit tun wollte.

»Du bist mutiger als früher«, flüstert er gegen meine Lippen.

»Ich bin noch so viel mehr.«

Und dann haben wir keine Zeit mehr zum Sprechen, denn unsere Münder, unsere Lippen, unsere Zungen begeben sich auf Entdeckungsreise, um all das, was sie mal so genau kannten, wieder aufzuspüren.

Als der Abspann läuft, knutschen wir immer noch wie Teenager, und das ist auch kein Wunder, fühlt es sich doch so an, als würden wir an damals anknüpfen.

Cade

Sie sitzt auf meinem Schoß, meine Hände fahren über ihren Rücken, ihre Taille, greifen in ihre Haare, streicheln ihre Schenkel. Ich berühre alles, was ich erreichen kann. Und es fühlt sich gut an!

Die ganze Zeit habe ich überlegt, ob ich ihre Hand ergreifen soll. Ach, nicht nur heute. In all den Wochen, in denen wir als Freunde ausgegangen sind, habe ich mit mir gerungen, es weiterzutreiben oder aufzuhören. Ich kann die Augen nicht mehr vor der Tatsache verschließen, dass ich sie will. Ich habe noch nie jemanden so sehr gewollt, wie ich Avery McIntyre will. Niemanden.

Als sie ihre Hand auf meine legte, bin ich vor Schreck zusammengezuckt, weil ich so sehr in meine innere Debatte verstrickt war, dass ich es nicht kommen sah. Um ehrlich zu sein, hatte ich auch nicht damit gerechnet. Ich war fest davon ausgegangen, den ersten Schritt machen zu müssen. Die Avy von früher hätte nie die Initiative ergriffen. Aber die Avy von heute weiß, was sie will. Und das gefällt mir. Sehr.

Es ist, als hätte meine Traumfrau von früher ein heißes neues Update bekommen. Wie in diesem Film. Als wäre L. I. S. A. wieder aufgetaucht, nur in einer verbesserten Version.

Es treibt mich schier in den Wahnsinn, all die bekannten und geliebten Kleinigkeiten an Avery wiederzusehen und gleichzeitig so vieles zu entdecken, das neu und unglaublich scharf ist. Ich mag es, wenn Frauen wissen, was sie wollen. Vielleicht habe ich mich deswegen zu Melin… nein, nein, bloß nicht an sie denken. Nicht daran denken, dass das hier mehr als nur Micro-Cheating ist. Wesentlich mehr. Viel mehr.

Plötzlich geht das Licht an, und ich halte irritiert inne. Mitten im Film geht das Licht an. Was soll denn das? Ich löse mich widerstrebend von Averys Lippen, schaue mich um und sehe, dass wir die Einzigen sind, die noch im Saal sitzen. Eine Reinigungskraft steht diskret ein paar Reihen entfernt und räuspert sich. Ups.

Avery steht auf, was ich für sinnvoll halte, ihr aber dennoch nur widerstrebend gleichtue.

Beim Rausgehen greife ich nach ihrer Hand.

»Und jetzt?«, frage ich, als wir draußen in der Dunkelheit stehen.

Sie leckt sich die Lippen, etwas, was sie ständig tut, mir aber auf einmal dreimal so sinnlich erscheint wie früher. Ach was, viermal.

»Jetzt … muss ich nach Hause.«

»Ich fahr dich.«

Sie nickt. »Aber … heute gibt es keinen Kaffee.«

Ich nicke. Das ist wahrscheinlich eine gute Idee. Dann haben wir beide Zeit, darüber nachzudenken. Nachzudenken, was wir wirklich wollen. Es wäre zwar leicht, jetzt der Lust und der Leidenschaft nachzugeben, aber wir haben ja auch alle Zeit der Welt. Es gibt keinen Grund, etwas zu überstürzen. Andere Körperteile mögen nicht der gleichen Meinung sein, aber mein Verstand ist doch noch stärker, auch wenn Avery es mir schwer macht.

Ich halte ihr die Autotür auf, streiche dabei über ihren Arm, sehe die Gänsehaut, die meine Berührung hervorruft, und erkenne, dass es richtig ist, langsam vorzugehen.

Trotzdem fällt es mir schwer, sie einfach nur abzusetzen. Ich bringe sie bis zur Haustür, küsse sie auf die Wange und warte, bis sie im Haus verschwunden ist. Dann fahre ich in meine leere Wohnung. Leer, weil Melinda mit ihrem Vater in Washington ist. Die finale Abstimmung für den Steuerdeal steht an.

Schnurstracks gehe ich ins Badezimmer, stelle mich unter die kalte Dusche und komme langsam wieder runter. Mit einem Handtuch umgebunden hole ich mir ein Bier aus dem Kühlschrank, gehe ins Wohnzimmer, stelle den Fernseher an und trockne mich ab, während ich den ersten Schluck Bier trinke.

Aus dem Schlafzimmer hole ich mir Shorts und Shirt und mache es mir dann auf der Couch bequem, während meine Gedanken immer und immer wieder zu Avery wandern. Es hat sich so gut angefühlt. Sie auf meinem Schoß, ihre Lippen auf meinen. Ihr Geschmack, ihr Geruch, wie sie sich anfühlte! Ganz eindeutig eine Mischung, die einen Mann wahnsinnig machen kann. Zumindest diesen Mann hier.

Ich hatte andere Freundinnen, habe jetzt immer noch Melinda, aber niemals hat mich ein Kuss so ins Schwitzen gebracht wie dieser. Seit Wochen tanzen wir umeinander herum, keiner von uns beiden war bisher bereit, den ersten Schritt zu gehen und laut auszusprechen, dass wir es noch einmal miteinander wagen wollen.

Aber eigentlich … ja, eigentlich weiß ich, dass ich es versuchen will.

Wieso beende ich dann nicht meine Beziehung mit Melinda?

So richtig weiß ich es auch nicht. Wahrscheinlich, weil ich feige bin. Ich habe nie damit gerechnet, dass Avery mir noch eine zweite Chance geben würde. Wie könnte sie auch? Ich habe ihr damals das Herz gebrochen. Es war richtig gewesen zu gehen, aber an sie habe ich dabei nicht gedacht. Alles, was ich damals wollte, war abzuhauen von zu Hause. Der Drang zu gehen war stärker als der, bei ihr zu bleiben.

Als die Flasche leer ist, hole ich mir eine neue, die das Schicksal der ersten zügig teilt. So lange ist es her, dass ich mich unsicher gefühlt habe, dass ich nicht Herr meiner Selbst war. Aber jetzt … jetzt fühle ich mich schwach. So wie ich mich nie wieder fühlen wollte!

Ich kann es drehen, wie ich will, aber das einzig Richtige ist es, mit Melinda Schluss zu machen. Bevor … ja, bevor was? Betrogen habe ich sie bereits. Bisher habe ich mir einreden können, nur eine alte Freundin wiederzutreffen, aber nach dem heutigen Abend ist alles Platonische aus der Beziehung zu Avery verschwunden. Wenn da überhaupt jemals etwas Platonisches gewesen ist seit unserem Wiedersehen. Fremdgehen beginnt im Kopf, sagt man. Und meine Gedanken waren nie platonisch.

Ich muss mit Avery sprechen. Wie soll es weitergehen?

Kapitel Achtzehn

Avery

Als ich mich am nächsten Morgen für die Arbeit fertig mache, bekomme ich eine Nachricht von Dylan.

Hey, Sweetheart! Ich musste dringend nach NY und komme erst morgen wieder. Ich freu mich auf dich.

Sofort nagt das schlechte Gewissen an mir. Hier rede ich mir seit Wochen ein, dass Dylans und meine Beziehung am Ende ist, dass wir keine Zukunft haben, und er schreibt mir so eine nette Nachricht. Aber nachdem er sich bei mir entschuldigt hatte, ist er sehr viel aufmerksamer geworden. Offenbar hat sich für ihn etwas geändert.

Gott, bin ich ein schlechter Mensch. Anders kann man es nicht sagen. Ja, vielleicht war nicht immer alles eitel Sonnenschein bei uns, aber habe ich deswegen das Recht, ihn zu hintergehen, ihn zu betrügen? Wenn ich ehrlich bin, tue ich das schon seit Wochen. Vielleicht war es bisher nur ein Kuss (auch wenn er sehr lange dauerte), aber seit Wochen halte ich Dylan emotional auf Abstand. Wir hatten keinen Sex mehr, wir haben nicht mehr beieinander geschlafen. Nichts. Er hat mich nicht gedrängt, das rechne ich ihm hoch an, aber ihm war wohl auch klar, dass das kein normales Verhalten ist. In keiner Weise.

Soll ich dich abholen?

Das ist nett, aber auch nicht irreführend, oder? Ich weiß, dass ich die Beziehung mit ihm beenden muss. Nicht nur wegen Cade, von dem ich gar nicht weiß, was seine Intention ist, aber vor allem meinetwegen. Dylan ist nicht der Richtige für mich, wenn ich den Wunsch habe, mit Cade zusammen zu sein.

Ich hab meinen Wagen am Flughafen. Ich komm dann zu dir, wenn es okay ist?

Mir kommt es falsch vor, Dylan zu mir zu locken, nur um dann mit ihm Schluss zu machen. Aber manchmal muss man das Pflaster einfach mit einem Ruck abziehen.

Okay, bis morgen!

Bis morgen, Sweetheart. Ich freu mich.

Darauf antworte ich nicht mehr.

Auf dem Weg in die Küche ziehe ich mir meinen Pullover an. Mittlerweile ist es kälter geworden. Viel zu kalt für meinen Geschmack. Und ich wurde vorgewarnt, dass das nur der Anfang ist. Nicole hat mir bereits prophezeit, dass ich spätestens in vier Wochen eine dickere Jacke brauchen würde. Wir sind für heute Nachmittag zum Shoppen verabredet, damit ich den Winter in Boston überlebe.

Ich schlüpfe in meine hübschen Boots. Für den Übergang sind sie super, aber sobald es eisig wird, werde ich sie einmotten müssen. Dann ziehe ich meine Jacke über, greife nach meiner Handtasche, streichele Spocky und trete aus der Wohnung. Im Flur grüße ich freundlich meine Nachbarin. Sie wirft mir nur einen verwirrten Blick zu. Die Arme. Sie wird einfach alt.

Sobald ich auf der Straße stehe, wird mir klar, dass es wirklich an der Zeit ist, mir wärmere Kleidung zu kaufen. Der kalte Wind pfeift um meine Beine und sorgt für eine Gänsehaut. Ich streichele mir über die Oberschenkel und stocke. Oh nein.

Als ich an mir herabblicke, wird mein Albtraum wahr. Ich habe vergessen, mir eine Hose anzuziehen.

Panisch schaue ich mich nach allen Seiten um, ob jemand mein Malheur bemerkt hat. Nicht weit entfernt steigt ein Mann im Anzug gerade in sein Auto. Sein breites Grinsen ist nicht zu übersehen. Auch das noch.

So schnell ich kann, husche ich zurück ins Haus und eile die Stufen zu meiner Wohnung hoch.

»Oh, Spocky, wieso hast du mir nicht gesagt, dass etwas ganz Entscheidendes an diesem Outfit fehlt? Du bist echt eine treulose Tomate«, jammere ich, sobald ich durch die Tür bin. Handtasche ablegen, Schuhe aus, Hose an, Schuhe an und los geht es.

Ich eile aus der Wohnung, schließe die Tür ab, will den Schlüssel in meine Tasche stecken … Gott, kann ich vielleicht mal den Kopf aus dem Hintern ziehen? So schwer sollte es nicht sein, sich ausnahmsweise mal wie eine Erwachsene zu benehmen.

Ich schließe wieder auf und hole meine Handtasche. Spocky sieht mich irritiert an. Sie muss denken, dass Menschen komische Kreaturen sind. Würde ich wahrscheinlich auch, wenn ich nur mich kennen würde.

Bei meinem dritten Versuch klappt alles. Das weiß ich, weil ich eine Bestandsaufnahme mache, bevor ich aus dem Haus trete.

Mit der Metro dauert es nicht lange, bis ich in der Redaktion ankomme. Später als üblich, aber das passiert wohl, wenn man den Kopf nur zur Zierde hat. Zum Denken ist er heute eindeutig nicht geeignet. Hoffentlich fällt das niemandem auf.

»Hey Avery«, begrüßt mich Steph. »Giselle will dich sprechen.«

»Danke dir.« Ich lächele sie an und bringe Jacke und Tasche zu meinem Schreibtisch, bevor ich an Giselles Tür klopfe.

»Herein!« Ich strecke den Kopf durch die Tür. Sie lächelt mich an. »Ah, Avery. Auf dich habe ich schon gewartet.«

»Morgen. Was hab ich angestellt?«

Sie grinst und deutet auf den Stuhl vor ihrem Schreibtisch, auf den ich mich setze. »Sollte ich was wissen?«

Ich hebe die Hände. »Ich schwör, ich war es nicht. Was immer es ist.«

Sie lacht. »Eine gute Freundin von mir hat eine Boutique eröffnet. Eine Hunde-Boutique.«

»Ist Mode nicht Nicoles Ressort?«

»Nicole mag keine Hunde.«

»Oh.« Das wusste ich gar nicht über meine Freundin.

»Ja, oh, daher wird sie nicht hingehen. Eigentlich ist das auch eine viel zu kleine Story für uns, aber weil es meine Freundin ist … Na ja, du weißt schon.«

»Vetternwirtschaft.«

Giselle lacht auf. Sie ist eine wunderschöne Frau. Der kurze blonde Bob verleiht ihr Jugendlichkeit, aber wirkt nicht deplatziert. »Ganz genau. Ich wusste, du verstehst mich. Also, gehst du hin?«

»Natürlich. Ich mag Hunde.«

»Super.« Sie reicht mir eine Karte. »Hier ist die Adresse.«

Ich schnappe mir meine Sachen von meinem Schreibtisch und mache mich direkt auf den Weg. Vielleicht ist das der perfekte Termin für heute, etwas, bei dem ich nicht zu viel denken muss.

Vor dem Geschäft wartet Stephan, einer unserer Fotografen, auf mich.

»Hey, Avery. Musst du auch Strafdienst leisten?«, fragt er mich.

»Hey! Nein, oder sagen wir lieber, ich weiß von nichts. Vielleicht muss ich es, ohne es zu wissen!« Ich reiße die Augen auf.

Er lacht. »Was solltest du schon angestellt haben?«

»Wieso musst du Strafdienst leisten?«

»Weil ich mich geweigert habe, dass Foto von Mr. Peters von der letzten Betriebsfeier zu löschen, als er eine leere Chipsschüssel auf dem Kopf hatte, eine Sektflöte als Mikro verwendet hat und *Satisfaction* grölte. Okay, man kann auf dem Foto nicht sehen, welches Lied es ist, aber man kann es quasi hören.« Er grinst.

»Ich hab schon gehört, dass die Weihnachtsfeiern legendär sind.« Ein eisiger Wind pfeift um die Ecke und bringt mich zum Zittern. Meine kalifornische Jacke ist ganz sicher nicht für den Neuengland-Herbst geeignet.

»Lass uns reingehen.« Stephan hat mein Frösteln wahrscheinlich bemerkt.

»Gut.« Ich schaue ihn dankbar an, als er mir die Tür aufhält.

Eine Frau, die ein wenig älter als Giselle zu sein scheint, kommt uns entgegen. »Seid ihr die Engel, die mir Giselle geschickt hat?«

Ich nicke und reiche ihr die Hand, die sie enthusiastisch schüttelt. »Avery McIntyre, und das ist Stephan Burton.«

»Willkommen, willkommen! Mein Name ist Cassandra Morton. Ich bin so froh, dass ihr da seid. Ich bin verzweifelt. Verzweifelt! Ich habe vor einer Woche eröffnet, aber bisher ist noch niemand gekommen. Nicht ein Kunde!« Sie schaut mich ganz betrübt an.

»Vielleicht zeigen Sie uns mal, was Sie so im Sortiment haben, und dann können wir bestimmt einen schönen Artikel schreiben.« Ich drehe mich zu Stephan. »Was denkst du für die Aufnahmen?«

Bevor er antworten kann, stürzt sich ein Yorkshire Terrier auf uns, der kurz vor uns stehen bleibt, aus vollem Hals kläfft und in die Luft beißt.

»Bruno! Das sind Freunde. Wir bellen keine Freunde an.« Die Besitzerin hebt das Galle spuckende Tierchen hoch, das sofort beginnt, ihr das Gesicht abzulecken.

Ganz der Profi meint Stephan: »Vielleicht ein Foto von Ihnen mit dem reizenden Kerlchen und zwei Highlights Ihrer Kollektion?«

»Oh, das ist eine fabelhafte Idee!«, gurrt Mrs. Morton. »Wo wollen wir das Foto mit Bruno machen?«

»Gern draußen vor dem Schaufenster mit dem Logo.«

»Oh ja.«

Sie marschieren raus, und ich habe Zeit, mich in Ruhe umzuschauen. Im Grunde kann man doch auch nur dann gute Geschichten schreiben, wenn einem nicht immer jemand ins Ohr ruft, was man unbedingt noch sehen muss.

Als mein Handy klingelt und ich Cades Namen auf dem Display sehe, beschleunigt sich mein Herzschlag. Blödes Herz.

»Hallo?«

»Hey, ich bin's.«

»Hi, wie geht's?«

»Gut, gut. Hey, weswegen ich anrufe: Wir sollten mal reden, meinst du nicht?«

»Ja, reden wäre vielleicht gut.« Obwohl es mir lieber wäre, alles, was geschehen ist, einfach totzuschweigen. Solange wir nicht reden, können wir es nicht beenden. Plötzlich geht mir auf, dass ich Cade auf keinen Fall verlieren will. Ich weiß nicht, ob ich jemals aufgehört habe, ihn zu lieben, aber in diesem Moment werde ich wieder von der gleichen Zuneigung zu ihm erfüllt wie früher.

»Ich könnte heute Abend bei dir vorbeikommen.«

»Oh … ja, klar … ich mein … sehr gerne.«

Er lacht. »Hey, ich bin kein Serienkiller.«

»Das sagst du.«

»Also, so um sechs?«

»Lieber ein bisschen später. Ich gehe mir heute noch eine dicke Jacke kaufen.«

»Na endlich. Ich hatte schon befürchtet, dass ich dir meine anbieten muss und dann erfriere.«

»Keine Sorge, du musst nicht den Gentleman markieren.«

»Wann passt es dir denn?«

»Vielleicht so um acht?«

»Super. Ich bin da. Bis später.«

»Bis später.«

Mittlerweile sollte ich an meine Nicht-Dates mit Cade gewöhnt sein. Obwohl, wenn man ehrlich ist, sind es mittlerweile keine Nicht-Dates mehr, sondern ganz richtige, echte Dates.

»Wir sind fertig, Avery. Mrs. Morton gehört ganz dir«, ruft mir Stephan zu. So sind sie, die Fotografen. Ein Schuss, ein Treffer, und auf zum nächsten Termin.

»Alles klar!« Ich drehe mich lächelnd zu ihnen um. »Mrs. Morton, vielleicht erzählen Sie mir ein bisschen von sich und dem Laden.«

Der Termin zieht sich, weil Cassandra Morton eine echte Quasseltante ist, aber ich kann sie verstehen. Es ist bestimmt aufregend, seinen eigenen Laden zu eröffnen, und dann umso frustrierender, wenn niemand kommt, der die harte Arbeit würdigt. Und da sie eine Freundin von Giselle ist, wird sie nichts dagegen haben, wenn ich mir extra viel Zeit nehme.

Aber ich bin trotzdem froh, als ich wieder in der Redaktion ankomme. Ich schreibe einen Text für die Website, und der lange Bericht über die Hunde-Boutique wird dann in der nächsten Ausgabe erscheinen.

Nicole holt mich nachmittags an meinem Schreibtisch ab, als es Zeit für unser Shopping-Date wird.

»Also, auf jeden Fall brauchst du eine Jacke. In dem dünnen Ding erfrierst du mir ja. Das fände ich echt blöd, da ich mich gerade erst so richtig an dich gewöhnt habe.« Sie lacht und drückt meinen Arm.

»Ich will auch nicht mehr weg von euch.«

»Gut. Außerdem brauchst du auch ein paar feste Stiefel, sonst wirst du dir bei Eis und Schnee die Beine brechen. Und das wollen wir auch nicht.«

»Oh nein, dafür sehen sie viel zu gut aus«, scherze ich.

»Eben.« Sie hakt sich bei mir unter, als wir das Redaktionsgebäude verlassen haben und nun auf der Straße stehen. »Zuerst gehen wir die Jacke kaufen. Mein Auto steht auf dem Parkplatz um die Ecke. Von dort können wir nach Downtown fahren. Da gibt es auch diesen unglaublich süßen Schuhladen, in dem es schicke Boots gibt, also solche, mit denen man sich auch auf die Straße traut, fashionwise, meine ich, aber die trotzdem für das Bostoner Winterwetter geeignet sind.«

Ich muss ja zugeben, dass ich kein Shoppinggirl bin, weil ich meist auch nicht weiß, was ich tue. Aber mit jemandem einkaufen zu gehen, der Ahnung hat, der die neusten Trends kennt, der mit einem Blick sehen kann, ob einem etwas steht, ist eine ganz neue Erfahrung für mich. Sobald Nicole und ich im Laden angekommen sind, empfiehlt sie mir zielstrebig die tollsten Teile, die ich selbst niemals aus dem Regal genommen hätte. Zum ersten Mal kaufe ich Sachen, die schick sind und nicht nur funktional. Und natürlich kaufe ich viel mehr als nur eine Jacke und ein paar Winterschuhe. Wie kann man aber auch einem Sale in Nicoles Lieblingsladen widerstehen?

Am Ende unseres Trips bin ich beladen wie Julia Roberts in dieser ikonischen Szene in *Pretty Woman*. Nur dass wir uns an keiner fiesen Verkäuferin rächen müssen.

Nicole fährt mich gnädigerweise nach Hause, denn mit all den Tüten hätte ich einen ganzen U-Bahn-Waggon für mich alleine gebraucht. Ich schleppe alles die Treppe hoch und verstaue die Tüten im Schlafzimmer, bevor ich meine Wohnung inspiziere, ob ich überhaupt Besuch empfangen kann. Früher wäre mir das egal gewesen. Cade hat mein Kinderzimmer in den wüstesten Zuständen gesehen. Das hat ihn auch nie gestört.

Leise klopfte es ans Fenster. Ich sah von meinem Platz auf dem Teppich auf und lächelte strahlend. Er schob das Fenster hoch, kletterte zu mir hinein und setzte sich neben mich. Cades Küsse waren mittlerweile so feurig geworden, dass ich kaum noch an mich halten konnte, sobald ich ihn auch nur erblickte.

»Was machst du?«, fragte er.

»Mathehausaufgaben.«

»Brauchst du Hilfe?«

Ich verdrehte die Augen. »Ich brauche immer Hilfe bei Mathe.«

Cade lachte, bevor er mir die Aufgaben erklärte. Auch nachdem meine Mom reingekommen war, um mir zu sagen, dass sie und Dad für ein paar Stunden weg sein würden, arbeiteten wir weiter, bis wir fertig waren.

»Puh, ich glaub, ich werd das nie verstehen«, rief ich aus und ließ mich theatralisch nach hinten umkippen.

»Das ist doch gar nicht so schwer. Und du hast doch auch alle Aufgaben geschafft.«

»Ja, mit deiner Hilfe.«

»Quatsch, ich habe dir nur ein bisschen geholfen. Die meisten hast du ganz allein gelöst.«

Ich drehte mich auf die Seite und stützte meinen Ellbogen auf. »Ich denke aber nicht, dass ich auf diese Weise auch nur eine Prüfung bestehen kann.«

»Du bist sehr viel besser, als du denkst.«

»Und du hörst dich wie ein Cheerleader an.«

Er lachte, bevor er sich neben mich legte. »Dein Cheerleader bin ich sowieso immer.«

Bevor ich antworten konnte, küsste Cade mich, dabei drehte er mich langsam auf den Rücken und beugte sich über mich. Langsam fuhr er mit den Händen über meinen Körper. So weit waren wir schon ein paar Mal gekommen. Noch hatten wir keinen Sex miteinander gehabt, weil ich ihn immer vorher gestoppt hatte.

Aber als ich dieses Mal nicht nach seiner Hand fasste, um ihn aufzuhalten, löste er sich von meinen Lippen. »Bist du sicher?«

Ich nickte. »Ich will es.«

»Okay.« Er grinste.

»Hast du … hast du einen Gummi?«

Seine Augenbrauen verschwanden beinahe in seinen Haaren. »Wirklich?«

Ich nickte erneut. »Also, hast du?«

»Ja, hab ich. Also, jetzt nicht mit, aber zu Hause. Ich kann schnell welche holen.«

»Ich hab welche.«

Sein Gesichtsausdruck war einfach unbezahlbar. Er sah aus, als würde ihn gleich der Schlag treffen.

»Sag was.«

»Gott, das muss ich erst mal verdauen.«

Ich stupste gegen seine Schulter. »Du schaffst es, dass ein Mädchen peinlich berührt ist, Cade Turner.«

»Nein, nein, ich find's cool, aber ich habe einfach gar nicht damit gerechnet! Krass! Woher hast du sie?«

»Heather hat mich vor zwei Wochen gezwungen, mit ihr welche kaufen zu gehen.«

»Dann muss ich wohl Heather danken.«

»Das würde ihr gefallen.« Ich musste bei der Vorstellung lachen. »›Hey, Heather, danke für die Gummis.‹ ›Kein Problem, Cade, gern geschehen.‹«

Er ließ den Kopf auf meine Brust sinken. »Ja, ich schätze, das würde nicht so gut kommen.«

Ich zuckte mit den Schultern. »Ach, du kennst doch Heather. Sie kann ganz schön verrückt sein.«

»Das stimmt.« Dann wurde er wieder ernst. »Wir müssen nicht … ich mein, ich will, aber ich will nicht, dass du das Gefühl hast, gedrängt zu werden.«

»Nein, ich will es.«

Er küsste mich erneut, aber dieses Mal wanderten seine Küsse meinen Hals hinab.

»Cade?«, unterbrach ich ihn mit einer Spur Nervosität in der Stimme.

»Hm?«

»Ich weiß nicht, was ich machen soll.«

Er schaute auf. »Für mich ist es auch das erste Mal. Mach, was du willst und was sich gut anfühlt. Und wenn sich etwas nicht gut anfühlt, dann sag es mir, dann höre ich auf.«

»Okay.«

Während er meinen Hals küsste, streichelte ich über seinen Rücken. Als ich plötzlich am Saum seines T-Shirts ankam, schob ich meine Hände drunter. Haut auf Haut. Cade erzitterte leicht, offensichtlich genoss er meine Berührungen.

Er tat es mir gleich, schob eine Hand unter mein T-Shirt und streichelte meinen Bauch, bevor er vorsichtig meine linke Brust umfasste.

»Magst du das?«, fragte er mit gepresster Stimme.

Ich nickte. »Ein bisschen fester. So wie kneten.«

Als er das tat, spürte ich die Erregung kommen. Das Gefühl kannte ich schon von den paar Malen, als ich selber meine Brüste berührt hatte. Am intensivsten war es, wenn ich über die Spitzen strich.

Als Cade das jetzt tat, keuchte ich leise auf.

»Gut?«

»Viel zu gut.«

Sein Gesicht verzog sich zu einem süßen Lächeln, bevor er mir das T-Shirt auszog. Er starrte mich an, als hätte er mich noch nie gesehen. Und vielleicht stimmte es auch. Denn im BH hatte er mich definitiv nie gesehen.

»Darf ich den auch aufmachen?«

»Ja.« Mein Mund wurde trocken. Ich hatte keine Angst, aber ich war so aufgeregt. Als ich mit Heather Kondome gekauft hatte, sagte sie, es sei gut, für alle Eventualitäten vorbereitet zu sein, aber das bedeute nicht, dass man es auch tun müsse. Aber seit ich die Gummis hatte, wollte ich auch wissen, wie man sie verwendet.

Ich setzte mich auf, damit Cade an den Verschluss kam. Er griff danach, versuchte, ihn zu öffnen, und fing nach einigen erfolglosen Versuchen an zu fluchen. Ich kicherte.

»Braucht man dafür ein Diplom?«, beschwerte sich Cade.

Grinsend sagte ich: »Gibt es doch Dinge, die das Genie Cade Turner nicht kann?«

Er schaute mich verlegen an. »Also, der Verschluss ist offenbar zu hoch für mich.«

»Dann schau doch hin.«

Er setzte sich hinter mich und betrachtete die Häkchen, bevor er sie löste. »Okay, so ist es einfach. Sorry.«

»Macht doch nichts.«

Ich drehte mich zu ihm um, hielt aber den BH noch mit den Händen fest. Als ich sah, dass er nervös schluckte, ließ ich los. Cade starrte auf meinen Busen.

»Was?«, fragte ich nach einer Weile, weil die Stille unangenehm wurde und ich schon kurz davor war, die Arme vor der Brust zu verschränken, um ihm die Sicht zu versperren. Es verunsicherte mich, dass er so still war.

»Es ist krass, das live zu sehen.«

»Live?«

»Na ja, bisher hab ich Brüste nur in Jeremys Pornoheftchen gesehen.«

Ich grinste. »Und, enttäuscht?«

»Kein bisschen.« Vorsichtig strich er über sie, umfasste sie, liebkoste sie. Er beugte sich vor. Ich spürte seinen Atem auf meiner Haut und dann seine Lippen.

Es fühlte sich gut an. Fantastisch sogar.

Meine Hände suchten erneut nach dem Saum seines Shirts, um es ihm auch auszuziehen. Gleiches Recht für alle. Obwohl ich ja wusste, wie Cade mit nacktem Oberkörper aussah. So oft hatten wir in unserem Pool gebadet, so oft die Wellen bezwungen, so oft hatte ich ihn ohne Trikot beim Football mit seinen Freunden gesehen.

»Du bist so schön«, murmelte er.

Er stand auf, half mir hoch und führte mich zu meinem Bett. »Sollen wir die Hosen ausziehen, bevor wir uns hinlegen?«

Ich nickte und fasste nach dem Knopf meiner Jeans. Es verunsicherte mich, fast ganz nackt vor Cade zu stehen, aber als ich sah, dass er ebenso nervös war wie ich, wurde ich ruhiger. Als wir uns hinlegten, waren nur noch zwei dünne Stoffschichten zwischen uns, und die legten wir auch schnell ab.

»Wo sind die Gummis?«

Ich zeigte auf meine Nachttischschublade, und er griff hinein und holte die Packung raus.

»Ich hab geübt«, gab er dann zu, während ich zusah, wie er das Kondom aus der Verpackung nahm. »Man muss darauf achten, es richtig rum aufzusetzen. So, siehst du?« Ich nickte, aber meine Gedanken waren längst schon ganz woanders.

Und dann, dann hatten wir Sex. Zum ersten Mal. Zum ersten Mal mit dem Jungen, den ich über alles liebte.

Später lagen wir nebeneinander. Mein Kopf ruhte auf seinem Oberarm, ich atmete den Duft seiner Halsbeuge ein und streichelte mit einer Hand über seine Hüfte.

»War es so, wie du es dir vorgestellt hattest?«, fragte ich nach einer Weile.

»So viel besser.«

Kapitel Neunzehn

Cade

Als ich bei Avery klingele, bin ich nervös. So sehr wie damals, als ich nach unserem ersten Kuss zu ihr gegangen war, um ihr zu sagen, dass ich doch mit ihr gehen wollte, nachdem ich es gründlich vergeigt hatte.

Sagt man gehen heute eigentlich noch? Im Grunde will ich ihr heute wieder dieselbe Frage stellen. Ich hoffe, sie kreuzt nicht ›Vielleicht‹ an.

Ich gehe die zwei Treppen zu ihrer Wohnung hinauf, als sich die Wohnungstür öffnet. Sie steht im Flur, lächelt mich an. Keine andere Frau wird jemals so schön sein, wie sie es in meinen Augen ist. Ihr Anblick raubt mir den Atem.

»Hi«, begrüßt sie mich, als ich ihre Wange küsse.

Ich folge ihr in die Wohnung. Sie ist klein, aber sie strahlt Gemütlichkeit aus, so wie ihr Zimmer damals auch. Und das, obwohl es pink war.

»Wie ich sehe, bist du deiner Lieblingsfarbe untreu geworden«, stelle ich fest, als plötzlich eine Katze miauend in den Flur kommt. Ich knie mich auf den Boden und halte ihr meine Hand hin. Zögerlich kommt sie näher, schnüffelt ein wenig, bevor sie ihren Körper an meiner Hand reibt und sich von mir streicheln lässt.

»Das ist Mr. Spock, aber sie ist ein Mädchen.«

»Warum auch nicht? Jeder, wie er will.«

»Möchtest du was trinken?«

»Gerne.«

»Ich hab Wein oder Wasser.«

»Nur die wirklich wichtigen Dinge.«

»Immer.«

»Wein, bitte.«

Während sie die Getränke holt, kraule ich Mr. Spock, die sich auf den Rücken geworfen hat und mir ihren Bauch präsentiert. Aber bei Katzen kann das ja ganz leicht umschlagen. In einem Moment lieben sie die Streicheleinheiten, und im nächsten Moment fühlen sie sich plötzlich furchtbar belästigt. Ich erinnere mich an all die Kratzer, die mir die Strandkatzen früher verpasst haben. Ob sie noch leben? Nein, oder?

»Hey, vielleicht eine doofe Frage, aber gibt es die Strandkatzen noch?«

Avery tritt wieder zu mir in den Flur mit zwei Weingläsern in der Hand. »Nein. Zuma ist die älteste geworden, aber auch sie ist vor ein paar Jahren gestorben.«

»Hast du sie beerdigt?«

»Natürlich.«

Ich folge ihr ins Wohnzimmer und setze mich zu ihr auf die Couch. »Woher hast du Mr. Spock?«

»Von meinen Nachbarn in L.A. Als sie weggezogen sind, haben sie ein neues Zuhause für sie gesucht.«

»Rettest du also immer noch Streuner.«

Sie lächelt. Manche Frauen setzen ihr Lächeln gekonnt wie eine Waffe ein, aber ich bin so froh, dass Avery davon offenbar nichts weiß, denn ihr Lächeln ist einfach nur natürlich und schön.

Wir stoßen an und trinken jeder einen Schluck.

»Wegen gestern …«, fange ich an, breche jedoch sofort unsicher ab. Wie soll ich es bloß ausdrücken?

»Ja, ich weiß, es war ein Fehler«, springt sie ein.

Das wollte ich eigentlich nicht sagen. »Ein Fehler?«

Sie wirkt nervös, schaut mich nicht an, sondern lässt ihren Blick durchs Wohnzimmer schweifen. »Ja, ich weiß. Ich hätte nicht so … na ja, dreist sein sollen. Es tut mir leid.«

»Du warst nicht dreist.«

»Aber wir wollten uns als Freunde treffen.«

Ich nehme ihr das Weinglas aus den Händen und stelle beide auf den Tisch. »Wir wollten uns als Freunde treffen und dann schauen, was daraus wird.« Langsam beuge ich mich vor und lege meine Hand an ihre Wange. Sie lehnt sich in die Berührung, was mich freut. »Du magst es für einen Fehler halten, aber ich tue es nicht. Vielleicht ist es an der Zeit, uns einzugestehen, dass wir keine Freunde sind.«

»Was sind wir dann?«, fragt sie und leckt sich die Lippen.

»Was möchtest du denn sein?«

»Mehr?« Ihre Stimme bricht.

Und dann sitzt sie plötzlich auf meinem Schoß. Ich bin mir nicht sicher, ob ich sie mehr zu mir gezogen habe oder sie geklettert ist, vielleicht von beidem etwas.

Sie umfasst mein Gesicht, drückt ihre Lippen auf meine und küsst mich viele, viele Male, bevor ihre Zunge in meinen Mund eintaucht. Ich schlinge meine Arme um sie, halte sie so eng an mich gedrückt, wie es geht.

Mit den Händen gleite ich an ihrem Oberkörper hinab bis zum Saum und ziehe ihr das Oberteil dann hastig über den Kopf. Ich finde den Verschluss ihres BHs und öffne ihn.

Sie lacht leise.

»Was?«, frage ich, während meine Lippen sofort wieder nach ihren suchen.

»Du hast geübt.«

Auch ich muss lachen bei dem Gedanken daran, wie absolut jämmerlich mein erster Versuch war, ihr den BH auszuziehen.

»Ich war nur beim ersten Mal ein Versager, danach nie wieder.«

»Das stimmt.«

Ich umfasse ihre Brüste, streiche über die Brustwarzen, die sich bereits aufgestellt haben. Sie wirft vor Lust den Kopf zurück und stöhnt leise. Ich nutze den Moment, um ihr Dekolleté zu küssen. Viele Male drücke ich meine Lippen auf ihre zarte Haut, die heller ist als damals. Der Sonnenentzug macht aus diesem California Girl eine blasse Schönheit.

Ausführlich liebkose ich die Rundung ihres Busens, küsse mich zum Zentrum und lecke über einen Nippel, bevor ich ihn in den Mund nehme.

»Cade … Oh Gott … Ich kann nicht warten.«

Ich hebe sie hoch und stehe auf. »Wo ist das Schlafzimmer?«

Avery zeigt in die Richtung, während sie ihre Beine um meine Hüften schlingt. Ich laufe los, stolpere dabei beinahe über die Katze auf dem Fußboden und stoße mit dem Ellenbogen gegen den Türrahmen, was mich zum Fluchen und Avery zum Lachen bringt.

»Verdammter Mist«, grummele ich, während sie mir durch die Haare fährt.

»Du bist so heiß«, flüstert sie mir ins Ohr.

Auch wenn wir noch nicht angekommen sind, drücke ich sie gegen die Wand im Flur. Ich umfasse ihr Gesicht, ziehe sie an mich und küsse sie heftig und hemmungslos.

Als sich unsere Münder trennen, ringen wir beide nach Luft, und ich sehe nur ihre rotgeküssten Lippen, die aussehen, als hätte sie jemand auffressen wollen. Und wenn wir ehrlich sind, wollte ich auch genau das.

»Bitte …«, haucht Avery.

Ich bin natürlich niemand, der eine Frau betteln lässt. Niemals. Am liebsten würde ich sie direkt im Flur auf dem Fußboden lieben.

Aber ich schaffe es noch ins Schlafzimmer. Ich lasse sie auf dem Bett nieder, ziehe mir den Pulli aus, lasse Hose, Boxershorts und Socken folgen, während sie versucht, aus ihrer Jeans zu schlüpfen und dabei so verführerisch wirkt.

Nur zu gerne helfe ich ihr und ziehe Hose und Höschen gleichzeitig runter. Verdammt, Avery ist immer noch die schönste Frau der Welt. Weil ich gerade ihre wunderschönen Knöchel umfasst habe, ziehe ich sie zur Bettkante, knie mich vor ihr Zentrum und liebkose sie, bis sie es vor Lust nicht mehr aushält.

»Cade, bitte! Ich kann nicht mehr.«

Da ist es wieder, dieses kleine Wort, das mich ganz verrückt macht. Ich stehe auf. »Roll in die Mitte.«

Aus meiner Hosentasche krame ich die Gummis raus, die ich mitgenommen habe, weil ich ein endloser Optimist bin. Es war nicht geplant, dass wir hier jetzt enden, aber ich hatte darauf gehofft.

»Cade!«, ruft sie, und ihre Stimme ist dabei schon so schön kratzig, was mich verrückt macht.

Ich kann sie unmöglich länger warten lassen. Noch immer sind ihre Beine leicht gespreizt. Sie betrachtet mich ungeduldig und lässt ihre Zunge immer wieder über die Lippen gleiten, während sie mir dabei zusieht, wie ich das Kondom überstülpe. Das macht mich so an, dass ich extra langsam dabei vorgehe.

Aber dann beuge ich mich vor, streiche über ihre Schenkel, drücke sie sanft auseinander, bevor ich in sie eindringe. Und es ist wie nach Hause kommen.

Avery schließt die Augen, drückt ihren Rücken ein klein wenig durch und entblößt ihren Hals. Sie saugt ein Eckchen Lippe in den Mund, bevor sie es mit einem leisen Stöhnen freigibt, das so viel Gefühl enthält, dass ich eine Gänsehaut bekomme.

»Schau, was du machst«, flüstere ich ihr ins Ohr, als ich mich zu ihr runterbeuge.

Langsam und ein wenig lasziv öffnet sie die Augen, schaut auf meine Arme und streicht über die aufgestellten Härchen, die kleinen Hügelchen. Ihr Lächeln ist dabei eindeutig triumphierend. Ich muss sie einfach küssen. Meine Lippen krachen auf ihre, ihre Arme schlingen sich um meinen Hals, und was eben noch sanft war, wird plötzlich schneller und intensiver, als wären wir beide so lange so hungrig gewesen und könnten es kaum erwarten, den anderen neu zu entdecken.

»Avy«, flüstere ich immer und immer wieder, während ich ihr Gesicht mit Küssen bedecke, ihre Beine streichele und meinen Körper mit ihrem vereine.

»Gott, Cade«, haucht sie mit rotgeküssten Lippen.

Eine Welle an unterschiedlichsten Gefühlen schwappt durch mich hindurch. Stolz, weil sie meinetwegen diese roten Lippen hat. Wärme, weil diese zwei Worte so viel mehr von ihren Gefühlen transportieren als manche Monologe. Wildheit, weil es mich wahnsinnig macht, ihre Stimme in so einer sanften und zugleich leidenschaftlichen Tonlage zu hören. Freude, weil sie wieder in meinen Armen ist. Trauer auch, weil sie es so lange nicht war.

Ich lasse eine Hand zwischen uns wandern, streichele sie, was sie mit so lustvollen Lauten beantwortet, dass ich mich schneller in ihr bewege, weil ich diese Lust auch spüren möchte. Sie biegt ihren Körper durch, krallt ihre Finger in meine Oberarme, schließt die Augen, schreit gedämpft auf. Und ich? Ich empfinde es als das größte Geschenk, sie kommen zu sehen, bevor ich ihr folge.

Ermattet liege ich halb auf ihr, versuche mich ein wenig abzustützen, um sie nicht zu zerquetschen, aber sie umschlingt mich so fest, dass ich keine andere Wahl habe, als meinen Kopf auf ihre Brust zu betten. Bestes Kopfkissen ever.

Später liegt Avery in meinem Arm, hat ihren Kopf an mein Herz gebettet und streichelt meinen Bauch. Ich könnte stundenlang hier mit ihr liegen.

Avery

Ich liege in Cades Armen, nach dem schönsten und erfüllendsten Sex, den ich je erlebt habe. Wir waren ja schon damals gut darin, aber jetzt? Wow.

Dann trifft mich die Realität wie ein Schlag.

Was wir getan haben ... Wir hatten nicht nur Sex. Wir haben beide unsere Partner betrogen.

»Cade ...«

»Ich weiß. Wir können gleich reden, ja? Lass mich nur diesen Augenblick noch ein wenig genießen.«

»Aber …«

Er legt mir die Hand auf den Kopf und tätschelt leicht meine Haare. »Noch fünf Minuten.«

»Deine Minuten kenne ich.«

Aber ich freue mich, dass wir noch ein bisschen Zeit in unserer kleinen Blase verbringen können. Der Cade-und-Avery-Blase, die irgendwann wieder platzen muss. Das weiß ich. Das hasse ich. Aber ich beschließe, die letzten Minuten zu genießen.

»Es ist schön mit dir«, murmelt er irgendwann.

»Es ist wie früher.«

Ich spüre sein Nicken. »Es fühlt sich genauso an.«

»Vielleicht haben alle Gefühle nur geschlafen und wachen jetzt wieder auf.«

Er dreht sich, sodass er mich ansehen kann. »Ich glaube nicht, dass ich dich jemals nicht geliebt habe.«

Mir stockt der Atem. »Du liebst mich?«

»Immer noch, wieder, was auch immer.«

»Und was machen wir dann jetzt?«

»Das liegt bei dir. Was willst du? Was fühlst du?«

»Ich … ich möchte Dylan nicht betrügen.«

»Ich möchte Melinda auch nicht betrügen. Das hat sie nicht verdient.«

»Also …«

»Also …?«

»Machen wir Schluss?«

»Mit ihnen?«

Ich nicke.

»Ist es das, was du möchtest?«

Es macht mir Angst, das laut auszusprechen, aber manchmal muss man über seinen Schatten springen. Man kann sich von seiner Furcht lähmen lassen oder einfach das Pflaster abreißen und den kurzen Schmerz ertragen.

»Ja, das möchte ich. Ich möchte mit dir zusammen sein.«

Mein Herz klopft einen viel zu schnellen Beat, als er nicht sofort antwortet. Stattdessen breitet sich in Zeitlupe das strahlendste Lächeln auf seinem Gesicht aus. Und in mir kehrt Ruhe ein. So sieht niemand aus, der eine Abfuhr erteilen möchte.

»Ich will auch mit dir zusammen sein.«

Erleichterung schwappt durch mich, bevor ich Cade küsse. Er zieht mich auf sich, hält mich fest an sich gedrückt und erwidert den Kuss mit dem gleichen Hunger. Ich spüre, dass es ihn ebenso erregt wie mich, und taste nach den restlichen Gummis. Langsam ziehe ich ihm eins über, bevor ich mich auf ihm niederlasse. Zeitgleich stöhnen wir beide vor Lust auf, als wir erneut miteinander verbunden sind.

Schläfrig öffne ich die Augen, als ich Geräusche höre.

»Schlaf weiter«, murmelt Cade und küsst meine Stirn.

»Wohin gehst du?«

Er setzt sich auf die Bettkante. Seine Jeans hat er bereits wieder an, was wirklich eine Schande ist.

»Ich fahre zu mir. Hey, Melinda kommt morgen aus Washington zurück, dann rede ich mit ihr.«

»Okay. Ihr wohnt zusammen …«

Er streicht über meine Haare. »Ich packe ein paar Sachen und ziehe zu meinem Kumpel Chris, bis ich was Eigenes finde.«

»Dylan kommt auch morgen zurück.«

Er lächelt. »Dann treffen wir uns in zwei Tagen morgens im Café. Okay?«

»Als Singles?«

Nun verbreitert sich sein Lächeln zu einem Grinsen. »Aber nur bis ich dich sehe. Danach bist du es nicht mehr.« Er sieht einen Augenblick unsicher aus. »Ist das okay?«

»Mehr als okay.«

Er küsst meine Lippen. »Dann schlaf schön, und wir sehen uns übermorgen.«

Als die Tür hinter ihm ins Schloss gefallen ist, liege ich noch wach und erlebe in Gedanken noch einmal diesen wunderschönen Abend. Die Entscheidung ist richtig. Das fühle ich tief in meinem Herzen. Cade und ich gehören zusammen, haben das schon immer getan.

Wie es nicht anders sein kann, klingelt in diesem Moment mein Handy. Das muss meine Mom sein. Manchmal nervt ihr sechster Sinn ganz schön.

Ich eile in den Flur, schaue aufs Display und sehe, dass es Cade ist, nicht meine Mutter.

»Hey, Cade.«

»Hey, ich wollte noch mal deine Stimme hören.«

Ich fühle mich wieder wie sechzehn, weil er damals auch solche süßen Dinge gesagt hat. »Bist du zu Hause?« Bei dem Gedanken an seine gemeinsame Wohnung mit Melinda muss ich mir auf die Lippe beißen.

»Ja, gerade angekommen. Wieso schläfst du nicht?«

»Ich denke nach.«

»Oh, oh.«

Ich kuschele mich mit einer Decke auf die Couch. »Nichts Schlimmes. Nur dass ich den Abend so schön fand und ich mich freue, dich wiederzusehen.«

»Ich freue mich auch. Nach allem, was passiert ist, fühlt es sich surreal an, noch eine Chance von dir zu bekommen. In meinen kühnsten Träumen hätte ich nie gedacht, dass du noch mal meine Avy sein wirst.«

»Die hätte ich schon immer sein können.«

»Ich weiß. Und es macht mich fertig, dass ich so ein Idiot war.«

»Wir müssen die Vergangenheit hinter uns lassen, wenn wir eine Zukunft haben wollen. Wir beide müssen dir verzeihen.«

»Tust du es denn?«

»Zwölf Jahre sind eine lange Zeit.«

»Aber manche Dinge tun auch dann noch weh.«

»Ich verstehe noch immer nicht, warum du gegangen bist. Es hätte so viele Möglichkeiten gegeben. Fernbeziehung oder dass ich dir an die Ostküste folge oder dass wir gemeinsam in L. A. studieren oder, oder, oder. Es hätte nicht enden müssen. Aber nur weil ich diese Entscheidung nicht verstehe, kann sie doch trotzdem richtig für dich gewesen sein, der Baustein für ein glückliches Leben, auch wenn andere dabei auf der Strecke geblieben sind.«

»Du meinst, auch wenn du dabei auf der Strecke geblieben bist.«

»Es hat wehgetan, aber mein Leben ohne dich war auch gut. Und wenn wir jetzt noch mal von vorn beginnen, dann mit dem gegenseitigen Versprechen, dass die Vergangenheit vergeben wird. Sonst geht das nicht.«

»Okay. Danke.«

»Ich danke dir.«

»Wofür?«

»Für den besten Sex meines Lebens.«

Er lacht. »Hey, ich weiß nicht, ob das ein Kompliment oder eine Beleidigung war!«

Ich grinse wie ein Honigkuchenpferd. »Da kann ich dir auch nicht helfen. Vielleicht ein wenig von beidem.«

»Na ja, es wäre wahrscheinlich schlimmer, wenn du mir sagen würdest: ›Früher warst du aber besser.‹«

»Oh, früher warst du gut, doch jetzt bist du besser. Aber du brauchst mich auch nicht, um dein Ego zu streicheln.«

»Doch, bitte. Streichele es. Männliche Egos sind fragil.«

»Du bist bei Weitem der beste Liebhaber, den ich je hatte.«

»Und von wie vielen reden wir da?«

»Willst du das wirklich wissen?«

»Ich weiß nicht.« Er lacht auf. »Ich bin mir nicht sicher, welche Antwort ich besser fände. Dass du quasi Nonne warst seit damals oder dass du deinen Spaß hattest, damit du jetzt erkennst, was schon immer gut für dich war.«

»Sagen wir, die Zahl liegt zwischen den beiden Extremen.«

»Ich will, dass wir auch über solche Dinge sprechen können.«

»Sechs.«

»Du hattest Sex mit sechs Männern?«

»Ja.«

»Wow.«

»Wow gut oder schlecht?«

»Keine Ahnung.« Er stöhnt leise auf. »Ich denke, du wirst mir nicht die Namen und Adressen geben, damit ich die Typen töten kann?«

Ich muss lachen. »Es gibt keinen Grund zur Eifersucht.«

»Wenn du wüsstest. Seit Wochen bin ich von Eifersucht zerfressen wegen deines Kerls.«

»Da gab es auch keinen Grund. Wir hatten keinen Sex, seit ich dich wiedergetroffen habe.«

»Nicht?«, fragt er überrascht nach, obwohl ich ihm doch eigentlich schon beim Poetry Slam gesagt hatte, dass ich nicht mit Dylan schlafe.

»Nein.«

»Wieso nicht?«

»Weil es sich falsch anfühlte, mit Dylan zu schlafen, während du in meinen Gedanken rumgespukt bist.«

Erneut erklingt sein warmes, ehrliches Lachen. Ich erinnere mich daran, dass Cades Lachen schon immer mein allerliebstes Geräusch war.

»Ich halte mich normalerweise nicht für einen Höhlenmenschen, aber das gefällt mir.«

»Wieso wundert mich das ganz und gar nicht?«

»Weil du denkst, dass du mich kennst?«

»Hm.« Ich gähne.

»Okay, meine Avy, geh schlafen. Wir sprechen morgen. Ja?«

»Ja, gute Nacht.«

»Träum was Schönes.«

Von dir, könnte ich hinzufügen, aber ich denke, dass Cade sowieso schon ein zu großes Ego hat. Das muss ich nicht auch noch füttern.

Ich bleibe noch einen Moment auf der Couch sitzen, bevor ich ins Bett tapere und sofort einschlafe, mit einer Katze, die denkt, dass es lustig wäre, es sich auf meinem Kopf bequem zu machen.

Cade

Nachdem wir aufgelegt haben, will ich Avery am liebsten sofort wieder anrufen, weil ich schon jetzt ihre Stimme vermisse. Seit Langem habe ich mich nicht mehr so gut gefühlt. Alles läuft gerade super. Der Job, die Liebe, das Leben. Abgesehen von der Tatsache, dass ich mit Melinda Schluss machen muss und keine Ahnung habe, wie ich das anstellen soll.

Den Gedanken schiebe ich zur Seite, weil ich mir das Hoch der Endorphine nach diesem Wahnsinnsabend nicht vermiesen möchte. Es hat sich so gut angefühlt. Normalerweise muss ich mich erst an jemanden gewöhnen, um außergewöhnlich guten Sex zu haben, aber mit Avy war es sofort großartig. Und dass sie gesagt hat, es wäre der beste Sex ihres Lebens gewesen, war ein schönes Extra.

Ich liege noch lange wach, viel zu lange für den anstrengenden Tag, den Chris, Mick und ich morgen vor uns haben. Wir sind mit einem unserer Geldgeber verabredet, der von unserem neuen Projekt erfahren möchte, um zu entscheiden, ob er noch mehr Kapital in uns stecken will. Den Kontakt hatte Melinda vor ein paar Monaten hergestellt. Weil Benjamin so verteufelt gut lief, gelten wir gerade als gute Investition. Und man muss das Eisen schmieden, solange es heiß ist, nicht wahr?

Micks Idee zu dem neuen Spiel ist wirklich gut. Simpel, aber sehr ausgefeilt. Es könnte das neue Candy Crush werden, wenn wir es schaffen, alles umzusetzen, Investoren zu finden und es ebenso innovativ zu launchen wie beim ersten Mal.

Für den Termin muss ich ausgeruht sein, aber Avery geht mir nicht aus dem Kopf. Ich hatte gehofft, dass sie mir eine zweite Chance gibt, aber ich hätte auch verstanden, wenn sie nichts mehr mit mir zu tun haben wollte. Schließlich habe ich ihr wehgetan. Ich habe mir wehgetan.

Aber was sie gesagt hat, stimmt, manchmal muss man Dinge für sich tun. Und so leid es mir tut, weiß ich doch, dass es richtig gewesen ist, damals zu gehen.

Als ich endlich einschlafe, träume ich von grauen Augen, unbändigen Locken und einem Lächeln, bei dem die Sonne aufgeht.

Kapitel Zwanzig

Cade

Mick und Chris stehen schon vor dem Gebäude des Investors, als ich ankomme. Natürlich habe ich verschlafen. Da habe ich einmal einen wichtigen Termin am Morgen und überhöre prompt den Wecker. Ich streiche mir nervös übers Gesicht und spüre die Stoppeln an meinen Wangen, die ich eigentlich heute Morgen noch rasieren wollte. Na was soll's. Sie sollen ja das Produkt kaufen und nicht mich.

»Hey, tut mir leid.«

Chris schlägt mir auf die Schulter. »Kein Ding, Mann. Wir sind zu früh gewesen.«

»Dann lasst uns reingehen und das Ding rocken. Mick, hast du alles?«

Dieser schlägt auf seine Aktentasche. »Alles dabei. Rock 'n' Roll, Baby.«

Im Aufzug atme ich tief ein. Es wäre doch gelacht, wenn ich nicht zurück zu meiner Gelassenheit finden würde. Ich kann das, sage ich mir innerlich vor. Und es hilft. Zurück ist der relaxte, kalifornische Cade, den nichts aus der Bahn wirft.

»Ja, bitte?«, fragt die Rezeptionistin, als wir aus dem Aufzug steigen.

»Hi, ich bin Cade Turner, das sind Michael Clark und Christopher Wright. Wir haben einen Termin mit Mr. Miller.«

Sie lächelt mich an. »Wenn Sie bitte noch einen Augenblick Platz nehmen würden. Ich sage Mr. Miller, dass Sie da sind.«

Nicht einmal fünf Minuten später tritt sie neben uns. »Bitte folgen Sie mir.«

Ich werfe einen Blick auf Mick und Chris, die wieder einmal sehr still sind. Sie haben noch größere Probleme mit solchen Situationen als ich. Aber ich werde das Kind schon schaukeln, das habe ich immer.

»Cade – ich darf doch Cade sagen? –, es ist schön, Sie wiederzusehen«, sagt Mr. Miller, als wir in seinem Büro sind. Er kommt hinter seinem mächtigen dunklen Schreibtisch hervor, um mir die Hand zu schütteln. Sie ist warm und kräftig, ebenso wie er selbst. Er war mir von Anfang an sympathisch.

»Guten Tag, Mr. Miller. Vielen Dank, dass Sie sich mit uns treffen. Das sind Michael Clark, unser Genie, und Christopher Wright, der dritte im Bunde.«

Sie schütteln Hände, bevor Mr. Miller auf die Sitzecke in seinem Büro deutet und sagt: »Setzen wir uns doch. Ich habe Kaffee bestellt, wenn das okay ist?«

Wir alle nicken.

»Gut, was führt Sie heute zu mir?«

Ich atme noch einmal tief durch, bevor ich antworte: »Der Erfolg von Benjamin war überwältigend. Wir hatten ihn erhofft, aber natürlich in keiner Weise vorausgesehen. Aber wir wollen weitere Apps entwickeln, um uns als App-Schmiede zu etablieren. Wir haben eine neue Idee zu einem Spiel, das revolutionär sein könnte. Wir würden Ihnen das sehr gerne vorstellen und erhoffen uns eine Einschätzung von Ihnen, ob Sie eine Zukunft für dieses Produkt sehen und eventuell den Weg mit uns gemeinsam gehen wollen. Mick?«

Dieser nickt und öffnet seine Aktentasche. »Dies ist nur eine rudimentäre Version. Wir planen, uns mit einem Spiele-Illustrator zusammenzutun, um bessere Grafiken zu erstellen, aber ich kann Ihnen schon mal zeigen, wie wir uns das vorstellen.« Mick erklärt ihm die Spielidee, zeigt erste Entwürfe, die wir schon von einem Illustrator haben anfertigen lassen, und präsentiert Mr. Miller die erste Rohversion auf seinem Handy.

»Das sieht alles sehr gut aus. Vielleicht können wir das zusammen mit der reizenden Melinda besprechen, Cade? Wie wäre es, wenn wir uns in den kommenden Tagen zum Mittagessen treffen?«

Diese Antwort irritiert mich, aber ich bemühe mich, mir nichts anmerken zu lassen. »Wir hatten heute schon auf eine erste Einschätzung gehofft, Sir.«

»Die kann ich Ihnen geben. Ihr Spiel klingt interessant, aber ich würde das gerne im Beisein von Melinda besprechen.«

»Sir, ich möchte nicht respektlos erscheinen, aber Melinda gehört nicht zu unserem Unternehmen.«

Er verzieht sein Gesicht zu einem Lächeln, doch es erinnert eher an einen Hai, der nach seiner Beute schnappt. »Natürlich nicht, aber die Kommunikation bei meiner ersten Investition lief über sie und klappte reibungslos. Daher möchte ich gern wieder auf sie zurückkommen.«

Verunsichert schaue ich Mick und Chris an, die beide mit den Schultern zucken. Wahrscheinlich sind sie froh, dass sie aus dem Schneider sind.

»Natürlich, Sir.«

»Fantastisch! Meine Sekretärin wird einen Termin mit Melinda vereinbaren.«

Nachdem wir uns verabschiedet haben und aus dem Büro treten, mache ich meinem Frust Luft.

»Hey, Mann, das ist doch nicht wichtig. Mick und ich müssen bei den Verhandlungen nicht dabei sein. Wenn Melinda uns wieder einen tollen Deal besorgen kann, dann geht doch zu dritt zum Mittagessen«, versucht Chris mich zu besänftigen, als ich voller Wut gegen den Bordstein trete.

Aber wie kann ich in den nächsten Tagen mit Melinda und Mr. Miller zum Mittagessen gehen, wenn ich heute Abend mit ihr Schluss machen will? Außerdem frustriert es mich, dass die Investoren Melinda anscheinend noch immer mehr vertrauen als uns, auch wenn wir mit Benjamin bewiesen haben, dass wir wissen, was wir tun. Es zeigt sich mal wieder, das Geld zusammenhält.

»Aber Melinda gehört nicht zur Firma.«

»Sie wird uns diesen Gefallen aber doch sicher tun. Es ist also kein Problem. Und mir ist es eh lieber, wenn ich im Büro bleiben kann«, erklärt Mick.

»Natürlich macht sie es, aber es geht ums Prinzip.«

»Ach was, Prinzip! Es ist doch egal, wie wir an das Geld kommen. Hauptsache, wir bekommen es.«

Vielleicht wäre jetzt der passende Augenblick, ihnen zu erzählen, dass ich mit Melinda Schluss machen will. Ich tue es nicht. Erst muss ich die Situation überdenken. Muss grübeln, welche Möglichkeiten es gibt, auch ohne Melinda Geldgeber zu finden.

»Wir werden sehen«, lenke ich unwirsch ein. »Hey, ich muss mal ein bisschen nachdenken. Ist es okay, wenn ich nicht mit ins Büro komme?«

»Klar. Wenn was sein sollte, rufen wir an. Ansonsten machen wir einfach erst mal mit allem so weiter. Oder?«

»Genau. Danke!«

Ich fahre auf die andere Seite des Charles Rivers zum MIT, wo die Jungs und ich gemeinsam studiert haben. Während des Studiums ist mir aufgefallen, dass ich am besten dort nachdenken kann, wo ich auch gelernt habe. Und das war in der Barker Library. Eigentlich dürfen nur Mitarbeiter, Studenten und deren Familienangehörige sie besuchen, oder Personen, die konkrete Forschung betreiben, da sie nicht uneingeschränkt öffentlich ist.

Als Absolvent der Uni ist es mir aber gestattet, sie auch weiterhin aufzusuchen.

Ich habe diesen riesigen Kuppelbau schon als Student geliebt, und als ich jetzt eintrete, überkommt mich wieder diese Ruhe, die ich immer nur dann erfahre, wenn ich von Wissen umgeben bin. Es ist zu kalt, um auf den Stufen zu sitzen, aber ich suche mir einen Platz in einer Ecke, fernab vom Geschehen. Ich lehne mich zurück, schließe die Augen und lasse meinen Gedanken freien Lauf.

Meine Erinnerungen an meine Studienzeit sind nur positiv. In dieser Zeit ist zum ersten Mal eine Last von mir abgefallen. Diese furchtbare Last, die mich zu erdrücken gedroht hatte. Auch wenn mir dieser Gedanke jetzt ein schlechtes Gewissen bereitet, aber auch Avery war damals ein Teil der Last. Nicht sie als Person, aber dieser Druck, sie glücklich zu machen. Unbedingt. Ich wollte nicht, dass sie so einen kaputten Typen an der Backe hatte. Sie hatte jemand Besseren verdient.

Als ich nach der Trennung nur noch für mich selbst verantwortlich war, konnte ich wieder atmen. Seitdem bedeutet diese Uni für mich Freiheit. Komplette Freiheit.

Es ist mehr als ungünstig, dass Mr. Miller nur mit Melinda verhandeln will. Vielleicht sind ja aber nicht alle Investoren so. Statt nur auf diesen einen zu setzen, sollte ich auch die anderen anfragen, ob sie an unserem Spiel interessiert sind. Bestimmt gibt es welche, die wir mit unserer Arbeit und unserem Erfolg überzeugt haben. Die muss es einfach geben. Es können doch nicht alle nur auf Vitamin B setzen, vor allem dann nicht, wenn man doch schon Leistung gebracht hat.

Ja, das werde ich tun. Ich vereinbare Termine mit den anderen Firmen. Und ich werde Venture-Capital-Firmen anschreiben, um vielleicht weitere Geldgeber zu finden. Klar, mit Melinda an meiner Seite war es einfacher, aber andere Start-ups schaffen es auch alleine. Es muss also realisierbar sein. Auf keinen Fall ist es ein Grund, weiter bei Melinda zu bleiben, wenn mein Herz doch Avery gehört.

Mit diesem Plan verlasse ich die Barker Library. Draußen stelle ich mein Handy wieder an und sehe einen verpassten Anruf von Melinda. Ich rufe sie zurück.

»Hey, was gibt's?«, frage ich, als sie abnimmt.

»Ich wollte dir sagen, dass ich um fünf nach sechs lande. Holst du mich ab?« Ihre sonst so angenehme Stimme hat plötzlich einen derart süßlichen Tonfall angenommen, dass es mir die Nackenhaare aufstellt. Wie kommt das?

»Klar, kann ich machen. Wie geht's?«

»Gut, gut. Daddy war sehr erfolgreich und hat eine großartige Rede im Kongress gehalten. Morgen ist die finale Abstimmung.«

»Kannst du dann schon heute weg?«

»Ja, natürlich. Daddy braucht mich dafür nicht.«

»Okay. Dann bin ich später am Flughafen. Schickst du mir die Flugnummer?«

»Klar. Das mache ich doch immer. Ich hab dich vermisst. Bis später!«

Sie schickt mir einen Kuss durch die Leitung, und ich murmele nur »Bis später« zurück.

Mann, ist das eine blöde Situation, sie so im Unklaren lassen zu müssen. Verdammt, ich bin auch selten dämlich, dass ich es so weit habe kommen lassen. Es wäre besser gewesen, erst die eine Beziehung zu beenden, bevor ich an die andere wieder angeknüpft habe.

Und trotzdem bereue ich meine Nacht mit Avery nicht. Niemals.

Ich schaue auf die Uhr, sehe, dass es sich nicht mehr lohnt, ins Büro zu fahren, und beschließe stattdessen nach Hause zu fahren und mir dort die Adressen der Investoren rauszusuchen. Melinda hat sie alle in einem Ordner abgeheftet.

Avery

Als ich Dylan abends die Tür öffne, bin ich nervös.

Er lächelt mich an und küsst mich auf den Mund. »Hey, Sweetheart. Ich hab dich vermisst.«

Ich würde gerne sagen, dass es mir auch so ging, aber ich kann nicht. Weil ich ihn nicht vermisst habe. Nicht mal richtig gemerkt habe, dass er überhaupt weg war. Schließlich kreisen meine Gedanken seit Tagen nur noch um Cade. Ich bin ein schlechter Mensch, kommt es mir in den Sinn.

»Hey, du. Schön, dass du wieder da bist.«

Er lächelt und will mich noch mal küssen, aber ich drehe

den Kopf zur Seite, sodass seine Lippen nur meine Wange treffen. Irritiert schaut Dylan mich an. »Was ist?«

»Wir müssen reden.«

»Worüber?«

»Setzen wir uns ins Wohnzimmer.«

Sobald ich Platz genommen habe, springt Spocky auf meine Beine und krallt sich im Stoff meiner Hose fest. Dass sie dabei auch meine Oberschenkel zerkratzt, scheint ihr egal zu sein.

»Also, was ist los?«, fragt Dylan unbekümmert und setzt sich viel zu nah neben mich. Sein Arm liegt auf der Lehne der Couch, und er spielt mit meinen Haaren. So muss sich eine Gazelle fühlen, bevor der Löwe auftaucht.

»Dylan, ich mag dich, aber …« Ich schaue ihn an.

Er erstarrt, seine Finger liegen auf einmal schlaff auf der Rückenlehne. »Aber?«

»Aber ich glaube, wir sind nicht die Richtigen füreinander.«

Jetzt zieht er seinen Arm weg und lehnt sich weg von mir. »Was meinst du? Wieso nicht?«

»Wir sind jetzt schon länger als ein halbes Jahr zusammen, da sollte man doch schon das Gefühl haben, dass man weiß, wohin die Reise geht. Aber das fühle ich bei dir nicht. Es tut mir leid.«

»Ich weiß nicht, was du meinst. Wir sind noch nicht lange genug zusammen, um uns zu versprechen, für den Rest unseres Lebens zusammenzubleiben. Aber es läuft doch gut. In Anbetracht der Tatsache, dass wir uns erst ein paar Monate kennen.«

»Es sind sieben, bald schon acht.«

»Du willst also wissen, was meine Absicht ist? Fein. Ich will mit dir zusammen sein. Reicht dir das?«

»Es reicht mir nicht, und es sollte auch dir nicht reichen. Wenn wir eine gemeinsame Zukunft hätten, dann wären wir vollkommen verrückt nacheinander, wir würden nicht ohne einander auskommen können. Jeder Tag getrennt würde Leid bedeuten.«

»Jeder ist anders. Manche Paare hängen ständig aufeinander, und andere lassen sich ihren Freiraum, aber das hat doch nichts damit zu tun, ob man sich liebt oder nicht.«

Ich rücke ein Stück auf ihn zu, obwohl Spocky protestiert, und blicke ihm direkt ins Gesicht. »Aber liebst du mich denn?«

»Ja, natürlich!« Er schaut zu Boden.

Dylan kann mir bei dieser Aussage nicht in die Augen sehen. Das habe ich mir schon gedacht. Wir bedeuten einander nicht alles. Und selbst wenn es Cade nicht gäbe, wäre das einfach nicht genug für eine Beziehung.

»Du kannst mich dabei nicht anschauen.«

Nun läuft Dylan rot an und sucht nach Worten. »Vielleicht ist es noch nicht die große Liebe, aber wir sind doch auf einem guten Weg.«

»Aber Liebe ist doch nicht das Ziel. Liebe ist die Basis. Wenn sie nicht da ist, gibt es keinen gemeinsamen Weg.«

»Also, das sehe ich anders. Liebe muss sich entwickeln. Und diese Liebe wird immer stärker sein als eine leichtfertige, hitzköpfige Liebe auf den ersten Blick.«

»Bei arrangierten Ehen wird auch immer davon gesprochen, dass die Liebe mit der Zeit kommen kann. Aber man kann doch nicht ewig auf die Liebe hoffen und warten. Sie ist da, oder sie ist es nicht.«

»Was soll das denn heißen? Willst du jetzt alles wegschmeißen, was wir haben? Wofür? Für die Idee, dass es mit irgendjemandem anders sein kann?«

»Aber was haben wir denn? Du bist ständig in New York, und ich habe nichts dagegen, hier in Boston allein zu sein.«

»Das ist mein Job! Es wäre auch ganz schön unfair von dir, wenn du was dagegen hättest.«

»Aber ich sollte dich doch zumindest vermissen.«

Er rutscht von mir ab. »Ich bin nicht der Typ Mann, der so eine enge Beziehung braucht. Okay? Ich will meine Freiheit, und ich gebe dir deine. Aber das ist doch gut. Das willst du doch auch.«

Ich lächele ein wenig wehmütig. »Was ich will, ist jemand, den ich so sehr liebe, dass ich ihn nicht gehen lassen kann.«

»Das kann doch noch kommen. Gib unserer Beziehung etwas mehr Zeit.«

»Du hast doch gerade gesagt, dass du keine enge Beziehung willst. Das passt gar nicht zusammen. Wir beide passen nicht zusammen.«

»Ich verstehe nicht, was das jetzt soll. Es war doch alles gut.«

Plötzlich erkenne ich, wieso Mom Dylan nicht leiden kann. Sie muss es gespürt haben. Diese Gefühlskälte. Für ihn ist eine Liebesbeziehung im Grunde nichts weiter als eine Geschäftsbeziehung. Das stimmt mich traurig. Dann wird er niemals erfahren, wie wunderschön es sein kann, die Seele einer anderen Person zu teilen.

»Vielleicht war es für dich gut, aber für mich ist es keine Beziehung, was wir da führen.«

»Und was verstehst du unter einer Beziehung?«, fragt er nun mit höhnischer Stimme. Es ist mehr als eindeutig, dass er mich für albern hält.

»Wenn man jemanden liebt, werden die Wünsche und Bedürfnisse des anderen ebenso wichtig wie die eigenen. Wenn der Partner traurig ist, bricht einem selbst das Herz. Man würde alles tun, um ihn glücklich zu sehen. Wenn man getrennt ist, sehnt man sich nach der anderen Person.«

»Das ist doch kindisch!«

Vielleicht ist es das, denn schließlich war ich noch ein Kind, als ich meine große Liebe gefunden habe. Vielleicht sind meine Vorstellungen kindisch, aber es ändert nichts daran, dass ich solch eine Beziehung führen möchte. Ich will lieben.

»Das mag sein, aber es ist, was ich will.«

»Erwachsene Beziehungen geben einem Freiraum und engen nicht ein.«

»Ich denke, sie geben Nähe und Freiraum. Es geht nicht ums Einengen, sondern um das Zusammengehören.«

Dylan steht auf und läuft nun aufgeregt vor dem Sofa auf und ab. »Ich verstehe nicht, wieso du etwas Funktionierendes kaputt machst. Ja, vielleicht ist es nicht die große Liebe zwischen uns, aber ich denke, es ist viel wichtiger, dass man jemanden hat, der einen versteht, der da ist, der ein Freund ist. Freundschaft als Basis ist so viel wichtiger als Liebe. Und das kann ich dir geben. Eine Partnerschaft auf Augenhöhe. Ich werde dich in allem unterstützen, dich niemals von Dingen abhalten, die du willst. Ich gebe dir Freiraum und Sicherheit. Ich verspreche, dich auf diese Weise zu lieben. Vielleicht ist meine Liebe eine rationale, aber ich werde dich nicht enttäuschen.«

Es tut mir so leid, ihm wehzutun. Dylan ist ein guter Mensch. Ein guter Mann. Und die Frau, die ihn mal bekommt, wird glücklich werden. Er kann mir nur nicht das bieten, was ich haben möchte. Das liegt an mir und nicht an ihm. Ich will einfach mehr von einer Beziehung, weil ich schon einmal mehr hatte. Ich hatte einen Partner, der auch mein bester Freund war, ich hatte Leidenschaft und Freundschaft, und das hat sich so wunderbar angefühlt. Das will ich wieder. Mit weniger kann ich mich einfach nicht zufriedengeben. Ich brauche jemanden, der verrückt nach mir ist. Ich muss wissen, dass mein Freund alles für mich tun würde. Dass er sein Leben für meins geben würde, ebenso wie ich meines für ihn. Es mag sich pathetisch anhören, aber das will ich nun mal. Etwas Lebendiges, nichts Eingestaubtes.

»Es tut mir leid, Dylan.«

»Ist das dein letztes Wort?«

»Ja. Du kannst mich nicht glücklich machen und ich dich auch nicht.«

»Nun gut.« Er streicht sein Hemd glatt, bevor er das Wohnzimmer verlässt. Vielleicht sollte ich aufstehen, ihn zur Tür bringen, aber ich verharre wie gelähmt auf dem Sofa. Das muss ich erst mal verdauen.

Er kommt mit seiner Jacke in der Hand noch einmal zurück. »Dann verabschiede ich mich. Alles Gute.«

»Alles Gute.«

Steif und ohne mich eines weiteren Blickes zu würdigen, geht er hinaus.

Als er verschwunden ist, lehne ich den Kopf zurück. Puh. Einerseits bin ich darüber erleichtert, wie gefasst er es aufgenommen hat, aber andererseits bestätigt mich das nur in meiner Entscheidung.

Ich saß in meinem Zimmer auf dem Bett, las in meinem neusten Buch und freute mich über die neugewonnene Freizeit. Endlich war die Highschool zu Ende! Übermorgen würde noch die offizielle Abschlussfeier stattfinden, aber die Schul-

zeit war vorbei. Zwölf Jahre Schule waren endlich vorüber, und die Tür zur Welt stand offen.

In den letzten Monaten hatten wir nur gelernt, uns auf die Prüfungen vorbereitet, und mussten uns an Colleges bewerben. Es war ein aufregendes Jahr, ach was, aufregende anderthalb Jahre, die immens wichtig waren, denn sie bestimmten unsere Zukunft. Aber jetzt lagen noch ein paar freie Wochen vor uns, vor Cade und mir, bis der Ernst des Lebens anfing. Ich plante, diese Zeit am Strand zu verbringen, noch ein paar mehr dieser Limonadentage, wie Cade sie nannte.

Das hatten wir uns eindeutig verdient.

Es klopfte ans Fenster, und ich hüpfte vom Bett, um Cade zu begrüßen. Als er in meinem Zimmer stand, warf ich ihm die Arme um den Hals, um ihn stürmisch zu küssen. Erst erwiderte er den Kuss, doch dann löste er sich abrupt von mir.

»Was ist?«, fragte ich verwirrt. Cade hatte noch nie einen Kuss beendet.

»Ich muss mit dir reden.«

»Okay.«

Wir setzten uns auf die Bettkante. Ich wollte nach seiner Hand fassen, aber diese trübe Stimmung, die sich plötzlich zwischen uns ausbreitete, hielt mich davon ab. Ich verstand es nicht. Es war doch Cade.

»Puh, das ist schwer«, murmelte er vor sich hin.

»Was denn?«

Für einen kurzen Moment schaute er zu mir, bevor er auf den Boden starrte.

»Ich will dir nicht wehtun. Das ist das Letzte, was ich will.«

»Ich verstehe nicht«, hauchte ich. Ich spürte ganz genau,

dass etwas nicht stimmte, dass er mir etwas sagen wollte, was ich nicht mögen würde. Was ich hassen würde.

»Ich hab nicht nur Zusagen aus L. A. und San Diego.«

»Sondern?« Mein Herz war bang. Es zog sich schmerzhaft zusammen, schlug nicht mehr im richtigen Takt. Begann so ein Infarkt?

»Ich habe auch Zusagen von der Ostküste. Harvard, Yale, Princeton, MIT.«

»Ostküste?«, quietschte ich beinahe. Er konnte doch nicht nach Harvard oder Princeton gehen! Wir hatten doch einen Plan. Wir beide in L.A.

»Ja, Ostküste. Ich hatte es dir nicht gesagt, weil … weil ich ein Feigling bin und dich nicht verletzen wollte. Aber ich werde dorthin gehen.«

Meine ganze Welt stürzte ein. Das konnte doch nicht stimmen. Das war doch nicht sein Ernst.

»Aber … aber wir wollten doch zusammen nach L.A.«

»Ich hab den Platz nicht angenommen.«

»Aber wir mussten die Unterlagen doch schon vor Monaten einreichen!«

»Ich weiß. Es tut mir leid.«

»Es tut dir leid?« Ich sprang auf und stemmte die Hände in die Hüften. »Vor Monaten hast du entschieden, ans andere Ende des Landes zu gehen, und hast kein Wort gesagt? Hast mich in dem Glauben gelassen, dass wir gemeinsam nach L. A. ziehen? Hast genickt, als ich Pläne geschmiedet habe, zusammen eine Wohnung zu suchen, als ich von Studentenpartys gesprochen habe …«

»Ich wusste nicht, wie ich es dir sagen sollte.« Der sonst so selbstbewusste Cade war auf einmal ganz kleinlaut. Seine Stimme war nicht mehr als ein unsicheres Flüstern. Er wusste,

wie beschissen er sich verhielt. Mehr als beschissen. Es war gemein und unfair und einfach nicht richtig.

»Ich fass es nicht, Cade Turner! Du hast mich angelogen, die ganze Zeit!«

»Es tut mir leid.«

»Das kannst du dir schenken.«

Je mehr er voller Scham in sich zusammensank, desto wütender wurde ich. Das war ganz untypisch für mich, denn ich war eigentlich zurückhaltender, wurde nie sauer und hatte endlose Geduld. Aber nun fühlte es sich zum ersten Mal im Leben so an, als würde mir ein Messer ins Herz gerammt werden. Und offensichtlich steckte doch eine Kämpferin in mir, wenn es um Leben und Tod ging.

»Ostküste! Das ist am anderen Ende des Landes! Was soll aus uns werden? Hast du da mal daran gedacht?«

»Ich denk an nichts anderes.«

»Das glaub ich nicht. Denn dann würdest du nicht gehen. Wenn du auch nur einen Moment an mich denken würdest, würdest du nicht gehen. Du brichst mir das Herz!«

»Avy … ich … versteh doch. Ich kann nicht zu Hause bleiben.«

»Deswegen wollten wir ja nach L. A. ziehen.«

»Das ist nicht weit genug entfernt. Ich muss weg, weit weg, um die ganze Scheiße zu vergessen.«

»Okay.« Zitternd vor Wut und Angst lief ich in meinem Zimmer auf und ab. Fieberhaft versuchte ich, eine Lösung zu finden, für uns beide. Es musste doch einen Weg geben, der nicht das Ende für uns beide bedeuten würde. »Aber wieso hast du nicht mit mir gesprochen? Wieso hast du mir nicht gesagt, dass du dich auch an anderen Unis bewirbst? Ich hätte mich auch da bewerben können. Vielleicht hätten wir in der

gleichen Stadt oder zumindest in der gleichen Gegend studieren können, sodass wir nicht viertausend Kilometer voneinander getrennt wären.«

»Fünftausend.«

»Das macht es nicht besser!«

»Ich weiß. Okay? Es tut mir leid. Wenn ich es ändern könnte, würde ich es tun.«

Er lügt, das ist mir klar. Denn er hätte es ja ändern können, aber er wollte nicht. Er wollte weg von hier. Vielleicht auch weg von mir?

»Und was wird aus uns?«

Cade zuckte mit den Schultern.

»Was soll das heißen? Dass es dir egal ist, was aus uns wird?«

»Es ist mir nicht egal.«

Ich baute mich voller Wut vor ihm auf. »Es muss dir egal sein, sonst würdest du ja nicht mit so einem Unsinn kommen! Wie kannst du mir das antun? Liebst du mich nicht? War all das nur Show?« Ich wollte nicht weinen, aber die Tränen stiegen ungehemmt in mir auf.

Plötzlich sprang er auf, tigerte ebenfalls durch den Raum, strich sich durch die kurzen Haare, die er seit einiger Zeit mit Gel nach oben stylte. »Herrgott noch mal! Bei dir dreht sich immer alles nur um dich!«

Schockiert halte ich inne. »Wie bitte?«

»Deine Gefühle sind verletzt. Dein Herz ist gebrochen. Dir wird etwas angetan. Du hattest Pläne. Aber was ist denn mit mir? Was ist mit mir, Avy?«

Das konnte er doch nicht ernst meinen. Es drehte sich bei mir immer nur um andere. Ständig drehte es sich nur um andere. Diese Person, die er da beschrieb, das war nicht ich.

Ganz und gar nicht. Kein bisschen. Ich konnte nicht begreifen, was er da sagte.

»Was ist mit dir?«, fragte ich.

»Ich werde wahnsinnig!«

Okay, das war deutlich zu erkennen.

»Dieses Haus birgt so viele Erinnerungen. So viele Erinnerungen an Mom. An eine Zeit, in der es besser war. Okay? Aber auch so viel Schmerz und Leid. Und Dad ... Verdammt! Dad ist eben Dad. Du weißt, was er mir antut.«

Ich wusste, dass sein Vater ihn schlägt, auch wenn Cade nie darüber reden wollte. Und es machte mich wütend! Wie konnte er ihm das antun? Cade war so ein toller Mensch, sein Dad hatte einfach kein Recht dazu. Ich verstand, dass Cade weg von seinem Vater wollte, weit weg. Was ich nicht verstand, war, wieso er auch von mir wegwollte.

»Wieso hast du mir nichts gesagt? Ich hätte doch mitkommen können. Hätte ich es gewusst, hätte ich mich auch an der Ostküste beworben.«

Er blieb stehen und schaute mich ernst an. Sein Blick brannte sich in mich. Es war mir klar, was er sagen würde, bevor die Worte über seine Lippen kamen.

»Ich will nicht, dass du mitkommst«, sagte er leise.

Ich war fassungslos. »Wieso nicht?«

Wieder strich er sich fahrig durch die gegelten Haare. Kurz durchzuckte mich der Gedanke, wie viel besser mir doch diese Frisur im Vergleich zu den anderen davor gefiel. Dann fragte ich mich, ob ich vielleicht verrückt würde, dass ich in einem solchen Augenblick an so etwas dachte.

»Ich muss gehen. Ich muss allein sein. Muss alles mal sacken lassen, Abstand von allem haben.«

»Abstand von mir?«

Niedergeschlagen sah er mich an. »Einfach von allem und jedem.«

Mein Herz zerbrach in so viele kleine Stücke, dass ich es nie wieder würde zusammenflicken können. Davon war ich überzeugt. Aber ich würde ihm nicht zeigen, wie sehr er mich zerstörte. Das konnte ich einfach nicht. Es war unmöglich. Daher verwandelte ich meine Trauer in Wut.

»Ja, dann geh doch zu deinem Scheißharvard oder Princeton!«

»Avy …« Er griff nach mir, aber ich trat einen Schritt zurück.

»Nein, wenn du einfach so gehen willst, dann tu es auch. Du bist ein mieser Arsch, Cade Turner! Ich hasse dich.«

»Das meinst du nicht so.« Sein schockierter Gesichtsausdruck traf mich tief. Aber ich konnte nicht zulassen, dass er mich am Boden sah.

»Doch, das meine ich. Ich hasse dich, und ich will dich nie wiedersehen! Verschwinde!«

»Avy, bitte …«, setzte er hilflos an. Aber als ich stur blieb, versteinerte sich seine Miene.

»Okay, du blöde Kuh! Ich hasse dich auch. Ich hoffe, ich muss dich nie wiedersehen!«

»Ja, geh doch, du Arsch!«

»Mach ich ja! Du wirst mich nie wiedersehen!«

»Will ich auch nicht. Ich will, dass du verschwindest! Schönes Scheißleben für dich!«

Wutentbrannt stapfte er zum Fenster, die Hände zu Fäusten geballt. »Fahr zur Hölle!«

»Nein, fahr du doch!«

Er kletterte hinaus, nicht ohne mir noch hinterherzuschleudern: »Wag es nicht, dich noch mal bei mir zu melden!«

»Tu ich nicht.« Ich marschierte zum Fenster, ließ es nach unten knallen und verriegelte es, was ich normalerweise nie tat, damit Cade jederzeit reinkommen konnte. Aber das war ab jetzt vorbei. Für immer!

Für einen Moment hockte er noch auf dem Vordach und blickte zu mir hinein. Er sah aus, als wollte er noch etwas sagen. Und wenn mich nicht alles täuschte, konnte ich Schmerz und Reue aus seinen Gesichtszügen ablesen. Aber das konnte nicht stimmen.

Er drehte sich um, kletterte am Baum runter, und ich sah ihm nach, wie er nach Hause lief. Mit hochgezogenen Schultern, leicht nach vorne gebeugt, schnellen Schrittes. Als könnte er nicht schnell genug von mir wegkommen. Nachdem sich die Haustür hinter ihm geschlossen hatte, schrie ich auf, weil auf einmal die Wut verflog und nur noch der Schmerz übrig blieb. Der Schmerz darüber, dass Cade nicht länger zu mir gehörte. Der Schmerz darüber, dass ich ihn nie wiedersehen würde.

Meine Mom kam die Treppe raufgerannt, als sie mich schluchzen und weinen und schreien hörte. »Baby, was ist passiert?«

Aber ich konnte es ihr nicht sagen, konnte gar nichts sagen, konnte mich nur auf den Boden legen, mich einrollen und heulen. Sie legte sich neben mich, hielt mich in den Armen und streichelte sanft über meinen Rücken. Gott sei Dank behauptete sie nicht, dass alles wieder gut werden würde, denn ich wusste, dass es nicht so war.

Ein paar Stunden später kam auch mein Dad zu mir ins Zimmer, hob mich auf seine starken Arme und legte mich in mein Bett. Ich hörte sie flüstern, aber ich konnte einfach nichts sagen. Vielleicht war nicht nur mein Herz gebrochen. Vielleicht war ich ganz zerstört.

Als mein Handy klingelt, werde ich aus meinen Erinnerungen herausgerissen. Es wundert mich nicht, dass es Mom ist. Wie immer hat sie mit ihrem besonderen Gespür erahnt, dass ich sie gerade brauche. Es ist nur nicht diese Trennung, die mein Herz so durcheinandergebracht hat.

»Hey, Mom.«

»Hey, mein Schatz. Ist alles okay bei dir?«

»Ja, alles okay. Ich hab mit Dylan Schluss gemacht.«

»Oh.«

»Was?«

»Nicht dass ich überrascht bin. Er hat nie zu dir gepasst. Aber warum?«

»Weil Cade und ich es noch mal miteinander probieren wollen.«

»Hm.«

»Was?«

»Hältst du das für eine gute Idee?«

»Ja, du nicht?«

»Ich weiß nicht, Schatz.«

Verunsichert streiche ich mir durch die Haare und frage mich, ob ich im falschen Film bin. Mom ist doch sonst immer das größte Cade-Fangirl.

»Wieso denn nicht, Mom? Du liebst Cade.«

»Ich liebe ihn ja auch. Aber hast du nicht gesagt, dass er in einer Beziehung ist?«

»Er macht heute mit ihr Schluss.«

»Heute?«

»Ja, heute. Wir treffen uns morgen in unserem Stammcafé, vor der Arbeit, und ab dann sind wir wieder zusammen.«

»Er hat sich also noch nicht von seiner Freundin getrennt?«

»Er tut es heute Abend.«

»Ach, Schatz, ich will nicht die Böse sein, aber bitte häng dein Herz noch nicht daran, wenn es noch nicht zu Ende ist. Männer beenden selten ihre Beziehungen für eine Affäre.«

»Ich bin nicht seine Affäre«, empöre ich mich.

»Ich will nur nicht, dass du enttäuscht bist, wenn er es nicht tut.«

»Das ist doch Humbug, Mom! Wie kannst du denn so etwas sagen? Cade ist nicht so. Er liebt mich. Das hat er gesagt. Er liebt mich und macht mit Melinda Schluss, um mit mir zusammen zu sein.«

»Okay, wenn du dir sicher bist, dann ist alles gut.«

»Ja, bin ich.«

»Okay. Ruf mich an, wenn du mich brauchst.«

»Mach ich, aber du wirst es wahrscheinlich eh von allein spüren.«

Nachdem wir aufgelegt haben, denke ich über ihre Worte nach. Aber nein, sie ist nur übervorsichtig. Cade hat es mir versprochen.

Kapitel Einundzwanzig

Cade

Ich warte am Flughafen auf Melinda. Als sie aus dem Securitybereich tritt, hat sie ein säuerliches Gesicht aufgelegt. Doch sobald sie mich sieht, beginnt sie vor Freude zu strahlen. Und mein Gewissen wird schlechter und schlechter, mit jedem Schritt, den sie auf mich zugeht.

»Hey, Sexy«, schnurrt sie, stellt sich auf die Zehenspitzen und küsst mich auf die Lippen.

»Hey, Honey«, sage ich, mehr aus Gewohnheit. »Alles okay? Du sahst gerade ein wenig angesäuert aus.« Ich nehme ihr ihren kleinen Koffer ab. Sie ergreift meine freie Hand.

»Oh, dieser Flug war einfach furchtbar. Wir hatten Turbulenzen fast eine ganze Stunde lang, und deshalb gab es keinen Service. Ich war zu spät am Flughafen und konnte daher in der Business Lounge nichts zu trinken bekommen. Ich bin fast verdurstet.«

Ich ändere die Richtung und führe uns zu einem kleinen Imbissstand. »Was möchtest du?«

Sie sieht mich so liebevoll und dankbar an, dass ich das Gefühl habe, der größte Arsch auf diesem Planeten zu sein. »Wasser, bitte.«

Als ich es ihr reiche, trinkt sie in kleinen Schlucken und leert ganz entgegen ihrer Art fast schon gierig die halbe Flasche. Sie muss wirklich durstig gewesen sein.

»Danke. Du hast mir das Leben gerettet.«

So ganz stimmt das wahrscheinlich nicht, aber ich bin froh, dass ich ihr helfen konnte. Sie greift erneut nach meiner Hand, und wir laufen zu meinem Auto, das im Parkhaus steht.

Ich halte ihr die Tür auf, verstaue ihren Trolley im Kofferraum und steige dann selbst ein.

»Ich hab dich vermisst.« Melinda streichelt meinen Oberschenkel.

Ich bin hin- und hergerissen. Auf der einen Seite habe ich ein schlechtes Gewissen gegenüber Avery, wenn ich Melinda erlaube, mich anzufassen und zu küssen. Auf der anderen Seite will ich aber auch keine Szene herbeirufen, bis wir zu Hause sind. Es wird sowieso schon unschön werden, ihr zu sagen, dass es aus ist. Es muss nicht auch noch in der Öffentlichkeit passieren.

»War es nicht spannend in Washington?«, versuche ich abzulenken, starte den Motor und steuere den Wagen aus dem Parkhaus raus.

»Doch, das ist es immer, aber es ist auch schön, wieder zu dir zu kommen. Bei dir zu sein. Vor allem, weil ich in letzter Zeit das Gefühl hatte, dass du dich distanzierst.«

Damit hat sie nicht unrecht. Ich habe mich tatsächlich von ihr entfernt, weil meine Gedanken die ganze Zeit nur um Avery kreisten.

Als Melinda ihre Hand höher wandern lässt, stoppe ich sie. Sie schaut mich fragend an.

»Sorry, Honey, ich kann mich nicht aufs Fahren konzentrieren, wenn du das tust.«

Lachend zieht sie ihre Hand weg. »Okay, okay, ich bin brav …« Sie schenkt mir einen feurigen Blick, der mich früher angemacht hätte. »… solange du fährst.«

Ich schlucke. »Erzähl mir von den letzten Tagen. Was hast du erlebt?«

Und das ist wirklich die beste Ablenkung, denn sie liebt es, in Washington zu sein, mit ihrem Dad zusammenzuarbeiten, die Hektik und die Aufregung. Liebt es, hinter verschlossenen Türen Deals abzuschließen, die das Leben aller Menschen in Amerika beeinflussen, direkt oder indirekt. Sie liebt das Flair der Macht und dass sie in Begleitung ihres Vaters einen Anteil daran hat.

Melinda wäre selbst eine gute Politikerin. Sie besitzt das richtige Gespür und genug Skrupellosigkeit, um ihre Ziele durchzusetzen. Ich würde sie wählen, wenn sie nicht Mitglied der falschen Partei wäre.

Während sie erzählt, kann ich meinen eigenen Gedanken nachhängen und noch einmal durchgehen, wie ich es ihr sagen will.

»Übrigens hat mich Charles Miller angerufen«, wechselt sie plötzlich das Thema.

Der bekannte Name lässt mich aus meiner Trance aufwachen. »Oh, wirklich?«

»Ja, er will übermorgen mit uns zu Mittag essen. Hast du eine Ahnung, worum es da geht?«

»Wir waren bei ihm, um ihn um eine weitere Investition zu bitten. Da hat er ein gemeinsames Treffen mit dir vorgeschlagen.«

»Tut mir leid.«

»Was denn?«, frage ich verwirrt.

»Es muss dich geärgert haben, dass er nur mit dir verhandeln will, wenn ich dabei bin.«

Ich winke ab. »Es war ja beim ersten Mal auch nicht anders.«

»Ja, aber ihr seid ja nicht mehr irgendwer.«

»So läuft es halt.«

Sie streichelt über meinen Arm. »So sollte es aber nicht sein. Ihr habt euch bewiesen, und eure Investoren sollten euch mit Respekt behandeln. Ich übernehme natürlich weiterhin gern die Kommunikation für dich, aber ich kann verstehen, wenn du dir dabei blöd vorkommst.«

Wie unermesslich groß kann ein schlechtes Gewissen werden? Meines ufert gerade aus. Denn auch wenn Melinda nicht die Frau ist, die ich liebe, ist sie doch ein guter Mensch, was ich offenbar vollkommen aus den Augen verloren habe, während ich Avery gedatet habe.

»Ist ja nicht deine Schuld.«

»Ehrgeiz ist mir nicht fremd. Daher erkenne ich ihn auch in dir. Von Anfang an war da so ein Hunger. Du wolltest dich beweisen. Das willst du immer noch. Und genau das hat mich sehr zu dir hingezogen. Denn ich weiß, du würdest tun, was getan werden muss, um erfolgreich zu sein. Immer und zu jeder Zeit.«

Melinda kennt mich gut, zu gut. Vielleicht würde ich eine andere Wortwahl verwenden, aber ich bin ehrgeizig, und das habe ich meinem Vater zu verdanken. Schon immer wollte ich ihm beweisen, dass mehr in mir steckt als das, was er in mir gesehen hat.

Als wir in unserer Wohnung angekommen sind, sagt sie: »Ich ziehe mir eben was Bequemeres an. Vielleicht schenkst du uns schon mal was zu trinken ein?«

Mit meinen Gedanken ganz woanders nicke ich nur. Ich öffne den Kühlschrank, hole eine Flasche Sauvignon Blanc heraus und fülle zwei Gläser, bevor ich mich auf die Couch setze.

»Hey«, haucht Melinda plötzlich neben mir.

Als ich mich ihr zuwende, stockt mir der Atem. Sie steht da nur mit Höschen, Strapsen und Seidenstrümpfen. Ich schlucke. Melinda ist eine sehr schöne Frau.

»Melinda«, stottere ich mit trockenem Mund.

Rittlings setzt sie sich auf meinen Schoß, legt ihre Hände auf meine Schultern und küsst mich voller Leidenschaft.

Völlig überrumpelt lasse ich es zu. Aber als mir klar wird, was ich hier tue, stoppe ich sie, greife nach ihren Hüften und verfrachte sie neben mich. Dann stehe ich auf, eile ins Schlafzimmer, hole ein T-Shirt von mir und werfe es ihr zu, sobald ich zurück ins Wohnzimmer trete. Fassungslos schaut sie mich an.

»Das ist doch wohl nicht dein Ernst.«

»Wir müssen reden, Melinda.«

»Oh, da kannst du dich drauf verlassen. Wir müssen so was von reden.«

Sie funkelt mich wutentbrannt an, während sie das Shirt überzieht. Erinnerungen an das letzte Mal, dass ich mich von jemandem getrennt habe, drängen in die Gegenwart, aber ich will keine Vergleiche ziehen und schiebe die Gedanken beiseite.

»Was soll dieser Unsinn? Schon seit Wochen bist du verschlossen und distanziert, aber das hier schlägt dem Fass den Boden aus, Cade! Wie kannst du mich so beschämen, dass du meine Annäherungen ablehnst?«

Das hier ist bei Weitem komplizierter, als ich dachte. Plötzlich ist mein Kopf wie leergefegt. Ich will Melinda nicht wehtun, aber Avery ist nun mal die Frau, die ich liebe. Ich muss das mit Melinda klären, sonst habe ich keine Chance auf eine Zukunft mit Avery. Aber es ist schwer, die richtigen

Worte zu finden. So schwer, einen anderen Menschen bewusst zu verletzen.

»Hast du nichts zu sagen?«, fragt sie ungeduldig. Wie gut, dass sie gemein wird und nicht traurig. Das macht es mir ein wenig leichter.

»Doch.«

»Und das wäre?«

»Es ist aus. Ich will nicht mehr mit dir zusammen sein.«

Avery

Am nächsten Morgen sitze ich in unserem Café an meinem Lieblingsfensterplatz. Versonnen lächele ich vor mich hin, während ich meinen Karamellmacchiato trinke. Wer hätte gedacht, dass Cade und ich irgendwann wieder an diesen Punkt kommen werden?

Ich bestimmt nicht. Es war einfach Schicksal, dass wir uns nach zwölf Jahren wiedergetroffen haben. Ausgerechnet hier. Ich wusste nicht, dass er am MIT studiert hatte, hatte damals gar nicht danach gefragt, weil ich zu aufgewühlt gewesen war. Und er hat es mir wahrscheinlich nie erzählt, weil er befürchtet hatte, ich könnte ihm folgen. Als wäre ich eine Stalkerin.

Nein, nein. Ich beschließe, nicht an die Vergangenheit zu denken, denn sonst kommen unschöne Gefühle hoch, die ganz und gar nicht für einen Neuanfang geeignet sind.

Ich muss Cade verzeihen, und ich muss auch mir verzeihen. Denn viel zu lange haben mich Schuldgefühle geplagt, ihn vertrieben zu haben.

Ein Blick auf die Uhr zeigt mir, dass ich zu früh bin, aber ich war so aufgeregt, nach zwölf Jahren meinen Cade zurückzubekommen, dass ich die ganze Nacht nicht schlafen konnte und heute in der Früh beschlossen habe, schon mal hierherzukommen. Die Metro war auch schön leer, sodass ich mich ganz allein auf mich und meine Gedanken konzentrieren konnte. Und hier sitze ich nun.

Ich schaue nach draußen, sehe, wie die Sonne langsam aufgeht und Boston zum Leben erwacht. Beacon Hill ist so ein wunderschöner Stadtteil. Wäre es nicht toll, irgendwann so viel Geld zu verdienen, um hier wohnen zu können?

Ob Cade auch schon wach ist? Vielleicht kommt er ja auch früher, weil er es nicht aushalten kann?

Immer wieder schleicht mein Blick zur Uhr, auch wenn ich weiß, dass nur wenige Sekunden seit dem letzten Mal vergangen sind. Wir hatten ja auch keine genaue Uhrzeit ausgemacht, nur gesagt, dass wir uns vor der Arbeit treffen, aber bisher war diese Zeit immer kurz nach acht. Jetzt ist es halb acht.

Die Zeiger der Uhr bewegen sich quälend langsam. Ich hatte zwar gehofft, dass Cade früher kommt, aber wer weiß, wo sein Kumpel wohnt? Ich nehme an, dass er gestern sofort zu ihm gefahren ist, nachdem er mit Melinda Schluss gemacht hat. Und wenn er nicht auch in diesem Stadtteil wohnt, hat er das vielleicht nicht eingeplant.

Unendlich langsam vergeht die Zeit, aber dann ist es endlich acht, und meine Aufregung steigt. Jetzt wird Cade jeden Augenblick kommen, und unser neues gemeinsames Leben wird beginnen. Ich kann es kaum erwarten!

Als es fünf nach ist, hole ich mein Handy aus der Tasche und schaue, ob er mir geschrieben hat. Nichts. Er kommt gleich, sage ich mir immer wieder. Aber ich komme nicht umhin, mich an Moms Worte zu erinnern. Sie wird doch nicht recht haben?

Um zehn nach schreibe ich Cade eine Nachricht, aber er hat die Benachrichtigungseinstellung wohl deaktiviert, sodass ich nicht sehen kann, ob er die Mitteilung gelesen hat.

Um Viertel nach acht rufe ich ihn an, aber er geht nicht dran.

Es ist alles gut, versuche ich mir zu sagen. Es ist alles gut. Cade liebt mich. Das weiß ich. Er hat es versprochen. Er hat versprochen, sich von Melinda zu trennen und ein neues Leben mit mir zu beginnen.

Männer verlassen ihre Freundinnen nicht für ihre Affären …

Ich wünschte, Mom hätte das nicht gesagt. Aber ich bin keine Affäre, sage ich mir selbst. Ich bin seine große Liebe.

Um zwanzig nach acht weiß ich nicht mehr, was ich denken soll. Langsam beschleichen mich Zweifel.

Um halb neun könnte ich anfangen zu heulen. Wie konnte ich auf ihn hereinfallen? Ich verstehe nicht, wie er mir das antun kann. Erneut rufe ich ihn an. Vielleicht ist ihm was passiert? Das kann doch sein. Soll ich in den Krankenhäusern anrufen? Oder bei seinem Kumpel? Seine Telefonnummer steht bestimmt auf der Website.

Um Viertel vor neun öffnet sich die Tür, aber es ist nicht Cade, der hereintritt. Was soll ich nur tun? Mittlerweile habe ich schon fünfmal bei ihm angerufen und unzählige Nachrichten getippt.

Er kommt nicht. Ich kann nicht fassen, dass er nicht kommt.

Was mache ich jetzt? Wann gehe ich? Wann erkläre ich mich selbst zur Verliererin?

Um fünf vor neun will ich aufstehen, um zu gehen. Dabei werfe ich noch einen Blick aus dem Fenster. Ein protziger BMW hält vor der Tür, und Cade steigt aus. Er schaut auf das Café, sieht mich im Fenster, aber sein Gesicht bleibt versteinert. Kein Lächeln. Er sieht müde aus, traurig irgendwie.

Langsam sinke ich auf meinen Platz zurück.

Nein.

Oh nein.

Das sieht nicht gut aus.

Als die Tür aufgeht, zucke ich zusammen. Ich wage es nicht, aufzuschauen, aber es ist mir auch so klar, dass es Cade ist, der nun an meinem Tisch stehen bleibt. Einen viel zu langen Augenblick schweigt er, bevor er sich auf den Stuhl mir gegenüber setzt. Ich kann ihn nicht ansehen.

»Es tut mir leid.«

»Was denn?«, frage ich, obwohl ich befürchte, die Antwort bereits zu kennen.

»Ich kann Melinda nicht verlassen.«

Und meine Welt bricht erneut entzwei.

»Sie hat mich daran erinnert, was wir gemeinsam haben, was wir gemeinsam für unsere Zukunft geplant haben. Ich kann das nicht wegwerfen. Nicht für eine reine Möglichkeit. Was, wenn wir nicht mehr zueinanderpassen? Es tut mir leid, aber ich kann nicht.«

Unbeholfen nicke ich, während ich nach meiner Tasche und meiner Jacke greife. Vor lauter Hast stoße ich die Blumen vom Tisch. Das Letzte, was ich mit meinen feuchten Augen erkenne, ist der See an vergossenem Wasser, der auf Cade zuschwappt. Dann bin ich aus dem Café rausgestürmt.

Ich werfe einen Blick auf die Protzkarre und erkenne *sie*. Lässig lehnt sie an der Fahrertür, hat wahrscheinlich perfekt manikürte Finger und lächelt mich überlegen an. Ja, sie hat gewonnen, das muss ich mir eingestehen.

Aber ich würde lieber sterben, als einen von beiden sehen zu lassen, wie sehr sie mich verletzt haben. Daher ziehe ich meine Jacke an, hänge meine Handtasche über die Schulter, lächele Melinda frostig zu und marschiere davon.

Bis zur nächsten Ecke bin ich stark. Rücken gerade, Schritte zügig, aber nicht schnell, Kopf hoch erhoben.

Sobald ich außer Reichweite bin, fällt das alles von mir ab. Ich strecke die Hand aus, verliere fast das Gleichgewicht und stütze mich an der Mauer ab, bevor ich mich hinhocke, weil ich einfach nicht mehr die Kraft habe, aufrecht zu stehen.

Wie konnte Cade mir zum zweiten Mal das Herz brechen?

Kim Henry
Mühle mit Meerblick
€ 9,99, Taschenbuch
ISBN 978-3-95649-850-3

Ein altes Foto ist das Einzige, was Line von ihrer Mutter hat. Im Hintergrund zu sehen ist eine Mühle am Strand. Durch Zufall findet Line heraus, dass es sich um eine Aufnahme von der Ostseeinsel Strynø handelt. Kurzentschlossen reist sie dorthin, um ihre Wurzeln zu finden. Tatsächlich trifft sie auf eine Verwandte und wird mit offenen Armen empfangen. Zum ersten Mal erfährt Line so etwas wie Geborgenheit. Wie eine wärmende Decke umhüllt sie der Zauber des Eilands. Und dann ist da noch der geheimnisvolle Adam, der zurückgezogen in der Mühle am Strand lebt ...

Keris Stainton
Was in den Träumen steht
€ 9,99, Taschenbuch
ISBN 978-3-95649-847-3

Seit zehn Jahren trifft Buchhändlerin Bea jede Nacht ihren Traummann – allerdings nur im Schlaf. Immer sitzt er auf derselben Parkbank in London und wartet auf sie. Bevor sie sein Gesicht sehen kann, wacht sie jedes Mal auf. Doch sie ist sich ganz sicher, dass sie diesem perfekten Mann einmal im wahren Leben begegnen wird. Und tatsächlich trifft sie eines Tages auf Dan, der die Verkörperung ihres Traummannes zu sein scheint. Obwohl er keine Bücher mag und mit ihrem Humor nichts anfangen kann, muss er einfach der Richtige sein. Denn Träume lügen nicht, oder?

www.mira-taschenbuch.de

Tara Sivec
Zwischen uns die Sterne
€ 9,99, Taschenbuch
ISBN 978-3-95649-845-9

Sie waren wie die drei Musketiere. Seit Cameron als kleines Mädchen Aiden und Everett kennenlernte, waren sie unzertrennlich. Ihr Treffpunkt war das Baumhaus. Bis heute liegen dort die geheimen Wünsche ihrer Kindheit versteckt. Für alle Zeiten wollten sie die besten Freunde bleiben. Seither ist jedoch viel geschehen, und die Musketiere sind nicht mehr. Zwischen Cameron und Everett herrscht Funkstille.
So erfährt Everett erst spät von Aidens Tod und kehrt nicht rechtzeitig zur Beerdigung zurück. Cameron fühlt sich in ihrer dunkelsten Stunde alleingelassen. Als Everett jetzt vor ihr steht, erinnert sie sich an ihre tiefe Sehnsucht, ihm nahe zu sein. Aber ist es dafür nicht zu spät?